초인 대사들이 답해주는
삶의 의문에 관한 100문 100답

100 QUESTIONS ANSWERED BY THE MASTERS

초인 대사들이 답해주는

삶의 의문에 관한 100문 100답

로빈 & 토니 애버츠 지음 / 목현(睦呟) 옮김

매일 부딪치는 일상적 의문과 고뇌들에 대한 실질적인 해답과 영적 정보들

도서출판 은하문명

　우리가 인생을 살아가다 보면 누구나 여러 가지 어려움이나 불행한 난관에 부딪치게 되는 경우가 종종 있다. 이때 우리 인간은 대개 "왜 하필 나에게 이런 일이 일어나는 것일까?" 하는 의문과 고뇌, 혹은 원망에 사로잡히게 된다. 또한 사람에 따라서는 이런 고비에서 최악의 경우 자살을 생각하거나 시도하는 극단적인 일도 얼마든지 발생할 수가 있다. 어려움에 당면할 때 일어나는 이러한 인간의 의문과 고뇌에는 그 성격상 여러 가지가 있을 수 있겠다. 예컨대 사소한 가족 간 불화나 직장 내 인간관계로 인한 갈등에서부터 가난이나 질병에 의한 고통, 실연(失戀), 사랑하는 가족의 죽음에 따른 실의(失意), 우울증, 더 나아가 사후(死後)의 세계와 신(神)의 존재 여부에 관한 거창한 종교적 의문에 이르기까지 매우 광범위할 수 있는 것이다.

　보통 사람들이 그런 의문과 고뇌에 접하게 되면 우선 좌절과 절망에 빠지거나 당황하기가 쉬우며, 그 다음 단계에서는 그에 대한 해답을 구하고 출구를 찾기 위해 나름대로 여기저기 수소문도 해보며 다양한 노력을 기울이기 마련이다. 아마도 이런 시기야 말로 소위 인생의 '멘토(Mentor: 현명한 스승, 조언자)'가 절실하게 필요한 때일 것이다. 물론 이때 종교적 신앙을 가지고 있는 이들 중에 어떤 이들은 성직자들에게 달려가 조언을 구할 것이다. 아니면 주위의 인생 선배나 친지, 또는 점(占)집을 찾아가 의견을 물어 볼 수도 있을 것이고, 또 종교 경전에 의지하거나 사주팔자(四柱八字) 등의 운명에 관한 책을 열심히 탐독하는 방법도 있다. 다른 한편으로는 자신이 직접 기도나 수행에 매달리는 케이스도 있을 것이다. 하지만 그럼에도 불구하고 보통의 일반인들이 그런 모든 의문과 고뇌에 대해 상세하고도 속 시원한 답을 얻기에는 현실적으로 어려움이 많을 수밖에 없다. 왜냐하면 우리가 원하는 답변에 관해 높은 지혜와 고등한 영적 차원의 관점에서 일목요연하게 답을 줄 수 있는 사람을 만나기가 결코 쉽지 않기 때문이다. 그런데 만약 그런 답을 줄 수 있으려면, 당연히 그 답변자는 높은 레벨의 영적 깨달음을 얻은 대사(大師), 즉 마스터의 차원에 도달한 존재가 아니면 안 되는 것이다.

　여기 이 책 〈초인 대사들이 답해주는 삶의 의문에 관한 100문 100답〉은 바로 삶에 관해 의문하고 고뇌하고 있는 이들에게 적극 추천할 수 있는 훌륭한 인생 상담서이자 안내서, 지침서라고 할 수가 있다. 이 책에 소개된 존재들 중에 몇몇은 가히 기존 종교에서 추앙하는 성인(聖人)의 반열에 있는 분들이며, 또 나머지 분들 가운데는 일반인들에게 별로 알려지지 않은 마스터들도 있다. 하지만 그들 모두가 일반 범부중생의 차원이 아닌 지혜와 깨달음의 차원에서 답해주는 메시지들은 어둠 속에서 방황하고 고뇌하고 있는 사람들에게 분명히 귀중한 등불이 되어줄 것이다.

　그런데 채널링 분야에 문외한인 분들은 "어떻게 이런 존재들이 직접 답변을 줄 수 있었을까?"라고 의아하게 생각할 수도 있을 것이다. 그러나 지금 이 시대는 지구상에서 이루어져 온 인류의 영적진화의 사이클이 마무리 돼가고 있는 중대한 천시(天時)인 까닭에 이런 일들이 얼마든지 가능하다는 사실을 염두에 두어야 한다.

　마지막으로 이 책을 읽는 독자들은 종교인이든 무종교이든 일단 자신이 가진 기존의 고정관념이나 종교적 도그마(敎義)를 내려놓을 것을 권고하고 싶다. 그리고 겸허하고 열린 마음으로 책을 읽어나가다 보면, 자신이 가진 모든 의문과 고뇌와 갈등들에 대한 좋은 해답을 얻을 수 있으리라고 믿어 의심치 않는다. 또한 이 책의 1부분만이 아니라 2부~5부 내용 역시 귀중하며, 인간세상에서 혼란과 방황을 겪고 있는 빛의 일꾼들이나 스타시드와 같은 특별한 영혼들에게 좋은 가이드 역할을 해줄 것이다.

　인생에서 우연히 일어나는 사건은 없다. 비록 외견상 우연처럼 보일지라도 모든 행(幸)과 불행(不幸)에는 반드시 그 원인이 존재하고 있는 것이다. 오늘도 삶의 무게로 힘들어하고 방황하는 모든 이들이 이 책에 담겨진 초인 대사들의 가르침을 통해 어리석음을 깨닫고 지혜와 용기를 얻어 새로운 인생의 전환점을 마련하는 계기가 되기를 진심으로 기원하는 바이다.

2010년　경인년(庚寅年),　1월　15일

- 光率, 朴 -

영적인 힘을 일상생활에 적용할 수 있게 하기 위해 애버츠(Abbotts) 부부인 나 로빈(Robyn)와 남편 토니(Tony)는 살아가면서 부딪치게 되는 100가지 질문에 대하여 상승한 마스터들로부터 답변을 받아 정리했습니다. 우리는 모든 사람들이 이 새천년의 에너지를 이용해서 자신들의 영적 진동수를 끌어올리기를 바랍니다. 그리고 영성(靈性)이라는 것은 일주일에 한 번씩 교회나 절에 들러 예배하는데 국한되어 있지 않습니다. 즉 영성은 일상생활 속에서 우리가 행하는 모든 행동과 생각 속에서 활용되어야 한다는 것을 모든 이들이 하루빨리 깨우치기를 기원하는 바 입니다. 따라서 우리는 "삶의 과제와 문제를 영적인 측면에서 어떻게 다루어가야 하는지?"에 대해 대사들께 끊임없이 질문하였습니다.

5년이라는 긴 기간에 걸쳐 사람들로부터 가장 많이 받았던 질문 100가지를 모아서 승천한 마스터들에게 질문을 던졌으며, 그들로부터 진술하고도 고차원적인 답변을 듣게 되었습니다. 우리가 질문한 마스터들은 매우 다양한데, 예를 들면 이시스(Isis), 사난다(예수), 화이트 이글(White Eagle), 성모 마리아, 쿠트후미, 세라피스 베이, 관세음 보살, 요아킴(Joachim), 아쉬타(Ashtar), 멜키제덱(Melchizadek) 등이 포함되어 있습니다.

질문을 받은 마스터들은 어떤 특정 종교나 종파적인 관점에서 이야기하지 않았습니다. 이들의 답변은 힌두교, 기독교, 이슬람교, 유대교, 불교, 그리고 새시대(New Age) 운동을 신봉하는 사람들뿐만 아니라 기타의 종교와 철학을 믿는 사람들에게도 공통적으로 적용되는 것들입니다. 질문의 구체적인 내용은 성행위에서부터 소울 메이트, 구현, 치유력, 빛의 몸, 지구변화, 약물 중독, UFO, 자살, 별에서 온 아이들(Star Children), 죽음에 이르기까지 많은 사항들이 망라되어있습니다.

토니와 나는 우리가 알고 있는 실질적이고 영적인 정보를 사람들에게 알리는데 우리의 삶을 바치기로 약속했습니다. 이 책이 부디 여러분의 미래를 밝혀주고 생각을 깨워주는 유용한 자료가 되기를 바랍니다. 사랑과 빛을 ……

- 애버츠 부부 -

‖ 차례 ‖

1부
100가지 질문에 대한 초인 대사들의 답변들

6장 질병(疾病)에 관해

7장 행복해지는 방법

8장 죽음(DEATH)에 대해

- 멜키제덱(Melchizadek)의 답변 -

9장 영적인 성장 방법

- 아쉬타의 답변 -

10장 10가지 틀리기 쉬운 질문들

2부
빛의 일꾼들(Light Workers)

1.빛의 일꾼들은 어떤 존재들인가?

3부
빛의 일꾼들을 위한 상승으로의 안내

1장 고향으로의 여행

2장 현실적 어려움을 넘어서서

4부
4차원과 5차원의 삶

1장 3차원이란 무엇인가?

2장 4차원이란 무엇인가?

3장 5차원이란 어떤 것인가?

4장 4차원에서 겪게 되는 일상적인 삶의 문제와 해결방안

5부
삶의 목적을 찾음으로써 우울증이나 자살, 무기력증 극복하기

1장 우울하십니까?

2장 중년의 우울증에 걸려있는 빛의 일꾼들

3장 여러분이 겪고 있는 문제들을 이해하고 극복할 수 있 는 방법.

1부

100가지 질문에 대한 초인 대사들의 답변들

1장
나는 누구이며, 왜 이곳에 존재하고 있는가?

- 예수 그리스도의 답변 -

＊이 장에서 제기된 질문들은 지상에서 예수 그리스도였던 주(主) 사난다(Sananda)의 답변입니다. 그는 인정 많고 사랑이 깊은 마스터이며, 이 지구에서 많은 생(生)을 살았기 때문에 인간이 겪고 있는 상황과 문제들을 잘 이해하고 있습니다.

● 질문 1: 진정 나는 누구입니까?

답 변: 여러분들은 하나의 영혼이며, 인간의 삶을 체험하기 위하여 이 시기에 지구상의 한 몸으로 육화(肉化)해 있는 신의 힘(Godforce)의 일부입니다. 여러분이 신성한 신(神)의 힘이 전지전능(全知全能)하고 전

체적 사랑인 거대한 에너지라고 상상할 수 있다면, 자신들이 이러한 신성한 힘의 일부라는 것을 깨달아야 합니다. 아무리 조그만 빛의 조각이라 하더라도 우주적 사랑과 앎(Knowing)이라는 그 거대한 바다의 일부인 것입니다.

여러분들은 여자나 남자로 사는 것이 어떤 느낌인지 더 많이 알기위해 스스로 이 지구에 왔으며, 이렇게 인간의 몸으로 육화해있는 것입니다. 여러분들은 태아, 갓난아기, 어린이, 그리고 십대의 소년기를 이미 체험했습니다. 그리고 앞으로 살아가면서 어른이 되고, 노인이 되는 것이 어떤 것인지도 알게 될 것이며, 마침내는 노화된 육신을 버리고 거대한 신성의 바다(great Ocean of Divinity)로 돌아가게 될 것입니다. 그리하여 여러분들이 삶을 통해 체득한 앎은 공유되어질 것입니다.

여러분 각자가 겪고 있는 삶은 매우 독특한 체험입니다! 어느 누구도 여러분과 똑같은 체험을 할 수는 없습니다! 또한 21세기의 시간구조는 아주 특이합니다. 각자가 겪어가는 지식과 인생경험, 사랑, 증오, 성(性), 종교, 기쁨은 오직 *자신만의 체험*입니다. 따라서 여러분이 체험한 앎은 자신과 관련된 집단적 영혼들(collective spirits)과 공유하게 되며, 이러한 집단의 영혼들이 바로 신의 힘을 구성하고 있는 것입니다. 여러분들은 이처럼 훌륭하고 독특한 여정을 통하여 정보를 모으는 역할을 하고 있는 셈입니다. 여러분이 체험한 것과 완전히 똑 같은 상황은 두 번 다시 일어나지 않기 때문에, 이러한 모든 체험을 온전히 즐겨야만 합니다!

●질문 2: 내가 천상에서 왜 이곳으로 내려오려고 했을까요?

답 변: 지구에서의 삶을 살아가면서 원하는 목표지점에 도달하기 위해서는 많은 노력이 필요하다는 것을 이미 여러분들도 잘 알고 있을 것입니다. 어린 아이일 때는 유치원에 가야 되고, 다음에는 중·고등학교

에 진학해야 하며, 만약 어느 분야에서 전문가가 되고 싶다면 대학에도 진학해야 할 것입니다.

만약에 뇌수술 전문 외과의사가 되고 싶다면, 단순히 원한다고 해서 그것이 이루어지지는 않습니다! 완전한 자격을 갖추기 위해서는 몇 년을 공부해야 하고, 훈련도 받아야 합니다. 이것은 천상에서도 마찬가지입니다. 이 지구를 떠난다고, 즉 죽는다고 해서 일이 멈춰지지는 않습니다. 천상이 이 지구에 비해 훌륭한 곳이기는 하지만, 많은 일을 해야 하는 것은 마찬가지입니다. 요약해서 말하자면, 자신들의 능력을 인정받는 것이 중요한 것입니다!

완전한 신을 향해 항상 위로 나아가고자 한다면, 스스로 완전해져야 하는 것입니다. 그러나 고차원적인 자각에 도달할 만큼 스스로 완전해지기란 쉽지가 않습니다. 천상에서는 모든 사람들의 마음이 누구나 따뜻하고 사랑스럽습니다. 그런데 만일 이러한 천사들 속에만 둘러싸여 있다면 어떻게 당신 자신을 완성할 수가 있겠습니까? 또 극복해야 할 도전적인 과제들이 어디에 있을 수 있겠습니까? 따라서 좀 더 신속히 여러분 스스로를 성장시키고 완성하기 위해서 당신들은 삶이 어렵고 도전적인 이 지구상에 태어나기로 결정한 것입니다. 그렇습니다. 이곳 지구는 심지어는 어느 곳에서도 조용하고 따뜻하고 포근하게 방해받지 않고 아무 걱정 없이 있을 수조차 없는 곳입니다.

인간의 삶은 복잡합니다! 또한 삶은 도전적인 것입니다! 삶은 확실히 여러분들에게 영적으로 성장할 기회를 제공합니다. 다행스럽게도 이 지구에 육화할 때마다 여러분이 자신들의 영적 본성을 자각하고 사랑과 자비의 마음으로 행동하게 되면, 생을 마감한 후에 이전에 살았던 세계보다 더 고차원적인 존재계로 건너뛰게 되는 것입니다. 지구를 훈련학교(training school)라고 생각하세요. – 비록 피곤하고 힘들기는 하지만 결국에는 시험에 통과하여 명예롭게 졸업하게 될 것입니다.

●질문 3: 내가 태어나기로 스스로 자원했다는 것을 이해할 수가 없습니다. 설명해 주시겠습니까?

답 변: 여러분들이 천계(天界)에 있을 때에는 여기 이 지구에 있을 때보다 훨씬 더 용감하고 대담합니다. 당신들은 삶을 하나의 모험이고 도전이라고 생각합니다. 그리하여 삶을 통한 교훈을 배우기 위하여 살고 싶어 하는 삶을 스스로 선택하게 됩니다. 예를 들어 과거 지구에서 여러 생(生)을 살면서 참을성이 없었다고 가정합시다. 참을성이 없음으로 해서 여러 차례 목숨을 잃었을 수도 있었을 것입니다. 아마 너무 성급하게 전투에 뛰어들었거나, 배를 기다리기 보다는 수영으로 물살이 거센 강을 건너고자 했을지도 모릅니다.

따라서 이번 생에서는 일상적인 일 외에는 거의 아무 일도 일어나지 않는 조용한 지역에 태어난다든지, 아니면 수녀원에 들어가 수녀로서의 일생을 살도록 선택할 수도 있습니다. 훈련을 통해 인내심을 키우고 인내심을 제대로 인식하게 되면, 이 인내심은 곧이어 자신의 성격의 일부가 될 것입니다. 그리고 생을 마감하고 천상으로 돌아가게 되면 비로소 이러한 미덕을 갖춘 존재가 될 것이며, 인내심을 배우기 위해 또 다시 같은 삶을 살아야 할 필요는 없을 것입니다.

지구에서의 삶에 비해 천상의 세계가 훌륭하기는 하지만, 그럼에도 불구하고 여러분은 천상세계보다 더 높은 상위세계는 또 얼마나 더 장엄한지 희미하게나마 엿볼 수 있는 기회를 가지게 됩니다. 바로 이것이 여러분이 자신을 가장 높고도 완벽하게 계발하고자 하는 충동을 일으키게 하는 것입니다. 따라서 얼마간 지구에서 보내는 시간인 80년 내외의 생(生)은 영적으로 의식을 끌어올릴 수 있는 더없이 좋은 계기가 되는 것입니다. 이래서 여러분은 지구에 살고 있는 수십억의 다른 사람들처럼 자신들도 지구로 돌아가 태어나고자 갈망하는 자원자가 되는 것입니다.

●질문 4: 나는 환생(還生)이라는 것, 즉 다시 태어난다는 것을 믿을 수가 없습니다. 그것이 어떻게 가능한가요?

답 변 : 처음 아기가 태어나는 것은 모두가 인정하면서, 2번, 4번, 또는 50번 태어나는 것은 왜 안 된다고 생각하십니까! 한 번이든 여러 번이든 그 절차는 똑 같습니다. 여러분의 영적 또는 에너지적인 존재는 아이가 태어나기 전에 짧게 여러 차례에 걸쳐 태아 속으로 들어가며, 그 후 탄생하기 바로 직전에 최종적으로 아기의 몸속으로 들어가게 됩니다. 그러면 아기의 마음에 망각의 베일이 드리워지게 되며, 이 영적 존재가 가지고 있던 대부분의 과거 기억은 잊혀지게 됩니다. 이와 같이 깨끗한 백지 상태에서 새로운 삶을 체험하게 되며, 자신의 일생을 살아가게 되는 것입니다.

만약에 아기가 자신의 천사적인 모습이나 어른으로 살았던 바로 이전의 삶에 대한 강한 기억을 가지고 있다면, 이로 인해 그 아기는 매우 큰 혼란을 겪게 될 것입니다. 갓 태어난 여자 아이가 전쟁을 치르고 있는 남성 장군으로서의 전생(前生)을 기억하고 있다면 어떻게 되겠는지 상상해보세요. 이렇게 되면 새로 태어난 아이는 아마도 정신적으로 붕괴되고 말 것입니다.

어린 아이들이 때로는 전생의 기억을 다소 가지고 있는 경우도 있지만, 정신적인 혼란을 야기할 만큼 치명적이지는 않습니다. 일곱 살 정도가 되면 이러한 기억은 대개 없어지게 됩니다. 육화할 때마다 매번 새로이 갖게 되는 몸을 새 외투에 비유하면 좋을 것입니다. 이 외투를 70년 남짓 편안하게 입고 다니다가 오래되어 낡아서 불편해지면, 그 외투를 버리고(죽음) 새로운 외투(환생 또는 재육화)로 갈아입게 되는 것입니다.

외투마다 색깔이 다릅니다. - 검정, 흰색, 노란색, 갈색 혹은 붉은색 등 그 외투들은 디자인에서도 조금씩 차이가 납니
다 – 여성 혹은 남성, 어떤 것은 화려하
고 아름답게, 또 어떤 것은 평범하고 실
용적입니다. 그러나 그 외투의 색깔과 디
자인, 그리고 최종적인 선택을 결정하는
것은 바로 자신이라는 것을 잊어서는 안
됩니다. 매번 동일한 색깔의 외투를 입고
싶어 하는 사람은 아무도 없을 것입니다. 모든 존재들은 변화를 좋아합
니다! 따라서 다양한 삶을 살고자 합니다. 그것이 한 번은 아프리카의
흑인 공주로 태어나서 살아보고, 또 한 번은 아시아의 티벳 라마승으로
태어나 새로운 삶을 살아볼 기회를 가지게 되는 이유입니다. 그리고 또
한 번의 삶은 붉은 인디언 전사로, 또는 백인 여성으로 태어나 영화배
우가 되는 삶을 선택할 수도 있습니다. 이처럼 다양한 삶을 살기 위하
여 선택할 수 있는 조합과 가능성은 무수히 많이 있습니다.

환생은 여러분들에게 이와 같은 선택의 기회를 주게 됩니다. 균형을
잘 갖춘 완벽한 인간이 되기 위해서는 가능한 한 다양한 삶을 많이 체
험할 필요가 있습니다. 다시 말해 가난과 부유, 고통과 즐거움, 권력과
노예, 남성과 여성 그리고 지구만이 가지는 많은 독특한 상황들을 체험
해볼 필요가 있는 것입니다. 하지만 단 한 번의 생(生)에 많은 것을 배
우기에는 생이 너무 짧으며, 흥미를 가지는 수준 밖에는 되질 않습니
다.

●질문 5: 왜 사람들마다 수명이 다른가요?

답 변: 모든 사람들은 스스로 자신의 수명을 선택합니다. 이는 육화의
목적과도 관련이 있습니다. 어떤 존재들은 단지 몇 시간, 또는 며칠간
의 체험을 선택하기도 합니다. 그러나 이러한 삶의 이면(裏面)에는 어

떠한 목적이 숨어있습니다! 아마도 이러한 존재들은 지구의 진동에 점차 익숙해지기 위해서 짧은 삶을 선택했을 수도 있고, 자신들이 가진 사랑과 에너지를 짧게나마 자신들의 부모와 나누고 싶어 했을 수도 있습니다. 짧은 삶을 사는 데에는 많은 이유들이 있습니다. 반면에 짧은 삶을 사는 대신에 곧 바로 영계(靈界)로 되돌아가 많은 다른 상황과 관계 그리고 모험을 체험할 수도 있을 것입니다. 사람들마다 스스로 계발하고자 하는 많은 내적인 영적 특성들 – 예를 들면 사랑, 연민, 아량, 인내, 희망, 신념 등 – 이 있습니다. 따라서 이러한 영적 특성을 계발하는데 90년 정도 걸릴 것이라고 판단되면, 긴 생(生)을 선택하게 될 것입니다.

하나의 교훈을 완벽하게 습득하고 나면, 죽음이라는 과정을 통해 대개는 지구를 떠나게 됩니다. 대부분의 존재들은 하나의 과제를 배우기 위해서 지구를 찾아오게 되며, 이것을 완성하게 되면 가능한 빨리 지구를 떠나고자 합니다. 그리고 또 다른 과제를 배우기 위하여 몇 년 또는 몇 십 년 내에 지구로 되돌아올 수도 있습니다. 수명의 길고 짧음은 문제가 되지 않습니다. 더 오래 산다고 해서 어떤 보상이 주어지는 것도 아닙니다. 그러나 선택한 과제를 제대로 완수하지 못하고 천상으로 되돌아가게 되면, 이것이야말로 인생의 긴 여정에서 시간을 낭비한 꼴 밖에는 되질 않습니다. 그러나 다행스러운 것은 언제든지 새로운 육신과 삶을 선택할 수 있는 기회가 주어진다는 것입니다!

●질문 6: 우리 모두에게 망각의 베일이 드리워져 있다면, 여기에서 해야 할 일을 우리가 어떻게 알 수가 있나요?

답 변: 여러분이 여기 지구에 존재하고 있는 진정한 목적을 스스로 깨닫게 해주기 위해 영(靈)은 틈만 나면 여러분을 슬쩍 건드려봅니다. 그러나 많은 사람들이 이와 같은 부드러운 건드림에는 전혀 반응을 하지

않기 때문에 우리는 여러분이 힌트를 빨리 알아차리기를 바라면서 부득이 여러분의 최고 상위존재의 허락을 얻어 여러분을 점점 강하게 밀어붙이고 있는 것입니다!

예를 들어 여러분이 음악을 아주 좋아한다고 가정합시다. 3살 때쯤에는 가정용 피아노를 연주했으면 좋았겠지만 대개는 부엌에서 쓰는 주전자나 냄비로 드럼을 치는 흉내만 냈을 것입니다. 7살쯤에는 기타 레슨도 받고, 언젠가는 위대한 음악가가 될 거라고 사람들에게 자랑하곤 했을 것입니다. 15살쯤에는 몇 가지 악기도 연주할 수 있게 되었으며, 여전히 음악은 자신이 좋아하는 관심의 대상이었습니다. 바하의 "양념 같은 소녀들(Spice Girls)"에서부터 모든 타입의 음악을 들으며 행복해했을 것입니다.

그러나 18살쯤에는 부모로부터 음악을 하기보다는 경제학을 전공해서 '안전한 미래를 선택하는 것'이 중요하다는 말을 듣게 되었습니다. 결국 많은 고민 끝에 결국 부모님이 좋은 뜻으로 나를 위해 한 선의(善意)의 제안에 굴복하여 경제학자가 되기로 마음먹고 4년이라는 시간을 보내게 되었습니다. 그러나 이것은 자신이 진정으로 원한 것이 아니었습니다! 그 후 결혼을 했고 가족도 부양하게 되었습니다. 그러나 매일같이 사무실에 출근해야 했으며, 삶이 실망스럽고 혼란스러웠습니다.

이제는 거의 음악도 연주할 수 없게 되었으며, 실망은 날이 갈수록 깊어만 갔습니다. 60살에 퇴직하고 70살에 죽음을 맞이하게 되었습니다. 많은 사람들이 성공적인 삶을 살았다고 생각할지 모르겠지만, 정작 자신은 불완전한 삶을 살았다고 느끼고 있었습니다.

그리고 죽은 후 천상계에 올라가서는 "금생(今生)에서 내가 가지고 있던 많은 지식을 음악분야에 쏟았었다면 좋았을 텐데!"하고 크게 후회하게 됩니다. 또 자신의 재능을 새로운 음악을 작곡하는데 이바지했었더라면 수많은 사람들의 마음에 영감을 불어넣어 많은 위안을 주었을 것이라고 깊은 후회를 하기도 합니다. 얼마나 깊은 후회를 느끼겠습니까? 그래서 여러분들은 "왜 내 영혼은 음악적인 야망을 포기하고 잘못된 길로 들어서고 있다는 것을 나에게 알려주지 않았던 거야?"라고 말할지도 모르겠습니다.

그리고는 지상에서의 지난날들을 뒤돌아봅니다. 차를 타고 대학에 가는 길에 마침 자동차 타이어에 펑크가 났었습니다 … 입학 지원서를 잃어버리기도 했었지요. 그리고 4년간 사용하도록 배정받은 방이 정말로 싫었습니다 … 처음 대학시절 4년간 음악을 들을 때마다 경제학을 거의 포기할 뻔했었고 … 조그만 밴드를 결성해 전국을 여행하자고 하는 제의를 받았으나 거절하고 말았습니다 … 스키를 타다가 다리를 다쳤는데, 회복기간에 앉아서 음악을 연주할 수도 있었지만 TV를 시청하는데 온통 시간을 허비하고 말았습니다 … 은퇴한 후에는 경연대회에서 부상(副賞)으로 받은 전자 오르간을 스파 욕조를 사기 위하여 팔아버리고 말았습니다 … 도대체 얼마나 더 많은 힌트와 자극을 주어야 알아듣겠습니까!

영은 여러분들에게 다가와 당초에 의도한 사명을 침실 벽에다 큰 글씨로 적어 보여주지는 않습니다. 이렇게 하는 것은 여러분들의 자유의지를 간섭하는 것이 됩니다. 따라서 이러한 힌트나 귀띔을 스스로 알아차려야 하는 것입니다!

그래서 우리는 먼저 자신들의 삶에서 가장 하고 싶은 것이 무엇이며, 타고난 재능이 무엇인지를 다시 한 번 살펴보기를 권합니다. 만일 여러분이 음악에 재능을 가지고 있다면, 거기에 맞는 기술을 개발하고 그러한 분야와 관련되는 일이나 취미를 찾아보기를 바랍니다. 만약 남을 돕는 일을 좋아한다면, 카운슬링이나 정신의학과 관련된 일을 찾아보기 바랍니다. 또 동물치료에 관심이 있다면, 수의사와 관련된 직업을 찾아보세요. 그리고 섬유나 색상에 관심이 있다면, 패션 디자인이나 실내장식과 관련된 일을 찾아보기 바랍니다. 내 말의 뜻을 이해하시겠습니까?

하고 싶은 일을 직업적으로 할 수 없다면, 그 일을 적어도 취미나 인류에 대한 봉사라는 차원에서 하도록 해보세요. 꼭 직업적으로 돈을 벌기 위해서 노래해야 하는 것은 아니잖습니까? 합창단에 들어가서 요양원에 있는 노인들을 방문하여 자신이 가진 재능을 무보수로 기쁜 마음으로 표현해보세요. 여러분이 만든 인형이 그런대로 괜찮게 보여도 상업적으로 팔기에는 상품성이 떨어지지 않습니까? 그렇다면 좀 더 배워 재능을 키우든지, 아니면 자신이 만든 인형을 고아원 같은 곳에다 기쁜 마음으로 기증해보세요. 만약에 여러분이 좋은 목소리를 가지고 있다면, 노인들이나 장님들에게 책을 읽어줄 수도 있을 것입니다. 그러나 여러분이 가진 재능이나 진실한 사랑을 절대로 그냥 썩혀서는 안 됩니다! 이러한 재능이나 사랑은 여러분 자신만이 가지고 있는 아주 독특한 것입니다. 많은 사람들이 살아가는 것처럼 반쪽짜리 인생을 살아서는 안 됩니다!

여러분들의 내면에는 두 가지의 육화 목적이 새겨져 있습니다. 하나는 자신의 삶을 살아가면서 타고난 재능을 활용하는 것으로 이것을 개인적인 삶의 계획(Life Plan)이라고 합니다. 또 다른 하나는 세계적 계획(your World Plan)으로 이는 인류에게 이바지하는 것입니다. 이 세계적 계획이 개인적인 삶의 계획과 같은 것일 수도 있고, 개인적인 삶의 계획에서 파생되어 나온 것일 수도 있습니다. 예를 들어 전문 직업이 음악가인 사람이 무료 자선공연을 제공하는 것처럼 말입니다. 또 비록 전문 직업은 간호사지만 노래 부르는 것을 아주 좋아한다면, 주말에 노인정 같은 곳을 방문하여 노인들을 기쁘게 해줄 수도 있을 것입니다. 육화하여 자신들이 하기로 의도했던 일을 진심으로 다하게 되면, 자신들에게 주어진 다른 소질과 재능을 확장하기 위해 또 다른 기회가 주어질 수도 있습니다.

자신들을 일깨우기 위하여 지금까지 얼마나 많은 영적 암시가 있었는지 살펴보세요. 그리고 삶의 여정에서 사실은 여러분을 인도하고자 시도되었던 일이지만, 여러분들은 이런 것들이 우연히 일어난 일이라고 생각되는 것들도 찾아보세요. 여러분들에게 주어지는 이러한 기회를 잘 살펴보아야 합니다. 여러분이 거부할 수 없도록 부르고 있으며 삶의 꿈을 실현시켜줄 이러한 기회를 놓쳐서는 안 됩니다. 여러분을 행복하고 충만하게 하는 것이 무엇인지 찾아보고, 이를 마음속 깊이 새겨 삶 속에서 이러한 것들을 성취할 수 있도록 그 방법을 연구해보세요!

●질문 7: 영(Spirit)에 대해서 말씀하셨는데, 이 영이란 용어는 무엇을 뜻하는 말입니까?

답 변: 신(神), 알라(Allah), 우주에너지, 혹은 영(靈) 등등, 이름을 무엇이라 칭하든 신의 힘(God Force)은 가능한 모든 방법을 통해 여러분과 접촉하고자 시도할 것입니다. 그것은 천사, 요정, 외계인(Aliens), 수호령(Guardians), 에너지적 힘(Energy forces), 상위자아(Higher Self) 또는 여러분의 주의를 끄는 그 모든 것들로 나타날 수도 있습니다.

이 신의 힘은 여러분이 어떤 사람이고, 무엇을 제일 잘 알아듣는지도 알고 있습니다! 모든 사람들은 안내와 보호를 해주는 최소한 2명 이상의 수호천사나 보호령을 가지고 있습니다. 가르침을 주는 영적 인도자들은 여러분이 어떤 주제들 – 치유나 영적 교신과 같은 것 – 을 배울 수 있도록 돕기 위해서 찾아오게 됩니다. 또 나(사난다)와 같은 마스터들은 부름이 있으면, 안내를 요청한 사람들을 돕고 가르치기 위해서 옵니다. 만약 여러분이 불교신자라면 당연히 붓다(佛陀)나 관세음(觀世音)에게 도움을 요청하는 것이 더 편하게 느껴질 것이며, 아마도 여러분의 주위에서 그들의 에너지를 이미 쓰고 있을 수도 있습니다. 또 신실한 기독교 신자라면 나 예수 그리스도나 성모 마리아의 에너지에 더 친숙해있을 것이며, 힌두교도들은 크리슈나(Krishna)나 아르주나(Arjuna)에, 유태인들은 대천사 미카엘이나 우리엘에게 더 친근감을 느낄 것입니다.

우리가 여러분을 처음 접촉할 때에는 당신들 주변에서 서늘하거나 따뜻하게 느끼기도 하지만 사랑스런 진동을 자주 느끼곤 합니다. 그러나 나중에는 여러분이 우리를 볼 수 있으며, 대화도 하게 될지 모릅니다. 어떤 사람들은 우리에게서 향기로운 냄새를 맡기도 합니다! 중요한 것은 우리가 여러분에게 다가갈 수 있도록 가장 숭고한 의도를 가지고 우리에게 요청하는 것입니다. 어떻게 요청해야 될지 그 방법을 모른다 하더라도, 우리는 우연히 일어나는 일(coincidences)이나 동시성(synchronicity)을 통하여 여러분에게 다가갈 수 있습니다. 또 이미 언급한 것처럼 슬쩍 찔러보거나 밀쳐봄으로서 다가갈 수도 있습니다. 우리에게는 종파가 없으며, 특정 종교에 속해 있지도 않습니다. 신실한 기독교인이라고 하더라도 자비로운 치유사인 관세음에게 말을 걸 수도 있으며, 또 독실한 불교신자라 하더라도 성모 마리아나 대천사 미카엘에게 이야기할 수도 있습니다.

상위자아(Higher Self)는 신의 힘에 속해 있으면서 여러분을 구성하고 있는 특별한 일부이기도 합니다. 영적으로 진화해감에 따라 상위 자아를 각성하게 되고 안내나 정보를 얻기 위해서 상위자아를 활용하는 법도 배우게 될 것입니다. 그리고 엄청난 영적인 노력을 통하여 여러분들도 상위자아가 될 수 있습니다!

영(Spirit)은 종교에는 관심이 없습니다. 영은 오로지 자신의 개인적인 영적 진화에만 관심을 가질 따름입니다! 적어도 이 책을 읽고 있는 사람들이라면 자신의 개성(personality) 속에 어떤 영적특성을 지니고 있는지 궁금하게 생각해야 합니다. 모험적인 존재가 되고, 보다 깊은 차원에서 우리와 접촉하려고 노력하세요. 그러면 놀라운 일들이 주어지게 될 것입니다.

●질문 8: 나는 성공적인 삶, 취미생활, 행복한 가정을 꾸려가기 위하여 바쁘게 살아가고 있습니다. 그런데 마음은 무엇을 잃어버린 듯이 허전한데, 왜 그런가요?

답 변: 뭔가 허전하다는 것은 영적인 것과 관련이 있습니다. 그렇다고 일요일마다 교회에 나가라는 말은 아닙니다. 많은 선량한 사람들이 일주일에 한 번씩, 또는 그 보다 자주 교회나 예배당(유대교), 절(寺)에 가지만, 그렇다고 거기에 참석한다고 해서 정말로 영적으로 고양되었다고 느끼는 사람은 별로 없습니다. 사람들은 대개 영적인 모든 일을 목사, 랍비(유대교), 스님에게 일임해버립니다. 이러한 일들은 몇 가지 기도나 명상을 제외하고는 대부분 자신들의 영적진화와도 관련이 되는 일들입니다. 영(靈)이나 신(神)은 신지학적인 어떤 개념으로 존재하는 것이 아니라, 실제로 살아있는 상태를 말하는 것입니다. 여러분들이 이와 같이 살아있다는 느낌을 가지고 살면 살수록 그만큼 자신의 삶은 확장되고 더욱 충만해지게 될 것입니다.

그렇다고 직업이나 가정, 취미를 포기하라는 것은 아닙니다. 단지 그것들을 조금 다른 각도로 볼 필요가 있다는 것입니다. 영을 체험하기 위해서 하루 종일 교회에 앉아 있을 필요는 없습니다. 설거지를 하면서, 혹은 출근길에 운전을 하면서도 영을 체험할 수 있습니다. 처음에는 틈나는 대로 체험하다가 점차적으로 늘어나 하루 종일 영적으로 연결되어있다는 느낌을 가지면서 생활할 수 있게 됩니다. 이렇게 되면 여러분의 삶에 여러 가지 기적이 일어나게 될 것입니다. 즉 여러분의 삶의 계획과 목표가 활성화되어질 것입니다. 주변에 존재하는 세계에서부터 훌륭하고도 새로운 정보를 알게 되며, 자신이 가진 영적인 소질과 재능도 발견하게 될 것입니다. 또한 자신이 참으로 누구인지도 인식하게 됩니다. 여러분 자신이 육신이나 인격, 심지어 두뇌보다도 더 큰 무엇이라는 것을 인식하게 됩니다. 여러분들은 영적인 목적을 달성하기 위해서 자신의 실체(實體)를 사용하고 있는 우주적이고도 천사적인 존재들인 것입니다. 이렇게 인식하고 나면, 삶이 예전과는 다르게 보여질 것입니다. 즉 삶이 어떤 목적을 가진 신성한 사랑으로 채워지게 될 것입니다. 그리고 살아가면서 더 이상 허전하다는 느낌도 갖지 않게 될 것이며, 여러분의 삶은 완벽해질 것입니다.

모든 것들과 마찬가지로 여러분들도 자유의지를 지닌 이 행성위에 살고 있습니다. 여러분들의 현재와 미래는 스스로가 결정하게 됩니다. 지금처럼 불만스럽고 충만하지 못한 삶을 계속 살아갈 것인지, 아니면 생기가 넘치고 충만한 삶을 살아갈 것인지, 그 선택은 여러분들의 몫입니다.

●질문 9: 이러한 정보를 이해하지 못하고, 믿지 못하게 하는 것이 무엇인가요?

답 변: 여러분의 에고(ego)입니다. 비록 그 정보가 자기발전이나 이익을 가져다주기 위한 것이라 할지라도, 에고는 새로운 정보를 받아들이지 못하도록 막습니다. 심지어 그것이 더 좋은 변화라 하더라도 에고는 변화 그 자체를 싫어합니다!

원래 에고는 인간들이 살아가는데 도움을 주기 위하여 인간 본성의 일부로서 발전되어왔습니다. 만약 원시시대에 자신을 제대로 인식하지 못하고 자기중심적이지 못했다면, 식량공급이 원활하지 못할 때에 아마도 굶주린 사자의 밥이 되었거나 자기 종족으로부터 버림을 받아 굶어 죽게 되었을 지도 모릅니다. 에고는 자신이 먹어야 하며, 돌봐져야 되고, 섹스도 해야 하며, 따뜻한 곳을 필요로 한다는 것을 느끼게 만듭니다. 비록 이 에고가 조그만 것이기는 하지만 자신의 생존본능과 개체성을 유지하는데 없어서는 안 될 중요한 것이기도 합니다. 그러나 모든 인류에게 실제로 나타난 결과는 이 에고가 힘(power)의 맛을 알게 되었고 그것을 너무 즐기게 되었다는 것입니다! 이것은 알게 모르게 모든 사람들에게 이어져 내려왔습니다.

에고를 "자기중심적(egotistical)"이라는 것과 혼동해서는 안 됩니다. 즉 거만하고, 경솔하며, 건방지며, 독단적인 것과는 다른 것입니다. 대개는 과묵한 사람이나 자기 과신형의 사람들이 강한 에고를 가지고 있습니다. 에고는 변화나 위험을 감수하지 못하게, 그리고 정서적으로 성장하지 못하게 하기 위하여 여러분을 침묵하게 하고, 보잘 것 없이 느끼게 하며, 소심하게 만들기도 합니다.

여러분이 에고를 가지고 있다는 것을 믿지 못하겠다면, 다음과 같은 조그만 테스트를 해보세요. 사회적으로 가장 중독되어있다고 생각되는 것들, 즉 담배나 하루의 일과를 끝내고 마시는 한 잔의 맥주나 위스키, 초콜릿, 섹스, 텔레비전, 커피 같은 것들을 찾아보세요. 자, 이제 일주일간 이렇게 중독되어 있는 것들을 완전히 끊어보도록 하세요. 대부분의 사람들은 하루 이상을 끊기 힘들 것입니다. 왜 그럴까요?

왜냐하면 에고는 눈치 챌 수 없을 정도의 교묘한 방법으로 여러분이 이러한 절제(節制)를 계속하지 못하도록 영향을 미치게 됩니다. 어떻게 하냐고요? 육체적 긴장을 초래하거나 스트레스가 쌓이게 하여 가족이나 직장 동료들과 말다툼을 하게 합니다. 또 머리나 위에 통증을 일으키거나, 기분을 엉망으로 만들거나, 피곤하게 하기도 합니다. 다른 말로 표현하면, 에고는 당신들이 이러한 절제를 계속하게 되면 삶이 매우 불행해진다는 것을 합리화시킬 때까지 여러분을 피곤하게 만들 것이며, 이를 해소하기 위해서 담배나 커피, 술, 초콜릿 등을 미친 듯이 움켜쥐게 만들 것입니다.

왜 에고가 이렇게 한다고 생각하십니까? 그 이유는 현재 있는 그대로의 삶을 에고가 선호하기 때문입니다. 에고는 변화를 싫어하며, 또한 에고의 의지는 여러분의 의지보다 항상 강합니다. 여러분이 새로운 사고를 받아들여 다른 삶을 살아보고자 해도 에고는 이와 같은 행동을 똑같이 할 것입니다. 에고는 너무 강하며, 여러분들이 이전의 생활방식으로 돌아가도록 온갖 짓을 다하게 되고, 심지어 부정적인 상황을 만들기도 합니다. 에고는 필요한 것을 자유자재로 구현해낼 수 있습니다.

예를 들어 어느 날 여러분이 명상을 배우기 위해 강좌에 참가하겠다고 마음을 먹게 되면, 처음에는 수업을 받도록 내버려두고 에고는 조용히 지켜만 봅니다. 며칠 동안은 아침 7시에 일어나 30분간 명상을 하도록 놔둡니다. 그런 후 4일째 되는 날, 에고는 확실히 늦잠을 자게 만들어 여러분이 9시까지는 회사에 출근을 해야 하므로 아침명상을 할 수 없는 상황을 만들어버립니다. 다음 날은 친구에게서 걸려온 전화벨 소리에 잠이 깨서 30분간 대화하다 보니까 또 늦어서 명상을 할 수 없게 됩니다. 6일째 되는 날은 자기의 잘못으로 명상하는 것을 깜빡 잊어버리게 되고, 주말에는 아예 명상을 포기하고 맙니다. 이렇게 해서 또 다시 에고가 이기게 되는 것입니다!

여러분이 어떠한 새로운 사고를 받아들이고자 하면, 에고는 이것을 받아들이지 못하도록 자신을 합리화할 것입니다. 예를 들어 여러분들이 새로운 종교인 〈Big Toe Study(가상의 명칭)〉를 공부하고 싶다고 가정합시다. 영적으로 점을 쳐서 미래를 알아맞히는 이러한 새로운 방법에 여러분이 호기심을 느끼게 되었습니다. 사람들의 발(足)에는 미래를 암시하는 고유한 심령적인 특징이 있다고 하는 관련서적도 읽어보고, '빅풋(Big Foot)'에 관한 유명한 스승의 지도를 받아 수업에도 참석해봅니다! 그러나 놀랍게도 이러한 초과학적인 현상이 실제로 작용하고 있는 것처럼 보이게 됩니다.

사람의 크고 작은 발가락을 연구함으로써 미래를 예언할 수 있다니 얼마나 놀라운 일입니까! 이제 1년의 장기코스 과정을 이수하기 위하여, '빅 풋(Big Foot) 수도원'에 들어가기로 결정하게 됩니다. 매우 행복하고 흥분되는 시간이기도 합니다. 지금까지 에고는 존재하지 않습니다!

그러나 에고는 이러한 변화를 원치 않습니다. 따라서 에고는 여러분이 이러한 환상을 깨우치고 이 과정을 이수하지 못하게 하기 위해서 여러 가지 상황을 만들어내게 됩니다. 먼저 수년 전에 '빅풋(Big Foot)' 수도원 내에서 있었던 음란한 스캔들을 다룬 기사가 적혀있는 낡은 신문 한 장을 우연히 발견하게 됩니다. 또 수도원의 많은 고위 수도승들이 인공적으로 만든 긴 발가락을 끼고 있었다는 사실도 밝혀지게 됩니다! 특히 자신이 믿고 있던 스승도 이러한 부도덕한 수도승들 속에 포함되어 있었다고 합니다. 곧 스승의 의도도 의심하게 되며, "이건 내가 힘들게 벌은 돈을 빼앗는 사기잖아?"라고 생각하게 됩니다.

이래도 여러분이 단념을 하지 않으면, 이번에는 롤라 스케이트를 타다가 고장이 생겨 '뜻하지 않은 사고'로 다리를 다치게 할지도 모릅니다. 두 다리에 기브스를 해가지고 일 년이라는 장기코스의 긴 이수과정을 마칠 수는 없을테니까요. 이렇게 되면, 자신이 거주하고 있는 지역에서 최초의 '빅풋(Big Foot)' 스승이 되겠다는 희망을 결국 포기하지 않을 수 없게 될 것입니다. 그리고 비로소 에고는 안도의 한숨을 쉬게 될 것입니다.

그러면 이 여우같은 에고를 어떻게 하면 이길 수가 있을까요?

첫째는 에고가 여러분의 삶에서 엄청난 영향력을 가지고 있다는 것을 인지하는 것이고,
둘째는 에고가 어떻게 작용하는지 관찰함으로써 에고에게 위협을 가하고 행동으로 옮기는 것입니다.
셋째는 초연함을 배워 에고가 점점 힘을 잃어버리게 하는 것입니다.

처음 두 단계는 상당히 일리가 있습니다. 그러나 에고가 어떻게 작용하는지를 객관적인 관점에서 관찰해야 됩니다. 에고는 자기가 새로운 것을 하지 못하게 하는 것이 아니라, 여러분이 스스로 원해서 하지 않

는 것처럼 느끼게 만들려고 할 것입니다.

세 번째 것은 에고보다 한 술 더 뜨기 위해서 처음에는 배움과 연습을 동시에 해야 합니다. 예를 들어 무슨 일이 있어 7시 아침명상을 못하게 되면, 그 대신에 점심시간이나 저녁 늦게 명상을 하는 것입니다. 즉 의표를 찔러 에고를 놀라게 하고, 한 술 더 뜨는 것입니다!

당신이 담배를 끊고자 한다면, 여러분의 성질을 이용해서 에고가 스트레스를 줄 것이라는 것을 미리부터 알고 있어야 합니다. 이 경우, 기분 나쁘게 반응하지 말고 숨을 깊이 들이쉬거나 산보(담배를 휴대하지 말고)나 마사지, 향수욕(浴)을 해보세요. 술이나 식사를 한 후에는 여러분의 저항력도 떨어진다는 것을 알아야 합니다. 이 때 에고는 '담배 한 대 쯤은 괜찮아!'하고 강하게 유혹하게 될 것입니다. 에고가 유혹할 때, 화를 내거나 속아서는 안 됩니다 에고는 은밀하게 움직이면서 이런 연습을 오랫동안 해왔습니다. 그러나 에고보다 여러분들이 더 지능적이고 꾀가 많다는 것을 잊어서는 안 됩니다!

자신이 가진 힘을 되찾아 원하는 일을 추진해 가세요! 놀랍게도 여러분이 계속해서 자신이 원하는 삶을 살아가고자 노력하면, 점차적으로 에고는 여러분 곁으로 다가오게 되어있으며, 새로운 행동과 사고를 계속해나갈 수 있도록 내버려둡니다. 그러나 에고가 또 다른 방법으로 술책을 부리지 못하도록 항상 경계를 소홀히 해서는 안 됩니다. 에고에 대처하는 또 하나의 방법은 유머를 이용하는 것입니다. 여러분들의 열망을 짓밟고자 하는 에고의 노력을 지켜보면서 이것을 비웃는 것입니다. 이러한 에고의 노력을 심각하게 받아들여서는 안 됩니다. 에고를 게으르고 짓궂은 아이와 같이 취급하세요. 에고의 힘을 약화시키세요. 인간에게서 에고를 완전히 제거할 수는 없습니다. 그러나 에고가 저항할 수 없을 만큼 독재적인 권한을 행사하는 존재가 아니라 비록 작지만 보호적인 기능을 수행하는 역할은 계속해서 갖게 해야 합니다.

●질문 10: 영적 진화라는 것이 엄숙하고, 경건한 것 아닌가요?

답 변: 절대로 그렇지 않습니다! 교회에 가거나 명상이나 기도를 하는 것처럼, 영성(靈性)도 일상생활의 일부가 되어야 합니다. 영은 슬프거나 까다롭거나 엄격하지도 않습니다. 영은 기쁘고 눈부시며 다정스럽습니다. 그리고 유머 감각도 있습니다! 자신의 삶을 즐기도록 하세요. - 사랑하고, 춤추고, 노래하고, 웃고, 배우면서 … 영은 새콤한 외모와 표정 같은 것을 별로 높게 평가하지 않습니다! 여러분들도 그럴 것입니다. 다음 장에서는 영적인 개념을 생활 속에서 어떻게 적용시켜 갈 것인가 하는 문제를 다루게 될 것입니다. 부디 읽으면서 즐기기를, 그리고 여러분들에게 사랑과 빛이 깃들기를 …

- 사난다 -

2장
가족관계에 대하여

– 성모 마리아의 답변 –

＊이 장에서 제기된 질문들에 대해서는 성모 마리아 (Mother Mary)가 답변해 주었습니다. 그녀는 혼자의 힘으로 마스터가 되었으며, 조건 없는 연분홍 사랑의 빛을 가지고 일을 합니다.

●질문 11: 내 가족도 내가 선택하게 되나요?

답 변: 네, 맞습니다. 여러분이 천상에 있을 때, 개인적인 수호천사와 교사들이 함께 마주 앉아 다음 생(生)에 배워야 할 교훈과 갚아야 할 카르마(業)가 어떤 것인지를 정하고, 이러한 목적을 달성하기 위해서

서로 영향을 주고받게 될 개인들을 선택하게 됩니다. 가족이란 제도는 서로에게 영향을 끼치고 교훈을 배울 수 있는 완벽한 시스템입니다. 가족 구성원을 함부로 무시할 수도 없으며, 이는 인간에게 사랑하고 미워하면서 여러분이 바라는 존재가 될 수 있도록 사회적 여건을 제공해줍니다. 갓난아기일 때는 전적으로 엄마 아빠에 의지해서 음식과 따뜻함, 집, 그리고 격려와 사랑을 받으면서 양육됩니다. 나이가 들어가면서 가족 상호간에 도움과 장애를 받으면서 자신의 성격을 형성해가게 됩니다. 10대가 되면서는 좀 더 독립적으로 바뀌게 되며, 동료와 사회적인 교류를 통하여 보다 가치 있는 것들을 받아들이게 됩니다. 그리고 일반적으로 성인(成人)이 되면, 가족 구성원으로부터 분리되어 완전한 개체적인 존재로 성장하기 위해 스스로 가정을 꾸리게 됩니다.

그 이후부터는 마음에 맞는 좋은 사람들을 만나 그들로부터 이러한 영적인 가르침과 교훈을 배울 수 있는 기회를 갖는 것이 중요합니다. 여기 전형적인 사례를 하나 소개하도록 하겠습니다. 천상에 카렌(Karen)이라고 부르는 한 영혼이 있는데, 주로 인내심과 희망, 사랑, 연민을 배우기 위하여 이제 육화를 하고자 합니다. 그녀는 지난 삶에서 3명의 존재와 해결하지 못한 카르마(業)를 가지고 있습니다. 그래서 이번 생에서는 그 중에 한 존재를 자신의 어머니인 리타(Rita)로, 또 한 존재를 자신의 아버지인 테드(Ted)로, 그리고 세 번째는 동생인 잭(Jack)으로 선택하게 됩니다.

그녀는 과거 인도에 살 때에 고의적으로 한 사람을 죽게 만들었는데, 그 사람을 자신의 어머니로 선택한 것입니다. 카렌(Karen)은 어머니인 리타에게 각별한 사랑과 도움을 줌으로써 이러한 부정적인 카르마를 보상하고자 합니다. 또 한 번의 삶에서는 러시아의 코사크(카자흐스탄)인으로 살았는데, 그 때 그녀는 한 존재의 생명을 구해준 적이 있으며, 이 존재를 이번 생의 아버지인 테드(Ted)로 결정하였습니다. 아버지는 그녀에게 갚아야 할 좋은 카르마를 빚지고 있으며, 그녀가 희망과 신념이라는 특성을 계발할 수 있도록 돕게 될 것입니다. 세 번째는 그녀의 동생인 잭(Jack)입니다. 지난 이태리에서의 삶에서 그녀는 그에게 관용을 베풀지 못했으며, 사람들이 보는 앞에서 그를 헐뜯고 사회적으로 매장하는데 앞장섰었습니다. 이번 생에서 그녀는 동생으로 인해 여러 가지 문제와 고통을 짊어지게 되겠지만, 이로 인하여 그에 대한 인내심과 연민을 배우게 될 것입니다. 그리고 그녀는 이전의 삶에서 한 번도 영국에 육화해본 적이 없었기 때문에 영국의 조그만 시골 마을에서 중산층 가정에 태어나기로 선택하게 됩니다.

　가족의 구성원들은 각자 자신만이 풀어야 할 과제를 가지고 있으며, 가족 구성원으로서 해야 하는 이러한 역할에 흔쾌히 동의하게 됩니다. 천상에서는 화를 낸다거나 증오나 원한 같은 것은 갖고 있지 않지만, 타인에게 저지른 부정적인 것들이나 다른 사람에게서 받은 선의의 것들을 자발적으로 갚고자 하는 마음은 가지고 있습니다. 이것을 소위 카르마를 갚는다고 하는 것이며, 뿌린 것을 스스로 거두는 것입니다. 그렇습니다. 이처럼 가족의 구성원은 본인이 선택합니다, 다만 구성원들의 동의를 얻어서이지요.

●질문 12: 우리가 지니는 육체적인 몸도 스스로 선택하게 됩니까?

답 변: 그렇습니다. 몸은 부모 유전자의 결합체이기 때문에 교훈을 배우는데 가장 도움이 되는 조합(몸체)을 선택하게 됩니다. 그러나 여기서 주목해야 할 점은 스스로 선택한 몸이 항상 완벽하고 건강하지는 않으며, 여러분이 가지고 있는 영성의 새로운 측면을 훈련하기에 가장 적합한 몸을 선택한다는 것입니다.

　예를 들어 위의 예에서, 카렌의 아버지인 테드(Ted)가 폐가 약하고 어머니인 리타(Rita)가 천식을 앓고 있다면, 카렌(Karen)은 유전적으로 이러한 형질을 물려받게 될 것입니다. 그녀는 감기에 잘 걸리고, 겨울이면 몇 달간 아이처럼 침대에서 많은 시간을 보내게 될지도 모릅니다. 그러나 이로 인하여 카렌은 많은 책을 읽게 되며, 컴퓨터를 할 수 있는 시간도 많이 가지게 될 수도 있습니다. 카렌은 어쩔 수 없이 휴식을 통해 보다 많은 지식을 얻게 되고, 어머니와도 값진 시간을 함께 보내게 될 것입니다.

어머니인 리타는 처음에는 깊은 곳에 내재되어 있는 딸이 자신을 살해했다는 잠재적인 기억 때문에 다소 반감(反感)을 가질 수도 있습니다. 그러나 그녀는 병이 들어있는 동안 딸과 함께 많은 시간을 보냄으로써 본능적으로 가지고 있던 부정적인 느낌을 극복하고 서로에 대한 순수한 사랑과 이해를 배우게 될 것입니다. 이러한 관계는 전체 생을 살아가는 동안에 지속될 것이며, 카렌은 딸로서 육체적으로나 감정적으로 어머니가 도움을 필요로 할 때면 언제나 기쁜 마음으로 어머니를 돕게 될 것입니다.

육체적인 결함을 극복하는 것은 여러분이 한 개체인(個體人)으로서 성장해 가는데 많은 도움을 주게 되며, 보다 단호한 결정과 강한 용기를 가지게 해줄 것입니다. 예컨대 운동선수들 중에 많은 챔피언들이 육체적으로는 허약한 상태에서 삶을 시작하지만, 나중에는 이러한 육체적인 결함을 이겨내고 오히려 이것을 하나의 자산으로 만드는 사례를 자주 보게 되는 것입니다.

●질문 13: 부모들이 우리에게 그 외의 다른 교훈들도 가르   쳐줄 수 있을까요?

답 변: 위에서 설정한 가족관계의 예를 들어 설명하면, 가장인 아버지 테드는 아픈 딸인 카렌에게 용기를 북돋아주고 신념과 희망을 심어주

어 결국에는 완쾌되도록 할 것입니다! 또한 운동을 하게 하여 카렌의 가슴을 더욱 튼튼하게 할 수도 있을 것입니다! 이렇게 해서 카렌은 당초에 자신이 설정한 모든 목표들을 달성할 수 있게 될 것입니다! 여름에 아버지는 딸에게 수영강습을 받게 하여 딸이 수영경기를 통해 호흡을 발달시키고 몸을 튼튼하게 만들 수도 있을 것입니다. 즉 이는 과거생에 딸이 쌓았던 선업(善業)을 아버지는 딸에게 희망과 격려, 그리고 지원을 통하여 무의식적으로 되갚고 있는 것입니다.

●질문 14: 형제자매들은 어떤 교훈들을 가르쳐줄 수 있나요?

답 변: 이 시나리오에서 동생인 잭은 질투심이 많아서 아픈 누이가 부모의 관심을 독차지하는 것을 보고 화를 낼 지도 모릅니다. 그는 심술궂어 누이를 약 올리고 못살게 굽니다. 나중에 성장해서는 마약 중독자가 되어 온 가정을 뒤집어놓고 침울하게 만들게 됩니다. 카렌은 이러한 상황을 통해서 동생에 대한 인내심과 연민을 배울 수 있는 기회를 가지게 됩니다. 동생인 잭이 자신의 문제를 스스로 극복할 수 있도록 도와주든지, 아니면 초연하게 한 발 물러서서 무한한 사랑으로 동생이 자신의 삶을 이끌어가게 할 수도 있을 것입니다. 지난 삶에서 그녀는 동생에게 해를 끼치고 고통을 안겨주었다는 것을 기억하세요. 이번 삶에서는 카렌 스스로가 인내심과 포용을 배울 수 있는 기회를 가지게 되는 것입니다.

물론 형제자매들이 나눔과 사랑, 증오, 싸움, 분별, 보살핌, 느낌, 도움 등을 가르쳐줄 수도 있습니다. 열거하자면 끝이 없습니다. 여러분의 현 형제자매들은 여러분에게 무엇을 가르쳐주고 있다고 생각하나요?

●질문 15: 나의 가족관계는 정말로 끔찍할 정도로 좋지 않습니다. 왜 이런 가정을 내가 선택했을까요?

답 변: 사랑하는 이여, 역(逆)기능적인 가정을 선택함으로서 배울 수 있는 교훈들도 많이 있습니다. 어쩌면 **가장(家長)이 가족을 부양하지 않는 불행한 환경이 어떤 것인지를** 배우고 싶었을 수도 있습니다! 또한 관용과 인내심, 믿음을 배우고 있을 수도 있고, 아니면 역경을 극복하는 법을 배우고 있을 수도 있습니다. 그렇지 않으면 업보(業報)에 의해 어떤 카르마를 갚고 있을 수도 있습니다. 많은 육화를 통해 이미 완벽하고 행복한 가정을 충분히 체험했다면, 이번에는 최악의 가정이 어떤 것인지를 알고 싶었을 수도 있습니다.

그러나 왜 자신이 기능장애에 걸린 가정을 선택했는지에 대한 이유를 모를 가능성도 충분히 있으며, 중요한 것은 가족 구성원 간에 당초에 하기로 했던 역할을 하지 않을 수도 있다는 것입니다. 자신들의 가정을 사랑과 연민, 인내심과 이해를 가지고 다시 새로이 시작해보세요. 상황에 대한 인식이 바뀌어야 부정적인 행위를 되풀이하지 않는다는 것을 잊지 마세요. 그리고 사랑스러운 사람들을 만나게 되면 항상 감사하세요.

옛말에 "정말로 보기에 아름다운 꽃도 더럽고 지저분한 진흙 속에

그 뿌리를 두고 자란다."고 말하지 않습니까? 여러분들도 이와 같이 한 송이 아름다운 꽃으로 성장해가도록 해보세요. 그리고 가정이 실패했다고 해서 분(憤)하게 생각하지도 마세요. 여러분들은 어떤 교훈을 얻고자 스스로 그들을 가족의 구성원으로 선택한 것입니다. 자신의 선택이었습니다. 정신적으로 그들에게 사랑을 보내고, 그들을 용서하세요. 미워하는 것은 오히려 자신에게 고통만 가져다줄 것입니다. 고통이 떠나가게 그냥 내버려두세요.

●질문 16: 왜 나는 부유하고, 힘 있고, 건강한 가정에서 태어나지 않았을까요?

답 변: 그러한 가정에서 배워야 할 교훈이 없었기 때문일 것입니다. 아니면 그러한 시나리오는 여러 차례 체험하였기 때문에 어떤 변화가 필요했을 수도 있습니다. 건강하고 부유한 가정이라 하더라도 항상 문제는 있기 마련입니다. 만약에 문제와 갈등이 전혀 없고 조용하고 사랑스러우며 따뜻하게 대해주는 가정에서 태어났다고 한다면, 도대체 도전해야 할 과제가 어디에 있겠습니까? 여러분들은 도전과 모험을, 그리고 이러한 것들을 행동으로 옮기기 위해 이 땅에 태어나지 않았습니까?

  사람들은 일반적으로 태어나서 처음 20년 간 한 가정에서 가족 구성원들과 함께 지내게 됩니다. 나머지 기간은 자신이 갈구하는 것을 스스로 찾고, 또 이에 따라 살아가게 됩니다. 그 기간이 50년, 또는 그 이상이 될 수도 있습니다. "걱정 없는 완전한 가정에서 태어났더라면 지금쯤 무엇이 되어있을 텐데"하고 후회하는 데에 시간을 허비하지 마세요. 항상 오늘 새롭게 태어났다고 생각하세요. 각자가 가지고 있는 기술과 능력들을 사용하여 스스로를 새롭게 창조하세요. 완벽한 가정에서 자랐다면 되었을지도 모를 바로 그 존재가 될 수 있도록 연구하고 연습하고 배우고 변화해가세요. 자기 스스로가 하나의 가정이라 생각하고, 스스로를 키워가세요!

●질문 17: 숙모나 삼촌, 사촌들, 그리고 할아버지, 할머니도 카르마적으로 나와 연관 되어있다는 뜻인가요?

답 변: 보통은 그렇습니다. 드물기는 하지만 가족 구성원들 중에 예전에 전혀 몰랐던 새로운 영혼과 같이 육화해있을 수도 있습니다. 그러나 직계가족이나 넓은 의미에서 가족을 구성하고 있는 사람들은 여러 차

례 지구에서 삶을 함께 했을 가능성이 아주 높습니다. 이들 중에는 좋은 카르마를 빚고 있어 이 번 생에 자발적으로 여러분을 돕고자하는 사람들도 있을 수 있습니다. 만약 지난 생에서 여러분이 남들에게 해 (害)를 끼쳤다면, 그들이 스스로 좋은 본성을 가지려 노력하지 않는 한 이번 생에서는 거꾸로 여러분들에게 해를 끼치려 할 것입니다. 상냥한 사람들이 있는 반면에 즐거움과 고통에는 초연하여 도움도 주지 않지만 방해하지도 않는 사람들도 있습니다. 모든 존재들은 대개 지난 생애에서 해를 끼친 사람들에 대해서 가지는 거부감을 해소하기 위해 육화하지만, 애초에 가지고 있는 불신감이나 분노감, 증오감을 극복하지 못하는 경우가 많이 있습니다. 따라서 많은 존재들이 지난 생애에서 가지고 있던 행동양식을 이번 생에서도 똑같이 되풀이하게 됩니다.

예를 들어 과거 여섯 생(生) 전에 당신이 어느 전투에서 한 영혼에게 깊은 상처를 입혔는데, 이번 생에서는 그 영혼이 자신의 사촌 언니인 맨디(Mandy)가 되었다고 합시다. 맨디를 어릴 적부터 알고 지냈지만 그녀는 항상 당신에게 냉담하게 대했습니다. 그녀는 어린 시절부터 당신과 놀려고 하지도 않았으며, 어른이 되어서도 가족 모임 같은 곳에서 당신에게 말을 거의 걸지 않습니다. 그녀는 평소에 남에게 해를 끼치지도 않으며, 항상 따뜻한 마음을 가지고 있는 사람입니다. 그러나 그녀의 잠재적인 마음속에는 지난 생에 당신으로 인해 해를 입었으며, 또 다시 당신이 그녀에게 해를 끼칠지도 모른다고 상기하고 있는 듯합니다.

그녀는 당신에게 육체적인 해를 입혀 보복하기 보다는 오히려 당신을 피하고 있는 것 같습니다. 여러분이 영적으로 좀 더 진화하게 되면, 지난 생애에서 그녀에게 입힌 상처를 희미하게나마 기억하게 될 것입니다. 이런 경우 여러분에게는 두 가지의 선택이 있습니다. 하나는 지난 생에서 저지른 잘못된 행위를 만회하기 위하여 맨디(Mandy)에게 특별히 더 상냥하게 도움을 주는 것이며, 다른 하나는 기도와 명상을 통해 그녀에게 사랑을 보내고 용서를 구하는 것입니다.

또한 각 개인 간에 어떤 카르마가 얽혀있다면, 이러한 카르마가 영구히 풀려지도록 요청할 필요가 있습니다. 이렇게 하면 맨디는 머지않아 점차적으로 예전보다 좀 더 따뜻하게, 그리고 애정을 가지고 당신 자신을 대한다는 것을 알게 될 것입니다. 비록 그녀는 왜 그런지 이유를 모르겠지만 말이죠.

●질문 18: 나에게는 내가 증오하는 삼촌이 한 분 있는데, 그는 내가 어렸을 때 나를 욕보였습니다. 그는 지금 죽고 없는데, 이 문제를 어떻게 처리해야 하나요?

답 변: 어려울지 모르겠지만, 당신 자신을 위하여 그를 용서해야 합니다. 첫째는 증오심을 항상 지니고 다님으로 해서 자신의 건강과 감정, 마음에 해를 입기 때문입니다. 둘째는 만약 그를 용서해서 해방시켜주지 않는다면, 그는 어쩔 수 없이 카르마적인 속박에 묶일 수밖에 없으며, 미래의 어느 생(生)에서 이것을 재연해야 하기 때문입니다.

영적으로 각성하여 삶이 무엇인지를 깨달을 때까지는 가족 구성원들을 포함하여 대부분의 사람들은 어떤 동일한 패턴을 따르는 경향이 있습니다. 미래의 어느 생에 그가 다시 당신을 욕보이고자 하든지, 아니면 그 자신의 내면에 있는 긍정적인 본성을 깨달아 자신의 욕망을 스스로 없애버리든지 해야 합니다. 질문하는 당신 역시도 또 한 번 조건 없는 사랑의 본성을 발휘하여 그를 용서하든지, 아니면 그와 똑같이 반대로 욕보임으로써 복수를 하든지, 둘 중에 하나를 선택할 기회를 가지게 될 것입니다.

시간이 지남에 따라 사람들은 가해자와 피해자라는 역할을 바꿔가면서 육화를 거듭하게 되며, 이러한 사이클은 영적인 진화를 통해서 어느 한 사람이 그 고리를 끊지 않는 한 계속되어질 것입니다. 확실히 복수

보다는 용서가 높은 미덕이라고 할 수 있습니다.

육신 속에 간직된 증오는 암(癌)으로 발전하기가 쉽습니다. 또한 마음속에 간직된 증오는 우울증과 비정상적인 행동을 유발하게 되며, 영혼 속에 간직된 증오는 엄청난 고통과 회한을 초래하여 여러분이 죽어서 천상으로 올라갔을 때, 금생(今生)에서 이룩한 영적 진화를 끌어내리는 역할을 하기도 합니다.

●질문 19: 우리는 항상 동일한 성(性)으로 환생(還生)합니까?

답 변: 아닙니다. 삶이 바뀔 때면 자주 성(性)을 바꾸기도 합니다. 이렇게 함으로써 남성과 여성의 느낌이 어떻게 다른 지를 배울 기회를 가지게 되는 것입니다. 특히 과거의 사람들은 전혀 다른 형태의 삶을 살기도 했었습니다. 성배(聖杯)를 찾아 신성한 땅을 향해 떠나는 영국의 십자군의 모습과 한편 이들의 아내는 집에서 아이를 낳고 자수를 놓으며 힘들게 지내면서 남편이 돌아오기만을 손꼽아 기다리는 모습을 한 번 연상해보세요. 또 멋진 체험을 즐기기 위해 다른 종족으로 태어나기도 합니다. 이렇게 함으로써 더 많은 것을 즐길 수가 있으니까요. 사자를 추적하는 아프리카의 마사이 전사(戰士)나 중국의 왕후, 그린란드(Green Land)를 발견하기 위해 떠나는 바이킹의 모습을 상상해보세요! 이와 같은 다양한 체험을 얻기 위해서 여러분들은 시간적 배경과 국가를 바꾸게 되며, 이러한 체험을 통해 균형 잡힌 인간이 되어가는 것입니다. 이 지구의 다양성은 그야말로 놀라운 것입니다. 여기에 동의하지 않으십니까?

●질문 20: 나는 고아로서 가족이 아무도 없습니다. 이것은 무엇을 의미할까요?

답 변: 이것은 당신이 지구에 육화하여 어느 누구의 도움도 받지 않고 독립해서 살고자했을 가능성이 높습니다. 당신은 스스로 용감하고 강력한 존재라고 여겼기 때문에 혼자서 여행하고자 했던 것입니다. 아니면 지난 과거의 생에 지구에서 살면서 대부분의 삶을 전통적인 가정에서 양육되었을 수도 있습니다. 따라서 이번 생에서는 완전히 다른 삶을 체험하고 싶었을 수도 있습니다.

또한 갓난아기일 때 고아원에서 당신을 보살펴주던 간호사나 관리인 같은 사람들이 카르마적으로 당신과 더 깊이 연결되어있다는 뜻일 수도 있습니다. 만약 나중에 만약 입양을 가게 되면, 입양한 부모와 그 집의 형제자매들과도 카르마적으로 연결이 되어있을 수도 있습니다. 그리고 이 모든 것은 육화하기 전에 당신이 미리 계획했던 상황이라는 것을 잊어서는 안 됩니다.

당신은 이러한 체험이 꼭 필요했으며, 이러한 영혼들은 당신이 삶의 줄거리를 전개해 나가는데 함께 하기로 한 것뿐입니다. 이것은 마치 자신이 글을 쓰고 감독하고 연출하는 거대한 연극과도 같은 것입니다. 신의 힘은 수백만 대의 컴퓨터를 합쳐놓은 것과 같아서 여러분들의 삶과 또한 삶과 관련하여 상호 작용하는 모든 것들을 계획하고 연출하는데 사용될 만큼 엄청난 힘을 지니고 있습니다. 어떠한 체험이나 사람도 이러한 삶 속으로 우연히 들어올 수는 없습니다. 그렇기 때문에 대부분의 체험은 오직 자신만이 체험을 할 수 있는 독특한 것입니다.

사랑하는 이들에게 나의 사랑과 마음을 보냅니다.

- 예수의 어머니, 마리아 -

3장
사랑과 성(性)

- 마스터 요아킴(Joachim)의 답변 -

＊이 장에서 제기된 질문들에 대해서는 마스터인 요아킴의 답변입니다. 요아킴은 성모 마리아의 아버지이며, 또한 아쉬타 사령부의 지휘관이기도 합니다. 그는 예의 바르고 유머가 있는 대사입니다.

여러분들 중에 많은 분들이 이 장을 처음 대할 것이라 생각합니다. 인간들은 항상 중대한 이 두 가지의 주제(사랑과 섹스)에 대하여 끊임없이 매료되어 왔습니다! 몇 가지 중요한 질문으로부터 시작해볼까요, 그러면 나의 솔직한 견해를 밝히겠습니다. 나도 여러분들처럼 인간으로서의 삶을 살았으며, 이러한 질문들은 당시의 나에게도 매우 중요했었다는 것을 지금도 생생하게 기억하고 있습니다.

●질문 21: 영적이라는 말이 성적인 느낌을 갖거나 성행위를 해서는 안 된다는 뜻인가요?

답 변: 절대로 그렇지 않습니다. 성적인 느낌은 잘못된 것이 아닙니다. 그것은 정상적이고 본능적인 것입니다. 이러한 성적인 느낌과 행위는 종족(種族)을 유지하기 위한 수단일 뿐만 아니라 기쁨을 가져다주는 즐거운 행위로서 창조주가 우리들의 내면에 심어놓은 것입니다. 탄트라(Tantra) 섹스에 대해서 들어본 적이 있나요? 힌두교는 성행위를 당초의 목적대로 신과의 결합을 이루어주는 행위의 하나로 발전시켰던 것입니다. 많은 사람들이 오르가즘을 느끼면서 삶 속에서 천상의 기쁨을 맛보고 있는 것입니다.

누군가와 성행위를 할 때에는 진정으로 상대방을 좋아하고 존중할 것을 권고합니다. 이래야만 성행위가 단순히 색적이고 동물적인 행위가 아닌 "사랑이 깃든 하나됨(Onesess)"의 행위로 승화될 수가 있는 것입니다. 게다가 한 사람의 성숙한 인간으로서 정말로 누군가를 사랑한다면, 당신은 상대방에게 성관계를 갖고 싶다고 솔직하게 말할 것입니다. 이처럼 당신이 사랑하는 누군가와 관계를 갖고 누군가가 정말로 당신을 사랑하는 것은 자신의 삶에 있어 경이로운 사건인 것입니다. 하지만 누군가와 성행위를 하면서 상대방을 사랑하고 존중하지 않는다면, 그 행위는 천박하고 하찮은 것이 되고 말 것입니다.

또한 독신으로 산다는 것도 잘못된 것이 아닙니다. 자신들이 가진 에너지를 성생활 대신 영적인 탐구나 스포츠, 창조적인 활동과 연결하고 싶어 하는 것은 좋은 일이라 할 수 있습니다. 선택은 항상 여러분들의 몫입니다. 옳고 그름은 없습니다. 이성(異性)과 성생활을 하면서 살든지, 독신으로 살든지, 영적인 면에서 보면 어느 것이 다른 것보다 더 높지는 않습니다.

●질문 22: 강간에 대해서는 어떻게 생각하시나요?

답 변: 물론 강간은 성추행이고 동의하지 않는 성행위이기 때문에 옳은 일은 아닙니다. 어느 누구도 타인에게 해를 입히거나 어떤 행위를 강요해서도 안 됩니다. 그것은 영적인 것도 아니며, 사랑도 아닙니다. 만약에 남을 강간해서 육체적 감정적 정신적 영적인 피해를 입혔다면, 카르마의 법칙에 따라 반드시 자신도 피해자가 되어 똑같은 상황에 처하게 된다는 것을 알아야 합니다. 자신도 이와 똑같은 상황을 체험함으로써 다행히도 다시는 그러한 행위를 하지 않게 될 것입니다. 이러한 카르마가 금생(今生)에 일어나지 않는다 해도, 내생(來生)에 언젠가는 확실히 일어날 것입니다. 카르마는 완벽한 응보(應報)이며, 징벌체계인 것입니다. 이 법칙을 이번 생에서 적용받지 않을 수는 있지만, 카르마적 책임을 영원히 피할 수는 없는 것입니다!

●질문 23: 그렇다면 희생자와 가해자라는 카르마적 패턴을 어떻게 하면 극복할 수가 있을까요?

답 변: 가해자나 피해자가 이러한 유형의 패턴(카르마적인 연결고리)을 깨버릴 때, 비로소 새로운 삶이 찾아오게 됩니다. 높은 도덕적 가치와 인간에 대한 연민을 느끼게 되면, 강간이란 행위가 잔혹하며 야만적으로 보이게 될 것입니다. 가해자와 피해자 둘 다 이러한 연민을 느끼고 서로에게 해를 끼치고 싶어 하지 않으면 (사실은 과거 생에서 저지른 부정적 행위를 용서하는 것), 그 패턴은 영원히 소멸되어 다음 생에도 이러한 상황은 일어나지 않게 될 것입니다. 일단 삶의 중요한 교훈들을 철저히 배우고 나면, 그러한 것들을 되풀이하게 하는 상황은 더 이상 일어나지 않게 됩니다. 아동에 대한 성추행, 성폭행, 성희롱에 대해서도 동일한 상황이 적용됩니다. 항상 용서가 가장 중요한 수단이 되는 것입니다.

용서를 배우지 않으면 증오와 고통을 항상 지니고 다니는 꼴이 되며, 이번 생이나 미래의 어느 생에 반드시 부정적인 영향을 끼치게 될 것입니다.

●질문 24: 영(靈)은 동성애(同性愛)에 대하여 어떠한 견해를 갖고 있습니까?

답 변: 영은 사랑과 존중으로 행하는 어떠한 사랑이나 성행위도 나쁜 것으로 판단하지 않는다는 것을 다시 한 번 강조해두고자 합니다. 수많은 육화를 거듭하면서 동성연애를 하는 남성과 여성으로서의 삶이 어떤 것인지를 체험해보고 싶어 하는 존재들도 있었을 것입니다. 그렇다고 이것이 '잘못된' 상황은 결코 아닙니다. 단지 이것도 많은 변종(變種)들 중에 하나에 불과한 것입니다. 개인적으로는 동성연애가 감정적인 엄청난 고통을 초래한다는 것도 잘 알고 있습니다. 아직까지도 사회적으로는 색다른 사람이나 위협적으로 보이는 사람들에 대해서 매우 편향적인 생각을 가지고 있습니다.

그러나 개체적인 영혼들은 이와 같이 아주 색다른 생활방식이나 감정적, 정신적 유형을 기꺼이 선택합니다. 이러한 선택을 하는 존재들은 매우 용감하거나, 아니면 멍청하거나 둘 중의 하나일 것입니다. 선택은 항상 여러분들의 몫입니다. 그러나 이러한 선택을 한 영혼들에 대해서 부디 관용과 사랑을 갖기를 바랍니다. 다음 생에서는 여러분들도 이러한 삶을 선택할지 누가 알겠습니까! 남들이 여러분을 어떻게 대해 주는 것이 좋습니까? 사랑과 이해입니까? 아니면 분개와 노여움입니까?

●질문 25: 영은 간통(姦通)에 대해서 어떻게 생각하고 있나요?

답 변: 비난하기 보다는 매우 가슴 아프게 생각합니다. 사랑하기 때문

에 하든, 마지못해서 하는 것이든 상관없이 문제가 되는 것은 육체적 행위 그 자체가 아니라 법적인 배우자와의 믿음과 신뢰에 금이 가기 때문입니다. 간통을 한 것이 발각되면, 대개는 서로에게 감정적인 고통을 줄 뿐만 아니라 가정생활이 끝나게 되는 경우도 종종 있습니다.

현재 사회생활을 하고 있는 많은 사람들이 지난 생(生)에서 부인과 남편, 그리고 연인의 관계로 있다가 카르마적인 고리를 풀지 못하고 얽혀진 상태에서 생을 마감한 경우가 많습니다. 이 때문에 이번 생에서 많은 파트너를 가지게 되는 경우가 흔하며, 또한 이혼율도 높은 것입니다. 영적인 면에서는 바로 이러한 것이 영이 부정적인 상황을 긍정적으로 활용하는 좋은 사례가 됩니다! 당연히 우리는 여러분이 쌍둥이 영혼(Twin flame)을 만나 여생(餘生)을 그 파트너와 함께 만족한 삶을 살기를 바랍니다. 그러나 아주 소수의 사람들만이 쌍둥이 영혼을 만나 결혼을 하며, 대다수의 사람들은 어쩔 수 없이 자신의 파트너를 만나지 못하고 그 만날 것 같지도 않은 쌍둥이 영혼을 찾아 헤매고 있습니다. 불행히도 여러분들 대다수가 잘못된 장소에서 맞지도 않는 사람을 찾고 있는 것입니다.(＊소울 메이트는 두 영혼의 친화적 관계이지만 트윈플레임은 한 존재의 두 측면입니다. 소울 메이트는 영혼의 동반자라면, 트윈 플레임은 천상에서 정해진 영혼의 짝으로서 쌍둥이 영혼입니다.)

원래의 질문으로 돌아갑니다 – 그렇습니다. 간통은 잘못된 것입니다. 결혼생활이 너무나 문제와 장애가 많아 섹스 파트너를 찾아야 할 정도라면, 새로운 파트너를 찾고자 하는 동기(動機)와 결혼에 대해 좀 더 진지하게 살펴볼 필요가 있습니다. 아직도 인간적으로 성숙하지 못하여 어떤 욕심을 가지고 있는 것은 아닌지, 그렇지 않으면 지금의 배우자에게도 자기의 쌍둥이 영혼(Twin flame)을 찾을 기회를 주기 위해 서로에게 상처주지 않고 원만하게 결혼생활을 끝낼 것인지를 살펴보아야 합니다.

●질문 26: 어떻게 하면 소울 메이트(soul mate)를 만날 수 있을까요?

답 변: 소울 메이트라는 용어는 너무 많이 남용되었기 때문에 대신에 쌍둥이 영혼(Twin flame)이라는 용어를 사용하겠습니다. 여러분들은 어린 시절 짝꿍에서부터 10대 때의 데이트 상대나 그 후 섹스나 결혼 상대에 이르기까지 삶에서 많은 소울 메이트를 만나게 됩니다. 그리고 그들은 여러분과 여러분의 삶에 있어 아주 소중한 교훈을 많이 가르쳐 주게 됩니다. 그들에게 사랑과 감사를 보내주세요!

그러나 영혼의 짝인 쌍둥이 영혼은 아주 특별한 존재입니다. 이 존재는 항상 여러분이 영적인 높은 진화단계에 이르렀을 때 비로소 여러분의 삶 속에 나타나게 됩니다. 이들의 목적은 단순히 여러분과 결혼해서 행복한 결혼생활을 하는 것이 아니라 여러분에게 영감을 불어넣어 주고, 또 여러분이 지닌 참다운 영성 그리고 삶의 계획과 세계적 계획을 발견하게 하는데 목적이 있습니다.

이러한 계획과 프로젝트를 성취하기 위하여 그들은 늘 서로 함께 일하게 될 것입니다. 대개 쌍둥이 영혼은 여러분과는 다른 성(性)을 가지고 있는 경우가 많으며, 경우에 따라서 동성(同性)을 가질 때도 일부 있습니다. 때로는 가장 친한 친구가 쌍둥이 영혼일 수 있으며, 가끔은 육체적 쌍둥이가 쌍둥이 영혼인 경우도 있습니다. 소울 메이트로 함께 하는 두 사람이 함께 영감을 받아 그들이 지닌 영적인 본질을 계발시켜가게 되면 쌍둥이 영혼으로 발전할 수도 있습니다.

그러나 대개는 다음과 같은 방식으로 전개됩니다. - 먼저 자신이 가진 진정한 영적인 본질을 발견해야 합니다. 그런 다음 계속 영적인 본질을 발전시켜 자신의 삶의 계획과 세계적 계획을 이해하게 됩니다. 이러한 계획에 따라 살아가면서 여러분들은 점점 더 현명해지고 무한한 사랑의 존재가 되어가는 것입니다. 다른 사람들을 존중하고 따뜻하게 대하게 되고, 이런 연후에야 비로소 동일한 목적과 미덕을 지닌 쌍둥이 영혼을 만나게 되는 것입니다. 하지만 대개 이들 간에 일어나는 끌림 현상은 엄청나게 압도적이거나 열정적이지가 않습니다! 이 점을 주의해야 합니다. 대개 카르마적으로 얽혀진 관계(소울 메이트)에서는 곧 바로 엄청난 열정이 생기게 되는 경우가 많습니다. 즉 카르마적으로 얽힌 관계는 단기간에 하나의 관계를 만들어내야 하기 때문에 이와 같은 현상이 일어나는 것입니다. 이 카르마가 충분히 해소될 때까지 긴 기간 동안 붙잡아두기 위하여 서로가 성적으로 끌리게 될 것입니다.

이에 반해서 쌍둥이 영혼은 서로가 충분히 이해하게 되는 데에도 수년이 걸립니다. 대개 그들은 서두르지 않습니다. 서로의 공통된 관심사가 그 둘이 맺어지도록 이끌게 되며, 천천히 사랑에 빠지게 만듭니다. 자신이 상대방을 지원하고 격려하는 것처럼, 그들도 여러분을 지원하고 격려하게 될 것이며, 스스로가 지닌 영적 본성을 깨닫게 하고 삶의 계획을 활성화시켜나갈 것입니다.

쌍둥이 영혼은 일반적으로 서로 민족과 연령, 사회적 계급을 달리하는 경우가 많습니다. 육체적인 엄청난 아름다움이나 금전, 권력, 지능에 끌리는 것이 아니라, 목적의 유사성 때문에 서로에게 매력을 느끼게 됩니다.

쌍둥이 영혼 간의 상호관계는 평등에 기초를 두고 있으며, 남성/여성의 전형적인 성적 역할에 별로 구애받지도 않습니다. 따라서 서로를 깊이 이해하고 보살펴주어야 합니다. 쌍둥이 영혼끼리는 상대방의 역할을 서로 대신할 필요가 없습니다. 따라서 사랑에 빠지지(falling in love) 않고, 사랑으로 함께 일어나게(rise in love) 될 것입니다.

●질문 27: 어떻게 하면 내 곁을 떠나 버린 과거의 사랑하는 이에 대한 분노를 멈출 수 있을까요?

답 변: 누군가와 사랑에 빠지게 되면, 상대방의 가슴에 영적 또는 심령

적인 줄이 만들어지게 됩니다. 둘 사이의 관계가 잘 진행되는 동안에는 모든 것이 장미빛이며, 가슴 한 가운데 있는 가슴 차크라에서 사랑의 감정을 이 줄을 통해 상대방에게 흘려보내게 됩니다. 그러나 둘 사이의 관계가 특히 갑작스럽게 끝이 나게 되면, 이러한 영적인 줄은 분노나 증오를 겪으며 곪아터져 대개는 오라장의 바깥 2개의 장(場)에 매달려있게 됩니다. 이렇게 되면 끊어져 열려져있는 영적인 줄을 통해서 부정성이 들어오게 되며, 이 부정성이 육체적 및 감정적인 고통을 유발하게 되는 것입니다.

이런 경우는 조용히 앉아서 끊어진 줄을 다시 연결하고, 이 영적인 줄이 황금빛 사랑으로 흘러넘치는 모습을 상상하도록 하세요, 이것은 매우 중요한 일입니다. 이 줄을 질질 끌고 다니도록 방치해서는 안 됩니다. 물론 서로간의 관계를 부드럽게 단절하여 고통이나 고뇌를 거의 겪지 않으면서 서서히 관계를 줄여가는 사람들도 있습니다. 그러나 또 한편으로는 마음으로 연결된 영적인 줄을 그대로 간직한 채 감정적으로, 마음적으로, 혹은 영적으로 그 관계를 놓으려하지 않는 사람들도 있습니다. 이러한 사람들은 밤에 잠을 자면서 대개 높은 아스트랄계에서 서로 만나 시간을 같이 보내게 되며, 잠을 깨고 나서는 아무 것도 기억하지 못하게 됩니다! 이것이 바로 인간의 의식으로는 알 수 없는 '아스트랄 로맨스'라고 하는 것입니다.

과거에 대한 기억으로 인해 삶이 고통스럽게 느껴진다면, 부디 그 줄을 끊어버리기 바랍니다. 쌍둥이 영혼(Twin flame)처럼 모든 사람들이 우리와 함께 할 수는 없다는 것을 깨달아야 합니다. 여러분들은 지금까지 단지 소울 메이트를 만난 것뿐입니다. 좋은 것이든 나쁜 것이든 그들로 인하여 교훈을 배우게 된 것을 감사하게 생각해야 합니다. 하지만 너무 많은 사람들이 관계에서 일어났던 일들 가운데 나쁜 것들만을 기억하고 있습니다!

지금부터 여러분을 인정해주고 사랑해줄 진실한 쌍둥이 영혼을 찾아보도록 하세요. 과거의 사랑에 너무 집착하지 마세요. 용서하고 잊으세요. 그러면 아마 다음에 육화할 때에는 그들과 보다 성공적인 로맨스를 하게 될 것입니다!

●질문 28: 영은 매춘행위에 대하여 어떻게 생각하나요?

답 변: 고대에는 큰 사원에 여사제(女司祭)들이 있었는데, 그들은 마을에 사는 젊은 총각들과 성관계를 갖는 경우가 자주 있었습니다. 하지만 이들은 이러한 성행위를 연민과 무조건적인 사랑의 발로(發露)에서 행했습니다. 즉, 높은 영적인 목적을 가지고 성행위를 했던 것입니다. 오늘날에도 이와 같이 고차원적인 의도를 가지고 매춘행위를 한다면, 영(靈)은 이러한 직업에 대해서 어떠한 이의(異意)도 가지지 않을 것입니다. 그러나 불행히도 대부분의 매춘행위는 그렇지가 못합니다.

매춘행위는 대부분 돈을 벌기 위해서나 욕망을 채우기 위해서 생기게 되며, 그렇지 않은 경우는 폭력이나 마약과 연관되어있습니다. 이러한 부정적인 것들은 섹스를 하기 위한 이유에 불과한 것입니다. 이런 이유로 행하게 되는 성행위는 영적으로나 마음적으로, 그리고 감정적으로 파동을 고양시키지 못합니다. 애초부터 그러한 행위에 사랑이나 존중이 없었으니까요. 매춘과 고객을 통하여 확실히 삶의 많은 교훈들을 배울 수는 있지만, 대개는 이러한 행위들이 가장 숭고한 의도에서 나온 것이 아니라는 데에 문제가 있습니다. 따라서 우리는 이러한 거래를 비난하기보다는 슬픈 눈으로 바라보고 있는 것입니다.

●질문 29: 일부다처제(一夫多妻制)에 대해서는 어떻게 생각하십니까?

답 변: 극히 드물기는 하지만 자신의 나머지 반쪽인 쌍둥이 영혼(Twin

flame)을 하나 이상을 가지고 있는 사람들도 있습니다. 3분할을 하게 되면, 둘을 합해도 전체인 하나를 온전히 구성할 수가 없기 때문에 누군가 하나는 남아있게 되든지, 아니면 기대치의 절반 밖에는 맞을 수가 없게 됩니다! 일부다처제의 경우는 대개 카르마적인 원인에 의하여 생기게 됩니다. 그들은 서로 즐기고 사랑할 수는 있지만, 쌍둥이 영혼이 아니라는 것만은 확실합니다. 만일 쌍둥이 영혼이라면 그들은 당신 하나로 충분히 만족하게 될 것이며, 당신도 쌍둥이 영혼 외에는 그 누구도 필요치 않을 것이기 때문입니다.

● 질문 30: 영은 근친상간(近親相姦)에 관해서는 어떻게 보는 지요?

답 변: 모든 상황을 따로 따로 분리해서 보아야 합니다. 어느 한쪽이 상대방에게 어떠한 심리적, 감정적 또는 육체적인 압력을 가하지 않고 성인들 상호간에 동의에 의해 이루어지는 근친상간이라면 이것은 받아들일 수 있습니다. 예컨대 이집트의 왕들과 왕비들도 자신의 형제자매들과 자주 결혼을 했었습니다. 그러나 오늘날에는 일반적으로 이와 같은 결혼을 바람직하지 않은 것으로 받아들이고 있습니다. 대개의 경우 형제자매는 쌍둥이 영혼(Twin flame)이 아닙니다. 이들은 지난 삶에서 못다 이룬 로맨스의 흔적이 남아있어 카르마적으로 얽혀있을 가능성이 높습니다. 그러나 고차원적인 영적직관을 통하여 이번 생애에서는 그들과 성적인 관계나 연애를 추구하지 않아도 된다는 것을 알고 있는 것입니다.

이것은 아버지/딸과의 관계, 또는 어머니/아들과의 관계에서도 비슷합니다. 나 개인적으로는 이러한 관계가 정말로 쌍둥이 영혼(Twin flame)간의 관계인지에 대해서는 솔직히 잘 알지 못합니다. 그러나 만약 거기에 어떠한 형태의 강압이라도 개입되어있다면, 이러한 근친상간은 영적으로나 도덕적으로도 확실히 잘못된 것입니다. 가족 내에서 힘

을 가진 성인과 미성년인 어린 형제자매나 딸, 그리고 아들과의 관계에서는 특히 더욱 그렇습니다. 이것은 사랑도 연민도 존중도 아닌 것입니다. 이것은 단지 욕심과 정욕을 행동으로 옮기는 것에 불과한 것입니다. 근친상간을 통하여 많은 교훈을 배울 수도 있겠지만, 대개는 이로 인한 정신적인 고통과 고뇌가 전(全) 생에 걸쳐 따라다니게 되며, 그 상처가 마음속 한 구석에 남아있어 극도로 부정적이고 파괴적인 결과를 낳게 된다고 영(靈)은 말하고 있습니다. 마스터들은 절대로 그와 같은 어리석은 행동을 하지 않습니다. 여러분은 마스터가 되고 싶지 않으세요?

지금까지 사랑과 섹스에 대하여, 동의할 수 있는 주제와 동의할 수 없는 주제들에 대하여 살펴보았습니다. 무엇이 옳고 그른지, 또는 무엇이 건설적이고 파괴적인 것인지는 우리 모두가 가슴속의 내면에 그 답을 가지고 있다고 믿고 있습니다. 매사가 그렇듯이 선택은 여러분들이 하는 것입니다. 만약 여러분이 잠깐 멈춰서 '이것이 나의 가장 고귀한 선(善)을 위한 것인가?'하고 묻고 이 질문에 대해 사랑하는 마음으로 성실하게 답한다면, 자신의 내면에서 그 답을 발견하게 될 것이라 믿습니다.

축복이 있기를 … 여러분의 오랜 친구로부터,

– 요아킴 –

4장
일과 능력(WORK & ABILITY)

– 세라피스 베이(Serapis Bey)의 답변 –

＊세라피스 베이는 이집트의 신(神) 프타(Ptah)로 육화한 적이 있으며, 깨달은 대사(master)로서 지구를 감시하는 업무를 돕고 있습니다. 또한 그는 영단에서 4광선을 담당하고 있으며, 짙은 녹색의 오라를 가지고 있습니다.

●질문 31: 제가 특별한 재능을 가지고 태어났다는 말이 사실일까요?

답 변: 모든 존재들은 어떠한 재능이나 능력, 그리고 기술들을 가지고 태어나게 됩니다. 어떤 사람들은 어릴 적부터 이러한 재능을 명확하게 나타내는 경우도 있습니다. – 노래를 잘하는 어린이, 천부적인 젊은 운

동선수, 수학이 천재인 꼬마들 등은 많은 전생(前生)을 살면서 이와 같은 기술들을 완성했던 것입니다. 예를 들어 어느 영혼이 쇼팽이나 바하와 같은 유명한 작곡가로서 생(生)을 살았으며, 또 다음 생에서도 계속해서 음악을 사랑하는 삶을 살기를 바랐다고 가정합시다. 이런 경우 그 영혼이 가진 어떤 재능들은 어린 시절부터 나타날 것입니다. 몇 번의 짧은 레슨만 받고도 피아노를 연주할 수 있는 세 살 된 천재 아이가 있다면, 이러한 아이가 여기에 해당됩니다. 그러나 대부분의 경우에는 그 재능이 알아챌 수 없을 정도로 잠재적인 것이어서 현재의 삶을 살면서 다시 배워야만 합니다.

  예를 들어 공부하기를 좋아하는 한 젊은 여성이 머리 속에는 온통 책에 대한 생각으로 가득 차있다고 합시다. 그녀는 언제나 사람들의 행동양식이나 업적에 관심을 가지고 있습니다. 친구들에게 조언도 해주고, 심지어는 정신분석까지도 해주게 될 지도 모릅니다. 다른 사람들을 돕고 카운슬링을 하고자 하는 강한 충동을 느끼며, 사람들의 마음상태에 깊은 관심을 가지게 됩니다. 이것도 일종의 타고난 재능으로서 점차적으로 적절한 가르침이나 카운슬러나 정신과 의사 혹은 심리학자로부터 도움을 받게 되면, 그녀는 자신이 가진 재능을 나타내 보일 것입니다. 카운슬링, 감정이입(感情移入), 처리기법 등 다양한 기술을 사용해가면서 그녀는 자신이 하기로 되어있는 삶의 계획(Life Plan)을 현실로 실현하게 될 것입니다. 이러한 재능들을 통해 그녀는 삶에 만족을 얻고 내면의 욕구를 충족시키게 되며, 사람들을 이해하고 그들과 더불어 일하게 될 것입니다.

  그녀는 자신이 발견한 것들과 특정문제에 대한 해결방법에 대해 책을 저술함으로써 삶의 계획(Life Plan)으로, 더 나아가 세계적 계획(World Plan)으로 확장해갈 수도 있을 것입니다. 또는 무료 진료소를 개설하여 정신적인 문제로 시달리는 가난한 사람들에게 스스로 어려움을 극복할 수 있도록 도움을 줄 수도 있을 것입니다.

같은 방법으로 색감이나 외관에 대하여 타고난 재능을 가진 소년이 있다면, 그는 아마추어 미술가로 시작해서 나중에는 전문적인 화가로 성장할 수도 있을 것입니다. 풍부한 상상력이 들어있는 그의 그림은 전 세계 많은 사람들에게 영감을 불어넣어주고 감정을 고양시킴으로써 큰 즐거움을 주게 될 것입니다. 더 나아가 무료 강습소를 열어 젊은 화가들을 양성할 수도 있습니다. 따라서 그는 개인적인 삶의 계획(Life Plan)과 세계적 계획(World Plan)을 동시에 실현하는 삶을 살게 되는 것입니다.

아마도 각자의 타고난 재능이 겉으로 발현되지 않을 수도 있지만, 내면에는 그러한 재능을 확실히 가지고 있습니다.

●질문 32: 그렇다면 그러한 재능을 어떻게 해야 발견할 수 있나요?

답 변: 자신의 삶의 계획이 무엇이고, 이것이 어떻게 세계적인 계획으로 발전해 가는지 확실히 이해되지 않는다면, 다음과 같이 한 번 해보세요.

다음 열 개의 줄에 살아가면서 가장 하고 싶은 일들을 적어보세요.

1 ....
2 ....
3 ....
4 ....
5 ....
6 ....
7 ....

8 ....

9 ....

10 ....

가장 하고 싶은 일들 중에 서로 공통되는 어떤 맥락이 있는지 살펴보세요.

예를 들어 좋아하는 활동으로 나열한 것이 - 영화, TV, 화장품, 패션, 연기(演技)라면, 그리고 평소에 영화나 TV 관련 산업에서 일하고 싶은 꿈을 꾸어왔다면, 그 방면에서 일할 수 있는 기회를 찾아보세요. 모든 사람들이 다 영화배우가 될 수는 없습니다. 하지만 거기에 맞는 해당교육을 받게 되면, 분장사나 하다못해 일반 도우미라도 될 수 있을 것입니다. 직업적으로 이러한 분야에서 일할 만큼 충분한 자신(自信)이 없으면, 아마추어 연극모임 같은 곳에서 봉사활동을 하면서 경험을 쌓도록 하세요. 중요한 것은 자신이 좋아하는 일을 하는 것입니다.

반면 좋아하는 일이 - 사람들과 이야기하는 것, 남을 돕는 것, 약초 강장제(herbal tonics) 재배, 정원 가꾸기, 아기 돌보기와 같이 나왔다면, 허브 재배와 아이들을 가르치는 일과 관련된 교육을 받고 천연요법과 어머니 지구와 관련된 공부를 하는 것이 좋을 것입니다. 처음에는 비록 아마추어로 시작하지만, 결국에는 전문적인 직업인으로 성장하게 될 것입니다. 중요한 것은 좋아하는 일에 정말로 타고난 재능을 가지고 있어야 한다는 것입니다. 그러면 실질적인 면에서 처음에는 이러한 재능을 취미활동으로 시작하지만, 나중에는 전문 직업이 될 수 있을 것입니다. 이렇게 함으로써 스스로 대단한 만족을 얻게 되며, 삶은 더욱 충만해지고 만족스럽게 될 것입니다! 여러분들이 잘 할 수 있는 것을 모두가 함께 누릴 수 있도록 해보세요!

●질문 33: 그렇게 되면 수입이 줄지 않을까요?

66

답 변: 아마 그럴 수도 있을 겁니다. 그러나 어떤 삶을 사느냐가 중요합니다. - 부유하지만 불행하게 살 것인가, 아니면 가진 것은 별로 없지만 기쁘고 충만하게 살 것인가? 선택은 여러분의 손에 달려있습니다. 먼저 삶에서 자신에게 맞는 직업을 찾아내고 이 직업을 통해서 남을 돕게 되면, 점차적으로 살림살이도 좋아지게 되며, 나중에는 이전보다도 더 많은 수입이 생기게 될 것입니다. 결국 정말로 좋아하는 일을 하게 되면, 시계를 볼 필요도 없고 초과근무를 한다 해도 절로 신이 나게 됩니다.

●질문 34-a: 나의 영적 및 심령적인 재능은 어떻습니까?

답 변: 모든 사람들이 영적 재능을 가지고 태어나지만, 대부분의 사람들은 자신이 이러한 재능을 가지고 있다는 사실과 이것을 어떻게 계발해야할지를 모르고 있습니다. 영적으로 이것을 일깨워주기 위해 영은 살아가는 동안에 여러 차례에 걸쳐 여러분에게 접근을 시도합니다!

어떤 아이들은 눈에 보이지 않는 소꿉친구들을 가지고 있는 경우가 있는데, 이 소꿉친구는 실제로 천사적인 존재들입니다. 어떤 사람들은 예언적이거나 미래를 알려주는 꿈을 꾸기도 합니다. 또 어떤 사람들은 죽은 친척을 마치 살아있는 것처럼 느끼기도 하고, 죽은 이후에도 이들을 보기도 합니다. 또 상대방이 무슨 말을 하려는지, 어떤 일을 하려는지, 무슨 생각을 하고 있는지를 정확하게 알아맞히는 사람들도 많이 있습니다. 필요한 것에 생각을 집중함으로써 여러 사람들이 보는 앞에서 단시간 내에 그것을 구현해내는 사람들도 있습니다. 이러한 것들은 모두 타고난 심령적인 재능이지만, 사람들은 이것을 타고난 재능이라고 생각하지 않는 경우가 많이 있습니다.

어느 정도의 훈련을 받게 되면, 이러한 기술들을 일상생활 속에서 쉽게 사용할 수가 있습니다. 다만 이러한 심령적인 기술들을 반드시 전문적이고 믿을 만한 사람으로부터 배워야합니다. 세상에는 돌팔이와 같은 사람들이 수없이 많이 있으니까요. 그들의 의도가 고차원적인 선(善)을 추구하고 있는지 잘 살펴보아야 합니다. 또한 그들이 스스로 말한 것을 실제로 실천하고 있는지, 그리고 빛(light) 속에서 일하고 있는지도 잘 살펴보아야 합니다.

천사들에게 말도 걸어보고, 필요한 것도 구현해내고, 남들을 이해하고 싶지 않으세요! 여러분들은 잘 할 수 있습니다. 그러나 어떤 것을 배우는 데에는 시간과 노력을 기울여야 하듯이, 필요한 것을 실현하고 남들을 이해하는 데에도 그와 같은 시간과 노력이 소요되는 것입니다.

● 질문 34-b: 이런 능력이 이미 계발된 상태로 태어나는 사람도 있지 않나요?

답 변: 분야마다 신동(神童)이 있게 마련인 것처럼, 이러한 재능을 이미 계발한 상태로 태어나는 아이들도 극소수가 있기는 합니다. 그러나 99.9%의 사람들은 이번 생에서 다시 배워야 합니다. 여러분들은 '일곱 번째 아들의 일곱 번째 아이'가 될 필요는 없습니다.

※주(註): ☞ 일곱 번째 아들의 일곱 번째 아이
1988년에 그룹 결성 13주년을 맞이하여 공개된 아이언 메이든의 7번째 스튜디오 앨범은 매우 특별하게 꾸며졌으며, 일곱 번째 앨범(두 장의 라이브 음반을 제외한)이라는 데서 착안하여 앨범 타이틀을 〈Seventh Son Of A Seventh Son〉으로 정했다. 이들은 달의 정기를 받으며 신비스러운 치유능력, 예지능력을 가지고 태어난 7번째 아이(Seventh Son)와 이를 둘러싼 선과 악의 대결을 주제로 한 컨셉트 앨범을 선보였다.

그러나 자녀가 이러한 재능을 가지고 있다는 사실을 가족 전체가 믿

어주고, 또 이런 재능을 제대로 키워줄 수 있는 가정에서 태어나는 것이 가장 바람직합니다. 어린 아이들은 대개 심령적으로 민감하기 때문에 요정과 천사들을 볼 수 있습니다. 또 있는 그대로 믿고 증거하기도 하는데, 그들은 오라(Aura)를 보고 다른 세계가 존재한다는 것도 믿습니다. 그러나 부모들은 아이들을 키우면서 어쩔 수 없이 좀 더 현실적이 되라고 가르칠 수밖에 없으며, 결국 이러한 재능들은 망각되게 됩니다! 그러나 다시 이러한 재능들을 부활될 수가 있습니다!

보통 사람들은 살아가면서 이렇게 말합니다. "보여주면 믿을게." 그러나 앞으로는 이렇게 말해야합니다 "믿으면 볼 수 있어!" 반대로입니다. 과학으로 설명할 수 없는 경이로운 세계를 탐구하는 데에는 관심과 믿음, 그리고 열린 마음이 필요합니다. 회의론자들이 거의 영적인 체험을 하지 못하는 가장 큰 이유가 바로 이것 때문이며, 그들은 믿는 것 자체를 허용하지 않는 것입니다!

● 질문 35: 내가 가진 능력들이 어떻게 나타나게 되나요?

답 변: 처음에서 항상 동시성(synchronicity)으로 나타납니다. 이는 영감이 불어넣어져서 동시에 일어나게 되는 것입니다. 예를 들어 책의 첫 부분에서 '차크라(Chakra)'에 관한 글귀 한 줄을 읽었다고 합시다. 책에는 단지 차크라가 에너지 센터라고만 적혀 있었습니다. 그런데 다음 날 우연히 한 친구를 만나게 되었는데, 그녀는 차크라 밸란스를 맞추기 위해 서둘러 어디론가 가고 있는 중이었습니다. 또 책방을 지나다가 쇼윈도우에 진열된 어떤 책을 보게 되었는데 그 책에는 '차크라에 관한 모든 것'이라는 제목이 붙어있었습니다. 다행히 안으로 들어가 그 책을

사게 되었습니다! 또 그날 저녁에 TV에서 힌두교에 관한 프로그램이 방송되는데, 여기에서도 차크라에 관한 내용이 언급되었습니다. 어떻게 해서 이런 일들이 일어나게 될까요?

영은 여러분에게 영적으로 중요한 어떤 정보를 가르쳐주려고 애를 씁니다! 위의 예에서는 여러분이 차크라에 관한 교육을 받을 필요가 있었는지도 모릅니다. 왜냐하면 여러분이 건강이 좋지 않아 차크라를 좀 더 효과적으로 활용함으로써 이러한 건강문제를 해결할 수도 있기 때문입니다.

동시에 일어나는 사건들을 살펴보고, 또 얼마나 자주 일어나는 지도 주목해보도록 하세요. 때로는 참을성이 있게 기다려야 이러한 사건들이 일어나지만, 또 어떤 때는 아주 짧은 시간 안에 일어나기도 합니다.

영적 및 심령적인 능력을 처음으로 계발하는 사람들에게는 명상이 아주 유용한 방법들 중에 하나입니다. 조용히 앉아서 몸과 마음의 긴장을 풀도록 하세요. 처음 시작할 때에는 교육을 받을 필요도 있으며, 돈을 지출해서라도 배울만한 충분한 가치가 있는 것입니다. 명상을 하게 되면 신경안정제나 그와 유사한 약물을 복용할 필요도 없게 됩니다. '여러분이 신에게 이야기하는 것'을 '기도'라고 한다면, '명상'은 그 반대로 '신이 여러분에게 이야기 하는 것'이라고 합니다! 조용히 앉아 마음을 가라앉혀야 합니다. 일반적으로 영은 여러분이 생각하는 것들에는 별로 관여하지 않습니다! 비록 '오늘 저녁에 뭘 먹을까'하는 생각으로 온통 꽉 차있다 하더라도 말입니다. 명상은 예언적이고, 천사적인 것이며, 영감을 불어넣어 주고, 미래를 알려주며, 평화로운 것입니다. 그래서 무엇이 일어날지 전혀 예상할 수가 없습니다.

자신의 본질과 접속하세요. 도시에 사는 약삭빠른 사람들은 지구 어머니와 접촉할 수가 없기 때문에, 자신의 본질과 연결하는 것이 대단히 중요합니다. 지구 어머니의 에너지는 우리에게 권능을 부여합니다. 따라서 우리가 지구 어머니와 하나로 통합되기 전까지는 영적 계발에 있어 유용한 수단 하나를 못 쓰고 있는 셈이 됩니다.

●질문 36: 처음 영(靈)을 보게 되면 놀라지 않을까 걱정이 됩니다!

답 변: 일반적으로 영은 사랑스런 존재입니다. 만약에 여러분이 할머니를 사랑했다면, 할머니가 살아계실 때 무섭지 않았잖습니까? 그렇다면 사랑하는 영으로서 그녀를 보는 것이 왜 무섭겠습니까? 그녀는 생시와 똑 같이 수시로 여러분을 보면서 미소 짓고 마음속으로 사랑스런 메시지를 보내줄 것입니다. 이것은 놀랄 일이 아니라 오히려 안심되는 일입니다. 이것은 아주 가까운 영적 세계에 할머니가 여전히 존재하고 있다는 것을 뜻하기도 합니다. 마음이 아주 편안한 상태에서 할머니를 "한 번만이라도 봤으면 좋겠다"하고 바랄 때, 이런 일들은 자연적으로 일어나게 됩니다.

그러나 의식적으로 어떤 영과 처음으로 접촉을 시도할 때는 경험이 있는 영매(靈媒)나 예리한 통찰력을 가진 사람으로부터 자신을 보호할 수 있는 기술을 습득한 후에 해야 합니다. 왜냐하면 삶의 모든 것에는 양극성(polarity), 또는 상대성, 즉 어둠/빛, 좋은 것/나쁜 것, 남성/여성 등이 있기 때문입니다. 4차원에는 사람을 깜짝 놀라게 하는 부정적인 에너지들도 있습니다. 이것들은 거짓으로 사람을 안심시켜 놓고는 갑자기 놀라게 하거나 욕설을 퍼붓기도 합니다.

이 때문에 위자보드(Ouija board:서양판 분신사바)를 권하지 않는 것이며, 위자보드는 대개 욕설을 퍼붓는 부정적인 영을 불러들이는 경우가 많이 있습니다. 만약 마스터나 자신의 수호천사, 또는 상위자아와 접촉할 수 있다면, 이들과 대화하고 이들을 통해 배우는 것이 훨씬 더 안전할 것입니다. 만약 놀라거나 경계해야 할 필요가 있을 때는, 대천사 미카엘 같은 천사를 부르도록 하세요. 그가 지닌 푸른빛과 영적인 검(劒)은 어떠한 부정적인 것들도 내쫓아버리니까요.

●질문 37: 구현(Manifestation))에 대해 말씀하셨는데, 어떻게 하면 원하는 것을 구체적으로 실현할 수 있나요?

답 변: 여러분들은 지금까지 살아오면서 이미 어느 정도의 구현은 해오고 있었습니다. 예를 들어 당신이 휴일에 뉴질랜드에 가고 싶다고 합시다. 뉴질랜드에 가는 문제에 대해 많은 생각을 하게 되고, 따뜻한 봄과 아름다운 경치를 즐기는 모습도 상상할 것입니다. 그러나 현재는 휴일에 뉴질랜드에 갈 만한 충분한 돈과 시간도 없습니다. 그러나 이 이후에 일련의 이상한 사건들이 일어나기 시작합니다. 당신이 다니는 회사의 사장이 금년 후반기에 일을 해야 하므로 가능한 한 휴가를 일찍 다녀왔으면 좋겠다고 말합니다. 한 동료가 그녀(사장)는 원래 뉴질랜드 출신으로 1년 간 그곳에 있으려 한다고 귀띔을 해줍니다. 만약에 당신이 뉴질랜드에 가게 되면 그녀는 당신을 초대해서 가족과 함께 지냈으면 좋겠다고 합니다. 그리고 한 여행사 앞을 지나다가 다음 몇 달간 뉴질랜드행 항공요금을 특별 할인한다는 문구를 보게 됩니다. 지금까지 얼마나 싼 숙박시설과 자유 시간, 그리고 저렴한 항공요금을 구현했는지 알 수 있겠습니까? 이 모든 것들은 잠재의식에 의해 이루어진 일들입니다.

　앞으로는 원하는 것을 *의식적으로* 구현하는 법을 배워야 합니다. 다음은 의식적으로 구현하는 방법입니다.

1)원하는 대상을 생각하고, 그것이 현실로 이루어지도록 요청해야 합니다. 단, 그 대상은 반드시 *"자신의 가장 고귀한 선(善)을 이루기 위한 것"이어야 합니다.* (그 대상이 선(善)을 이루기 위한 것이 아닌 남을 해치는 일이나 타인의 자유의지를 간섭하는 것이라면, 구현되지 않습니다.)
2)원하는 대상에 감정을 불어넣습니다. 감정은 원하는 것을 빨리 이루어

지도록 도와줍니다. 예를 들면 - 만족, 기쁨, 행복, 안도감 등

3)잘 보이는 장소에 구현하고자 하는 대상을 떠올리게 하는 시각적인 것을 붙여둡니다. 테이블 옆에 광고지나 그림 같은 것을 붙여둔다

4)원하는 대상이 이미 이루어졌다고 상상한다. 그 대상을 이미 생활의 일부로 사용하고 있다고 느껴야 합니다.

5)원하는 것이 이루어지고 있다는 믿음을 갖는다.

6)절대적이지만 세부적인 항목에 대해서는 크게 신경 쓰지 않는다. 예를 들어 빨간색 도요타 자동차를 구현하고 싶은데, 누군가 녹색 도요타 차를 제의해 오면 이를 거절해서는 안 됩니다. 색깔은 언제든지 다시 칠할 수 있으니까요.

7)인내심을 가져야 합니다. 우주는 여러분이 정한 마감시간이 아니라 적당한 때가 되어야 그것이 이루어지게 해줄 것입니다.

8)목적을 이루기 위하여 어느 정도의 노력은 하여야 합니다. - 절반의 자금을 마련하든지, 입찰에 참여하든지, 흥정을 하든지 등

●질문 38: 심령적인 큰 기술을 가지고 있는 특정세대도 있습니까?

답 변: 그런 세대는 없습니다. 그러나 1960년대 후반 이후에 태어난 스타시드(Star seeds)들은 태어날 때부터 제3의 눈 차크라, 태양총 차크라, 정수리 차크라가 열려진 상태로 태어났습니다. 이러한 것들이 심령적인 기술을 계발하는데 도움을 주기는 합니다. 그들은 텔레파시, ESP(extrasensory perception:초감각적 지각), 영적인 접촉을 보다 쉽게 할 수가 있습니다. 불행히도 이들 중의 대부분은 이러한 능력을 가지고 있는 줄도 모르고 있으며, 이러한 능력을 다소 생소하게 느끼기 때문에 매우 혼란스러워합니다. 따라서 이를 피하고자 약물에 중독되거나 지구에서의 삶에 환멸을 느끼게 됩니다. 이것은 영적 및 심령적인 에너지에 민감한 사람들이 가지는 부작용이기도 합니다.

누구나 타고난 능력을 계발할 수가 있습니다. 이러한 것들은 타고난 자연적인 재능으로 모든 사람들이 다 가지고 있는 능력이기도 합니다. 그러나 삶의 모든 것이 그렇듯이 이러한 능력을 자유자재로 사용하고자 한다면, 배우고 연구하고 연습해야 합니다.

●질문 39: 내가 가진 재능을 악(惡)한 곳에 사용하면 어떻게 되나요?

답 변: 그러면 자신이 행한 모든 부정적인 행위에 대해서 스스로 책임을 져야 합니다. 또한 이러한 부정적 행위에 대한 카르마를 이번 생이나 다음 생에 언젠가는 반드시 갚아야 합니다. 혹시 여러분이 지난 생에서 이러한 심령적인 힘들을 남용하여 그 대가를 치르느라 혹시 지금 어려운 삶을 살고 있지는 않습니까? 이 점에 대해서 깊이 한 번 생각해보세요!

여러분은 수많은 생들 속에서 타고난 심령적인 재능을 남용하는 그 성향을 떨쳐버릴 끊임없는 기회를 가지게 될 것입니다. 혹시 여러분이 지닌 능력을 오용함으로써 삶을 그르치게 되는 끝없는 반복이 이제는 지겹지도 않습니까? 이번 생에서는 여러분의 능력을 올바로 계발하여 남들을 치유하고, 가르치며, 안내하는 등 긍정적이고도 건설적인 곳에 사용해보도록 하세요!
자신과 남들에게 기쁨을 주는 일을 하세요! 선택은 여러분들의 몫입니다.

●질문 40: 학교나 직장에서 나의 영적인 믿음을 어떻게 활용하면 될까요?

답 변: 자신의 믿음에 따라 살아감으로써, 남들에게 관용을 베풂으로써, 무한한 사랑으로 타인들을 보살핌으로써, 피해상황으로부터 감정적

으로 초연해짐으로써, 타인들을 육체적인 인간의 몸을 지닌 영이 행동하는 것으로 관찰하고 보며 이들의 행동 뒤에 숨겨진 이유는 모르지만 사람들에게 친절하고 너그럽게 대함으로써, 개인적인 인생계획과 세계적인 계획(World Plan)을 깨닫고자 노력하는 것처럼 목적을 지닌 삶을 살려고 함으로써, 타인들에게 억압적이거나 두려움을 주지 않음으로써, 단호하지만 사랑스런 방법으로 자신의 삶을 통제함으로써, 그리고 자신의 믿음과 철학에 따라 삶으로써, 최고의 잠재력을 발휘하여 살아 있는 마스터가 될 수 있도록 우리를 사랑하고 안내하는 우주를 최선을 다해 신뢰함으로써 입니다.

영적인 존재로서 살아가는 실질적인 방법 중의 하나는 삶에서 일어나는 모든 상황에 대해 감정적으로 반응하지 않고 자각하는 것입니다. 어떤 논쟁이 일어나면 한 발 물러서서 관계되는 사람들을 살펴보세요. '마스터 같으면 이 상황에서 어떻게 행동할까?'라고 생각해보고 사랑과 관대함을 가지고 초연하게 바라보세요. 화를 내지도 말고, 미워하지도 말며, 원한을 갖지도 마세요. 자신을 부드럽게 통제하면서 외면하지도 말고 응수하지도 마세요! 고차원적인 관점에서 바라보세요. – 이것이 논쟁할 가치가 있는가? 이 문제를 다른 식으로 처리할 방법은 없는가? 상대방이 두려움 때문에 그렇게 행동하고 있는 길 잃은 영혼들이라 생각하고 그들을 용서하고 그 문제를 놓아버리세요.

무엇 때문에 화가 나고 불편을 느끼고 있는지, 그리고 그러한 느낌이 어디에서 오는지 찾아보고, 그것들이 여러분에게서 영원히 떠나가게 하세요! 매번 이렇게 하면 그렇게 하는 것이 점점 쉬워지게 되며, 나중에는 자동적으로 그렇게 될 것입니다.

모든 일은 반드시 목적이 있어서 일어나게 되며, 그 체험이 좋은 것이든 나쁜 것이든 그것으로부터 무엇을 배울 수 있는지부터 찾아보세요. 여러분들이 아는 모든 사람들, 즉 그들이 사장이든, 손위 사람이든, 청소부든, 낮은 학생이든 불문하고 모든 사람들을 존중하세요. 하나의 영으로서 그들도 모두 동등한 존재들입니다. 자기 자신도 존중하도록 하세요. 여러분들은 독특하고도 가치 있는 존재들입니다. 여러분들은 오직 자신만이 계발할 수 있는 재능을 가지고 태어났습니다. 여러분들이 어디에 있든 자신의 영적인 빛을 끌어올리도록 노력하기 바랍니다.

여러분들에게 축복을 …

- 세라피스 베이 -

5장
재정(財政) 문제

– 마스터 쿠트후미(Kuthumi)의 답변 –

＊쿠트후미는 지구영단의 마스터로서 지혜와 사랑으로 일하고 있으며, 사람들이 자각하면서 일을 할 수 있도록 돕고 있습니다.

●질문 41: 영은 재력과 돈을 버는 일에 대하여 어떻게 생각하나요?

답 변: 영은 돈을 에너지라고 생각합니다. 여러분은 자신이 원하는 것을 돈과 교환합니다. 또한 돈은 중요한 가르침의 수단이기도 합니다. 너무 적게 가지고 있으면 빈곤과 관련된 소중한 교훈들을 배우게 될 것이고, 아주 많이 가지고 있으면 이에 따른 책임과 과하게 보유한 것

과 관련된 교훈을 배우게 될 것입니다.

고차원의 세계에서는 돈이나 금 같은 것들이 필요치 않습니다. 그곳에 있는 존재들은 원하는 것은 무엇이나 구현할 수 있습니다. 필요한 것들은 바로 바로 제공됩니다. 여기 지구에 사는 사람들은 돈의 가치를 매우 높이 평가합니다, 그것도 너무 높이 말이죠! 몇 가지만 열거하자면, 돈이면 건강도 살 수 있고, 사랑과 만족, 그리고 영적인 힘도 살 수 있다고 생각합니다! 아닙니다. 돈은 단순히 에너지를 교환하기 위한 매개체에 불과한 것입니다. 부디 올바른 가치기준을 가지시기 바랍니다.

●질문 42: 어떻게 하면 살면서 많은 돈을 벌 수 있을까요?

답 변: 돈을 많이 벌고 싶다면, 돈이 가지고 있는 에너지를 이해해야 합니다. 돈을 만져보고, 느껴보고, 가지고 노세요. 돈이 지니고 있는 진동에 익숙해져야 합니다. 돈에 대해서 후한 마음을 가지세요. 친구들에게 보시(普施)도 해보세요. 자신에게도. 그러면 우주는 여러분이 돈을 쌓아두는 사람이 아니라 쓰는 사람이라고 이해하게 됩니다. 그러면 우주는 여러분이 쓸 수 있는 돈을 더 많이 보내주게 될 것입니다. 항상 풍족하게 될 것이라고 믿으세요. 우주는 여러분들이 필요한 것 이상으로 보내준다는 것을 신뢰해야 합니다. 돈을 즐기세요. 그러나 돈이 만능이 되게는 하지마세요. 왜냐하면 돈은 연민이나 사랑, 그리고 지혜와 같은 것은 모르니까요.

●질문 43: 돈을 많이 벌게 해주는 보석 같은 것도 있나요?

답 변: 옅은 노란색의 황수정(黃水晶)은 대개 이것을 소지한 사람에게 부(富)를 가져다주는 것으로 알려져 있습니다. 부의 에너지를 끌어들일 수 있도록 이런 황수정을 동전주머니나 지갑 혹은 돼지저금통 안에 넣어두면 도움이 됩니다.

●질문 44: 부(富)와 관련된 카르마적인 교훈도 있습니까?

답 변: 확실히 많이 있습니다. 만약 당신이 과거 생(生)에서 부유했지만 그 부를 남용하여 가난한 사람들에게 아무 것도 베풀지 못하고 또한 정직한 사람들의 돈을 갈취했다면, 그러한 잘못된 행위에 대한 업보를 갚기 위하여 가난한 삶을 살게 될 것입니다.

똑같은 방식으로 지난 삶에서 부(富)를 현명하게 그리고 따뜻한 마음으로 사용하였다면, 주변여건이 과거의 삶보다 훨씬 더 편해지게 될 것입니다. 이번 생에서 지난 생에서와 같이 남들에게 관용을 베푸는 것은 스스로의 책임이며, 그렇지 않으면 검소함과 관용을 다시 배우기 위하여 또 한 번의 가난을 체험할 수도 있습니다.

비록 가난하게 태어났지만 자신의 창조력을 활용하여 부자가 되는 경우도 종종 있습니다. 부(富)라고 하는 것은 여러분이 그 부를 사랑과 자비의 마음으로 사용하는지, 아니면 자신의 사적인 목적으로 사용하는지를 판단할 수 있는 좋은 잣대가 됩니다. 또 어떤 이는 부유하게 삶을 시작하지만 가난하게 되는 경우도 있는데, 이는 가난 속에서도 영적이고 따뜻한 마음을 가지고 살 수 있는지, 아니면 쓰라림과 절망 속에서 굴복하고 말 것인지 알아보기 위해서 선택하는 경우도 있습니다. 이 모든 것들은 자신이 스스로 설정한 교훈이라는 것을 잊어서는 안 됩니다. 가난하게 되는 것도 부유하게 되는 것도 스스로가 원한 것입니다. 이 속에는 고차원적인 이유가 있으며, 어느 누구도 원망하거나 비난해서는 안 됩니다.

●질문 45: 재정적인 문제를 다루고 이해하는 가장 영적인 방법은 어떤 것입니까?

답 변: *우주는 여러분이 원하는(want) 것이 아니라 필요한(need) 것을 가져다줍니다.* 이 둘 사이에는 엄청난 차이가 있습니다. 여러분들은 새 차, 큰 집, 비싸고 좋은 옷이 필요하다고 생각할지도 모릅니다. 그러나 영은 이러한 것들을 여러분에게 필요한 것이 아니라 원하는 것이라고 이해합니다. 영은 살아가는데 지금 **필요한 것들** - 낡은 차, 조그만 아파트, 매력적이지만 검소한 옷들 - 만을 제공합니다. 그러나 여러분들이 엄청난 치유력을 가지고 있을 수도 있으며, 훌륭한 선생이나 예술가 또는 사랑스런 친구가 될 수 있을지도 모릅니다. 이러한 것들이 새로운 물건보다 훨씬 더 값어치가 있는 것입니다!

원하는 것을 우주에 말하고, 거기에 맞게 자신의 인생을 살아가세요. 이 우주는 여러분을 돕고 있으며, 영적성장을 이루기 위한 **가장 이로운 길**로 여러분을 인도하고 있다는 것을 믿어야 합니다. 만약 여러분이 추구하는 부(富)가 이러한 목적에 부합된다면 부유하게 될 것이고, 부합하지 않는다 하더라도 현재 가지고 있는 것에 만족하세요. 이것이 돈을 대하는 가장 영적인 방법입니다!

●질문 46: 부(富)와 영성(靈性), 둘 다를 가질 수는 없나요?

답 변: 모든 것은 다 가능합니다. 그러나 여러분들이 알고 있는 사람들 중에서 이 두 가지를 다 갖고 있는 사람들을 한 번 열거해보세요. 몇명 되지 않을 것입니다. 자선단체에 많은 돈을 기부하는 부유한 사람들이 정말로 마음속에서 선(善)한 마음이 우러나서 그렇게 한다고 오해하지는 마세요. 그들 대다수는 기부행위를 통하여 작위(爵位)와 같은 어

떤 명예나 홍보를 위하여 그렇게 하는 것뿐입니다. 그렇지 않다면 왜 소리 없이 남들 모르게 겸손하게 자선행위를 하지 않는 것이겠습니까?

진정한 기부를 하는 사람들은 언제나 가난하고 친절한 사람들인 것입니다. 신약성서에 나오는 가난하고 불쌍한 자를 돕기 위해 비록 얼마 되지는 않지만 정성어린 돈을 그에게 주었던 어느 미망인의 이야기를 기억하십니까? 신(神)은 마음이 실려 있지 않은 부유한 자의 엄청난 큰 돈보다도 비록 적지만 정성어린 돈을 더 큰 선물로 여깁니다. 좋은 마음을 가지고 기부하세요. 지금은 비록 가난하지만, 스스로 좋아서 기부를 계속하다보면 언젠가는 부유하게 될 것입니다! 붓다(佛陀)는 부귀(富貴)를 버리고 출가해서 결국에는 영적인 사람이 되지 않습니까. 예수는 전(全) 생애를 가난하게 살았지만 부정한 돈은 받지 않았습니다. 어머니 테레사나 간디는 인류에 대한 영적인 임무를 부(富)보다도 항상 우선시했습니다. 부디 영성보다 부를 선택하지는 마세요!

●질문 47: 왜 국가마다 잘사는 정도가 다른가요?

답 변: 국가들도 스스로 카르마(業)를 생성합니다. 만약에 과거 생에서 돈을 이용해 남들을 못살게 굴었다면, 그러한 사람들은 가난과 관련된 교훈을 배우기 위하여 제3세계의 가난한 국가에 태어나고자 선택할 것입니다. 미국에 사는 가난한 아프리카계 미국인들은 과거 전생(前生)에는 백인으로서 부유한 노예상(奴隷商)들이었던 경우가 많습니다. 그들은 동전의 반대편의 삶을 **자진(自進)해서** 경험하고자 하는 것입니다.

유원지에 가보면 탈 것들이 많이 있는데, 그것들이 다 똑 같지는 않습니다. 이 지구도 마찬가지입니다. 부유한 나라도 있고 가난한 나라도 있습니다. 또 가난한 이웃도 있고 부유한 이웃도 있습니다. 가난을 부유한 것으로 바꾸는 사람도 있지만, 그렇지 못한 사람들도 있습니다. 원시시대처럼 자연과 가까이 하면서 살고 싶어 하는 사람들도 있는 반면, 현대문명의 이기(利器)를 마음껏 누리면서 비교적 편하게 살고자 하는 사람들도 있습니다. 어떻게 살든 거기에는 교훈이 있게 마련입니다. 의식 있는 사람이라면, 최소한 가난으로부터 벗어나 편한 삶을 살고자 할 것입니다. 이러한 변화는 교육이나 근면을 통하여 이룰 수가 있습니다. 물론 선택은 여러분들의 몫입니다.

여러분 각자는 어떤 특별한 교훈을 배우기 위해서 특정 국가에 살고 있다는 것을 깨달아야 합니다. 이러한 교훈들을 완전히 이해하고 난 이후에 더 이상 그 나라에 살고 싶지 않다면, 다른 나라로 이민을 갈 수도 있습니다. 가슴과 머리를 써서 자신들의 삶을 개선시켜 보세요!

●질문 48: 돈과 영성에 대하여 좀 더 자세히 알고 싶으면 누구에게 도움을 청해야 되나요?

답 변: 마스터인 아르키메데스(Master Archimedes)는 가르침을 주는 특별한 교사 가이드이며, 그에게 요청하면 돈과 관련된 문제에 대해 보다 쉽고 편하게 상의할 수 있을 것입니다. 그는 현명한 노인의 모습으로 나타날 것입니다. 그는 여러분들이 자신들의 가장 고귀한 선을 이루기 위하여 삶에서 돈을 끌어당기는 방법을 연습하게 할 것입니다.

1.펜과 종이를 가지고 앉아 지금까지 살아오면서 돈을 가장 많이 벌었을 때와 돈이 없어 가장 아쉬웠을 때를 적습니다.
2.리스트가 완성되면, 돈이 풍족했을 때와 부족했을 때를 알게 됩니다. 여기에 어떤 패턴이 있는지 찾아보세요. 돈에 대한 느낌이 어떻습니까? 돈의 가치를 느끼십니까? 그 돈을 어떻게 사용하고 싶습니까?
3.명상을 하면서 영적 인도자나 아르키메데스에게 돈이 자신에게 흘러오도록 요청하세요. 돈의 흐름에 방해가 되는 모든 속박이나 제한들을 제거해 달라고 요청하세요.

4.마음속으로 자신만의 메르카바나 천체(天體)를 그려보세요.(6지점의 별이 자신을 덮어 싸는 것을 시각화하세요). 지구를 둘러싸고 있는 그리스도의 의식을 가진 지구의 그리드와 연결될 때까지 그 안에 서 있으세요.

(※메르카바(Merkaba)란 "神의 보좌, 神의 전차"라는 의미로 구약의 에스겔서에 나타난 "神의 전차"를 의미한다.)

5.돈이 여러분에게 흘러오는 것을 방해하는 모든 속박이 제거될 수 있도록 다시 한 번 요청하세요.

6.이 돈을 가지고 자신과 타인들의 가장 고귀한 선(善)을 위하여 무엇을 할 것인지를 시각화하세요.

7.이제 메르카바를 지구로 돌려보내세요.

8.지금까지 도와준 마스터들에게 감사하세요.

9.작성한 리스트를 불태우세요.

10."나는 항상 건강하고, 부유하며, 현명하다. 돈이 나에게 흘러들어온다"라고 하루에 3번씩 되뇌도록 하세요.

11.돈이 자신에게 흘러올 것이라는 것을 믿어야합니다.

●질문 49: 여유자금이 좀 있는데, 고차원적인 영적 목적으로 이 돈을 쓰고 싶습니다. 이 돈을 어떻게 쓰면 좋겠습니까?

답 변: 이 각박한 행성에서 좋은 일을 하는 훌륭한 자선단체들도 많이 있습니다. 그러한 자선단체에 도움이 되는 일을 하면 좋습니다만, 가능하면 여기에 자신의 시간과 노력을 보탤 수 있으면 더욱 좋습니다. 이렇게 하게 되면 여러분의 품격도 올라가게 될 것입니다! 또 많은 사람들에게 영적인 진리를 보급할 수 있는 방안도 모색해보세요. 영적지

식과 환경문제를 다루는 서적과 비디오 및 교육과정을 개설하는 데에 재정적인 지원을 할 수도 있을 것입니다. 자신이 사는 지역사회도 살펴보세요. 사람들을 육체적으로 영적으로 고양시키는데 무엇이 필요한지를 살펴보세요. 사람들의 생명을 구하는 병원에 필요한 장비를 기증할 수도 있을 것입니다. 아니면 강당 같은 곳을 빌려 전문 강사를 초빙해 지역주민들에게 영적인 주제로 강연회를 열 수도 있습니다.

대부분의 사람들은 자신들의 영적 능력을 계발하는데 소홀합니다. 영적인 주제와 관련된 교육과정이나 세미나를 개설할 수도 있으며, 이와 관련된 서적을 사서 보급할 수도 있을 것입니다. 돈으로 자신들의 영적인 삶을 고양시켜 보세요.

●질문 50: 돈으로 영성(靈性)을 살 수도 있나요?

답 변: 아닙니다. 살 수 없습니다. 그러나 사람들에게 교육과정, 가르침, 책을 제공해줌으로써 그들이 영적인 여정을 보다 쉽게 밟아갈 수 있도록 도와줄 수는 있습니다. 그러나 이런 일을 함에 있어 일반인들이 잘못 알고 있는 사항은 필요한 돈의 대부분을 부담하는 사람들이 그들이 하는 일을 전부 다 알고 있다고 착각하는 것입니다. 대부분은 그렇지가 않습니다. 또한 미래를 밝혀주는 책이나 교육과정, 세미나 등에 참가하는 비용이 너무 터무니없이 비싸다는 것입니다. 이것은 여기에 관여하는 사람들이 가르침을 펴는 것보다 금전적인 이익을 우선시한다는 것을 웅변해주고 있는 것입니다. 이것도 스스로 만드는 일종의 카르마가 됩니다. 가르침을 펴는 사람들이 마땅히 보수를 받아야 하는 것은 맞지만, 그러나 검소하게 살아야 합니다. 복음을 전하는 수많은 전도사들이 호화로운 집에 차를 몇 대 씩 굴리며 호화스럽게 생활하고 있습니다. 이러한 사람들은 진정으로 빛(진리)을 위해 일한다고 할 수 없는 것입니다. 그들이 양심이 있다면, 외국에서는 수많은 사람들이 굶어 죽

어가고 있는데 어떻게 이와 같이 흥청망청 살 수 있단 말입니까?

자신들의 생각과 행동이 돈을 기부하는 정신과 같아야 하는 것입니다. 인류에 대한 자비와 사랑이 없다면, 지구에서 뿐만 아니라 하늘나라에서도 아무리 많은 돈을 준다한들 만족을 살 수는 없습니다. 여러분들에게 기쁨과 번영이 있기를 …

– 쿠트후미 –

6장

질병(疾病)에 관해

- 관세음 보살의 답변 -

＊자비과 치유의 여신(女神)인 관세음(觀世音)은 건강문제와 관련된 주요 질문에 답하게 될 것입니다. 그녀는 아름답고 빛으로 이루어진 물의 푸른 광선을 이용해서 일을 하고 있습니다.(※편집자註:현재 인류의 카르마 문제를 관장하는 지구영단의 카르마 위원회 7인의 마스터 가운데 1인이다.)

● 질문 51: 인간은 왜 병을 겪어야 되나요?

답 변: 병은 인간에게 훌륭한 가르침을 주는 도구가 될 수도 있습니다. 즉 여러분이 하던 일을 멈추고 삶과 죽음이 무엇인지를 생각하게 합니다. 병은 인간으로 하여금 일상의 활동을 멈추고 휴식을 취하면서 내적인 생각에 집중하게 하는 것입니다. 많은 사람들이 병이 들어있는 동안

삶의 극적인 전환점 - 임사체험이나 천사의 방문, 영적인 통찰 같은 것 - 을 체험하기도 합니다. 대개는 이와 같은 체험이 너무나 강렬하고 충격적이어서 3차원적인 먹고 사는 문제를 제쳐놓고, "내가 왜 이 지구에 존재하고 있지?"라고 하는 근본적인 문제, 즉 영혼의 목적을 탐구케 하는 것이지요.

또한 병은 삶을 바라보는 관점을 변화시키기도 합니다. 병이 들어 침대를 벗어날 수 없는 상황이 되면, 그동안 늘 해오던 일상적인 일들조차도 갑자기 소중하게 느껴지게 됩니다. 모퉁이에 있는 가게를 걸어가는 것마저도 경이로운 모험이 됩니다! 반면에 그동안 소중하다고 생각했던 일들은 정말 무의미하게 되어버리는 경우도 있습니다. - 내가 없어도 사무실은 잘 운영되며, 학교도 여전히 거기에 존재하고 있습니다. 이제 비로소 자신이 지구에서 처해 있는 상황을 제대로 인식하게 되며, 그리하여 마침내 자신이 원하는 삶을 살고자 결심하게 될 지도 모릅니다!

때로는 카르마적인 업보를 갚기 위하여 스스로 병을 불러들이는 경우도 있습니다. 과거 생(生)에서 자기가 데리고 있던 노예의 다리에 고의로 상처를 입혔을 수도 있으며, 전쟁터에서 누군가를 해쳤을 수도 있습니다. 따라서 이번 생에서는 스키를 타다가 다리가 부러져 불편함을 체험함으로써 지난 생(生)에서 자신이 저지른 부정적인 행위에 대한 업(業)을 갚게 되는 경우도 있습니다.

질병이 발생하는 데에는 많은 이유가 있습니다. 몇 가지만 열거하면, 억눌린 감정, 그리고 지난 생에서 갖고 있던 장애, 차크라 및 오라의 손상 등을 들 수 있습니다. 이러한 질병 뒤에 감추어져 있는 심령적인 이유를 알 수만 있다면, 모든 것이 훨씬 더 개선될 수 있을 것입니다. 그 이유를 알게 되면, 질병의 발생원인 역시도 이해하게 될 것입니다. 먼저 질병을 일으킨 원인을 둘러싼 모든 감정들을 해소함으로써 이러한 상황이 영원히 재발되지 않도록 할 수 있습니다. 이렇게 되면 이런 질병이 다시는 발생하지 않을 것입니다.

여기에 질병이 재발되지 않게 하는 방법을 간단히 소개합니다.
1)명상을 하면서 긴장을 푸세요.
2)질병이 발생한 이유가 무엇인지 보여 달라고 자신의 영적 가이드에게 부탁하세요.
3)그 이유를 초연하게 바라세요.
4)관계된 모든 사람과 자기 자신을 용서하세요.
5)병이 재발하지 않도록 요청하세요.
6)관계된 모든 사람들에게 감사하세요.

　위의 과정은 단순한 예에 불과하지만, 원리는 작용합니다!
어떤 상황도 미워하지 말고 뒤에 숨겨진 목적을 깨닫도록 하세요! 일상적인 일들을 제쳐놓고, 자신을 재발견할 필요가 있을지도 모릅니다. 시간을 내서 영적인 관련 서적을 읽고, 명상도 하며, 자신의 가이드와도 접촉해보고, 긍정적인 미래를 설계해 보세요. 사랑하는 모든 이들에게 축복을 …

●질문 52: 약물 중독은 왜 생기게 됩니까?

답 변: 물론 약물에 중독되는 이유가 사람들마다 조금씩 다릅니다. 그러나 주요 원인은 삶에 대한 두려움과 감정적인 고통 때문이라고 할 수 있습니다. 지구의 혹독한 환경을 피하는데 약물이 도움이 되기는 합니다. 약물을 복용하게 되면 환상에 빠지게 되고 기분이 좋아지며, 통증이 마비되는 듯한 4차원적인 느낌을 받게 됩니다. 그러나 이것은 신체나 두뇌에 약물이 투여됨으로써 나타나는 일시적 현상으로 진정한 영적체험이라고 할 수는 없습니다. 불행히도 약물은 정신적 및 육체적

중독을 일으키며, 삶의 단절과 몸과 마음의 퇴보를 가져오기도 합니다.

그러므로 영적성장을 이루고자 약물을 사용해서는 안 됩니다. 이러한 약물에는 술과 담배, 마리화나, 버섯 추출물 등이 포함됩니다. 이러한 마취성분을 사용하지 않고도 얼마든지 쉽게 영적으로 기분이 좋아지는 상태에 이를 수가 있습니다. 약물을 사용하게 되면, 대부분의 경우 4차원적인 의식 수준까지만 상승할 수 있습니다. 그러나 영적 및 심령적인 훈련을 하게 되면, 의식적으로 명확히 기억하면서 5차원 이상의 상태에까지 접근할 수가 있습니다. 마취제의 후유증으로 혼란스럽고 비틀거리면서 사는 것보다 차라리 이것이 훨씬 더 낫지 않겠습니까?

우리 영들은 인간이 혹독한 지구 환경을 견디지 못하고 약물에 의지하는 모습을 지켜보며 깊은 동정심을 느끼고 있습니다. 그러나 비록 힘들기는 하겠지만 자신을 위해서 만족스럽고 충만한 삶을 살기를 바라며, 삶의 목적을 발견하고 자신들의 세계적 계획에 따라 살 것을 권하는 바입니다. 이렇게 하여 얻게 되는 쾌감은 어떤 약물을 사용하여 얻는 그것보다도 훨씬 더 보람 있고 건전할 것입니다.

●질문 53: 5년 전에 아버지가 돌아가셨는데, 지금은 어머니도 유방암에 걸린 것으로 밝혀졌습니다. 이 둘 사이에는 어떤 연관이 있나요?

답 변: 확실히 연관성이 있습니다. 비극이 닥치게 되면 부정적인 감정이 자신의 오라장(Auric Field) 안에 먼저 생기게 되며, 그 다음에는 거기에 상응하는 신체부위에 그와 같은 감정이 생기게 되는 것입니다. 어머니의 마음과 가슴 부위에 이별에 따른 아픔을 가지고 있으며, 실제로 어머니는 그 아픔을 꼭 껴안고 있는 것입니다. 이것이 암(癌)으로 발전하게 된 것입니다. 지금 어머니에게 필요한 것은 먼저 오라장에서, 그리고 그 다음에는 몸에 간직하고 있는 고통을 표현함으로써 그 고통을 없애야 합니다. 그러면 회복될 가능성이 높습니다. 그러나 그 선택

은 어머니의 몫입니다. 어머니는 다음 생에서도 아버지와 함께 하고 싶어 할 수도 있습니다. 이러한 질병은 어머니가 아버지와 함께 하고 싶어 하는 마음을 표현하는 하나의 방법일 수도 있습니다. 어머니에게 축복을 …

●질문 54: 그러면 기존의 모든 약을 복용하지 말라는 말입니까?

답 변: 그렇지 않습니다. 현 단계에서는 의사나 전문가들의 처방에 따를 필요가 있습니다. 그러나 대체적으로 영적인 치료를 겸하는 것이 효과적입니다. 인간사회가 5차원 이상에 이르게 되면, 기존의 전통적인 약은 불필요하게 될 것이며, 몸의 기능도 스스로 통제할 수 있음으로 해서 병도 사라지게 될 것이라 생각합니다.

●질문 55: 왜 암이나 에이즈, 과잉행동장애(ADHD)와 같은 질병이 증가하나요?

답 변: 사고, 암, 과잉행동장애(ADHD), 에이즈(AIDS)와 같은 질병이 증가하고 있는 것이 사실이며, 인간은 이러한 질병들을 겪음으로써 자신의 삶과 죽음 그리고 목적을 성찰해볼 수 있는 기회를 갖게 됩니다.
  인류가 4차원에 진입함에 따라 몸은 점점 더 예민해져서 감정적, 정신적, 영적 문제들에 대해 몸이 예전보다 더 민감하게 반응한다는 것을 알 수 있습니다. 다시 말해서 감정적인 고통이 암이나 에이즈와 같은 질병으로 발전할 수 있다는 말입니다.
  과도한 활동은 대개 차크라에 감정적 장애를 일으키게 됩니다. 영적으로 진화한 사람들에게서도 빛의 몸(Light Body)에 이러한 증상이 나타나는 경우가 흔히 있습니다. 이는 육체적, 감정적, 정신적인 문제를 일으키는 여러 가지 물질적 실체들에 대하여 민감하게 반응하기 때문

입니다. 자신의 빛을 4차원 이상으로 끌어올리세요. 그러면 육체적인 문제도 사라지게 될 것입니다.

●질문 56: 빛의 몸에 나타나는 증상에 대하여 설명해주세요?

답 변: 이러한 증상의 사례는 무수히 많이 있습니다. 나일론과 같은 인공섬유나 네온사인 빛에 익숙한 사람들이 있는 반면에 전기콘센트나 TV, 휴대폰 및 레이더에서 나오는 전자파에 예민한 사람들도 있습니다.

내성(耐性)을 가진 음식을 자연 상태에 있는 독(毒)과 같다고 생각하는 사람들도 있습니다. 또 어떤 사람들은 고기나 술을 싫어하기도 합니다. 전자시계를 차지 못하는 사람도 있고, 전자장비 곁에만 가면 장비에 영향을 주어 고장을 내는 사람들도 있습니다. 또 큰 소음이나 강한 향수냄새를 맡지 못하는 사람들도 있습니다. 그리고 장차 4차원에 들어가면, 3차원에서 사용되던 수많은 제품들이 폐기되고 말 것입니다!

●질문 57: 자폐증이 생기는 영적인 이유가 무엇입니까?

답 변: 지구에 있고 싶어 하지 않는 어린 영혼들은 많이 있습니다! 지구의 상황이 이전에 육화했을 때보다, 그리고 천상에 있을 때보다도 훨씬 더 혹독해졌기 때문입니다. 어떤 영혼들은 스스로 원해서 여기에 와 있기는 하지만, 문화적인 쇼크가 너무 커서 견디기 힘들므로 가능하면 몸과 분리되어 있고자 합니다.

이와 비슷한 사례들이 노인들에게도 나타나는데, 죽음에 이르러 육을 떠나기 전에 대개는 혼수상태에 빠지게 됩니다. 사실은 육신으로부터 분리되어 영적으로 천상계로 올라가서 좀 더 좋은 진동에 다시 익숙해지고자 혼수상태에 빠지는 것입니다.

●질문 58: 질병을 극복하게 해달라고 누구에게 부탁해야 되나요?

답 변: 자신들의 영적 가이드나 성모 마리아, 사난다(예수), 그리고 나 관세음 등 누구에게나 부탁하면 됩니다. 나는 치유를 돕기 위해서 물로 된 아름다운 빛의 광선을 도구로 사용합니다. 우리들에게 치유의 광선을 보내달라고 요청하세요. 또 우리가 알려준 여러 가지 치유 방법들을 시도해보세요. 다이어트 요법, 황수정(黃水晶) 요법, 향내 나는 오일요법 등. 그리고 항상 병이 호전되고 있다는 것을 시각화해야 합니다. 신념을 가지세요.

●질문 59: 육체적인 고통은 어떻게 처리해야 됩니까?

답 변: 명상적인 기법을 활용하면, 심한 고통을 줄일 수 있습니다. 지속적인 고통을 가지고 살아가야 하는 사람들은 자격 있는 최면술사를 찾아가 최면요법을 받아보세요. 이 방법이 효과가 있을 수도 있습니다. 최면술을 사용하면, 마취제를 쓰지 않고도 수술할 수 있습니다. 마음으로 피를 멎게 할 수 있으며, 고통을 현저하게 줄일 수도 있습니다. 이러한 요법을 안전하게 사용하는 법을 배워보세요.
　고통을 줄여주는 고대의 기법을 하나 소개합니다. 어떤 경우에는 고통이 완전히 없어지기도 합니다.

1.30분 정도 혹은 가능한 긴 시간 명상을 하세요.
2.영적 가이드나 나, 관세음에게 고통이 줄어들도록 도움을 요청하세요.

3.고통이 몸에 검은 점으로 나타나도록 마음속으로 시각화 하세요.

4.천천히 검은 점이 점점 작아지는 것을 시각화 하세요.

5.검은 점이 작아짐과 동시에 고통도 줄어듭니다. 검은 점을 성냥개비 크기 정도로, 그리고 바늘구멍만 하게 될 때까지 계속 줄여가세요.

6.이제 고통의 점이 완전히 없어지게 하세요. 고통도 사라집니다.

7.고통이 올 때마다, 거의 자동적으로 이렇게 할 수 있도록 연습해보세요.

8.가이드들에게 감사를 표하세요.

●질문 60: 어떻게 하면 건강을 증진시킬 수 있을까요?

답 변: 몸은 이곳 지구에서 삶을 체험하기 위한 유용한 도구라고 생각할 필요가 있습니다. 그렇다고 몸이 여러분이 가지고 있는 유일한 자산은 아니며, 최종적인 것도 아닙니다. 그러나 육체를 존중하세요. 항상 몸을 건강하게 유지하기 위해서는 몸에 좋은 음식과 따뜻함, 적당한 운동, 그리고 사랑을 주어야 합니다. 어떤 이유가 있어서 이 몸을 스스로 선택했다는 것을 분명히 깨달아야 합니다. 이 몸을 통해 어떤 교훈을 체험하고자 부모의 유전자 조합을 선택한 것입니다. 육체를 원망하지 마세요. 왜 스스로 이 특별한 탈 것(몸)을 선택했는지, 그리고 그 탈 것을 통하여 어떤 교훈을 배우고자 했는지를 찾아보세요. 여러분이 이 몸을 올바르게 사용하고 있다면, 영적인 존재로 진화하고 있는 셈입니다! 자신의 육체를 자신의 감정체와 정신체, 영체와 균형을 유지하도록 하세요. 그러면 훨씬 건강해질 것입니다.

 친애하는 이들에게 은총이 있기를 …

7장
행복해지는 방법

- 흰 독수리(White Eagle)의 답변 -

＊마스터인 흰 독수리는 미국대륙에서 케찰코아틀로, 또 명예로운 추장으로, 마법사로 여러 차례 육화한 경험이 있습니다. 그는 신성한 정보와 치유의 기법을 우리에게 전해주었습니다.

●질문 61: 영은 행복에 대해서 어떻게 생각하나요?

답 변: 행복이라는 것은 인간적인 개념입니다. 차라리 만족하다(contented)라고 하거나 충만하다(fulfilled)라고 표현하는 것이 좋을 것 같습니다. 행복과 슬픔은 동전의 양면과도 같은 것입니다. 동전을 던져 어떤 날은 행복하고 또 어떤 날은 슬프기도 합니다. 차라리 이러는 것 보다는 내면의 만족과 목적을 찾고자 노력하는 편이 낫습니다.

이것이 훨씬 더 많은 만족감과 충족감을 가져다 줄 것입니다. 이것이 곧 균형입니다. 일단 균형과 초연함을 알게 되면, 내면의 기쁨도 맛보게 될 것입니다! 이것이 행복은 아닙니다. - 짧고 순간적이기는 하나, 영구적이며 영속적인 것입니다.

행복이 사람들을 일시적으로 기쁘게 하기는 하지만, 당장 그 자리에서 올바로 이해하지는 못합니다. 슬픔도 마찬가지입니다. 그러나 내면의 만족감과 기쁨은 의욕적인 것이며, 우리로 하여금 합리적으로 일하고, 놀고, 사랑하게 만듭니다!

● 질문 62: 어떻게 하면 내가 하는 일에 행복을 느낄 수 있을까요?

답 변: 먼저 하고 싶은 일을 찾아보세요. 좋아하는 일을 하게 되면, 더 이상 일이 싫어지지도 않을 뿐만 아니라 오히려 그것을 할 수 있는 것이 하나의 특권이 되는 것입니다. 매일 아침 침대에서 일어날 때, 마지못해 억지로 일어나는 것이 아니라 벌떡 일어나게 될 것입니다. 일 속에서 모험적인 요소를 찾아내고, 일을 영적 성장을 위한 기회로 받아들이세요. 영혼이 없는 직업에 묶여서는 안 됩니다. 자신이 좋아하는 일을 찾아내고, 바로 그 일을 하세요. 그것이 남을 도울 수 있는 일이라면 금상첨화(錦上添花)이겠지요.

● 질문 63: 애정 관계에 만족을 느끼려면 어떻게 해야 합니까?

답 변: 대부분의 관계들은 카르마(業)로 인하여 생겨납니다. 남들에게 무엇을 빚지고 있는 경우, 즉 그들에게 무엇을 갚아야 하는 경우도 있고, 그 반대로 그들이 여러분에게 갚아야 하는 카르마적인 빚이 있을 수도 있습니다. 이러한 카르마적인 고리를 끊기 위해서는 많은 생(生)에 걸쳐 두 사람 사이에 형성된 어떤 패턴을 부수어야 합니다. 아마도

지난 생에서 여러분이 그들에게 배신행위를 저질렀다면, 형평을 맞추기 위하여 이번 생에서는 그들이 배신할 기회를 가지게 될 것입니다! 수많은 형태의 증오와 원한, 앙심, 배신, 죄, 질투가 있습니다.

물론 반대로 많은 생에 걸쳐 도움과 격려, 사랑, 애정, 자기희생을 통해 누군가와 좋은 카르마를 형성했다면, 그 보상을 받을 수도 있습니다. 하지만 좋은 것이든 나쁜 것이든 일단 그 카르마가 청산되면, 대개 그러한 카르마는 여러분의 삶에 더 이상 나타나지 않게 되며, 자동적으로 관계도 끝이 나는 것입니다.

또한 배움을 강화하기 위하여 상대방과 비슷한 교훈을 설정하는 경우도 있습니다. 예를 들어 질투심이 매우 강한 3명의 연인을 가지고 있을 수도 있습니다. 이러한 질투심은 대개 공평하고도 신속하게 그 관계를 종식시키도록 도와줍니다. 자신의 파트너들이 왜 항상 질투적인지를 살펴보아야 합니다. 도대체 내가 뭘 어떻게 해야 되나? 파트너가 나를 긴장하게 하는 타입인가, 그렇다면 왜 그럴까? 하고 말이지요. 지금까지 여러분은 질투심을 다루는데 실패했습니다. 그래서 좋은 관계를 만들려면 나의 행동을 어떻게 바꾸면 될까? 하고 생각하게 됩니다. 이제야 비로소 모든 관계들을 객관적으로 바라볼 수 있게 됨으로써 교훈을 배우게 되는 것입니다! 다행히도 여러분들은 이와 같은 질투적인 관계를 극복하게 될 것이며, 결국에는 보다 나은 미래의 틀을 만들어가게 될 것입니다.

영적으로 완벽해지게 되면, 자신의 쌍둥이 영혼(Twin flame)이나 소울 메이트(soul mate)를 자신들의 삶 속으로 끌어들일 수 있는 기회를 가지게 될 것입니다. 이들은 매우 특별한 존재들로서 여러분을 사랑할 뿐만 아니라 용기를 북돋아주어 영적인 본질을 탐구하게도 합니다. 둘이 함께 하게 되면, 엄청난 영적인 일을 할 수 있을 뿐만 아니라 커다란 영적 성장도 기할 수가 있는 것입니다.

그러나 무엇보다도 카르마적 관계들을 통해서 먼저 교훈을 배워야 하며, 다음에는 불필요한 관계(패턴)를 청산하고 함께 하고자 하는 파트너와 비슷한 수준까지 자기 자신을 계발해야 합니다. 만약 사랑스럽고 상냥하며 영적이고 마음이 넓은 파트너를 원한다면, 여러분도 그러한 사람이 되어야 합니다. 비슷한 것은 비슷한 것을 끌어당기는 법입니다.(유유상종(類類相從)의 법칙)

●질문 64: 나에게는 많은 문제가 있는데, 어떻게 하면 이러한 것들을 이겨내고 만족을 느낄 수 있을까요?

답 변: 먼저 본인이 가지고 있다고 생각하는 문제들을 쭉 나열해보세요. 사실대로 적어야 합니다. 가장 중요한 것부터 위에서 차례대로 나열해보세요. 그리고 이번에는 순서를 바꿔서 위에서부터 비중이 가장 적은 순서대로 적어보세요.

아래는 작성사례입니다.

<u>0 0 0의 리스트</u>

1.삶의 목적이 없다.
2.삶에 파트너가 없다.
3.내가 가진 직업이 싫다.
4.내가 사는 곳이 싫다.
5.스트레스를 느끼며 마음이 편치 않다.
No.5: "스트레스를 느끼며 마음이 편치 않다"부터 시작해 봅시다.

꼭 해야 할 것들
- 명상 서클에 가입하기
- 시골길 또는 바닷가에서 장시간 산보하기
- 요가나 태극권과 같은 부드러운 운동하기
- 취미 동아리에 가입하기
- 하고 싶은 것 하기
- 마음대로 행동하기
- 창의적인 사람 되기

하지 말아야 할 것들
- 집에서 휴식하기
- 판에 박힌 일 따라 하기
- TV 시청하기

이러한 스트레스가 생기는 데에는 보통 몇 년이 걸렸다는 것을 알아야 합니다. 따라서 스트레스를 없애는 데에도 많은 시간이 걸릴 수도 있으나 때가 되면 없어지게 될 것입니다. 새로운 거래나 새로운 프로젝트를 시작할 때처럼 스트레스도 창의적인 방법으로 없애는 것이 효과적입니다. 또 창의적인 일을 하기 위해서 휴식을 취하는 것도 귀중한 일이라는 것을 알아야 합니다!

No.4: 내가 사는 곳이 싫다

이사를 하세요! 편하게 느껴지고 정말로 좋아하는 주거지를 찾아 그곳으로 이사를 가도록 해보세요. 지금 사는 곳과 똑 같은 형태나 비슷한 수준의 주거지를 찾지 못할 수도 있지만, 바쁜 도시 한가운데 큰 집에서 사는 것보다 비록 작은 원룸에 불과하지만 파도소리에 잠을 깨는 그러한 한적한 곳이 더 낫지 않겠습니까? 공동주택이나 집을 돌봐 주면서 사는 집, 하숙집, 이동식 주택(캐라반) 같은 곳에서도 살아보세요. 뭔가 색 다른 것들을 시도해보세요. 이러한 곳에 살다가 그곳이 마음에 들지 않으면 언제든지 떠날 수도 있습니다. 그래도 한 가지 평범한 세속적인 환경에서 변화를 시도한 것만은 분명하지 않습니까!

No.3: 내가 가진 직업이 싫다

먼저 살아가면서 어떤 일을 가장 하고 싶은지부터 결정하세요. 그리고 그것을 향해 움직여 가세요. 학교로 돌아가 틈틈이 공부를 하거나, 숙련된 장인(匠人)으로부터 새로운 기술도 배워보세요. 6개월 내에 독립하여 하고 싶은 일을 하겠다는 목표를 가지고 돈을 모으도록 하세요. 장래성도 없는 직업에 매여서 40년을 불평하면서 보낼 수도 있고, 몇 년 혹은 몇 개월을 투자하여 정말로 하고 싶은 일을 할 수도 있습니다. 새로운 일을 시작하겠다고 마음을 정했으면, 지금 바로 당장 시작하도록 하세요!

No.2: 삶에 파트너가 없다

위의 3단계를 모두 끝마쳤으면, 이제는 어느 정도 변화에 적응하게 되었을 것이라 생각합니다. 즉, 용기 있는 사람이 되고 있는 것입니다. 이제는 사는 집과 직업, 그리고 편히 쉬는 법도 이미 배웠습니다. 예전보다 삶이 확실히 10배는 좋아졌을 것입니다. 맞습니까? 이제 진정으로 사랑하는 반려자를 찾을 때가 되었습니다. 그러나 옛날방식으로는 안 됩니다. 바(Bar)나 떠들썩한 파티장, 댄스 교습소와 같은 곳에서 파트너를 찾아서는 안 됩니다. 자신들이 늘 가던 곳과는 정반대되는 곳으로 가서 파트너를 찾아보세요. (※기존에 해오던 행동양식을 깨는데 목

적이 있다는 것을 기억하세요)

취미단체, 스포츠 클럽, 철학이나 명상단체, 세미나, 미술관 같은 곳에 가보세요. 정말로 비슷한 유형의 사람을 만나고자 한다면, 편하고 재미있는 곳에서 찾아보는 것이 중요합니다. 그리고 우주나 대령(大靈:Great Spirit)에게 자신의 가장 고귀한 선(善)을 이루기 위하여 '올바른 파트너'를 보내달라고 요청해 보세요.

깨어있으세요! 많은 사람들이 뜻이 잘 맞는 훌륭한 사람들을 만나지만, 조그마한 이유로 인하여 헤어지고 맙니다. – 너무 말랐다, 너무 뚱뚱하다, 너무 늙었다, 너무 젊다, 너무 평범하다, 출신이 안 좋다, 종교가 다르다, 머리가 너무 좋다 등등의 이유로 말이죠. 한 사람 한 사람을 완벽하게 알도록 하세요. 말하는 것뿐만 아니라 행동하는 것도 살펴보아야 합니다. 겉으로 보이는 광채가 아니라 내면에 있는 다이아몬드를 찾아내야 합니다. 믿음을 가지고 기다리세요. 급하다고 짧은 시간에 잘못된 사람들을 만나기보다는 긴 기다림 뒤에 올바른 사람을 만나는 것이 더 좋은 법이니까요!

No.1 : 삶의 목적이 없다

이제 이 중요한 문제를 다룰 때가 되었습니다. 지금까지 이 문제를 제외한 다른 문제들은 다 풀려졌기를 바랍니다. 편안하게 휴식도 취하고, 올바른 직업도 가졌으며, 자신의 쌍둥이 영혼과 기분 좋은 집에서 살게 되었으니, 자신감과 만족감을 느낄 것입니다. 이제는 삶의 목적을 다루어야 할 때입니다. 당신과 당신의 배우자는 남은 여생(餘生)을 무엇을 하며 살고 싶습니까?

사회를 더 낫게 개선하기 위해서, 또 자신의 존재를 좀 더 가치 있게 하기 위하여 무엇을 하면 좋을까요? 여러분은 자신의 직업을 확장하여 이 사회가 발전할 수 있도록 도울 수 있겠습니까? 취미도 그와 같이 할 수 있겠습니까? 지구의 영적인 변화를 이루기 위해서 배우자와 같이(필요한 경우에는 혼자서) 어떤 일을 하면 좋을까요? 여러분이 가지고 있는 기술들을 꼼꼼히 적어보세요. 무엇을 발전시킬 수 있겠습니까? 지금까지 위의 4가지 문제를 푸는 과정에서 익힌 기술들을 활용하여 이 문제를 풀어보도록 하세요! 목적과 무한한 사랑이 담긴 삶을 창조하세요! 여러분들은 충분히 할 수 있습니다!

● 질문 65: 때로는 슬픔을 느끼는 것도 무방하지 않은가요?

답 변: 좋아하는 느낌이 어떠한 것이든 선택은 마음대로 할 수가 있습니다. 그러나 정말로 자신의 감정을 통제하고자 한다면, 감정을 통제하기 위해서 많은 연습을 해야 합니다. 왜냐하면 때로는 슬프거나 침울한 느낌이 주변의 분위기와 맞지 않는 부적절한 경우가 있기 때문입니다. 만약 여러분이 구직면접을 하는데, 슬프거나 의기소침해 있다면, 고용주는 틀림없이 바람직한 종업원이라고 생각하지 않으므로 결국 직장을 얻지 못하게 될 것입니다. 또 의기소침할 때에는 친구를 사귀는 것도 쉽지가 않습니다. 만사는 노력하기 나름입니다. 그러나 선택은 물론 여러분이 하는 것입니다.

● 질문 66: 어떻게 하면 슬픔을 멈출 수 있을까요?

답 변: 우울한 마음을 처리하는 방법을 익혀보세요. 여기에 참고가 될 만한 몇 가지 예를 소개합니다.

1)책상 옆이나 벽에 아름답고 기분을 좋아지게 하는 그림을 붙여놓으세요. 그리고 아침에 일어나면, 이것부터 제일 먼저 보도록 하세요.
2)침대에 누워 앞으로 해야 할 일들을 시각화하고, 그 일들이 가장 성

공적으로 이루어지고 있다고 생각하세요. 절대로 부정적인 생각에 잠겨 있어서는 안 됩니다.

3)날씨가 화창한 날에는 밖으로 나가서 얼굴을 들어 태양을 바라보세요. 미국 원주민들은 매일 이렇게 하면서 하루의 일과를 시작하였습니다.

4)즐거운 마음으로 아침 식사를 하세요.

5)시선을 끄는 밝은 색 계통의 옷을 입으세요. 회색이나 검정색은 입지 마세요. 기가 죽어서는 아무 일도 되지 않습니다.

6)일부러 시간을 내어 자질구레한 일들을 처리하고, 일찍 일을 시작하되 서두르지는 마세요!

7)하루에 일어나는 모든 일들에 대해 좋다거나 나쁘다고 판단하지 말고 그저 재미있다고 생각하세요! 여러분들은 매 순간 새로운 뭔가를 배우고 있는 것입니다. 대담해지세요!

8)영적인 연결을 강화시키세요. 보이지 않는 세계에 있는 많은 친구들과 신적인 존재들이 돕고 있다고 생각하세요.

9)자비로운 우주를 믿고 신뢰하세요.

형제자매들이여! 여러분의 내면 속에 비관적인 것보다 긍정적인 것을 창조하는 것이 훨씬 더 쉽지 않습니까? 이러한 기법들을 익혀 긍정적인 에너지를 방출하게 되면, 이러한 긍정적인 느낌을 실현시키기 위하여 거기에 맞는 긍정적인 상황을 끌어당기게 될 것입니다.

●질문 67: 마스터들도 슬픔을 느낄 때가 있습니까?

답 변: 우리도 종종 슬픔을 느끼곤 합니다. 특히 낮은 차원에 있는 여러분들을 도와줄 수가 없을 때, 그리고 우리가 여러분들을 돕고 있다는 것을 당신들이 인식하지 못할 때 그렇게 느끼게 됩니다. 또한 여러분이

사랑과 창조, 형제애를 발휘하여 보다 아름다운 삶을 살려고 노력하지 않을 때에도 슬픔을 느끼곤 합니다.

수천 년간 내려오는 지혜들을 무시하고 인간들이 쓸데없이 똑같은 실수를 반복할 때에도 슬픔을 느낍니다. 그렇습니다, 우리들도 이러한 때에 슬픔을 느끼게 됩니다. 그러나 여러분 중에 어느 한 세대는 깨어나 *자신들의 진정한 실체*를 자각하고 우리와 접촉을 하고 있으며, 그들이 지닌 문명의 빛을 사랑과 충만함이 가득한 고차원의 영역으로 끌어올리고 있습니다. 그러니 여러분들도 이러한 세대가 되기를 바랍니다.

●질문 68: 때로는 아무 이유도 없이 슬퍼질 때가 있습니다. 왜 그럴까요?

답 변: 놀랍게도 슬픔도 전염이 됩니다. 슬픔을 느끼고 있는 사람의 오라장 안에 서있으면, 갑자기 여러분도 그와 같은 의기소침한 느낌을 가지게 됩니다. 명확한 이유도 없이 슬픔을 느낄 때에는 자신의 오라(Aura)를 깨끗이 청소해야 합니다. 강력한 황금색의 빛이 자신의 오라 속으로 쏟아져 들어오고 있다고 상상하고, 회색을 띤 부정적인 요소들은 태양을 향해 밖으로 내보내서 없어지게 하세요. 사람들 많이 모여 있는 곳에서는 항상 자신의 오라 주위에 황금의 흰 빛으로 보호막을 치도록 하세요!

●질문 69: 내가 심령적인 공격을 받고 있다고 느낄 때에는 어떻게 해야 되나요?

답 변: 위에서 설명한 것처럼, 자신의 오라를 깨끗하게 청소해야 합니

다. 자신의 주위에 보호막을 치세요. 그리고는 자신의 오라를 보호하고 있는 거품의 보호막이 거울처럼 반사하고 있다고 상상하세요. 여러분에게 보내진 것들은 모두 반사되어 보내진 곳으로 다시 되돌아갑니다. 만일 어떤 사람들이 여러분에게 사악한 것을 보내면, 그들이 사악한 것을 되받게 될 것입니다. 따라서 그들이 사랑을 보내면, 사랑을 되받게 될 것입니다. 부정적인 일에 끼어들지 마세요. 초연해지세요. 그리고 자신의 영적 가이드나 미카엘 대천사에게 보호를 요청하세요.

●질문 70: 내 남자 친구가 나를 슬프게 만듭니다. 이건 그가 잘못하는 것 아닙니까?

답 변: 자신의 행복은 오직 자기만이 책임을 질 수 있습니다. 그 누구도 아닙니다! 이것을 소위 자기책임이라고 하는 것입니다. 이 자기책임은 영적으로 얼마나 성숙하였는지를 나타내는 표시이기도 합니다. 처음에는 다른 사람들의 행동이 여러분에게 영향을 미칠 수 있지만, 스스로 감정을 통제하고 초연함을 갖게 되면, 그들의 속임수에 반응하지 않게 될 것입니다. 그들이 행하는 부정적인 행동이 마치 어린아이 장난이나 비영적인 것으로 보이며, 여러분의 내면에서 오직 기쁨과 신뢰, 무한한 사랑만을 창조하게 될 것입니다. 이렇게 되면 남들이 여러분을 해치거나 상처를 줄 수가 없게 되는 것입니다. 자신이 느끼고 싶은 감정 - 행복, 슬픔, 기쁨, 불행, 기쁨과 우울 - 등을 마음대로 선택할 수 있게 됩니다. 자신을 스스로 통제할 수 있게 되는 것입니다. 남들을 비난하지 마세요. 자신이 좋아하는 느낌을 선택함으로써 자신을 자유롭게 하세요!

- 화이트 이글 -

8장
죽 음(DEATH)에 대해

- 이시스(Isis)의 답변 -

＊이시스는 이집트의 어머니 여신(女神)으로, 로마인들에게는 바다 여행을 하는 사람들의 수호자로 알려져 있습니다. 오늘날까지도 현명한 어머니로 묘사되고 있으며, 이 책에서는 죽음에 대한 그녀의 높은 견해를 밝히고 있습니다.

●질문 71: 죽음의 과정에 대해서 설명해 주세요?

답 변: 죽음을 고통스럽다거나 무섭다고 생각하지 말기 바랍니다. 고통

스럽지도 무섭지도 않습니다. 탄생하는 것이 자연스러운 것처럼 죽음도 자연스러운 것입니다. 탄생이 조금 다르고 혼란스러운 이 세계로 들어오는 것이라면, 죽음이란 역시 다르기는 하지만 조금 더 밝은 천상의 세계로 돌아가는 것뿐입니다. 사람들은 삶은 대단히 중하게 생각하면서도 죽음에 대해서는 그렇게 생각하지 않는 것 같습니다. 그러나 지구에서 보내게 되는 80년 남짓한 수명보다도 영적인 삶은 훨씬 더 깁니다! 영혼의 삶은 '육신의 죽음'에서 끝나지 않습니다. 죽은 후에도 여전히 생각하고 느끼지만, 육체적인 중량감만 없을 따름입니다. 이 얼마나 좋으며 다행스러운 일입니까? 마침내 아픔과 고통을 이 땅에 남겨두고 떠날 수 있으니 말입니다.

은색의 혼줄(silver chord)이 몸을 떠나게 되면, 사랑하는 이들이 천상에서 여러분을 맞이할 것입니다. 이때는 재결합과 기쁨, 평화의 시간입니다. 며칠, 몇 달, 몇 년의 휴식을 취한 후에(시간을 초월해 있음) 자신이 살아온 지난 날의 삶을 되돌아보고, 자신이 달성한 업적과 잘못을 명확하게 인지하게 됩니다. 아무도 여러분을 심판하지 않습니다. 오직 자신만이 스스로를 심판할 뿐입니다. 그러고 나면 자신이 저지른 잘못(카르마)에 대하여 어떻게 보상할 것인지를 결정하게 됩니다. 그 이후 또 한 번 육화가 이루어질 때까지 얼마동안 천상계의 교육시설에서 마음껏 배우게 됩니다. 여러분에게 천상에서의 상황이 지구보다 훨씬 더 자연스럽고 편하다는 것을 믿으시기 바랍니다. 그러니 죽음을 두려워할 필요도 없습니다.

●질문 72: 천상의 세계는 실제로 어떤 모습인가요?

답 변: 천상에도 많은 세계가 존재하고 있습니다. 성경에서는 이를 '수많은 대저택(Many Mansions)'이라고 말하고 있지 않습니까? 죽음 이후에는 많은 지나온 삶들 중에서 가장 최근의 삶에서 이룩한 영적인

진화의 정도에 따라 거기에 가장 잘 어울리는 세계로 자연스럽게 끌리게 됩니다.

모든 세계가 다 놀랍도록 아름다우며, 평화롭고, 사랑스럽습니다. 지구와 아주 흡사한 세계도 많이 있습니다. 따라서 어떤 영들은 집에 앉아서 이야기를 나누기도 하고, 오랜 친구와 커피를 마시기도 합니다. 이러한 영들은 이렇게 사는 것을 편하게 느끼며, 그들 스스로가 이런 것들을 창조해낸 것입니다. 언젠가 때가 되면 그들도 좀 더 개방적이고 천상과 똑같은 세계를 창조하게 될 것이며, 그렇게 되면 지구에서의 삶의 기억도 사라지게 될 겁니다.

지구에 대해 영적으로 잘 알고 있는 사람들은 천상에 적응하는데 아무런 문제가 없으며, 천상을 있는 그대로 사랑스럽게, 또한 성장을 이루기 위한 무한한 기회로 볼 것입니다. 천상에는 훌륭한 아카식 도서관을 비롯하여 음악과 수학, 예술 그리고 모든 과학을 배울 수 있는 곳이 많이 있습니다. 지구에서 친구나 적(더 이상 적대적이지 않으며 오로지 사랑만이 존재함)이었던 사람들도 기쁜 마음으로 기꺼이 여러분을 맞이할 것입니다. 다시 한 번 고향으로 돌아와서 그들과 함께 하고 있는 것입니다. 자신의 영혼그룹으로 돌아온 것입니다! 천계에서는 모든 것이 가능합니다. 생각하고 있는 것들을 창조할 수도 있으며, 가고자 하는 곳이 어디든 즉시 이동할 수 있습니다. 모든 존재들과 텔레파시로 의사소통도 할 수 있습니다. 이와 같은 천상이 여러분의 진정한 고향이며, 지구는 단지 가르침을 배우기 위한 학교와 같은 곳입니다.

●질문 73: 그렇다면 왜 우리가 여기에 있나요? 왜 자살은 하지 않는 건가요?

답 변: 자신의 고차원적인 선(善)을 이루기 위해서 여러분은 어떤 교훈을 배우고자 스스로 이 지구를 선택한 것입니다. 또한 여러분이 지구에

서 겪은 체험은 우주의식(Universal consciousness)으로 보내져 다른 존재들을 위한 도구로 사용되어질 것입니다. 여러분의 수명(壽命)도 스스로 선택합니다. 하지만 자살(언제든 선택할 수 있지만, 부차적인 것임)을 하게 되면, 자신에게 주어진 과제를 중도에 그만두는 꼴이 됩니다. 이렇게 되면 여러분 스스로가 실망하게 될 것입니다. 왜냐하면 주어진 과제를 완수하기 위해 틀림없이 곧 바로 환생을 선택하게 될 테니까요. 여러분들은 지구에 있을 때보다 천상에 있을 때 훨씬 더 용감하다는 것을 알아야 합니다. 여러분이 회피하고자 했던 체험을 마무리 짓기 위해 지구로 다시 돌아와야 할 뿐만 아니라 죽을 당시의 상황에 이르기 위하여 탄생에서부터 소년기, 10대 등 지루한 과정을 다시 겪어야만 합니다. 마치 **뱀 사다리 게임**(a snakes and ladders game)과 비슷한 것입니다.(※**뱀 사다리 게임**: 일종의 보드 게임으로 주사위를 던져 떨어진 곳에 뱀이 있으면 미끄러져 내려가고 사다리를 만나면 타고 올라가는 게임) 여러분에게는 삶이 길게 느껴질지 모르겠지만 실제로는 매우 짧은 것입니다. 곧 천상으로 돌아가게 되는 것입니다. 여러분이 이 지구에 머물고 있는 시간들을 건설적으로 사용해야 하지 않겠습니까? 인간의 몸은 정교하게 만들어진 탈 것(vehicle)과도 같은 것입니다. 여러분은 자신에게 주어진 천사적인 사명을 마무리하기 위하여 다시 지구로 돌아오는데 많은 시간이 걸릴지도 모릅니다.

자살을 생각하고 있는 사람들에게 나는 깊은 진심으로 이렇게 말하고 싶습니다. – 먼저 자신의 행성적인(planetary) 참된 목적을 찾아보세요. 이러한 목적을 찾고 나서 천사로서의 자기 사명과 이곳에 존재하는 이유를 여러분이 이해하고 나면, 여러분이 큰 목적을 지니고 이 지구에 존재하고 있다는 것에 대해 커다란 기쁨을 느끼게 될 것입니다. 그리고 이 지구에 머물고 있는 동안 주어진 사명을 완수하고자 애쓰게 될 것입니다! 여러분은 자신이 생각하는 것보다 훨씬 용감한 존재입니다. 자신의 사명을 완수하기 위하여 소중한 육신을 버리지 않는 것처럼, 주위에서 일어나는 일들에 대해서 별 어려움 없이 느끼고 체험하는 것도 또한 대단히 중요한 일입니다!

●질문 74: 우리 모두는 지구로 다시 돌아와서 육화해야 됩니까?

답 변: 아닙니다. 영적 성취가 어느 수준에 도달하게 되면, 멀리 떨어져있는 성좌의 다른 행성에서 삶을 체험할 수도 있습니다. 대개 다른 행성에 사는 사람들은 지구 인간보다는 더 진화되어있다는 것을 기억해두세요. 그들은 우리보다 높은 5, 6, 7차원에 존재하고 있습니다. 그러나 지구와 비슷한 3차원적인 행성도 있는데, 지구와 좀 다르기는 해도 그들도 우리와 마찬가지로 땅을 근거로 해서 살아갑니다. 물론 천계에서도 영적 성장을 할 수는 있으나, 지구와 비교했을 때는 엄청나게 느립니다. 천계에는 오직 사랑과 빛만이 존재합니다. 그러나 지구에는 전쟁과 배고픔, 질병, 증오, 노여움, 질투 등 많은 것들을 모두 체험할 수가 있습니다. 체험뿐만 아니라 이러한 것들을 극복할 기회도 가지게 됩니다! 이 얼마나 멋진 훈련소입니까? 노력만 하면 얼마든지 빨리 배울 수가 있으니 말입니다!

　그러나 정신없이 바쁘게 살아가는 지구에서의 삶이 정말 싫고 이제는 다른 행성에서 삶을 체험해보고 싶다면, 이러한 상황을 만들 수도 있습니다. 여러분들 중에 대부분은 이미 서로 다른 놀라운 별들에서 많은 삶을 체험해왔습니다! 선택과 책임은 항상 여러분들의 몫입니다!

●질문 75: 어린아이가 죽음을 택하는 이유는 무엇인가요?

답 변: 모든 사람들의 수명이 똑 같지는 않습니다. 백 살까지 사는 사람도 있고, 며칠 혹은 몇 년을 사는 사람들도 있습니다. 육화하기 전에 미리 자신의 수명을 선택하게 됩니다. 이렇게 하는 데에는 몇 가지 이

유가 있습니다.

처음 지구에 오는 영혼들은 지구의 거친 진동을 두려워하여 아주 짧은 시간만 머물고자 하며, 이러한 과정을 거쳐 밀도를 지닌 에너지에 어느 정도 익숙해진 후에 (죽음을 통하여) 지구를 떠나서 천상에서 쉬게 됩니다. 그 후 지구에 다시 돌아올 때에는 지난 번 보다 긴 시간을 육화해있고자 노력하게 됩니다.

서로 결합되어 있는 그룹영혼의 경우에는 고차원적인 성장을 이루기 위해 연민과 사랑, 분실, 슬픔 같은 것들을 배우고자 어린 아기를 잃어버리는 체험을 하게 되는 경우가 있습니다. 예를 들어 한 멤버가 자원해서 어린아이로 육화하여 단지 몇 년만 살고는 천상으로 되돌아가게 됩니다. 이것으로 그의 사명은 끝나는 것입니다. 또 어떤 경우는 카르마가 실현되고 있는 상황에서 지난 생(生)에서 아이를 죽게 한 존재가 스스로 어린 나이에 죽음을 택함으로써 지금 그 카르마를 갚고자 하는 경우도 있습니다.

어린 아이의 몸속에 들어와 있는 영혼이라고 해서 영혼이 어린 것은 결코 아닙니다. 그 존재는 어떠한 상황을 체험하기 위하여 아이의 형상과 마음, 몸을 사용하고 있는 하나의 성인(成人)인 천사인 것입니다. 즉 그 영혼이 90살의 몸에 있든, 3살 된 어린 아이의 몸에 있든 똑같은 영혼인 것입니다.

●질문 76: 왜 내 남편은 내 곁에서 떠나갔습니까?

답 변: 당신의 아픔과 슬픔은 이해합니다. 그러나 그것은 오해입니다. 남편은 지금 평화와 기쁨으로 충만한 천상계에서 잘 지내고 있습니다. 남편이 가장 슬퍼하는 것은 자신의 죽음에 대해서 당신이 나타내는 반응입니다! 그가 주위에 남기고 떠나간 자취를 보며 당신이 슬퍼하고 그의 육체적인 모습을 그리워하는 것은 당연한 일입니다. 그러나 남편은

결코 없어진 것이 아닙니다. 그는 당신을 편안하게 해주려고 당신 곁에 있으나, 당신이 남편을 가로막고 있는 것입니다! 당신이 느끼는 그 슬픔이 바로 남편과 당신 사이에 장벽을 만들어내고 있는 것입니다! 그는 당신이 내쉬는 바로 그 한숨(호흡: 생명력의 상징)인 것입니다. 눈물을 멈추고 조용히 앉아서 명상을 하세요. 마음이 평화로워지면, 주위에서 그를 느낄 수 있을 것입니다.

그는 '떠나 간 것'이 아닙니다. 이 땅에 육화하기 전에 그는 천상의 집으로 돌아갈 시기를 이미 선택했던 것입니다. 그는 자신에게 주어진 천사적인 사명을 완수하고 돌아갈 때가 되었던 것뿐입니다. 이것에 대해서 화를 내지 마세요. 죽음이 남편에게는 오히려 해방이요 기쁨이라고 생각하세요. 남편은 당신이 살아있는 동안 당신을 지켜볼 것이며, 당신이 죽어서 천상으로 가게 되면 당신을 만나러올 것입니다. 이 지구에서 존재하고 있는 동안 시간을 최대한 잘 활용하도록 하세요. 여러분에게 주어진 사명을 완수하세요. 그리고 자신의 일을 하세요. 삶을 사랑하는 법을 다시 한 번 더 배우고, 절대로 더 이상 죽음에 대해서 생각해서는 안 됩니다.

●질문 77: 왜 사람들은 각기 다른 종교를 믿나요? 그리고 그들도 모두 천국에 가게 되나요?

답 변: 물론 그렇습니다! 종교는 신(神)이 만든 것이 아니라 인간이 만든 것입니다. 기독교인, 유대교인, 힌두교인, 불가지론자들 사이에는 아무런 차이도 없습니다! 모든 사람들이 정말로 종교가 내세우는 가장 고귀한 개념에 따라 살았더라면, 여러분들은 이미 이 지구에서 평화롭고 풍요롭게 살고 있어야 할 것입니다. 그리고 다시는 이 지구에 육화할 필요도 없었을 것입니다! 종교에는 진리도 있지만, 잘못된 것들도 많이 들어있습니다. 영감을 받은 존재들이 진리를 전하기 위해서 이 땅에 오

게 되지만, 결국 인간들은 그들이 전해준 진리를 와전(변조)시키게 됩니다! 그러니 여러분들 각자가 자신이 옳다고 하는 진리를 찾아내고, 거기에 따라서 살아가도록 하세요! 그것이 여러분들이 계발할 수 있는 자신만의 최고의 개인종교가 되는 것입니다. 사랑스럽고, 자비로우며, 관대하고, 아량이 있는 사람이 되도록 하세요. 이것이 가장 위대한 계명인 것입니다. 만약 여러분들이 그렇게 살았다면, 이 지구는 이미 지상 천국이 되었을 것입니다.

●질문 78: 내가 정말로 사악한 짓을 행했다면, 내 영혼은 영원히 없어지게 될까요?

답 변: 아닙니다. 여러분들이 어떠한 악(惡)을 저지른다 해도 우주는 모든 것을 용서합니다. 그러나 여러분이 저지른 카르마는 반드시 유사한 방법으로 자신이 갚아야 합니다. 이래야 공평하고도 완벽한 시스템이 되지 않겠습니까? 죽기 전까지 카르마적인 균형을 맞출 수 있도록, 남은 생에 선업(善業)을 쌓도록 하세요! 용서를 구하고, 카르마의 빚을 갚을 수 있는 기회를 달라고 요청하세요. 마치 영혼이 없는 사람처럼 살지 말고, 영적으로 깨어있는 존재가 되세요. 교훈을 통해 스스로 배우고, 다시는 어떠한 악도 범하지 않기를 바랍니다.

●질문 79: 나는 지금까지 살아오면서 죽음에 대한 엄청난 두려움을 느끼고 있습니다. 왜 그럴까요?

답 변: 당신이 체험하고 있는 것은 죽음에 대한 두려움이 아니라 삶에 대한 두려움일 가능성이 더 큽니다. 놀라시겠지만, 사실입니다. 많은 존재들이 이 땅에 태어나면서부터 당황합니다. 지구에서의 삶을 고통스럽고 공포스럽다고 느끼고 있는 것입니다. 여러분은 대개 천상에 대

한 향수에 젖어 있습니다! 살아가는 동안에 이와 같은 공포를 항상 지니고 다니면서 이것을 거꾸로 죽음에 대한 공포라고 착각하게 되는 것입니다.

지구에서의 삶을 성장을 위한 기회로 삼으세요. 인생의 사명을 찾고, 온전한 삶을 살며 지구에 존재하는 그 자체를 즐기세요. 그리고 자신들의 영적 가이드나 마스터들과 영적인 접촉을 시도해보세요. 죽고 나면 그들이 여러분들이 살아온 삶이 어떠했는지 말해줄 것입니다. 그러고 나면 더 이상 죽음을 두려워하지 않게 될 것입니다. 대신에 죽음을 집으로 돌아가는 멋있는 길이라 여기게 될 것입니다!

●질문 80: 임사체험이 사실인가요? 아니면 스트레스 때문에 생기는 화학적 현상인가요?

답 변: 임사체험(臨死體驗)은 정말로 사실입니다. 실제로 임사체험을 겪은 사람들(이 책을 편집하는데 로빈을 도와준 공저자 토니를 포함해서)의 이야기를 들어보면, 그들은 지금까지 자신들이 체험했던 일들 중에서 가장 '실제적인' 사건이었다고 말할 것입니다! 임사체험을 겪은 사람들은 참으로 축복받은 사람이라고 할 수 있습니다. 왜냐하면 임사체험은 비록 짧기는 하지만 고차원적인 세계를 체험하게 해주니까요! 이러한 체험을 하게 되면, 일반적으로 기분이 들뜨게 되며, 평화스럽게 됩니다. 또한 미래를 밝혀줌으로써 남은 여생(餘生)을 최대한 활용하기 위해 새로운 결심과 활력을 가지고 이 세상으로 다시 돌아오게 됩니다. 따라서 임사체험은 참으로 영적이면서도 소중한 체험인 것입니다.

과학자들은 임사체험을 단순히 화학적인 작용이라고 치부해버리려고 하지만, 그들도 똑같은 사랑과 자비에 관한 체험을 하게 될 지도 모릅니다. 이러한 과학자들은 5차원적인 체험을 3차원의 과학으로 증명하려는 우(愚)를 범하고 있는 것입니다. 그것은 증명될 수가 없는 것입니

다. 그러나 그들도 언젠가는 깨어나게 될 것입니다! 그들에게도 사랑과
빛을 보내주세요!
여러분에게 축복을 …

- 이시스 -

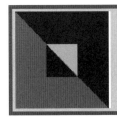

9장
영적인 성장 방법

- 멜키제덱(Melchizadek)의 답변 -

＊마스터 멜키제덱은 백색형제단에 소속되어 있으며, 변형과 영적 상승에 관한 일을 하고 있습니다.

●질문 81: 나는 왜 영적으로 성장하고 싶어 할까요?

답 변: 영적인 성장은 자연스런 것이며, 인간진화의 일부이기도 합니다. 그것은 하나의 과정입니다. 여러분이 스스로 정지해 있거나 후퇴하기를 원하지 않는 한, 이것은 궁극적으로 인간이 발전해가야 할 여정인 것입니다. 원시시대에 동굴에 거주하던 사람들을 생각해보세요. 거의 동물과 흡사하지 않습니까? 초보적인 사람의 형태

인 셈이죠. 그 후 인간은 복잡한 말과 글자를 개발하고, 땅을 개간하면서 곡식을 경작했으며, 소도 키우게 되었습니다.

이어서 사람들은 예술적인 능력을 계발했고, 원시형태의 종교도 만들어내게 되었습니다. 삶의 초보적인 단계에서 출발하여 좀 더 사회화하게 된 것입니다. 그 후 시(詩)와 문학, 그림, 조각과 같은 예술적인 분야와 자신들이 만든 종교에 관심을 가지게 되면서 좀 더 복잡한 사회로 발전하게 됩니다. 그리고 지금은 기술문명을 이룩했으며 새 시대(New Age) 운동에 대해서도 긍정적인 생각을 가지게 되었습니다. 또한 육체적 기술적인 진보에 발맞추어 영적인 진화를 바라보는 인간들의 태도에도 변화가 생기게 되었습니다. 이러한 과정은 옳고 좋은 것이며, 순리(順理)적인 것입니다!

그러면 당신들이 정말로 하고 싶은 말은 "이렇게 되는 것이 도대체 나한테 무슨 의미가 있는데요?" 라고 하는 것 아니겠습니까? 자, 마스터가 되어 마스터가 지니는 능력을 갖고 싶지 않으세요? 그리고 모든 것과 하나가 되고 싶지 않으신가요? 그러면 절대로 다시는 외롭지 않게 될 것입니다! 또 천사들과 천상에 존재하는 많은 존재들과 이야기하고 싶지 않으십니까? 이러한 존재가 되면 얼마나 많은 지식을 쌓을 수 있는지 한 번 생각해보세요. 타고난 재능 - 텔레파시, ESP, 아스트랄 여행 등 - 을 계발하고 싶지 않으신가요? 너무 멀게만 느껴지십니까?

손과 치유력만 사용하여 병든 환자들을 고치며, 원하는 무엇이든 구현할 수 있는 그러한 능력을 갖고 싶지 않으세요? 이 모든 것을 포함하여 그 이상의 것도 마스터가 가지는 능력의 일부에 지나지 않습니다. 여러분들도 모두 이러한 능력을 지니고 있지만 내면에서 잠자고 있습니다. 이러한 능력을 발휘하기 위해서는 올바른 마음과 정신을 가져야 합니다. 끝으로 계속되는 지구의 삶에 지쳐있는 사람들에게 "이제 그만 재육화를 거듭해야 하는 카르마(業)의 수레바퀴에서 내려오고 싶지 않느냐?"고 묻고 싶습니다. 이 모든 것들이 영적 깨달음이라고 알려져 있는 과정의 일부인 것입니다.

●질문 82: 영적 성장을 위해서 가장 중요한 요소가 무엇인지 말씀해주세요?

답 변: 영적인 성장을 이룩하기 위해서는 다음의 4가지 요소가 필수적입니다. 즉, 자기 책임, 자각(自覺), 초연함, 그리고 무조건적인 사랑이라고 할 수 있습니다. 이를 부연하여 설명하면 다음과 같습니다.

1.자기 책임

　이를 다른 말로 표현하면, 모든 것이 자기에게 달려있다는 뜻입니다! 목사나 성직자, 친구, 연인도 여러분을 대신해줄 수가 없다는 것입니다. 즉 자신의 영적 여정을 오직 자신만이 결정할 수 있다는 뜻입니다. 따라서 자신의 영적 성장과정에 대해서 스스로 책임을 져야 합니다. 이번의 생에는 조금만 성장하고 앞으로 100번을 더 되돌아와 매 생애마다 조금씩 배울 수도 있고, 아니면 이번 생에 모두 다 배워 끝내겠다고 선택할 수도 있습니다.

　선택은 자신이 하는 것입니다! 그 선택을 스스로 원해야 할 뿐만 아니라 실제로 실천해야 합니다. 손에 넣을 수 있는 책은 전부 다 읽어보고, 세미나와 명상그룹에도 참가해보세요. 그리고 뉴에이지 사람들과 대화도 하면서 탐구하고, 탐구하고, 또 탐구해야 합니다. 일이 잘 안되고 힘들어도 절대로 포기해서는 안 됩니다. 이 삶의 여정(旅程)이 자신에게 주어진 특별한 임무라고 여기고, 자신이 그 혜택을 누리게 되는 수혜자라고 생각하세요! 그리고 자신의 가이드들이나 마음에 드는 마스터들에게 영적인 도움도 요청하세요.

2.자각

영적 가이드들은 여러분에게 접근하여 영적진화를 이룰 수 있도록 도움을 주고자 애를 쓰고 있습니다. 여러분에게는 우연히(동시성) 일어나는 일처럼 보이지만 사실은 가이드들이 뭔가를 알려주기 위해 일어난 것들이 없는지 살펴보세요. 예를 들어, 똑같은 대상이나 낱말을 반복해서 계속 보게 되는 것처럼 말이죠. 이러한 일들을 우연이라고 무심코 지나치지 마세요! 만약에 어느 날 한 친구를 우연히 3번씩이나 만났다면, 가는 길을 멈추고 앉아서 그와 이야기를 나눠보세요. 그가 뭔가 중요한 말을 여러분에게 하고자 할지도 모릅니다.

자신의 삶을 차분히 바라보세요. 고통을 가져다주는 부정적인 것들은 과감히 변화시키도록 하세요. 자신의 가정과 직장, 태도, 관계들을 신선한 의식을 가지고 다시 한 번 살펴보세요. 영적인 지고의 상태에 이르기 위하여, 그리고 가장 사랑스런 방법으로 변화시켜야 할 것들이 무엇인가요? 자신의 가이드들과 직접 대화를 나눠보세요. 그들과 대화함으로서 많은 유익한 것들을 얻을 수 있습니다. 항상 모험적인 인간이되고, 긴장하고, 깨어있어야 합니다!

3. 초연함

초연함은 냉정함이나 무관심과는 다른 것입니다. 이는 자기 자신과 자기의 행동, 정신적 및 감정적인 마음상태를 객관적인 입장에서 바라보는 것을 뜻합니다. 감정의 흐름에 휘둘리지 않는 것입니다. 즉, 미워하거나, 질투하게 하거나, 부러워하거나, 무서워하거나, 화를 내거나, 아니면 지나치게 흥분하거나, 분별심을 잃거나 하지 않는다는 것입니다. 초연함이 없으면, 자신을 향해 불어오는 모든 감정적인 바람에 휘둘릴 수밖에 없습니다.

초연함은 자신의 감정을 관리하는 기능도 가지고 있습니다. 따라서 감정은 자신의 뜻에 반하지 않고 자기 자신을 위하여 작용하게 됩니다. 자신이 영적 존재라는 것을 믿는다면, 자아와 자신의 몸을 활용하여 교훈을 배우도록 하세요. 여러분들은 단지 제인(Jane)이나 존(John), 존스(Jones)가 아니라 사람의 형상을 지니고 태어나서 제인(Jane)의 삶을 살고 있는 천사적인 존재인 것이며, 에고를 피하기보다는 초연함을 활용해서 자신의 행위를 객관적으로 바라보는 법을 배우는 편이 훨씬 더 좋을 것입니다. 그렇게 되면 자신의 삶과 영적인 여정을 보다 잘 통제할 수 있게 됩니다.

4.무조건적인 사랑

모든 사람들이 무한한 사랑의 마음을 가지고 일하고 살아간다면, 이 지구에는 아무런 문제도 없을 것입니다. 어떠한 기아도, 전쟁도, 학대도, 질병도 존재하지 않을 것입니다. 왜냐하면 이와 같은 가혹한 상황을 제거하는데 모든 사람들의 노력이 집중되었을 테니까요. 그러나 대다수의 사람들이 그동안 무한한 사랑의 마음을 가지고 일하지 않았기 때문에 이러한 문제들은 지금까지도 몇몇 사람들의 손에 맡겨져서 다루어지고 있는 실정입니다. 조건 없는 사랑이라는 것은 단순히 추상적인 개념이 아니라 반드시 실천되어야 하는 것입니다. 여러분들은 무한한 사랑을 가지고 있다고 결코 말할 수 없으며, 차라리 솔직하게 유대인, 힌두인, 아시아인, 또는 여성들이 싫다고 말해야 옳을 것입니다.

조건 없는 사랑에는 어떠한 예외도 있을 수 없습니다. 모든 인류를 어려운 여건 하에서도 영적인 깨달음과 성장을 이루고자 노력하는 천사적인 존재로 보아야 하며, 이와 같이 애쓰고 있는 모든 이들을 진실로 사랑해야 할 것입니다! 그들 중에서 일부만을 사랑해서는 안 됩니다! 간디나 테레사 수녀만을 사랑해서는 안 되며, 히틀러나 대량 학살자들도 또한 사랑해야 합니다. 무한한 사랑을 이미 깨달은 사람도 있지만, 아직까지 깨닫지 못하고 있는 사람들도 많이 있습니다. 비록 히틀러나 대량 학살자들이 저지른 행위는 좋아하지 않을 수 있지만, 죄를 저지르고 쓰러져 있는 천사는 용서할 수 있지 않겠습니까?

여러분들도 과거의 생에 그와 같은 죄를 저지르지 않았다고 어떻게 확신할 수 있겠습니까? 만약 여러분들도 부정적인 행위를 저질렀다면, 용서받고 싶지 않으십니까? 아침에 눈 뜨는 순간부터 저녁에 베게에 머리를 대는 순간까지 무한한 사랑의 마음으로 살아가도록 하세요. 모든 사람들이 여러분의 형제자매들이고, 모든 사람들이 존중받을 가치가 있으며, 모든 사람들이 무한한 사랑을 받을 가치가 있는 것입니다.

● 질문 83: 깨달음을 얻는데 가장 큰 장애가 되는 것이 무엇입니까?

답 변: 여러분의 에고(ego)입니다. 이 저급한 자아(自我)가 영적인 것들을 믿지 못하도록 막고 있는 것입니다. 또한 바로 이 에고가 여러분들이 3차원에서 4차원 이상으로 상승하지도 못하게 막습니다. 이 에고는 어떠한 변화도 원치 않으며, 현재 있는 그대로의 삶을 즐기고 싶어합니다. 설사 여러분이 아프다고 하더라도 에고는 별로 개의치 않습니다. 병을 낫게 하거나 삶을 변화시키기 보다는 그냥 아픈 채로 있는 것을 더 좋아합니다. 심지어 이러한 변화가 자신에게 이로운 것이라 하더라도 그렇습니다.

이 에고라는 말은 자기본위적이거나 자만심이 강한, 즉 비위에 거슬리게 거만하다는 말과는 다른 것입니다. 에고는 잠재의식을 지배하는 내면의 소리(voice)로서, 여러분이 원하지 않는 방식으로 행동하게 하고 의심을 품게도 만듭니다. 예를 들어 금연을 하려고 하면, 에고는 이러한 시도가 어리석은 짓이라는 것을 확신시키고자 노력할 것입니다. 에고는 가능한 모든 속임수, 즉 초조하게 하고, 화나게 하고, 피곤하게 하고, 의기소침하게 하는 등 모든 방법을 동원하여 예전과 같이 다시 흡연을 하도록 시도할 것입니다. 에고는 변화를 원하지 않습니다! 물론 영적인 길을 가고자 할 때에도 마찬가지입니다.

그러면 어떻게 해야 에고가 여러분의 뜻을 거스르지 않고, 잘 따르게 할 수 있을까요? 다음과 같이 한 번 따라 해보세요. 에고를 개구쟁이 아이라고 생각하세요. 에고를 대단한 어떤 것이라고 생각하지 말고, 익살스럽게 대하세요.

영적 성장을 이루고자 하는 여러분의 계획을 에고가 고의적으로 방해할 것이라는 것을 미리 알고 있어야 합니다. 에고가 고의로 방해하려는 시도를 미리 눈치 채고 한술 더 떠야 합니다! 에고를 비웃고, 기선을 제압하세요! 에고가 다시 방해를 시도하면, 또 그렇게 하세요. 계속 영적 여정을 진행해 가세요. 그리고 에고에게 방해하지 말고 도와달라고 요청하세요. 에고가 이러한 변화에 점차 익숙해짐에 따라 더 이상 여러분을 지배할 수 없게 될 것이며, 제자리로 돌아가 여러분들의 성장을 묵인하게 될 것입니다. 여러분은 육신을 지닌 힘 있는 천사적인 존재라는 것을 믿으세요. 그리고 에고가 달리 행동하지 못하도록 해야 합니다.

● 질문 84: 어떻게 하면 영적인 자아와 연결될 수 있나요?

답 변: 여러분들은 천사적인 존재로서 상위자아(Higher Self)라고 부르는 자신을 구성하는 고차원적인 부분을 가지고 있습니다. 이 상위자아는 보통 5차원과 그 이상의 차원에 존재하며, 자신의 영광스러운 복사판과도 같습니다. 이 존재도 바로 여러분의 일부이며, 여러분도 이러한 상위자아가 될 수 있습니다. 이 상위자아는 여러분들 보다 훨씬 더 현명하며, 사랑스럽습니다. 그러나 이 존재도 여전히 여러분입니다. 여러분들은 이러한 상위자아와 접촉하는 방법을 배울 수 있고, 상위자아의 지혜를 활용할 수도 있으며, 또한 상위자아도 낮은 차원에 있는 여러분들을 돕고자 합니다. 놀라운 일은 여러분들이 영적으로 진화해가면서 점점 이 상위자아를 닮아가게 되며, 마침내는 상위자아가 된다는 것입니다!

이 말을 이해하기 어렵다면, 먼저 상위자아에게 말을 걸어보세요. 자기보호 조치를 취한 다음, 명상 중에 상위자아에게 와달라고 요청하세요. 그러면 또 하나의 자신의 아름다운 복제판을 보게 될 것이며, 여러분에게 다가올 것입니다. 그에게 질문도 하고, 답변도 들어보세요. 내면에서 상위자아의 힘을 느껴보세요. 이 상위자아가 여러분에게 힘과 지혜를 줄 것입니다. 여러분도 이 상위자아가 되어보세요.

●질문 85: 필요한 도움을 받기 위해서는 꼭 영적 가이드나 마스터를 불러야 하나요?

답 변: 물론입니다. 그들은 여러분들이 조언이나 도움을 얻고자 불러주는 것을 대단히 좋아합니다. 마스터들도 특히 잘 하는 분야가 따로 있습니다. 예를 들면, 대천사 샌달폰(Sandalphon)은 음악과 관련된 일을 잘합니다. 음악을 작곡을 하는데 어떤 영감이 필요하다면, 그를 찾아 도움을 요청하세요. 아르키메데스(Archimedes)는 자금이나 돈과 관련된 일을 잘 합니다. 마스터 세라피스 베이는 지구에너지, 성모 마리아와 이시스(Isis)는 사랑과 자비, 미카엘(Michael)은 보호, 관세음은 치유와 관련된 일을 잘 합니다. 여러분들은 마음에 드는 마스터를 선택하여 도움을 청할 수 있으며, 나머지 스승들도 알아두는 편이 좋습니다. 나 멜키제덱은 영적인 진화와 관련된 신비적 기사단인 백색 형제단의 일원으로 일하고 있습니다. 나의 도움이 필요하면 언제든지 불러주세요. 앉아 명상을 하면서 주위에서 나의 에너지를 느껴보세요. 그리고 내가 하는 말도 들어보세요. 나의 말을 심사숙고해서 들어보고 결정은 여러분들이 하면 됩니다. 우리는 여러분들을 안내하기 위하여 여기에 있는 것이며, 군림하기 위해 있는 것이 아닙니다.

●질문 86: 내가 가진 심령적인 능력을 긍정적인 일에 사용했으면 합니

다. 추천하고 싶은 일이 있습니까?

답 변: 타고난 영적 재능을 활용할 수 있는 훌륭한 일들이 많이 있습니다. 이러한 재능을 개인적인 권력이나 사악한 일을 하는데 사용하지 말고, 모든 사람들의 가장 고귀한 선(善)을 달성하는데 사용하기 바랍니다. 나쁜 곳에 쓰게 되면 그로 인하여 생기게 되는 카르마를 갚아야 할 뿐만 아니라 영적인 성장도 멈춰지게 될 것입니다. 이러한 능력을 활용하여 사람을 치유하고, 동물과 식물을 치료할 수도 있습니다. 영적인 성장과 평화를 촉진하기 위해서 지구에 부정성이 깃들어 있는 지역을 정화하는데 사용할 수도 있을 것입니다.

또한 마스터나 고차원적인 존재들과 접촉하여 채널링을 하고 그 내용을 기록으로 남김으로써 일반 사람들이 마스터들의 지혜를 배울 수 있도록 도움을 줄 수도 있습니다. 가장 고귀한 선을 이루기 위해 어떤 것을 구현할 수도 있고, 다른 사람들을 도울 수도 있을 것입니다. 아스트랄 여행, ESP, 텔레파시 등 여러 가지 방법을 사용하여 이 행성의 평화와 형제애를 증진시킬 수도 있습니다. 선(善)을 위하여 자신들이 가진 에너지를 쓸 수 있는 사람들도 있습니다. 가르치는 일, 카운슬링, 예술, 치유 등 기회는 얼마든지 있습니다.

●질문 87: 고차원의 선(善)을 이루기 위해 텔레파시의 능력을 어떻게 사용하면 될까요?

답 변: 1970년도 이후에 태어난 스타시드들(Starseeds)과 1990년대에 태어난 '사랑의 아이들(Love Children)'은 때가 되면 자신들이 가지고 있는 텔레파시의 능력을 보다 쉽게 재활성화할 수 있다는 것을

알게 될 것입니다. 그러나 이들은 삶과 믿음에서 심한 고립감을 느끼고 살아가고 있습니다. 그러나 서로의 텔레파시를 통해 이들은 다른 존재들을 쉽게 인식할 수 있으며, 서로에 대한 애정과 이해로 강한 유대감을 형성하게 될 것입니다. 언어의 장벽도 없이 서로의 지혜를 교환할 수 있다니 이 얼마나 놀라운 일입니까! 여러분도 오늘 당장 이러한 기술들을 연마해보지 않겠습니까!

●질문 88: 실제로 아스트랄 여행이 가능합니까?

답 변: 물론 가능합니다. 오래전에는 여러분들도 모두 아스트랄 여행(Astral Travel)을 할 수 있었습니다! 지금은 단지 그 방법을 잊어버렸을 뿐입니다. 다시 완전하게 되도록 연습해보세요. 이 지구에서 가고 싶은 어떤 곳이나 그 너머에까지 안전하게 솟구쳐 올라보세요. 얼마나 많은 항공료가 절약되는지 생각해보세요! 이런 고대의 기술들을 다시 배우되, 반드시 믿을 만한 사람으로부터 배워야 합니다. 이런 기술들을 안전하게 배워야지 그렇지 않으면 처음에 이것을 시도할 때 뭔가 잘못되어 놀라게 될지도 모릅니다! 여러분들도 걸음마를 처음 배울 때에 많이 넘어지지 않았습니까? 영적인 진화도 마찬가지로 친절한 지도와 지원이 필요합니다. 그 이후에는 혼자서도 잘 달릴 수 있게 될 것입니다!

●질문 89: 낮은 아스트랄계라는 것도 존재하나요?

답 변: 네, 존재합니다. 내가 이야기하고 있는 것이 바로 이 내용입니다. 양극성(Polarity:이원성), 즉 좋은 것이 있으면 나쁜 것이 있고, 빛이 있으면 어둠이 있는 법입니다. 현재 3차원에 있는 여러분을 억압하려고 하는 부정적인 존재들이 4차원에도 있습니다. 그들이 비록 큰 힘은 가지고 있지 않으나, 여러분에게 겁을 주고 진화를 방해할 수는 있

습니다. 그래서 이러한 기술을 배우는 데에 꼭 전문가의 도움이 필요한 것입니다. 스스로를 보호하는 법은 아주 쉽게 배울 수가 있으며, 낮은 아스트랄계에 존재들을 좋게 잘 타일러서 보낼 수도 있습니다. 여러분이 가진 영적인 빛을 크게 확대하여 보여주면, 낮은 아스트랄체들은 스스로 여러분의 곁을 떠나가게 됩니다.

● 질문 90: 이러한 영적인 능력을 내가 믿고 있는 종교에 접목할 수도 있을까요?

답 변: 물론입니다. 대부분의 종교는 이런 능력들이 존재하고 있다는 사실을 이미 잘 알고 있습니다. 유대교, 기독교, 불교, 힌두교 등 모든 종교가 경전에서 이러한 능력에 대해 언급하고 있습니다. 그러나 수 세기가 지나면서 오직 성직자만이 이러한 영적 능력을 가지고 있어야 한다고 여기고 다른 사람들이 가지고 있는 능력은 잘못된 것이라고 비난하고 있는 것입니다. 그러나 이러한 능력은 모든 사람들이 다 소유하고 있는 것이지, 단지 몇 몇 특권층만이 가지고 있는 것은 절대로 아닙니다. 지금 많은 정통 종교들에서 치유를 봉사활동의 일환으로서 종교 프로그램으로 접목하기 시작했습니다. 그리고 이제 근본주의 교회에서도 사람들을 치유하고, 악귀를 몰아내고, 방언을 하기도 합니다.

예수, 크리슈나, 대천사 미카엘, 이시스, 성모 마리아, 관세음, 그리고 붓다와 같이 종교적으로 우상화되어 있는 많은 존재들이 정기적으로 채널러들을 통해서 이야기하고 있습니다. 여러분도 역시 그들에게 이야기할 수 있지만, 그들이 여러분들에게 이야기하는 것을 듣는 것이 더 중요합니다. 친구들이여, 자기가 믿는 종교를 버릴 필요는 없습니다. 그러나 여러분이 가지고 있는 이러한 영적인 능력을 최대한 발휘해

보기 바랍니다.

여러분들에게 축복을 …

- 멜키제덱 -

10장
10가지 틀리기 쉬운 질문들

- 아쉬타의 답변 -

＊행성 연합의 일원인 〈아쉬타 사령부〉의 사령관 아쉬타(Ashtar)의 답변입니다.

●질문 91: 영은 낙태(落胎)에 대해서 어떻게 생각하나요?

답 변: 모든 영을 대표하여 말할 수는 없지만, 낙태에 대하여 높은 지혜의 관점에서 말하고자 합니다. 영은 태어나기 전에 인간의 몸에 적응하기 위하여 여러 차례 걸쳐 태아 속으로 들어가게 됩니다. 이러한 적응기간을 거쳐 태어나기 직전에 최종적으로 아기의 몸속으로 들어가며, 그리고 나서는 망각의 베일이 드리워지게 됩니다. 이런 과정을 거쳐 영이 다시 한 번 인간의 모습을 갖게 되는 것입니다! 만약 유산(流産)이

나 낙태를 하게 되면 파괴되는 것은 육체적인 몸이지, 영혼이나 천사적인 존재가 아닙니다. 이런 경우에는 영은 다른 태아를 선택하여 입태(入胎)하든지, 아니면 엄마가 다시 아이를 가져서 임신기간을 다 채울 때까지 기다릴 것입니다. 그러나 낙태는 관련된 산모(産母)나 태아 모두에게 잊을 수 없는 충격을 주게 되므로, 우리는 낙태 보다는 차라리 피임을 강력히 권합니다.

●질문 92: 안락사(安樂死)에 대해서는 어떻게 생각하나요?

답 변: 여러분의 수명은 스스로가 선택합니다. 따라서 안락사를 했다고 해서 죄가 되지는 않습니다. 고통스러운 상황을 더 이상 견딜 수 없는 사람들도 많이 있습니다. 그러나 우리는 견딜 수 있을 때까지는 최대한 살기를 권합니다. 왜냐하면 삶의 마지막 그 순간에 자신이 배워야 할 가장 중요한 교훈이 찾아올 수도 있지 않겠습니까? 특히 자신의 죽음 자체가 고귀하고 다른 사람에게 영감을 주는 것이라면, 이것이 육화한 이유일 수도 있습니다. 이 질문에 대해서 옳고 그른 답은 없습니다. 그러나 이러한 결정을 해야 할 때가 오면, 고차원적인 조언을 얻기 위하여 자신의 상위자아와 협의하기 바랍니다.

●질문 93: UFO가 정말로 존재하고 있습니까?

답 변: 하! 이렇게 말하고 있는 나는 지금도 UFO에 앉아있습니다. 당연히 UFO는 존재합니다. 설마 여러분들은 지구에 사는 인류만이 전 우주에 존재하는 유일한 생명체이며 고차원적인 존재라고 생각하지는 않겠지요? 아마 여러분들은 그렇다고 말할지도 모르겠습니다. 사랑하는 이들이여, 앞으로 여러분들은 깜짝 놀라게 될 것입니다! 때가 되면, UFO에 관한 구체적인 증거를 가지게 될 것입니다. 여러분이 외계인이

라고 부르는 우리들은 확실히 존재하고 있으며, 이렇게 UFO도 운행하고 있습니다. 그러나 이러한 UFO는 3차원적인 것이 아닙니다. 아쉬타 사령부의 우주선들은 5차원 이상의 우주공간을 통하여 비행을 합니다. 한편 그레이(Greys)나 제타 레티쿨리(Zeta Reticuli)들은 4차원을 통해서만 여행을 합니다. 이 때문에 여러분이 우리보다는 그들을 더 자주 목격하게 되는 것입니다! 왜냐하면 여러분들은 4차원에 더 가까우니까요.

●질문 94: 그렇다면 왜 아쉬타 사령부는 인류를 돕기 위해서 지구 일에 개입하지 않나요?

답 변: 미리 준비된 상황이나 엄청나게 위급한 상황이 아니고는 우리는 지구의 일에 개입할 권리가 없습니다. 이는 지구가 자유의지를 가진 행성이기 때문입니다. 여러분들 모두는 어떠한 교훈을 배우기 위하여 3차원인 지구에 육화하기로 선택한 것입니다. 그런데 계속해서 우리가 간섭한다면, 어떻게 배울 수가 있겠습니까? 예를 들어 만약에 여러분이 어머니와 함께 학교에 다니면서 여러분을 대신하여 어머니가 모든 일

을 다해준다면, 어떻게 여러분이 지금과 같이 책을 읽고 글을 쓸 수가 있겠습니까?

여러분은 힘든 상황을 통해서 어떤 것을 배우고자 선택했으며, 여러분의 고차원적인 존재들은 우리가 개입하는 것을 원치 않습니다. 그리고 여러분은 자신이 가진 육체적 및 심령적인 에너지를 모으기만 하면, 이 행성의 모든 부정성을 제거할 수 있는 능력을 가지고 있습니다. 이 행성에서 질병과 전쟁, 증오, 폭력, 심지어는 죽음까지도 몰아낼 수가 있습니다! 여러분들

스스로만의 힘으로도 얼마든지 이러한 것들을 처리할 수 있는 것입니다. 그러나 고차원적인 조언을 듣기 위해서 필요하다면 우리에게 안내를 요청할 수도 있습니다. 우리와 접촉해보세요!

●질문 95: 왜 좋은 사람들에게 나쁜 일들이 일어나게 되는 걸까요?

답 변: 삶에서 일어나는 모든 일들을 쉽게만 배울 수는 없는 것 아니겠습니까? 불행하게도 대개의 경우에는 사랑스러운 방법을 통해서가 아니라 고통스러운 방법을 통하여 더 많은 교훈을 배우게 됩니다. 여러분들은 자신의 가장 높은 영적 진화를 이루기 위해 어떠한 교훈을 배우고자 이 지구에 왔습니다. 여러분이 천상계에 있을 때는 지구에서 이러한 교훈을 배우는 것이 얼마나 힘이 드는 일인지에 대해서는 크게 신경 쓰지 않습니다. 그러나 막상 지구에 내려와서 자신에게 주어진 과제와 배우고자 하는 교훈을 보고는 크게 원망하게 되는 것입니다! 세상에 어려움이나 고통을 받고 싶어 하는 사람은 아무도 없을 것입니다. 이러한 고통과 어려움이라는 과제를 통해 교훈을 배우는 한 가지 좋은 방법이 있습니다. 그것은 어떤 교훈이 주어졌을 때, 재빨리 배워버리는 것입니다. 그러기 위해서는 정신 차리고 늘 깨어 있어야 합니다! 영이 엄청나게 두드릴 때까지 기다리지 말고 슬쩍 건드릴 때(little nudge)에 알아채야 합니다.

초기에 배우지 못하면, 그 교훈들은 점점 더 강한 방법을 동원하여 반복해서 여러분 앞에 나타나게 될 것입니다! 지난 생애에서 이러한 교훈들을 배우지 못했기 때문에 스스로 이러한 교훈들을 선택했다는 것을 절대로 잊어서는 안 됩니다.

대개 사랑스럽고 선한 사람들이 아주 용감한 경우가 많이 있습니다. 특히 이들은 자신들의 영적 본질을 일깨우기 위해서 어려운 교훈을 선택하게 되며, 또 이러한 교훈들을 가능한 한 빨리 배우고자 노력합니다. 반면에 게으른 사람들은 교훈을 배우기보다는 항상 이것을 피하고 자 합니다. 이번 생(生)이 아니라 하더라도 다음 생에 언젠가는 그들도 필요한 교훈들을 반드시 배우게 될 것입니다. 선한 사람임에도 불구하고 현재 어려움을 겪고 있는 분들에게 우리는 경의를 표합니다. 부디 용기를 내고 강해지기 바랍니다. 그리고 자신의 감정으로부터 초연해지고, 자신에게 일어나는 모든 일들을 사랑하기 바랍니다. 일어나는 일에는 반드시 이유가 있기 마련입니다!

●질문 96: 4차원은 어떤 모습의 세계입니까?

답 변: 4차원은 대개 환상의 세계라고 하며, 혼돈의 세계이기도 합니다. 그러나 4차원은 5차원과 그 이상의 차원에서 인류가 무엇을 얻을 수 있는지를 보여주기도 합니다. 4차원에서 여러분들은 자신들이 가진 심령력(心靈力)과 또한 이것을 다루는 법을 배우게 될 것입니다. 그러나 많은 사람들이 이러한 심령력을 다루는 데에 너무 몰두한 나머지 이번 생에 이 4차원을 제대로 극복하지 못하는 사례가 많이 발생하게 될 것입니다. 왜냐하면 여러분들은 자신들이 가지고 있는 심령력(心靈力)을 오직 개인적인 돈벌이 수단이나 부정적인 결과를 낳는 일에다 오용(誤用)하기 때문입니다.

　부정적인 주문(呪文)을 만드는 사람들은 오직 부(富)와 권력을 얻기 위해 자신들이 가진 능력을 사용하며, 지구와 타인들을 망치게 하기 때문에 이 4차원을 극복하지 못하는 것입니다. 그리고 낮은 아스트랄계에 사는 존재들도 이 4차원을 이용하여 영적인 앎을 추구하는 순수한 사람들을 헛갈리게 만들기도 하는 것입니다. 따라서 자신을 철저하게 보호해야 하며, 천사들에게 4차원을 지나 5차원 내지는 그 이상의 차원으로 인도해달라고 요청하는 것도 중요한 일인 것입니다.

●질문 97: 5차원과 그 위의 차원들은 어떤 모습의 세계들인가요?

답 변: 그러한 차원들은 평화롭기도 하지만 권능이 있습니다. 인간의 형상은 그대로 유지하고 있겠지만, 신체 중에서 빛의 비중이 더 커지게 될 것입니다. 또한 권능도 더욱 뚜렷하게 드러나게 될 것이며, 이러한 권능은 항상 최고의 선을 이루기 위해서만 사용될 것입니다.

3차원적인 즐거움은 줄어들게 될 것이며, 많은 진리들을 새로이 발견하게 될 것입니다. 차원의 상승을 이루어감에 따라 여러분들은 마스터들이 가지고 있는 능력들도 하나씩 얻게 될 것입니다. 이러한 권능들을 무한한 힘과 존중함을 통하여 사용하게 될 것이며, 비로소 하나됨(One)의 일원이 되는 것입니다. 그리고 차원이 상승함에 따라서 분리감도 사라지게 될 것입니다. 우주에 대한 앎이 커지는 만큼 이에 맞추어 자비와 사랑도 커지게 될 것입니다. 이 얼마나 멋있습니까! 여러분도 이것을 성취할 수가 있습니다.

●질문 98: 아쉬타 사령부는 어떻게 운영되고 있습니까?

답 변: 아쉬타 사령부는 지구와 같은 행성들을 관할하고 있으며, 인류의 영적인 상승을 돕고자 하는 많은 별들로부터 온 존재들로 구성되어 있습니다. 이러한 존재들은 각기 서로 다른 다양한 별들에서 오게 됩니다. 그들은 모두가 모험을 좋아하는 자원자들입니다. 일반적으로 아쉬타 사령부에 소속된 모든 존재들은 지구의 일에는 일체 관여하지 않으며, 지축(地軸)의 흔들림이나 지구 대변화와 같은 큰일에만 관여하게 됩니다.

꿈속이나 명상을 할 때에 여러분들이 간혹 우리를 만나게 되는 경우가 있습니다. 우리는 긍정적인 방식으로 여러분들을 인도하고자 애를 쓰고 있습니다. 여러분들 중에 어떤 이는 간혹 이전의 생(生)에서 우리와 같은 UFO 승무원 출신인 경우가 있어서 어떤 유대감을 가지고 있기도 합니다. TV나 영화 같은 데서 우주인들에게 마음이 끌리는 사람들이 많이 있지 않습니까? 때로는 5차원을 볼 수 있는 시계(視界)를 가지고 있는 사람들은 우리의 비행체를 황금색 원반형의 비행접시로, 또는 이상하게 생긴 구름형태로 보기도 합니다. 이러한 비행체들은 렌즈형의 비행접시라고 불리고 있습니다. 그리고 우리는 사난다, 세라피스 베이, 쿠트후미와 같은 상승한 마스터들과도 같이 일하고 있습니다.

● 질문 99: 지구의 변화에 대하여 말씀해주세요?

답 변: 많은 사람들이 지구의 변화를 두려워하고 있습니다. 행성적으로 어떠한 정렬이 이루어질 때마다 사람들은 공포에 질리곤 합니다! 사이클론(cyclone:큰 회오리바람), 지진, 큰 해일 같은 것들이 일어나서 지구가 갈기갈기 찢겨져 나갈 것이라고 생각하고 있습니다. 이러한 사람들은 지구가 자연 발생적으로 움직이고 흔들린다는 것을 모르고 있는 것입니다. 지구는 젊고 불안정한 행성입니다. 상당수의 사람들이 이러한 지구의 몸부림에서 살아남게 될 것입니다. 때가 되면, 사람들은 지구가 우르릉 거리는 소리를 예지할 수 있게 될 것이며, 염력을 모아서 이런 현상을 안정시킬 수도 있게 될 것입니다. 이러한 소리는 궤도의 약간 아래 부분에서 나는 것입니다. 그러나 행성들의 정렬이 이루어지고 나면, 영적인 효과만을 항상 느끼게 될 것입니다. 어떤 것이 우리에게 이익이겠습니까? 그러니 두려워하지 말고, 오히려 이것들을 환영해야 할 것입니다. 어떤 생각이나 감정을 계속 지니고 있으면 그것을 창조해내게 됩니다. 그러니 재난 보다는 평화와 안정을 생각하도록 하세요! 다행스럽게도 언젠가는 지구의 엄청난 대변화가 일어나게 될 것이며, 여러분들과 어머니 지구는 4차원을 거쳐 5차원, 즉 인류의 황금시대를 향해 상승하게 될 것입니다.

●질문 100: 이러한 조언들을 받아들이지 않으면 어떻게 되나요?

답 변: 아무런 일도 일어나지 않습니다! 여러분 삶 속에서 아무 것도 일어나지 않습니다만, 일상적이고 판에 박힌 세속적인 일들은 예전과 다름없이 똑같이 나타나게 될 것입니다. 만약에 이렇게 되기를 원한다면, 이 책을 지금 당장 접으세요! 이러한 사람들은 이와 같은 문제들을 다음 생(生)에서 다룰 수 있을 것입니다! 그러나 만약 더 좋아지고 보다 사랑이 충만한 삶을 살고자한다면, 또 삶이 영적인 모험으로 가득차고 사랑을 이루고자 원한다면, 애버츠 부부를 통해 지혜를 전하고 있는 마스터들의 조언을 귀담아 들으시기 바랍니다.

그들이 전하고자 하는 말을 되새겨보고, 그들의 생각이나 견해를 깊이 검토하여 그들이 전하는 지식을 가슴과 마음의 눈으로 선별하기를 바랍니다. 열린 마음을 가지도록 하세요. 자신들의 정신적, 감정적, 영적인 지평을 넓혀가세요. 이러한 노력을 통해서 당신들은 좀 더 좋아지고 좀 더 진화한 존재로 되어갈 것입니다. 3차원적인 사고를 가지고 5차원을 증명할 수는 없습니다. 그러나 3차원과 4차원적인 감각을 사용하여 5차원적인 진실을 탐구할 수는 있습니다. 책이나 세미나. 고대의 가르침이나 인터넷과 같은 수단뿐만 아니라 동시성, 육감, 우연한 사건, 우연한 발견 같은 것들에서도 인생의 길잡이가 될 만한 것들을 찾아보세요! 여러분은 실망하지 않을 것이며, 명확하게 깨닫게 될 것입니다!

여러분에게 사랑과 빛을 …

– 아쉬타 –

2부

빛의 일꾼들
(THE LIGHT WORKERS)

1장
빛의 일꾼들은 어떤 존재들인가?

- 영적인 사명을 가진 사람들 -

여러분들이 주위에 있는 사람들과는 다르다거나 엇갈린 박자로 살아가고 있다고 느낀다면, 빛의 일꾼일 가능성이 아주 높습니다! 부러운 시선으로 아름다운 몸매를 바라보기보다는 차라리 영혼에 관한 공부를 더 하고 싶은 생각이 든다면, 아마도 이런 사람들도 빛의 일꾼이기가 쉽습니다. 과학으로 설명할 수 없는 미지의 세계에 대하여 호기심을 느끼며 다른 행성을 방문하고 싶은 생각이 든다면, 이런 분들도 빛의 일꾼입니다. 소울 메이트의 존재를 믿고 자신이 어떠한 특별한 사명을 달성하기 위해 이 지구에 왔다고 믿는다면, 이런 분도 빛의 일꾼입니다. 백만 달러의 돈을 버는 것보다는 영적으로 깨달은 사람이 되고 싶다면, 이런 사람들은 확실히 빛의 일꾼입니다.

마지막으로 만약 이 책을 읽고 있는 사람들이라면, 이러한 분들도 빛의 일꾼입니다. 우주는 분명히 어떠한 이유가 있어 여러분을 이곳으로 인도한 것입니다. 계속해서 이 책을 읽기 바랍니다 …

[1] 어떤 사람이 빛의 일꾼입니까?

빛의 일꾼이란 영적으로 영감을 받은 사람으로 인류에게 영적인 깨달음을 전해주기 위해서 지구에 육화해 있는 사람들을 말합니다. 이들은 자신들이 지닌 특별한 기술들을 사용하여 다른 사람들에게 영감을 불어넣어주고, 그들이 가진 과학으로 설명할 수 없는 재능을 찾아내어 영적인 여정을 따라갈 수 있도록 돕는 존재들을 말합니다. 누구든지 나이, 성별, 인종, 또는 종교와 상관없이 빛의 일꾼이 될 수 있습니다.

특히 1971년 이후 태어난 빛의 일꾼들을 "스타시드(Star seed)"라 부르며, 1980년도 후반에 태어난 아이들을 "러브 칠드런(Love Children)"이라고 부릅니다. 이러한 존재들은 개인적으로, 또한 공동으로 수행해야 할 임무를 지니고 있습니다.

1940년도 중반 이후부터 많은 빛의 일꾼들이 이 땅에 육화하기로 선택했으며, 이들을 소위 베이비부머(Baby Boomer)라고 부릅니다. 현재 이러한 존재들은 스타시드의 부모나 러브 칠드런의 조부모가 되어 있습니다. 이들의 삶의 계획(Life Plan)은 부모로서의 역할을 맡아서 스타시드들에게 용기를 불어넣어 그들이 가진 영적 본성을 계발할 수 있도록 도와주는 것입니다. 이들은 자유로운 사랑을 추구했던 1970년대의 히피시대(Hippy days)를 체험했으며, 종교 및 사회 개념에 대해서도 혁신적인 사고를 가지고 있었습니다.  이들은 개방적이고 사랑이 깊으며, 자녀들에게도 너그럽고 남성과 여성에 대한 고정관념을 타파하고자 노력하였습니다.

이들이 젊었을 때 여성 해방운동이 일어났고, 이 운동으로 말미암아 사회적으로 많은 여성들이 남성과 동등한 지위를 누리게 되었습니다. 또한 이들이 청년기일 때에는 인종간의 조화와 통합도 이루어지게 되었습니다. 당시 핵 위협과 냉전(冷戰)으로 인해 인류가 위험에 처하게 되자, 이 행성에 영적인 빛을 가져오기 위하여 많은 빛의 일꾼들이 육화하였습니다.

1940년대 후반 미국에서의 핵실험으로 인해 많은 UFO 목격사건들이 발생했으며, 부정적 외계인들(그레이들;Greys)이 인간사회에 대해서 위협적인 자세를 취하게 되자, 자극받은 많은 빛의 일꾼들이 이러한 외계인들로부터 받게 될 안 좋은 영향을 막기 위해 이 시기에 육화했던 것입니다.

그리고 많은 빛의 존재들이 현재 진행되고 있는 〈뉴에이지 운동 (New Age Movement)〉을 주도했습니다. 이들은 전통적인 서구의 기존 종교와 숭배사상을 타파하고 영혼에 대한 탐구를 시작했으며, 자녀들에게는 전통 종교가 아닌 다른 종교나 철학, 즉 불교나 힌두교, 기타 동양 사상에 대해서도 마음을 열고 배우게 하였습니다. 그리고 자신들도 심리학(心理學)이나 정신의학, 대체 상담기법 등을 탐구하는 계기를 마련한 바가 있습니다.

빛의 일꾼들은 신개념과 기존의 개념, 그리고 반사요법, 최면술, 꽃 요법, 자연요법, 레이키(Reiki) 등과 같은 각종 치료기법을 연구하여 보급하였습니다. 또한 이들은 외계 생명체, UFO, 자연의 왕국, 다른 차원들, 천사들의 영향력과 같은 논쟁을 불러올 만한 화젯거리들에 대해서도 개방적인 사고를 가지고 있었습니다.

평화행진에 많은 사람들이 앞장섰으며, 이러한 문제들에 관계된 기존 개념에 대해 문제를 제기하고, 사회적인 의식(意識))을 고취시키기도 하였습니다. 이들은 어머니 자연과 동물의 왕국도 존중했으며, 녹색평화 (Green Peace)와 같은 문제들을 활성화하기 위하여 조직을 결성하기

도 했습니다. 또한 빛의 일꾼들은 제3세계
의 주민들과 난민들에 대해서도 양심의 가
책을 느끼고 억압받는 이웃들을 돕기 위해
자발적인 운동을 활발하게 전개하였습니
다.

　이들이 이룩한 인간사회에 대한 공헌은
이루 헤아릴 수 없을 만큼 귀중한 것이었
습니다. 빛의 일꾼들 중에 많은 이들이 지구 행성과 인류를 돕고자 실
질적인 면에서 3차원적인 모든 방법을 동원해 열심히 일하고 있는 반
면에 아직까지도 영적인 존재로서 진정한 가능성에 눈뜨지 못하고 있
는 사람들도 많이 있습니다. 그래서 이 책의 나머지 부분은 깨어나지
못하고 잠자고 있는 빛의 일꾼들을 깨우기 위한 목적으로 집필하게 되
었습니다.

[2] 여러분들은 왜 깨어나야 할까요?

　기본적으로 인간은 육체 속에 조그만 영
혼이 들어있는 존재가 아니라 3차원의 삶을
체험하기 위해 천사에게 인간의 몸이 덧붙
어있다는 것을 깨달아야 합니다!

　인간은 4가지 요소 - 육체, 정신체, 감정체,
영체 - 로 구성되어 있습니다. 대부분의 사
람들은 이 4가지 요소 중에서 3가지 요소
만을 매일 사용하고 있습니다. 육체적 활동, 걷기, 먹기, 사랑하기 등과
같은 것은 육체적인 측면을 나타냅니다. 생각이나 꿈, 상상은 정신적
측면을 반영하고 있으며, 감정은 슬픔에서부터 두려움이나 행복에 이르
기까지 전범위에 걸쳐 매일 일어나게 됩니다.

생활 속에서 영적으로 약간은 깨어있는 사람들도 있습니다. 그들은 크리스마스나 부활절을 축하하며, 주일이나 결혼식, 장례식에 참석하기 위해 이따금씩 회당이나 교회, 절을 찾기도 합니다. 그러나 그들이 가진 신앙적 혹은 영적 열의는 삶에서 없어서는 안 될 정도로 대단한 것이 아니라 감정이라는 조그만 상자 속에 넣어두었다가 필요할 때면 언제든지 꺼내 쓸 수 있는 수준 밖에는 되지 않습니다. 우리는 삶의 모든 현실 속에서, 그리고 매 순간마다 영성(靈性)과 마주칠 수밖에 없습니다. 교회에서 영성을 만나기 위하여 일주일동안 영성을 사용하지 않고 유보해둘 수는 없으며, 이 영성은 진정으로 자기 본성의 일부가 되어야 하는 것입니다.

많은 종교들이 동일한 속성 – **자기 책임, 무한한 사랑**, 그리고 **고차원적인 영적 힘에 대한 이해** – 을 활성화하기 위하여 애쓰고 있습니다. 빛의 일꾼들이 진정으로 보답을 받으며 만족한 삶을 살고자 한다면, 위의 3가지의 믿음을 실제 생활 속에서 실현해야 할 것입니다! 이것이 진정으로 우리 모두가 원하는 것 아니겠습니까?

먼저 자기 책임에 대해 살펴보겠습니다. 이것은 자신의 행위에 대해서 스스로 책임을 지는 것을 뜻합니다. 자신에게 일어난 일에 대하여 다른 사람이나 외부적인 힘, 즉 운명이나 재수(財數) 탓으로 돌리지 말아야 합니다. 네, 그렇습니다, 다른 사람들의 행동이 짧은 시간동안 여러분에게 상처를 주고 영향을 미칠 수는 있지만, 결국에는 "더 이상은 안 돼!"라고 말해야 하며, 그것들이 더 이상은 여러분에게 영향을 미치게 못하게 해야 합니다.

모든 일은 – 나쁜 일일 수도 있지만 – 먼저 영적으로 여러분을 몰아가기 위해서 일어나며, 그 일을 통해 여러분들은 깨닫게 되고 가장 고귀한 의도에 따라 자발적으로 자신의 삶을 살아가게 된다는 것을 알아야 합니다. 이러한 것들을 이해하게 되면, 외부적인 힘이 여러분에게 지나치게 영향을 미치는 것을 더 이상 허용하지 않게 될 것입니다. 다른 사람들의 의견이나 믿음을 존중하면서도 이제는 살아갈 방향을 스스로 결정하고 자신의 삶을 통제하며, 그 결과를 받아들이게 되는 것입니다.

빛의 일꾼들에게 있어 '조건 없는 사랑'은 없어서는 안 될 필수적인 요구사항입니다. **무조건적인 사랑**은 여러분이 타인에게 주는 사랑에 대하여 어떠한 대가(代價), 즉 감사나 반대급부적인 사랑과 같은 것을 바라지 않는 것입니다. 또한 무조건적인 사랑은 남들이 여러분을 어떻게 대하든, 그 대가를 바라지 않고 모든 사람을 사랑하는 것이기도 합니다. 인종이나 종교적 신념, 성별에 차별을 두지 않고 영적 존재로서 진정으로 그들을 사랑해야 하는 것입니다! 상대방의 행동이나 인간됨, 믿음이 마음에 들지 않을 수도 있지만, 그들의 내면에 있는 천사적인 존재는 사랑해야 하는 것입니다.

고차원의 영적 힘은 우리들의 주변세계를 연출해내는 신의 힘, 또는 우주적인 에너지에 대한 믿음입니다. 그것은 어디에나 존재하고 있으며, 우리들의 주변에 편재해 있는 전능한 힘인 것입니다. 또한 실로 그것은 모든 것을 사랑하고 모든 것을 용서하는 우리 모두의 일부이기도 합니다. 설사 때때로 여러분들이 외롭고 버림받았다는 느낌을 갖는다할지라도 실제로는 이 고차원의 힘과 영원히 하나로 연결되어있는 것입니다. 따라서 분리감이란 우리가 신(神)으로부터 떠나있기 때문에 생기는 것이지, 신이 우리에게서 떠난 것은 아닙니다.

바로 이 고차원의 힘의 일부가 천사의 왕국입니다. 많은 종류의 천사적인 존재들 – 개인적인 영적 인도자, 가르침을 주는 지도령, 대천사, 자연의 데바(davas) 등 – 이 있습니다. 빛의 일꾼들은 지식과 안내, 지원과 보호를 받기 위하여 이러한 존재들과 접촉하고 대화하는 법을 배워야 합니다.

　일단 이와 같은 귀중한 3가지 요소를 지니고 일을 하게 되면, 우주가 가르치고자 하는 모든 것들을 처리할 수 있게 될 것입니다. 그야말로 천하의 무적이 되는 것입니다.

[3] 왜 내가 여기 지구에 존재하고 있는지를 어떻게 하면 알 수 있나요?

　우리 모두는 개인적인 **'삶의 계획'**과 **'세계적 계획'**이라고 하는 우선적으로 해야 할 2가지 중요한 임무를 가지고 이 행성에 육화해 있습니다. 그러나 대부분의 사람들은 살아가는 동안에 무엇을 하기로 되어있는지조차 알지 못하고 있으며, 대신 쉽게 풀리지 않는 카르마적인 상황에 이끌려 대부분의 삶을 허비하고 있습니다.

　삶의 계획(a life plan)은 자신들의 생애에서 일어나기를 바라는 사건들의 일람표와도 같은 것으로 개인적으로는 큰 만족과 영적인 성장을 가져다줍니다. 여기에는 직업선택, 성관계, 교우관계 등 여러 활동들이 포함됩니다.

　많은 사람들이 타인들의 기대에 맞추어 자신들의 삶을 살아갑니다. 그들은 부모가 골라주는 직업이나 소울 메이트도 아닌 그저 사람들이 좋다고 하는 적당한 사람을 만나 결혼하여 평범하게 한 세상을 살아갑니다. 그리고 그들은 실용위주의 집에서 전통적인 방식으로 살아갑니다. 또한 여가활동조차도 고루하고 만족스럽지 못하게 보내게 됩니다. 많은 사람들이 60살에 죽는 것도 행복하게 생각하는데, 우리는 여러분들이 이와 같은 따분한 삶을 더 이상 살지 않기를 바랍니다!

지난 생(生)을 뒤돌아보면, 자기만족과 기쁨을 얻기 위해서 진정한 삶의 계획에 따라 여러분들이 가지고 있던 많은 기술들을 좀 더 활용해야 했으며, 예술적인 재능도 충분히 계발하여 인정을 받았어야 했습니다. 또한 여러분들이 상상했던 집을 지었어야 했으며, 좀 더 모험적인 여가 활동을 추구하고, 진정한 소울 메이트를 만나서 가정을 이루어야 했습니다. 즉 보수적이고 지루한 삶이 아니라 경이롭고 흥분되는 삶을 살았어야 했던 것입니다.

자신이 설정한 삶의 계획을 찾아내고, 이 계획에 따라 살아가세요! 무엇을 잘하고, 무엇에 관심이 끌리는지도 잘 살펴보세요. 거기에서 일을 만들어내세요. 정말로 살고 싶은 곳도 찾아보고, 거기에서 살아가도록 하세요! 또한 진정한 소울 메이트도 찾아보고, 그들과 사랑도 나누어보세요! 이와 같이 자신들의 삶을 사랑스런 방식으로 통제해 가십시요.

세계적인 계획(world plans)은 개인적 삶의 계획과 조화를 이루며 달성됩니다. 매일같이 하는 일상적인 일이나 자선사업과 같은 일들도 이 행성과 인류를 돕고 있는 것입니다. 만나게 되는 모든 사람들을 따뜻하게 대해주는 것도 가치 있고 흥미로운 일입니다. 모든 사람들이 서로에 대한 연민과 무한한 사랑을 가지게 되며, 영적으로, 그리고 감정적으로 충만해집니다. 그리고 이 지구 행성도 오염되지 않고 건강해지를 바라며, 또한 인류도 서로 친해지기를 바라게 됩니다!

모든 사람이 어머니 테레사나 간디와 같은 인물이 될 수는 없지만, 자기가 사는 도시에서 가장 친절하고 잘 보살펴주는 따뜻한 마음을 가진 어머니나 아버지, 형제, 상사, 종업원이 될 수는 있습니다. 모든 종교와 인종, 신념에 대해서 관대하며, 모든 사람들이 의욕적으로 일할 수 있도록 도울 수도 있을 것입니다. 이렇게 살게 되면, 이것이 바로 세계적 계획에 따라 사는 것입니다.

[4] 어떤 신호를 살펴봐야 될까요?

우주는 여러분이 지식을 키워갈 수 있도록 계속해서 메시지를 보내고 있으며, 여러분에게 가장 잘 맞는 길로 안내하고자 합니다. 우주는 여러분이 충만해지고 행복해지기를 바랍니다! 이러한 신호(슬쩍 찔러봄: 영적안내)나 알림(메시지)은 책이나 영화, 친구의 말, 세미나의 가르침, 계속되는 생활 속에 있을지도 모릅니다. 정신을 가다듬어 신성한 우연의 일치(coincidence)나 동시에 발생하는 일(synchronicity)들을 찾아보세요. 거기에 암시가 들어있습니다. 지금까지 우리는 그것을 보지 못하고 그냥 지나쳐 버렸던 것입니다!

어떤 일을 하는데, 항상 부정적인 답이 오면(즉 일이 안되면) – 그 일을 그만 두세요! 자신에게 필요한 올바른 일을 하게 되면, 모든 일이 물 흐르듯 이루어지고 좋은 결과를 얻게 됩니다. 기대치를 바꾸어보세요. 몇 번이고 똑 같은 일을 되풀이 하지 말고, 삶의 습관을 바꿔보고, 일이 어떻게 되어 가는지를 지켜보세요.

천사적인 개인의 가이드나 마스터들에게 직접적으로 안내를 요청하세요. 그리고 그들이 개입되어 일어난 일들이 없는지를 찾아보세요. 힌트나 암시, 슬쩍 찔러주는 신호들을 받아들이세요. 많은 사람들이 그렇듯이, 눈가리개를 하고 헤매지 마세요. 우주는 자비롭습니다.

[5] 나의 소울 메이트(Soul mate)를 어디에서 찾을 수 있나요?

먼저 자신의 완벽한 파트너가 지녔으면 하고 바라는 특성들을 명확히 정의해보세요. 가장 중요한 것부터 순서대로 20가지만 나열해 보세요. 자신을 되돌아볼 때 이러한 기준에 맞게 여러분들도 살아가고 있습니까? 만약 그렇지 않다면, 자신부터 먼저 완벽해지도록 노력하세요! 비슷한 것은 비슷한 것을 끌어당기는 법이니까요! 이제 정말로 소중한 여러분들의 소울 메이트가 여러분을 향할 수 있도록 해달라는 뜻을 신에게 전달하세요! 가장 소중하다는 말은 한 개체로서, 그리고 여러분이 영적으로 감정적으로 성장하는데 가장 잘 어울리는 사람을 가리키는 것을 뜻합니다.

아마 과거에는 자신과 반대되는 사람, 즉 자신과 잘 어울리지도 않은 사람들에게 마음이 끌렸을지도 모릅니다! 그러나 진정한 소울 메이트는 여러분들과 정반대가 아니라 매우 흡사한 존재들입니다. '전쟁을 원치 않는다'라는 말이 곧 '평화와 협력을 원한다!'라는 말이듯이, 소울 메이트들은 여러분이 가진 잠재력을 최대한 발휘할 수 있도록 돕게 될 것이며, 여러분들도 그들에게 똑같이 하게 될 것입니다. 서로 간에 경쟁이 있을 수 없으며, 남성/여성의 고정관념도 없고, 오직 사랑스러운 협력관계만이 존재할 뿐입니다.

평소에 가고 싶어는 했지만 자주 가게 되지 않았던 곳에 가서 그들을 한 번 찾아보세요. 영적인 세미나, 예술 공연, 댄스 교습, 자연관찰 학습, 자선단체 등과 같은 곳을 찾아보세요. 술집이나 떠들썩한 파티, 그 외 3차원적인 행락지와 같은 곳은 안 됩니다. 지금 여러분이 찾고 있는 파트너는 영적으로 잠들어 있는 파트너가 아니라 4차원 또는 그 이상에 존재하고 있는 존재를 찾고 있는 것입니다. 단지 짧은 시간에 외롭고 싶지 않다는 이유로 잘못된 사람을 선택하지 말고, 올바른 시기에 올바른 사람을 만나기 위해서는 기다릴 준비도 해야 합니다. 자신을 소중한 존재라고 여기세요!

[6] 빛의 몸(Light Body)이 무엇입니까?

우리가 마치 하나의 행성처럼 3차원의 견고한 형태에서 벗어나 4차원의 영적 자각 속으로 여행을 하게 되면, 우리의 육체와 마음은 많은 변화를 겪게 됩니다. 우리의 몸은 3차원에 있을 때보다 더 섬세하게

진동하며, 대개는 아주 민감해지게 되는 것이죠. 이때 우리의 몸이 화학적인 제품이나 주위에 있는 어떤 물체들을 견디기 힘들어 하게 됩니다. 늘 쓰던 향수나 가정용 약품 같은 것에도 알레르기 반응을 일으키게 됩니다.

큰 소리나 음악에도 심한 영향을 받게 되고, 많은 사람들이 모이는 곳에 가는 것도 견디기 힘들게 되며, 이러한 것들로 인해 여러분의 활동도 변화하게 될 것입니다. 전기장치 같은 것에도 자극을 받게 되어 시계를 찰 수 없게 될지도 모릅니다. 더 이상 육류나 술을 마실 필요가 없게 될 것이며, 빛의 몸이 이러한 것들에 동화되는데 많은 어려움을 겪게 됩니다.

때로는 갈피를 잡을 수가 없으며, 현기증도 나고, 구역질이 날 것 같은 느낌도 받게 됩니다. 또 이상한 소리를 듣거나 희귀한 냄새를 맡기도 합니다. 점점 영적인 몸으로 되어감에 따라 몸 전체가 더욱 민감해지게 됩니다. 여러분의 관심사도 변하게 되며, 친구들도 왔다가 떠나가고, 삶의 방식도 엄청나게 변하게 될 것입니다. 이러한 것들도 여러분의 삶의 계획(Life Plan)에서 스스로 요청한 사항이라는 것을 잊어서는 안 됩니다. 처음에는 다소 불편하겠지만, 나중에는 실로 놀라운 보상을 받게 될 것입니다!

그 이후부터는 과학으로 설명할 수 없는 힘들 - 오라를 보게 되고, 여러분의 몸과 마음을 치유하게 되며, 영과 의사소통도 하게 되고, 아스트랄 여행을 하며, 초능력(ESP:extrasensory perception, 초감각적 지각) 그리고 이보다 더 많은 것들 - 을 숙달하게 될 것입니다.

[7] 초연(超然)에 대한 이해

서양인들에게 있어 가장 이해하기 어려운 개념 중의 하나가 바로 이 초연입니다. 당연히 여러분들 각자는 자신들의 우주적 계획을 펼쳐야 마땅하지만, 그러나 옳고 그름에 너무 큰 차이를 두지는 마세요. 예를 들어, 여러분이 게으름으로 인해서 판에 박힌 것처럼 반복되는 지루한 일을 하는 직장을 그만두었다고 한다면, 처음에는 그 게으름이 나쁜 것처럼 보일지도 모릅니다. 그러나 나중에 정신적으로 감정적으로도 자신과 아주 잘 맞고 충만감도 느끼게 해주는 직장을 찾았다고 한다면, 이 게으름이 과연 나쁜 것이겠습니까? 아니면 다행스런 일이겠습니까? 또 만약에 비행기를 놓쳤는데, 우연히 공항 식당에서 그 동안 찾고자 애를 썼던 자신의 소울 메이트를 만났다고 한다면, 그것이 나쁜 일이겠습니까? 아니면 좋은 일이겠습니까?

그리고 삶에 조건을 달지 마세요. 그냥 물 흐르듯이 살아가세요. 그리고 다른 사람의 일에 너무 깊이 개입하지 마세요. 다른 사람들의 일은 그들이 배워야 하는 교훈입니다. 도움을 주세요. 그러나 그들을 대신해서 모든 일을 다 해서는 안 됩니다. 그렇게 모든 것을 다해주게 되면, 그들은 어디에서 무슨 방법으로 자기책임(self responsibility)을 배울 수 있겠습니까?

[8] 나는 여기에서 어디로 가게 되나요?

항상 스스로 완벽해지도록 노력하세요. 에고가 "이만하면 충분해"라고 말해도 이를 받아주지 마세요! 책을 읽고, 인터넷도 검색해보고, 교육 과정도 돕고, 세미나에도 참석하고, 다른 사람에게 말도 걸어보고, 이야기도 나누어보세요. 가르치면서 배우세요! 여러분이 가진 재능을 발견하고, 그것을 이용해 다른 사람을 돕고, 거기에서 큰 성취감과 만족감을 느껴보세요. 여러분이 원하는 자신의 삶을 살아가세요. 가능한 영적이고 사랑스런 존재가 되도록 노력하세요. 이 모든 것을 이루는 과정에서 신성한 안내를 요청하세요. 그러면 잘못될 수가 없을 것입니다!

여러분들은 빛의 일꾼으로서 지구의 평화와 조화를 이룰 수 있는 큰 능력과 재능을 지니고 있습니다. 선(善)을 이루기 위하여 큰 변화를 만들어낼 수도 있으며, 개인적으로는 여러분들의 삶이 행복하고 만족스럽고 보람 있게 살 수도 있습니다. 여러분들이 지닌 놀라운 잠재력을 스스로 깨닫고, 다른 사람들도 깨어날 수 있도록 도와주세요!

사랑과 빛을 …

– 애버츠 부부 –

3부

빛의 일꾼과 스타시드를 위한
상승으로의 안내

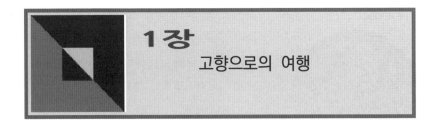

1장
고향으로의 여행

1.서론

살아가면서 특별히 뭔가 허전한 느낌을 가지고 있지는 않나요? 주위의 모든 것들이 확실하게 마음에 와 닿지도 않고 무엇을 해야 될지도 잘 모르겠다면, 계속해서 이 책을 읽어보세요. 이 책은 고향으로의 여행, 즉 빛의 일꾼과 스타시드들(Star seeds)을 상승으로 안내하기 위해서, 특히 삶의 방향과 목적을 찾고자 하는 사람들을 위해서 쓰였습니다.

이 책은 애버츠(Abbotts) 부부인 로빈과 나, 토니(미래를 내다보는 사람이며 교사)가 공동으로 저술했으며, 여러분들이 삶에서 뭔가 빠진 것 같은 허전함을 느끼고 있는 것들이 무엇인지를 쉽게 찾을 수 있도록 그 방법을 제시하고 있습니다.

자신의 삶에 초점을 맞추세요. 개인적인 믿음의 근거를 *5차원적인 영적 가치에 두고*, 개인적으로도 충만한 삶을 살아가도록 하세요. 또한 달의 '고요의 바다(Sea of Tranquility)'에 있는 에테르적인 빛의 도시이며, 지식의 도시이기도 한 〈비리디움(Viridium)〉을 아스트랄체로 여행해보세요.

까마득히 오래 전에 이미 우리 부부는 이러한 여행을 경험했습니다. 이러한 여행은 '빛의 가족(the Family of Light)'이라고 알려져 있는 장엄한 천사적인 존재들에 의해 결정되었는데, 그들은 자유로운 사고와 자기책임을 가지고 있는 인간형(humanoid)의 개체들로서, 광대한 우주 건너편의 어느 영역에 살고 있습니다.

이러한 휴머노이드의 목적은 새로운 세계를 탐험하고 거기에 정착하는 것이었습니다. 그들은 새로이 정착한 세계에서 자신들이 지닌 천사적인 재능인 자유의지와 자기표현을 통하여 서로 다른 수많은 상황과 사건을 체험하게 되었습니다. 이러한 하나하나의 체험은 의식적으로 '빛의 가족'에게 다시 보내져 우주의 집단의식(集團意識)에 보태지게 되는 것입니다.

이 영역 내에 있는 모든 생명들은 라이라 은하(the Galaxy of Lyra)에서부터 기원되도록 결정되어졌으며, 이 라이라 은하는 현재 동쪽 하늘에 보이는 거문고(하프) 성좌에 있는 별무리들입니다. 이처럼 초기에는 보잘것없이 시작했으나, 셀 수 없이 많은 자원자들이 발생지인 라이라 은하를 떠나서 위험을 무릅쓰고 광대한 우주를 가로 질러 탐험을 계속했습니다.

이 구역 안에 있는 모든 행성들은 이러한 천사적인 존재들에 의하여 천천히, 그러나 확실하게 정착되어갔습니다. 이러한 정착자들은 처음에는 5차원 이상의 차원에서 살았으며, 에테르적인 형태를 띠었습니다.

거문고 자리(라이라 성단)

그러나 이들이 3차원이나 4차원과 같은 낮은 차원들과 상호작용을 해야 할 필요가 있을 때에만 좀 더 단단한 외형인 육체적인 몸을 지니곤 하였습니다.

그러나 시간이 지남에 따라 새로 거주하게 된 몇몇 행성에서 자유의지와 자기표현이라는 천사적인 재능이 주요한 사회적인 문제를 야기하기 시작했습니다. 몇몇 자원자들은 자신들이 가진 개인적인 의지와 힘을 다른 존재들에게 사용함으로써 자신들이 원하는 것을 얻을 수 있다는 것을 알게 되었던 것이지요. 그리고 개인적인 힘을 이러한 목적으로 사용한지 얼마 지나지 않아 많은 세계에서 사회의 구조가 변화되기 시작하였습니다. 이러한 지배계급에 속하는 자원자들은 지구 행성에서 더 이상 높고 낮은 차원들을 자유롭게 옮겨 다닐 수 없다는 것을 깨닫게 되었습니다. 고의적인 통제행위로 말미암아 그들의 개인적인 에너지는 부정성으로 빠르게 오염되었으며, 에테르적인 형태는 점점 줄어들어 무거워지게 되었습니다.

그리고 통일체(Unity)인 고차원의 5차원을 떠나 **분리와 환상의 세계인 4차원과 3차원**을 빈번하게 드나들면서 제멋대로 행동했던 자원자들은 부정적 카르마를 만들어내게 되었는데, 이러한 카르마는 반드시 후에 되갚아야만 했습니다. 제멋대로 행동했던 자원자들은 이와 같은 지속적인 하강 과정을 통해 점점 단단한 몸을 가질 수밖에 없었으며, 마침내 인간의 형상인 육체적인 몸을 닮아가게 되었습니다.

이 시점에서 여기에 관련되었던 자들은 결국 고차원의 영역에서 3차원의 밑바닥으로 떨어지게 되었습니다. 모든 차원들 중에서도 가장 무겁고 단단한 차원인 3차원으로 떨어지게 된 것입니다. 이러한 하강과정에서 그들은 자신들이 가진 천사적인 능력의 상당부분을 잃어버렸을 뿐만 아니라 그들이 자원해서 이 지구에 오게 된 이유와 여기에서 체험한 모든 삶에 대한 기억을 상실하게 되었습니다. 즉 망각이라는 베일이 만들어지게 된 것입니다.

인류가 자유의지와 자기표현을 통해 스스로의 존재를 창조했던 것처럼, 어느 누구도 인류와 지구의 상승에 대해서 간섭해서는 안 된다는 방침이 천사적인 '빛의 가족(the Family of Light)'으로부터 내려왔습니다. 기본적으로 인간의 체험은 이 우주에서도 아주 독특한 것입니다. 이 지구는 각 개인들이 엄청난 자유의지와 개별성을 가지고 있는 행성입니다. 인류는 개체인으로서 생각하고 행동하며 남들과 떨어져 분리되어있다는 느낌을 가지고 있습니다. 심지어 인류는 자신들이 살고 있는 물질적인 세계가 존재하는 **유일한 실체**라고 믿기도 합니다. 또한 일반 생명체에 대해서도 제멋대로 해석하여 인류 이외의 모든 생명체들은 인류를 중심으로 진화하고 있다고 믿기도 합니다. 삶에는 어떤 고차원적인 목적이나 인도(引導) 같은 것은 없으며, 삶을 구성하는 일상적인 일들도 연관성이 없이 무작위로 일어난다고 믿고 있습니다. 그리고 오늘날까지도 여전히 많은 사람들이 3차원의 기본적인 믿음체계에 따라 일관되게 사고하고 행동하고 있는 것입니다.

이러한 태도는 자원자들 중에 다른 행성이나 다른 은하에 정착한 존재들과는 커다란 대조를 보이는 것입니다. 다른 행성에 정착한 자원자들은 자신들에게 주어진 체험과 기회에 대해 상당히 다른 방식으로 접근하였습니다. 처음에는 이들도 역시 에테르적인 모습을 지니고 있었으며, 여전히 고차원의 영역에서 살면서 필요할 때에만 좀 더 단단한 형상과 몸을 유지했던 것입니다. 그러나 시간이 경과함에 따라 이들 중에서도 모험심이 강한 자들은 주변 환경과 상호 작용을 유지하는데 좀 더 밀도가 짙은 형상을 취하는 것이 더 편리하다는 것을 알게 되었으며, 이런 체험을 통해서 더 많은 것들을 배울 수 있었습니다.

많은 자원자들이 이와 같은 새롭고도 매혹적인 방법에 이끌리게 되었는데, 서로가 가지고 있는 구현능력을 결합하여 자신들의 주위에 4차원과 3차원을 창조해냈습니다. 사실상 그들도 이 지구에서 창조된 것과 매우 유사한 실체를 이미 자기들 주위에 창조하고 있었던 것입니다. 그러나 여기에는 한 가지 중요한 차이가 있습니다. 다른 행성에 정착한 모든 자원자들은 자신들의 천사적인 기원과 육화의 목적을 확실히 기억하고 있다는 것입니다. 요컨대 그들은 의식적으로 연결감을 유지하는 채 고차원을 떠났으며, 개별적으로도 상위자아(Higher Self) 및 '빛의 가족(the Family of Light)'과도 강력하게 연결돼 있었습니다.

다른 행성에 거주하고 있는 모든 존재들은 낮은 차원들로 들어가는 그 시점부터 영적인 진화를 이룩해 왔으며, 3차원과 4차원에서 빠져나올 수도 있었습니다. 현재 지구 밖의 행성의 이와 같은 인종들이 사는 곳은 가장 낮은 차원이 5차원이며, 대개는 그 이상의 차원들에 존재하고 있는데, '빛의 가족'과도 연결된 채로 근원으로 돌아가고 있는 중입니다. 다만 인류와 지구는 뒤쳐져 꾸물대고 있는 몇 안 되는 행성들 중의 하나입니다.

지구 거주자들이 상위차원으로 상승해도 된다고 결정이 처음 내려졌을 때, 그들의 의식에는 한 가지 요소가 더 추가되었습니다. 이 추가된 요소가 생겨나게 된 당초목적은 기초적인 생존의 도구로서 역할을 수행하기 위한 것이었습니다. 3차원의 삶을 체험해가는 초기단계에는 이 혹독한 원시행성의 주변에 도사리고 있는 많은 위험을 감지하지 못하여 많은 사람들이 심하게 다치거나 죽임을 당했기 때문에 당시에는 이 요소가 꼭 필요했던 것입니다.

그 때부터 이 기초적인 생존을 위한 특성을 **에고(Ego)**라 부르게 되었습니다. 이 에고는 존재의 일부가 되어 잠재적인 위험이나 실제로 위험에 처하게 되었을 때 자신들의 생각과 행동을 자동적으로 통제하게 되었던 것입니다. 이것은 초보적인 대응으로서 "싸우든지(Fight)" 아니면 "도망가는 것(Flight)"을 뜻합니다. 위험에 빠졌을 때, 여러분들도 상대와 맞서 싸우든지, 아니면 도망가지 않습니까?

처음에는 이 에고가 인간 행동의 조그마한 일부분에 지나지 않았습니다. 그 후 수천 년이 지나면서, 이 에고는 육체적 위험이 상대적으로 적어진 오늘날에는 현대의 생활방식에 맞게 적응되었습니다. 즉, 오늘날에는 에고의 가장 큰 목적이 *생존이 아니라 통제가 되어버렸습니다.* 에고는 항상 개인을 통제하고자 하며, 이러한 통제를 계속하기 위하여 에고는 교묘한 방법으로 사람을 조정합니다. 이 에고는 사람들이 무엇을 생각하고 어떻게 생각하는지, 그리고 어떻게 행동하는 지에도 영향을 미치고 있습니다.

많은 사람들이 에고의 영향 때문에 현재 일상생활 속에서 개인적인 능력과 관심, 인정, 감사, 칭찬을 얻는 삶의 스타일을 그들 주변에 만들어 내는 것을 발견하기는 어렵지 않습니다.

강력한 의지, 교묘한 에고, 그리고 개인적인 주권을 가진 본능적 욕구가 뒤얽힌 효과를 이해하게 되면, 왜 인간이 그토록 이 3차원에 깊이 몰입하게 되었는지를 이해하게 될 것입니다. 3차원적인 사고와 행동은 기본적으로 신성한 가치에 근거를 두고 있지 않습니다. 그리고 *신성한 가치란 바로 무조건적인 사랑과 가장 고귀한 의도, 그리고 통합을 의미하는 것입니다.* 이러한 것들은 영적으로 깨어난 5차원적인 사람들이나 삶이 가지는 특징이기도 합니다. 이러한 영적 원리들을 자신의 삶 속에 어떻게 접목해 나갈 것인지에 대해서 나중에 하나하나 보다 상세하게 논의하게 될 것입니다. 그러나 지금은 에고에 대해서 계속 검토해 보겠습니다.

그렇다고 인류가 항상 모든 것을 혼자 알아서 하도록 내버려져 있었

다는 뜻은 결코 아닙니다. 과거에는 다른 세계에서 온 많은 우주인〈略 E.T〉들이 공공연히 지구를 방문했으며, 그들 중에는 인간을 돕고자했던 인종들도 있었습니다. 여러 차례에 걸쳐 지구 밖에서 온 존재들이 지구를 방문하여 많은 사람들의 영적의식을 고차원으로 끌어올리고는 다시 고차원의 세계로 돌아가곤 하였습니다.

또한 지구 밖에서 온 존재들은 인간들이 진보를 이룰 수 있도록 신학, 철학, 법률, 예술, 건축, 기하학, 수학, 건설, 의약, 천문학, 점성술 등 다방면에 걸쳐 그들이 가지고 있는 지식을 세상 곳곳의 관심을 가진 집단들과 자유롭게 공유하기도 하였습니다.

많은 경우에 있어서 이 지구는 또한 지구 밖에 있는 많은 인종들에게 자유로운 대화가 가능한 기항지로 인식되어졌습니다. 수많은 우주인(E.T)들이 지구를 방문하는 과정에서 이들 중의 일부는 지구의 토속인과 결혼도 하고, 근친 교배도 하게 되었습니다. 이것이 바로 인간의 DNA가 엄청나게 복잡한 이유 중의 하나입니다. 지구에 사는 인류는 천사적인 기원(起源)이라는 공통의 근원을 가진 서로 다른 많은 형태의 인간형(humanoid) 인종들의 혼합체인 것입니다.

2.제타 레티큘리 또는 그레이(ZETA RETICULI OR GREY)

그러나 또 한편에서는 이러한 외계인들 중에는 자신들의 이익을 위해 인류를 교묘히 통제하고 조종하고자 하는 깨닫지 못한 인종들도 몇몇이 있습니다. 주로 이들은 알파 드라코니, 리지스(Alpha Draconi, Lizzies)와 제타 레티큘리:그레이(Zeta Reticuli; Grey's)로 알려져 있습니다. 이 두 외계종족의 영향이 심지어 오늘날까지도 미치고 있는 것을

zeta
reticulae
or grey

엿볼 수 있습니다. 일반적으로 대부분의 인간 납치사건에 그레이들이 관련되어 있으며, 현재에도 일어나고 있습니다. 반면 리지스 (Lizzies)는 세계의 주요 단체나 기구를 은밀히 조종하고 있습니다. 지금까지 살펴본 바와 같이, 외계인들과의 직접적인 접촉은 축복이 될 수도 있고, 저주가 될 수 있습니다. 이것은 여러분이 어떠한 외계인과 코드를 맞추느냐에 달려있습니다.

인간과 선의(善意)의 외계인들과의 직접적인 접촉이 있은 후 수천 년이 지나면서 외계인들은 사이에서는 이러한 교류방식이 인류의 영적상승을 돕는 가장 유익한 방법은 아니라는 결론에 다다르게 되었습니다. 그리고 많은 개인들과 심지어는 문명 전체가 욕심과 권력, 돈, 통제의 유혹에 다시 눈이 멀어서 그동안 호의적이었던 많은 외계인들로부터 받았던 고차원적인 고귀한 정보들을 심하게 매도하는 지경에 이르게 되었습니다. 그 한 예로 모든 면에서 잘 구축되어있었던 고대 아틀란티스와 같은 제국마저도 멸망에 이르게 되었던 것입니다.

따라서 고차원에 있는 에테르적인 자원자(自願者)들이나 지구 밖에 있는 존재가 지구의 상승과정을 돕고자 할 경우에는 반드시 인간의 몸으로 태어나서 이 지구 행성에서 온전한 삶을 살아야 한다는 결정이 내려지게 되었습니다. 이제 지구 밖에 있는 인종들이 이 지구에 영향을 미칠 수 있는 유일한 방법은 지구에서 인간의 몸으로 육화하는 과정을 거쳐야만 가능하게 된 것입니다. 이리하여 지구 밖의 인종들은 개별적으로 육화(肉化)라고 하는 절차를 거쳐야만 고차원적인 특별한 영적진동을 인류의 집단의식에 보태줄 수 있게 되었습니다. 그러므로 이러한 고차원적인 에너지가 지속적으로 이 지구에 유입됨에 따라 인간의 영적의식과 지구 행성도 서서히 상승하고 있는 것입니다.

1970년대 초반 이후에 태어난 사람들의 약 80%가 스타시드들(Star

Seeds)입니다. 그들은 플레이아데스 은하에서 주로 왔으며 영적으로 깨달은 존재들입니다. 그들은 플레이아데스 항성계 속에 있는 여러 행성에서 각자 따로 따로 많은 삶을 산 이후에 직접적으로 지구 행성에 육화한 존재들입니다. 따라서 그들 중에 많은 존재들이 편하고 온화한 플레이아데스 생활방식에 익숙해져있기 때문에 지구에서 생활하는데 많은 어려움을 겪고 있습니다.

3.플레이아데스인(PLEIADIAN)

플레이아데스인들은 말 그대로 자연스러운 삶을 살아갑니다. 이들은 많은 시간을 개인적인 창조에 사용하고 있습니다. 사회적인 구속은 거의 없으며, 나이가 많은 연장자들은 조언과 지혜를 주기 때문에 항상 존경받고 있습니다. 전형적인 플레이아데스인들의 생활방식은 느리고, 순하며, 도전적이지가 않습니다. 이것은 지구 행성과는 확연한 대조를 보이는 것으로 현재 지구의 삶은 이 보다 훨씬 도전적이며 거칠기까지 합니다!

만약 자신이 스타시드나 빛의 일꾼이라고 느끼고는 있으나, 인간으로 살아가는 것이 어떤 것인지 감이 잡히지 않는다 하더라도 걱정하지 마세요, 여러분은 혼자가 아닙니다! 여러분과 똑같은 사람들이 전 세계 수백만 명이나 퍼져 있습니다. 그들도 또한 개인적으로는 지금이 다시 한 번 더 상승하여 영원히 고차원으로 돌아갈 수 있는 때라는 것을 느끼고 있습니다. *그러기 위해서는 먼저 지구에서의 육화라고 하는 환생(Reincarnation)의 수레바퀴에서 내려와야 합니다. 이렇게 하기 위한 가장 빠르고도 쉬운 방법은 여러분들이 현재의 육화를 받아들이기 이전에 자신의 상위자아와 영혼그룹에게 한 약속을 이행하고, 지구에 있*

는 동안 자신의 이익을 위해 저지른 부정적인 카르마(業)를 갚아야 합니다.

4.삶의 계획과 세계 계획(Life and World Plans)

먼저 여러분들 스스로가 한 약속을 지금부터 부지런히 이행한다해도 결코 이르지 않다는 것을 명심하기 바랍니다. 모든 사람들은 이 지구 행성에 육화하기 전에 서약을 하게 되는데, 일반적으로 이것을 **생(生)의 사명**(Life Mission; Life Plan)이라고 합니다. 생의 사명에는 2개의 별도 계획이 들어있습니다. 그것은 **삶의 계획**(Life Plan)과 **세계적인 계획**(World Plan)입니다.

삶의 계획에는 자신과 직접적으로 관계되는 세부적인 사항과 사건들을 포함하게 됩니다. 예를 들어, 성(性), 부모, 주요 성격 및 특성, 개인적 능력, 타고난 재능, 직업, 카르마를 갚아야 할 사람, 카르마를 받아야 될 사람, 그리고 누구를 만나고, 사랑하고, 성관계를 갖고, 결혼하고, 이혼할 것인지 등등입니다.

세계적 계획은 뉴에이지(New Age) 운동과 같은 개인적인 관심사나 인류와 행성이 고차원적인 선(善)을 달성할 수 있도록 이러한 개인적 관심사를 어떻게 활용할 것인지에 대한 것들로 구성돼있습니다. 좋은 예로, 여러분이 동물을 돌보기 것을 좋아 한다면, 자신이 거주하는 지역에서 휴일에 유기견(遺棄犬)이나 고양이를 수용하는 장소를 찾아가서 편안하게 봉사활동을 할 수도 있을 것입니다. 이와 같이 자신들이 좋아하는 일, 즉 '동물 돌보기'와 같은 일을 하는 이런 봉사활동을 통해서 관계되는 모든 것들이 좋아지게 하는 것을 말합니다. 여러분들의 삶의 계획과 세계적인 계획은 사람들이 일반적으로 생각하는 것보다 훨씬 복잡하고 난해합니다.

그것들이 얼마나 복잡한지를 정말로 알고 싶다면 지금까지 자신이 살아오면서 얼마나 많은 결정들을 해왔는지 스스로에게 물어보면 됩니다. 그리고 여러분들이 한 모든 결정은 자신의 미래의 삶 전체에 영향을 미치고 있다고 이해하면 될 것입니다. 그러한 결정이 "아침 식사에 뭘 먹을까?"와 같이 아주 조그맣고 사소한 것일 수도 있습니다. 한편 "나는 학교 공부를 16살 때까지만 하고 그 다음부터는 취직할거야, 또는 상급학교로 진학할거야."와 같이 자신의 인생을 변화시킬만한 큰 결정이 될 수도 있습니다. 여러분이 하나하나의 결정을 행함에 따라 자신의 미래뿐만 아니라 인류와 행성 전체의 미래에도 영향을 미치고 있는 것입니다. 수도 없이 과거에 들어왔던 말처럼 "인간은 섬이 아닙니다. (관계 속에 있다는 뜻)" 이 말은 절제된 표현에 불과한 것입니다.

넓게 보아 전 우주에 있는 모든 것들이 서로 연관되어 있다는 것을 깨닫고 나면, 자신의 존재가 얼마나 중요한지를 이해할 수가 있습니다. 여러분이 어디에서 이 책을 읽고 있든 상관이 없습니다. 즉 런던, 뉴욕, 시드니, 홍콩, 캘커타, 쿠웨이트, 모스코바 등등의 그 어디서 읽고 있든 그 장소와 국적, 언어, 학력과 같은 것들은 전혀 문제가 되지 않습니다. 영적인 관점에서 보면, 문제가 되는 것은 *자신의 삶을 어떻게 사느냐? 하는 것입니다.*

당신들은 삶의 매순간을 관계되는 모든 사람들의 가장 고귀한 선(善)을 이루기 위해 살아가고 있습니까? 기본적으로 사람들은 누구나 각자의 삶의 계획과 세계적인 계획을 *최대한* 실현하기 위해서 살아가고 있는 것입니다.

만일 자신의 가슴에 손을 얹고, "그렇습니다, 나는 관계되는 모든 사람들의 최고의 선을 이루기 위해 살아가고 있습니다." 라고 솔직하게 말할 수 있다면, 정말로 다행스러운 일입니다! 여러분들은 진정으로 친절하고 고무적이며 현명하고 인정 많은 인간이 되어야 할 것입니다!

그러나 대부분의 사람들이 그렇듯이, 좀 더 많은 일을 하고 싶다면 자신의 삶의 계획과 세계적인 계획을 찾아내고 이에 따라 살아가기를 권합니다. 한 사람의 〈생(生)의 사명(Life Mission)〉만 해도 너무나 복잡합니다. 그런 까닭에 전 세계에 있는 모든 컴퓨터를 다 동원해도 한 사람의 평범한 생애에 일어날 수 있는 결과들을 다 산출할 수 없다는 것을 우리는 많은 상승한 마스터들로부터 들어왔습니다! 이 얼마나 경이로운 일입니까?

그렇다고 여러분들이 진실한 삶의 목적을 찾고자하는 노력을 스스로 포기해서는 안 됩니다. 여러분들은 자신의 삶 속에 셀 수 없이 많은 것들을 실현할 수 있습니다. 그러나 그러한 것들 중에서 오직 하나만이 완벽합니다. 삶의 비밀은 *단 하나뿐인 빛의 길과 여기에 따라서 살아가는 것입니다.*

이것이 불가능한 일처럼 들릴지도 모르겠습니다 … 하지만 그렇지 않습니다. 어떤 것이든 가능하고, 모든 것이 가능합니다. 그러므로 의심과 두려움을 버리고 이제부터 시작해보세요. 일단 빛의 길을 발견하고 나면, 반드시 개인적 성장과 변화가 일어나게 되는데, 이때 에고는 이런 일이 일어나지 못하도록 또 다시 막을 것입니다. 에고는 여러분에게 영향력을 행사해서 자신이 마음대로 할 수 있는 예전의 방식으로 돌아가고자 할 것입니다. 에고가 여러분에게 어떻게 부정적인 영향을 미치는지 방심하지 말고 잘 살펴보고, 삶의 모든 면에서 절제를 유지하도록 하세요.

아마도 삶에서 빛의 길을 발견하는 가장 쉽고도 좋은 방법 중의 하나가 어떤 의사결정을 할 때마다 *"이것이 관계되는 모든 존재들에게 가장 고귀한 것인가?"*하고 스스로에게 묻는 것입니다.

상황을 주의 깊게 살펴본 후에 행동방향을 결정하고 그 행동이 물 흐르듯이 이루어지면서 그 과정에 어떠한 장애도 일어나지 않는다면, 그 상황에서 내린 *자신의 결정은 올바른 결정*이라고 할 수 있습니다. 의사결정을 함에 있어 이처럼 간단한 과정을 반복하여 자주 연습하게 되면, 삶 전체가 내면의 평화와 조화를 가져올 수 있도록 빠르게 변형될 것입니다. 또한 '관계되는 모든 존재의 가장 고귀한 선(善)을 이루기 위하여'라는 영적 진리에 근거하여 의사결정을 하게 됨으로써 나중에 되갚아야 하는 부정적인 카르마도 더 이상 만들지 않는다는 것을 확신할 수 있게 될 것입니다.

점점 많은 사람들이 자신의 삶의 목적을 깨닫고 개인적인 삶의 계획과 세계적인 계획에 따라 최고의 잠재력을 발휘하여 살아가게 되면, 사람과 일 모든 것들이 서로 도움이 된다는 것을 알게 될 것입니다. 삶에 승자나 패자가 있어서는 안 됩니다. 모두가 승자일 수가 있으며, 이렇게 하기 위해서는 우리끼리의 싸움을 멈추고 최고의 선을 이루기 위해 *함께 협력해야만* 합니다. 21세기의 가장 중요한 과제가 바로 이 통합인 것입니다.

5.우주인 접촉(Extraterrestrial Contact)

지구의 먼 역사를 뒤돌아보면, 오늘날 살아있는 우리 모두는 장대한 삶의 여정을 걷고 있었던 고도로 깨달은 존재들이었습니다. 우리 모두는 화합과 평화로 이루어진 고차원에 존재하고 있었으며, 이 땅 위에 진실로 천국을 이룩했었던 것입니다. 우리는 외계에 있던 많은 것들을 대규모로 지구로 이송해 왔으며, 집을 떠나 있으면서도 집에 있는 것처럼 편안함을 느끼기 위하여 주위에 대기(大氣)와 같은 것들을 창조하였습니다. 무의식의 내면 깊은 곳에는 이러한 고대의 삶에 대한 희미한 기억을 가지고 있는 사람들이 더러 있습니다. 여러분들이 이 책에 있는 자료들을 읽음으로써 내면 깊숙한 곳에 자리하고 있는 과거의 삶에 대한 기억들을 다시 한 번 일깨워주기 바랍니다. 이는 행복한 기억들일 것입니다!

또한 고대시대에는 많은 사람들이 우주인들과 긍정적이든 부정적이든 개인적인 접촉을 해왔습니다. 특히 제타 레티쿨리(그레이)와의 접촉은 흔한 일이었습니다. 그리고 현재 이 시기에 맞추어 많은 빛의 일꾼들과 스타시드들이 육화해있는 이유 중의 하나가 이 때문인 것입니다. 그레이와의 접촉이 일반적이었을 때 여러분들도 거기에 있었으며, 이러한 접촉이 또 다시 이루어지게 되면, 그곳에 다시 있기를 원했던 것입

니다. 마치 전체 시나리오 상에서 천사적인 자원자와 그레이와의 접촉이 한 바퀴 완전히 돌아서 제자리에 돌아오게 된 것과 같습니다. 다가오는 우주인들과의 조우는 그레이와 스타시드들, 그리고 빛의 일꾼들 모두에게 이전의 만남에서부터 생성된 모든 부정적인 카르마를 최종적으로 풀어

낼 수 있는 많은 기회를 제공하게 될 것입니다.

이러한 관계는 오래전부터 시작되었습니다. 길고도 혼란스러웠던 그레이들의 방문 속에 당시에 살았던 에테르 사회의 많은 사람들은 그레이들이 자신들이 바라는 모든 것을 다 해줄 수 있다는 믿음을 강요받았습니다. 따라서 겉으로 보기에는 아무런 해(害)가 없어 보이는 생물학적 연구 프로그램에 상당수의 자원자들이 참여하게 되었습니다. 자원자들은 이러한 유전학적 연구에 자신들이 참여함으로써 점점 줄어들어가고 있는 그레이들의 생존에 큰 도움을 줄 것으로 알았습니다. 그것은 사실이었습니다. 당시 그레이들의 인구수는 점차 줄어들고 있었으며, 지금 이 순간까지도 줄어들고 있는데, 출산율도 매우 낮은 실정입니다. 그러나 그레이들은 자원자들에게 이러한 실험에 응하게 되면 DNA가 영구적으로 변형되어 그 시간이후부터 미래에 탄생할 모든 세대들에게도 악영향을 미친다는 것을 사실대로 말하지 않았던 것입니다.

요약해서 말하자면, 유전학적으로 자원자들의 DNA가 12가닥에서 2가닥으로 줄어들게 되었다는 것입니다. 오늘날까지도 인류는 오직 2가

닥의 DNA만을 가지고 있습니다. 이와 같은 DNA의 감소로 인하여 인류는 하위차원에서 상위차원으로 상승하는 데에 엄청난 난관에 봉착할 수밖에 없게 되었습니다. 따라서 최초의 자원자에서부터 시작하여 그 후의 모든 세대들은 영적 및 심령적인 능력이 서서히 줄어들게 되었으며, 정신적인 능력도 그들이 가진 잠재적인 능력의 오직 5~10% 밖에는 사용할 수 없게 된 것입니다. 결과적으로 시간이 흐름에 따라 인간의 행동은 서서히 동물적으로 변해갔으며, 오로지 본능적으로만 생각하고 행동하게 된 것입니다.

이런 이유로 해서 현재에도 사람들이 피랍될 가능성이 매우 높은 것입니다. 그들은 비록 멀기는 하지만 최초의 연구 프로그램에 참여한 자원자들의 직계 후손들입니다. 여러분이 현재 피랍자(abductee)이거나 자신의 의지에 반하여 붙잡혀 있다고 한다면, 이러한 끔찍한 상황에서 벗어날 궁리를 하게 될 것입니다. 그 해결책은 간단히 말해서 *여러분의 영적 진동수를 자신의 유전적인 한계를 극복할 수 있을 만큼 자연스럽게 높이 끌어올리는 것입니다.* 이러기 위해서는 영적으로 좀 더 고취된 삶을 살아야 합니다.

여러분의 삶의 4가지 측면에서부터 균형을 유지하도록 하세요. 즉, 영적, 정신적, 감정적, 육체적 측면에 시간과 노력을 똑같이 투자하세요. 먼저 삶의 4가지 측면에서 균형을 이루고난 이후에 영적인 측면을 계속 강화해야 합니다. 여러분들은 사고와 믿음, 행동에서 서로 일치하는 5차원적인 삶을 살아가는 것을 목표로 해야 합니다. 지속적으로 균형 잡힌 삶을 살아가면서 자신의 영적 진동수를 의식적으로 높이게 되면, 그레이들의 간섭과 피랍에서 벗어날 수 있을 것입니다.

그레이들이 여러분들의 협조를 구하기 위해 어둠에서 나와 마지막으로 영향력이 있는 세계의 정부들과 공개적으로 접근을 시도할 때에 그들은 여러분들이 협조해주는 대가로 진보한 기술을 제공하겠다는 상투적인 전략을 쓸 가능성이 매우 높습니다. 하지만 대체적인 면에서 이전에도 그레이들이 여러분을 속이고 조종해왔다는 사실을 깨달아야 합니다. 고로 다시는 이런 일이 반복되어서는 안 됩니다. 인류의 진동수는 비록 느리기는 하지만 3차원의 상층부에서 4차원의 하층부로 확실하게 상승하고 있으며, 전반적으로 그레이들의 야윈 손아귀에서 빠져나오고 있는 국면입니다.

직접적인 대화에 뒤이어 그레이들이 취할 수 있는 다음 번 조치는 최후의 수단으로 더 늦기 전에 인류의 상승을 막는 것입니다. 따라서 때가 오면 우리는 조심해야할 필요가 있으며, 그들의 계략에 빠져 우리 자신을 그들에게 맡겨버리거나 그들이 반신(半神)이라고 믿어서는 안 됩니다. 그렇다고 서로 돕지 말아야 한다는 뜻은 아닙니다. 그 의미는 서로 간에 어떤 협정이나 계약에 동의하게 되면, 주의 깊게 검토하고 반드시 문서로 작성하여 확실하게 첨부해야 한다는 뜻입니다. 어느 쪽도 상대방을 조종해서는 안 됩니다.

그런데 이전의 유전학적 연구 프로그램과 관련하여 생성된 카르마적 속박을 최종적으로 해소하기 위해 인류는 어쩔 수 없이 그레이들의 생물학적 연구 작업을 다시 한 번 더 도와주지 않으면 안 됩니다. 공통의 유전적 유산을 가지고 있는 두 인종 간에 근친교배가 일어날 가능성이 아주 높습니다. 그러나 이번에는 친절하고, 사랑스러우며, 서로 존중하고, 자발적인 방식으로 이루어져야 합니다. 인간/그레이간의 근친교배의 산물로서 '화이트(White)'라고 알려진 한 인종이 탄생하게 될 것입니다. 우리는 주(主) 아쉬타(Lord Ashtar)로부터 100년 내에 약 300만 명의 화이트가 지구에 살게 될 것이라는 정보를 받았으며, 아쉬타는 상승한 마스터로 '빛의 가족 (Family of Light)'의 일원이기도 합니다. 그들은 처음에는 고립된 지역에 살겠지만, 많은 사람들이 그들을 받아들이고 보다 더 관대하게 대하게 되면서 전 세계로 퍼져나가며 주류사회의 일원으로 등장하게 될 것입니다.

그레이와의 거래를 통해서 인류가 얻게 될 예상이익은 우선적으로 새롭고도 안전한 다양한 형태의 에너지와 의료시스템을 들 수 있습니다. 이러한 의료시스템은 증가하고 있는 환경문제와 자연과 인간에 의한 재해에 신속하게 대처할 수 있는 의료절차와 해결책을 제공해줄 것입니다. 그레이들이 얻게 되는 혜택은 종족의 생존을 확실하게 보장받는 것이라고 할 수 있습니다. 또한 화이트들이 가진 생각에너지가 그레이들의 집단에너지에 보태지게 됨으로써 그레이와 화이트 모두가 5차원으로 상승하는데 많은 도움이 될 것입니다.

수많은 세월이 흐른 뒤, 마침내 그레이들도 최고의 신적인 힘(Supreme Power)이 존재한다는 우주의 진리를 받아들이게 될 것입니다. 그들은 현재까지는 이러한 진리를 인정하려고 하지 않을 뿐만 아니라 받아들이려고는 더 더욱 하지 않습니다.

지구에 사는 대부분의 사람들은 이 최고의 힘을 신(神)이나 신과 같은 어떠한 인물일 것이라고 생각하고 있습니다. 이와 같은 최고 형태의 힘(Supreme Power)이 존재하고 있다는 것을 믿지 않으면, 5차원의 진입은 물론이거니와 5차원의 삶과 이에 따른 어떠한 혜택도 누릴 수 없는 것입니다. 3차원과 4차원은 환상(幻想)의 세계로 근원과 분리되어 있다는 원리에 따라 작용합니다. 반면에 그 이상의 모든 고차원들은 만유(萬有)의 통합과 하나됨의 원리에 따라 작용하고 있는 것입니다.

6.스타시드와 빛의 일꾼들

근대 역사에 있어 최근에 일어난 사건들, 특히 50년 전후의 사건들을 뒤돌아보면, 산업화의 과정을 거치면서 엄청난 사회적인 발전이 이루어졌다는 것을 알 수 있습니다. 이는 다양한 외계에서 수백만의 빛의 일꾼들이 이 지구에 대량으로 도착한 것에 전적으로 기인하고 있으며, 이들은 1940년대 후반부터 1970년대 전반에 걸쳐 이 지구에 육화했습니다.

1970년대에 태어나 지금은 어느 정도 나이가 들은 스타시드라면, 부모 중 한 분 혹은 두 분이 빛의 일꾼일 가능성이 높으며, 만약 나이가 젊은 스타시드라면, 스타시드의 2세가 될 가능성이 높습니다. 즉, 스타시드인 부모로부터 태어난 스타시드인 셈입니다. 사실상 부모가 빛의 일꾼인지 아닌지는 그다지 중요하지 않습니다. 혈통은 별로 문제될 것이 없으니까요. 중요한 것은 *"앞으로 무엇을 할 것이냐?"* 하는 것입니다.

보다 고귀한 선(善)을 이루기 위하여 여러분들은 무엇을 공헌할 수 있습니까? 앞에서 언급했듯이, 넓은 의미에서 보면, 모든 사람들이 다 중요하다는 사실을 잊어서는 안 됩니다. 설마 여러분들이 영적으로 깨어나지 못한 채 세속적으로 반복되는 삶을 되풀이하면서 당초에 여러분들이 의도한 인생사명의 단지 2~3%만을 달성하고 싶어 하지는 않겠지요? 이 2~3%라고 하는 낮은 수치는 이 지구에서 삶을 영위한 존재

들 중에서 깨어나지 못한 존재들이 전 삶을 통해서 이룩한 영적 진보의 평균치인 것입니다! *이번에 여러분에게 주어진 사명을 완수하지 못하면, 다음 기회에 언젠가는 되돌아와 그 사명을 끝내야한다는 것을 절대로 잊어서는 안 됩니다. 다른 말로 표현하면, 또 한 번 '환생의 수레바퀴'에 얹어져야 한다는 뜻입니다! 따라서 스스로 깨어나서 자신이 지닌 최대의 잠재력을 발휘하여 생(生)의 사명(Life Mission)에 의거하여 살아가지 않는다면, 재육화의 수레바퀴에 얹어져서 수없이 지금의 지구와 같은 윤회계로 되돌아와야만 하는 것입니다. 만약에 이 말이 마음속*

에 걸린다면, 그 답은 자신의 주위에서부터 진정으로 여러분이 살아가야할 삶을 구현하는 길밖에 없습니다.

7.이상적인 삶의 창조

기본적으로 여러분의 주변에서부터 5차원적인 삶을 창조해야 합니다. 고차원적이며, 보다 영적인 삶이 어떤 것이냐 하는 것은 사람마다 조금씩 해석을 달리할 수가 있습니다. 이것은 지구 밖에서 많은 영향을 받게 되는 것과도 관련이 있습니다. 여러분의 고향세계가 어디든 간에 첫 번째로 해야 할 일은 마음속에 원하는 삶에 대한 명확한 그림을 가지고 있어야 한다는 것입니다.

명확한 그림을 가지기 위해서 다음과 같은 질문을 스스로에게 해보면 도움이 될 것입니다.

① 이상적인 삶을 살아가면서 체험하고 싶은 내적인 느낌이 어떤 것인가?

◆ 약간의 힌트들:

A.내적인 평화와 평온함

B.가까운 측근이나 타인들, 넓게 보아서는 세계 모든 사람들과 내적인 일체감을 가지는 것

C.배우자나 직계 가족으로부터 조건적 또는 무조건적인 사랑을 받고 있다고 하는 내면적인 느낌

D.모든 사람들이 무조건적으로 자신을 받아들이고 사랑한다는 내적인 느낌

② 이상적인 삶에서 추구하고 싶은 활동들?

◆ 약간의 힌트들:

A.최대의 잠재력을 발휘하여 인생의 사명(Life Mission)에 따라 살아가는 것

B.그림 그리기

C.창의적인 글쓰기

D.춤추기

E.노래하기

F.교제하기

G.영적이고 심령적인 능력 계발하기

H.현재의 취미와 관심사를 계속 추구하기

③ 자신의 이상적인 삶을 누구와 같이 하고 싶은가?

◆ 약간의 힌트들:

A.파트너, 예를 들면 남자친구 / 여자친구, 남편/아내

B.자녀들

C.부모/조부모

D.가족의 확장된 구성원들, 예를 들면 조부모, 삼촌, 숙모 등

E.가까운 친구들

F.유사한 관심을 가지고 있는 사람들

④ 이상적인 삶을 어디에서 살고 싶은가?

◆ 약간의 힌트들:

A.새시대에 대체[새로운] 생활수단이 가능한 도시/ 마을 /정착지

B.해안가 / 바닷가

174

C.산

D.시골

E.강가

F.숲속/산림지대

G.도시

H.현대적인 서비스를 받을 수 있고 다른 사람들과 가까이 지낼 수 있는 지역, 예를 들어 가게, 비디오점, 패스트 푸드점이 가까운 곳

⑤ 이상적인 삶을 살면서 갖고 싶은 직업과 보다 고귀한 선(善)을 이루는데 도움이 되는 직업은 무엇인가? 또 얼마나 많은 시간을 이 직업에 투자할 수 있는가?

◆ 약간의 힌트들:

A.동물/야생동물 돌보기

B.환자, 부상자, 몸이 불편한 사람 돌보기

C.매우 창의적인 환경에서 일하기

D.좋아하는 취미나 과거와 관련된 일을 하기

E.환대산업에서 일하기

F.컴퓨터, 인터넷, 정보통신(IT) 등에서 일하기

G.지역환경/원예/정원사 등에서 일하기

H.심령, 영성, 특이한 현상(parnnormal), UFO, 우주인, 새 시대 치유, 전생 퇴행 등의 연구 및 계발, 그리고/혹은 장려하는 분야에서 일하기

⑥ 그리고 얼마나 많은 시간을 할애할 것인가?

A.온종일

B.시간제

C.어쩌다가

D.정기적으로

E.하고 싶을 때

    지금까지 위의 5가지 질문에 대해 답을 하였습니다. 어디에서 살고 싶은지, 그리고 거기에서 누구와 무슨 일을 하며, 어떻게 느껴지게 될지에 대해서도 이제 알게 되었습니다. 자, 마음속으로 여러분이 창조한 그림과 여기에 부합하는 삶을 현실화하기 위해서 기본적인 구현연습을 하려고 합니다. 이 연습은 구현이라는 방법을 통하여 고차원적인 영적인 목적을 달성하기 위해 언제든지 사용할 수 있다는 것을 유념해주기 바랍니다.

    먼저 가능한 큰 소리로 다음과 같이 선언함으로써 영적인 보호를 받기 바랍니다.

    "신성한 영(Divine Spirit)께서 황금의 흰 빛으로 된 신성한 외투로 저와 여기에 함께한 모든 존재들을 보호해주시기를 요청합니다."

그리고 다시 큰 소리로 이렇게 말하세요.

"나의 삶에서 일어나게 되는 미래의 모든 사건과 체험, 결과들은 나의 가장 고귀한 선을 이루기 위하여, 그리고 관계되는 모든 사람들의 최고의 영적인 선을 달성하기 위해 일어난다는 것을 인식하면서 나는 지금 이 연습을 하고 있습니다."

다음에는 마음속으로(조용히) 여러분의 영적 가이드나 상위자아를 **부르세요.** 그리고 이 연습을 하는데 그들이 도와줄 수 있는지 물어보세요.

    연습은 다음의 2가지 방법 중에 한 가지로 하면 됩니다. 만약 여러분이 이 책을 읽고 혼자서 연습을 해야 한다면, 다음의 사항을 주의 깊게 읽고 눈을 감고 연습해보세요. 누군가 도와줄 사람이 있으면, 교대로 역할을 바꿔가면서 연습해보고 서로에게 읽어주면 됩니다. 잊지 말아야 할 것은 최상의 결과를 얻기 위하여 영적이고 심령적인 연습과 더불어 가능한 명상을 병행하여야 합니다. 그리고 조용하고 편안해져야 하며 약물을 복용해서는 안 됩니다.

자, 이제 마음속으로 여러분이 원하는 5차원적인 삶을 나타내주는 그림에 초점을 맞추도록 하세요. 현재는 그 그림이 너무 멀리 떨어져 있어 거의 보이지 않는다고 생각하세요. 그런 다음 천천히, 그리고 자신 있게 그림을 향해 발걸음을 옮겨가세요. 한 걸음씩 발을 옮겨갈 때마다 그림이 점점 더 커지게 되며, 마침내 바로 그 그림 앞에 섰습니다. 숨을 한 번 크게 들이쉬고 그림 속으로 걸어 들어가세요. 그런 다음 주위를 한 번 둘러보고 주위에 뭐가 있는지 만져보고 느껴도 보세요. 머리 위에는 태양이 내려쬐고 시원하고 상쾌한 산들바람이 여러분의 옆을 스쳐 지나가는 것도 느껴보세요. 가까운 곳에서 파트너와 가족, 친구들이 서로 주고받는 이야기소리도 들어보세요. 허리를 굽혀 발 밑에 있는 따뜻한 흙도 만져보세요. 이제 준비가 되었으면 만족할 때까지 주위에 있는 것들을 계속 탐구해가세요. 끝으로 떠날 때가 되면, 그림에서 사뿐하게 걸어 나오면 됩니다. 그리고 눈을 떠보세요.

명상에서 체험한 것을 가능하면 파트너나 친구들에게 설명해 주세요. 이것이 여의치 않으면 이 멋있는 체험 중에서 기억하고 싶은 주요한 사항들을 적어두도록 하세요. 이와 같은 연습을 2주에 1번 정도는 해보기 바랍니다. 왜냐하면 매번 할 때마다 긍정적인 에너지가 여러분이 원하는 삶에 보태지기 때문입니다. 이것은 고차원에서 먼저 이루어지고 난 다음에 여러분의 물질적인 삶 속으로 점점 더 빠르게 차례대로 실현되어질 것입니다.

여기에서 잊지 말아야 할 중요한 점은 5차원적인 삶을 완벽하게 살기 위해 필요한 사항들 - 장소, 동료, 활동, 직업선택 등 - 이 결정되고 나면, 위와 같은 연습을 하는 과정에서 요구사항이 늘 변하게 되는 경우가 있는데, 이때에는 여기에 맞게 적절히 조정하면 됩니다. 우리 부부가 하는 일에서도 수시로 이와 같은 사례가 발생합니다. 고객이 자신이 바라는 삶을 찾고 난 후, 마음이 바뀌어서 선택했던 사항을 다른 것으로 바꾸고자 하는 경우가 많이 생기게 됩니다. 따라서 이것을 시간 낭비라고 생각해서는 안 됩니다. 원하는 것을 다른 것으로 바꾸고자 하는 것은 그 만큼 이상적인 삶을 구현하고 싶어 하기 때문입니다. 자신이 구현하고 싶은 것이 무엇인지 모른다면 어떻게 그것을 구현할 수 있겠습니까? 영(Spirit)도 여러분이 추구하는 이상적인 삶이 어떤 것인지에 대한 실마리가 필요한 것입니다.

8.쌍둥이 영혼으로서의 배우자들(Twin Flame Partners)

여러분이 살아생전에 쌍둥이 영혼을 만나고자 하면, 그렇게 될 수도 있습니다. 그런데 여러분은 자신의 쌍둥이 영혼이 가지고 있었으면 좋겠다고 바라는 특징이 무엇인지를 정말로 알고 있습니까? 알고 있다면, 여러분 자신들도 그러한 속성을 가지고 있는지 살펴보세요. 만약 가지고 있지 않다면, 여러분도 그러한 속성을 가질 수 있도록 노력하십시오. 그리고 쌍둥이 영혼이 여러분의 삶 속에 나타나게 하려면, 시간과 노력을 기울여야 합니다. 그러니 지금부터라도 쌍둥이 영혼을 찾는 일을 시작해보세요. 우주는 '비슷한 것끼리 서로 끌어당기는 유인력(誘引力)의 법칙'에 따라 작동한다는 것을 잊어서는 안 됩니다. 여러분은 어떻습니까? 그리고 여러분의 파트너는 또 어떨까요?

9.동시성(Synchronicity) - 영적인 삶을 살아가기 위한 실마리

여러분이 구현 능력을 잘 사용하게 되면, 자신들의 삶을 통제할 수가 있습니다. 더 이상 혼란스런 사건의 격랑 속에 휩쓸릴 필요가 없게 됩니다. 삶에서 일어나는 모든 일들은 고차원적인 관점에서 보게 되면 반드시 어떠한 이유가 있어서 발생하지만, 대부분의 사람들은 어떻게 해서 그러한 일들이 일어나게 되는지 알지 못합니다. 또한 동시 발생적 (Synchronicity)으로 일어나는 사건들에 대해서도 전혀 눈치를 채지 못하고 있습니다. 이러한 사건들은 바로 여러분의 개인적인 가이드(혹은 지도령)들이 여러분을 돕고자 하여 일어나지만, 이것을 전혀 인식하지 못하고 있는 것입니다.

이러한 동시 발생적인 사건들은 다양한 형태로 발생하며, 가장 흔히 발생하는 사례를 몇 가지 소개하면, 다음과 같습니다.

A.똑같은 노래를 하루에도 여러 차례 듣게 된다.
B.가게에 들어갈 때마다, 똑 같은 책을 보게 된다.
C.밤에 동일한 꿈을 꾸게 된다.
D.책을 읽거나 인터넷에서 돌아다닐 때, 매번 무의식적으로 동일   한 페이지나 사이트에서 끝마치게 된다.
E.똑같은 사람을 하루에 여러 장소에서 만나게 된다.

지난 일주일을 뒤돌아보아 여러분에게도 이런 일들이 일어나지 않았는지 살펴보세요. 있다면, 개인적인 가이드가 무엇을 말하려고 했을까요? 또 지난 주에 일어난 동시 발생적인 사건을 통하여 무엇을 배울 수 있었다고 생각하십니까?

앞으로의 영적인 성장을 돕고 이상적인 삶을 창조하기 위해 개인적인 영적 가이드들이 동시 발생적인 사건을 이용한다는 것을 보다 명확하게 이해했다면, 지금부터라도 이러한 것들을 **눈여겨 살펴보세요**. 모든 사건과 상황을 고차원적이며 영적인 관점에서 바라보도록 하세요. 개인적인 가이드들이 매일 보내주는 아주 작은 동시성의 단서라 할지라도 주목해서 살펴보고, 여기에서 배워야 할 것들을 찾아보세요.

원하는 것을 결정하고 난 후, 위와 같은 연습을 꾸준히 한다고 해서 즉각적으로 원하는 것이 현실로 구현되지는 않습니다. 이 말은 이상적인 삶과 같은 여러분이 바라는 결과를 얻기 위해서는 상당한 시간과 육체적인 노력이 필요하다는 것입니다. 따라서 여러분에게 주어지는 동시성의 단서를 잘 포착하고 여기에 따라 움직여가세요.

다음과 같은 것이 좋은 예가 될 수 있습니다. 여러분이 구현연습을 끝내고, 이제 해안가/바닷가에 살고 싶다는 결정을 내렸다고 합시다. 몇 주 후 지역신문에 난 광고를 보게 되었습니다. 이 광고에는 자신이 살고 싶어 하는 지역에 있는 어느 한 서비스 회사가 여름에 함께 일할 웨이터나 웨이트리스를 찾고 있다는 광고였습니다. 마침 이 일이 있자마자 하고 있던 일도 끝나게 되었습니다. 그래서 광고를 낸 회사로 전화를 하게 되었습니다. 그것 보세요! 그들이 찾고 있는 사람이 바로 당신 같은 사람이라는 겁니다. 일자리를 얻게 된 것입니다. 이 새로운 일자리가 여름에 하고 싶어 했던 일과 정확히 일치하지 않을 수는 있지만, 어쨌든 동시성의 실마리를 따름으로 해서 그동안 꿈꾸어왔던 삶의 일부 ― 이상적인 장소 ― 나마 체험하게 된 것입니다. 최초의 동시성의 사건에서 실마리를 찾아내고 이에 따라 일을 진행해나감으로써, 또한 융통성 있게 현실에 접근하여 원하는 결과를 도출하는 방법도 알게 됨으로써 개인적인 가이드를 더욱 더 신뢰하게 되는 것입니다.

다음 단계는 살고 싶어 했던 이상적인 장소로 이동하여 좀 더 많은 시간과 노력을 들여가면서 원하는 이상적인 삶의 나머지 부분을 실현하는 것입니다. 그 지역에 살고 있는 새로운 친구들을 사귀고 싶을 것입니다. 따라서 새로운 친구를 사귈 수 있도록 하기 위해 여러분의 영적 가이드들이 제공하는 동시성의 기회를 가지게 될 것입니다. 파티에 참석해달라는 어떠한 제의가 들어오게 되고, 여러분은 이 제의를 받아들이게 될 것입니다. 카페, 술집/호텔, 기타 사교 모임에 참석하게 되고, 거기에는 친구가 되었으면 좋겠다고 생각했던 많은 사람들이 모여 있게 될 것입니다.

이제 마음속에 생각하고 있던 이상적인 삶의 그림들이 쉽고 빠르게 현실로 구현되어 나타나고 있다는 것을 알 수 있을 것입니다. 한 번에 하나씩, 주어진 기회를 받아들이고 현재 처해 있는 삶을 자신이 원하는 삶으로 변화시키는데 필요한 노력을 기울여야 합니다. 어떤 것을 이루기 위해서는 대부분의 경우에 *첫 번째 단계를 꼭 거친 이후에 두 번째 단계를 밟으라고* 영은 가르치고 있습니다. 여러분의 삶 속에서 영적인 소망을 이루는 것은 전적으로 자신이 쏟는 시간과 노력에 좌우됩니다. 최선을 다해 살고자 한다면, 행하는 모든 일이 자신에게 뿐만 아니라 관계되는 모든 사람들의 가장 고귀한 선(善)을 달성하기 위한 것이어야 하며, 그렇게 되면 어느 누구도 잘못될 수가 없습니다.

10.의도와 개인적인 믿음

5차원적인 삶을 창조하기 위한 두 번째 부분은 "자신이 현재 믿고 있는 것이 무엇이냐?" 하는 것입니다. 여러분이 가지고 있는 믿음의 핵심은 무엇입니까? 그리고 그 믿음을 일상생활 속에서 어떻게 활용하고 있습니까? 주(主) 사난다는 삶을 어떻게 사느냐 하는 문제와 관련하여 개인의 의도가 가장 중요하다고 말하고 있습니다. 이 뜻은 여러분들의 생각을 행동으로 옮길 때 무슨 목적으로 하느냐 하는 것입니다.

사회에 기여하겠다는 개인의 의도에는 기본적으로 3가지가 있는데, 긍정적인 것, 부정적인 것, 그리고 그 중간이 있습니다. 여기에 하나의 좋은 예가 있습니다. 어느 지역 적십자사에서 일을 하고 있는 한 자원봉사자는 긍정적인 의도를 가지고 있습니다. 그리고 또 한 사람은 놀고 먹으며 부정적인 의도를 가지고 있습니다. 그리고 나머지 한 사람은 사회에 기여하고자 하는 마음도 없고 폐를 끼치려는 마음도 없는 중립적인 의도를 가지고 있습니다.

위에서 서술한 세 사람의 사례는 그들의 삶 중에서 오직 일부분만을 예로 든 것이라는 것을 잊어서는 안 됩니다. 이 놀고먹는 사람이라 하더라도 집에 있을 때는 부인과 자녀들에게 상냥하고 자애로우며 잘 보살펴줄 수도 있습니다. 그러므로 집에서 취하는 그의 태도는 올바른 의도를 가진 사람이라고 할 수 있는 것입니다. 지금 위에서 예를 든 바와 같이, 삶의 어떤 부분이나 일부 행동에서 올바른 의도를 가지기는 쉽습니다. 그러나 삶의 모든 부분에서 항상 올바른 의도를 가지고 살아간다는 것은 대단히 어려운 일입니다.

따라서 '가장 숭고한 의도' 또는 '올바른 의도'가 여러분이 가진 믿음체계의 초석이 되어야 하는 것이 대단히 중요한 이유입니다. 자신의 생각과 행동이 가장 숭고한 의도를 가지고 있는지의 여부를 판단하는 가장 좋은 방법은 무엇을 말하고 행하기 전에 먼저 다음과 같이 자문(自問)해 보는 것입니다. 즉 "내가 말하고 행하고자 하는 것이 올바른 일인가?" 그리고 "말하고 행하고자 하는 일이 나의 가슴과 마음 속 깊은 곳에서 올바른 일이라고 느껴지는가?"라고 물어보는 것이지요. 이러한 생각을 거친 후에 여러분의 생각과 행동이 가장 숭고한 의도를 가지고 있어서 "맞아!"라고 정직하게 말할 수 있다면, 그것은 현명한 선택이 될 것입니다. 그러나 어느 한 부분에서라도 "아니오"라고 답한다면, 하고자 하는 말과 행동을 다시 한 번 재고해보기 바랍니다.

11.개인적인 의도와 카르마

생각이나 행위에 따른 의도(意圖)가 행위 그 자체만큼이나 많은 부정적인 카르마를 만들어내고 있다는 것을 많은 사람들이 모르고 있습니다. 만약 가장 고귀한 가치를 가지고 모든 면에서 가장 숭고한 의도와 무조건적인 사랑으로 일한다면, 어떠한 카르마도 창조되지 않습니다. *그리고 5차원적인 삶을 살고자 한다면, 반드시 부정적인 카르마 (Karma)를 청산해야 합니다. 여러분을 3차원과 4차원에 묶어두고 있는 카르마적인 고리가 풀리지 않는다면, 상위차원으로 상승할 수도 없을 뿐만 아니라 재육화의 수레바퀴에 얹어져서 계속해서 돌아갈 수밖에 없는 것입니다 .*

이것은 마치 여러분이 철갑옷을 입고 걸어가고 있는데, 카르마의 빚을 지고 있는 사람이 크고도 강력한 자석을 손에 쥐고 있는 것과 같습니다. 때가 되면 이러한 카르마가 서로를 끌어당긴다는 것을 여러분의 개인적인 가이드와 영(靈)들은 분명히 알고 있습니다.

그러나 카르마가 서로를 끌어당기고 있는 상황에서 여러분이 서로 만나게 되었을 때에 어떻게 대처하느냐 하는 것은 여러분들의 선택에 달려있습니다. 아래와 같은 3가지 중에 어느 것이나 선택할 수 있습니다.

1)카르마적인 이유 때문에 여러분이 상대방을 만나게 되었다는 것을 인식하지 못하는 경우로서, 이러한 경우에는 해결되지 못한 카르마를 다른 시기, 다른 장소에서 심지어 내생(來生)에서 갚게 될 수도 있습니다.

2)두 번째는 두 사람 사이에 어떤 카르마가 존재한다는 자체를 아예 부정하는 경우로, 이 경우에도 이 번 생애에서 해결하지 못한 카르마는 다른 시기, 다른 장소, 심지어는 내생에서 이를 갚기 위하여 반드시 다시 만나게 될 것입니다.

3) 두 사람 사이에 카르마가 존재한다는 것을 인식하고, 이를 해결하기 위하여 일정한 노력을 기울이는 것입니다.

12.긍정적인 카르마와 부정적인 카르마

사실상 카르마의 형태는 2가지가 있습니다. 하나는 긍정적인 카르마 (善業)이고 또 하나는 부정적인 카르마(惡業)입니다. 부정적인 카르마란 과거 어느 때에 다른 사람에게 말이나 생각, 또는 행동으로 상대방에게 악영향을 끼친 것으로서, 다시 말해 상대방에게 과거 생에 육체적인 또 는 감정적인 해를 끼친 것을 뜻합니다.

한편 긍정적 카르마는 과거에 긍정적인 의도를 가지고 타인에게 무 언가를 말하고 행한 것을 말합니다. 즉, 과거 생에 누군가를 돕거나 생 명을 구해준 것처럼 말이죠. 그리고 부정적인 카르마는 이것을 자기 스 스로 인식하고 갚아야 합니다. 따라서 과거 생에 상대방에게 행한 부정 적인 행위를 상쇄하기 위해서는 상대방에게 선한 행위를 함으로써 그 빚을 갚아야 한다는 것을 잊어서는 안 됩니다. 부정적인 카르마를 의식 적으로 갚고자 하는 사람들이 직면하게 되는 가장 큰 어려움 중에 하 나는 상대방과의 만남이 카르마적인 빚을 갚기 위해서 만나게 되었다 는 것을 어떻게 하면 확실하게 인식할 수 있느냐 하는 것입니다. 가장 좋은 방법 중의 하나는 어떤 사람을 처음 만나게 되었을 때, '자신의 본능적(직관적)인 느낌이 어떠한지'를 마음속으로 점검해보는 것입니다.

보통 아래의 3가지 중의 하나를 느끼게 될 것입니다.
 1)그러한 사람들과의 만남이 긍정적이고 자신감이 든다.
 2)그저 그렇고, 선입감도 없다.
 3)부정적이고, 불안하며, 심지어는 노골적으로 적대감마저 든다.

 1)과 같이 느낀다면, 대개는 긍정적인 카르마일 가능성이 높습니다. 이는 상대방이 여러분에게 지고 있는 카르마적인 빚을 갚기 위한 기회 를 얻기 위해 그 만남이 이루어졌을 가능성이 높다는 뜻입니다. 보통

이러한 만남은 그들이 여러분에게 의식적이든, 또는 무의식적이든 좋은 행위를 하기 위하여 일어나게 됩니다. 따라서 상대방이 여러분에게 좋은 일을 하는 것이 적절하다고 느껴지면, 그들의 행위를 감사하게 받아들이세요. 그래야 그들도 카르마적인 빚을 갚을 수 있는 기회를 갖게 되며, 이후에도 그들과 다시는 연루되지 않게 될 것입니다. 아마도 그들이 여러분에게 더 이상 갚아야 할 카르마가 없다면, 그렇게 될 것입니다.

2)와 같이 느껴진다면, 그 만남이 중립적인 것일 가능성이 큽니다. 이는 당사자들 누구도 상대방에게 어떠한 카르마적인 빚을 지고 있지 않다는 뜻입니다. 이런 경우에는 만남 그 자체를 즐기고, '관계된 모든 존재들의 가장 고귀한 선을 이루기 위해서'라는 명제(命題)하에 모든 것을 결정하가면 됩니다. 만약 그렇게 하지 않으면, 이러한 사람들과 새로운 부정적인 카르마를 만들게 될지도 모릅니다.

그러나 만약 3)과 같이 느낀다면, 여러분이 상대방에게 부정적인 카르마의 빚을 지고 있을 가능성이 높습니다. 이와 같은 경우에는 특별히 더 열심히 노력하여 그들에 대해 여러분이 가지고 있는 부정적인 느낌을 극복하도록 노력해야 합니다. 또한 기회가 주어지는 대로 그들에게 더욱 친절하고 도움이 되고자 노력해야 합니다. 그렇다고 일부러 잠재적인, 또는 실제적인 위험상황에 처해서는 안 됩니다. 필요하다면, 안전한 거리를 두고 상대방에게 긍정적인 생각과 치유의 에너지를 보내도록 하세요. 이렇게 하면 그들에게 지고 있는 카르마적인 빚을 훨씬 더 효과적으로 갚을 수 있게 됩니다. 이와 같은 특정한 카르마적인 고리를 끊는데 있어서 긍정적인 의도와 친절한 행동이 큰 도움을 주게 됩니다. 더 이상 갚아야 할 카르마가 없다면, 그렇게 된다는 것입니다.

그러나 위의 예에서와 같이 여러분이 보이는 긍정적인 행동에 대해 상대방이 거부감을 느낀다고 해서 낙심하지 마세요. 여러분의 의도가 가장 숭고한 것이라면, 이것이 카르마적 속박을 푸는데 도움이 될 것입

니다. 카르마적 속박이 하나씩 풀려짐에 따라 여러분들도 원하는 5차
원적인 삶에 한 발짝씩 다가가고 있다는 것을 기억하기 바랍니다.

2장
현실적 어려움을 넘어서서

1.조건 없는 사랑과 개인적인 믿음

이상적인 삶을 구현하기 위하여 생활 속에서 추구해야 할 두 번째 핵심적인 믿음은 조건 없는 사랑입니다. 많은 사람들이 이 조건 없는 사랑의 의미를 제대로 이해하지 못하고 있습니다. 이 말을 "내가 나를 사랑하는 것처럼, 모든 사람과 모든 것들을 사랑한다."라는 의미로 해석해야 합니다. 결국 성별, 국적, 인종, 색깔, 신조, 종교적 믿음과 상관없이 모든 것과 모든 사람들을 존중한다는 의미이기도 합니다. 신의 신성한 계획 속에서 우리 모두가 평등한 것처럼, 여러분들도 그들을 동등한 존재로 보아야 합니다. 이러한 외견상의 차이는 단지 개개인의 상대방에게 다르게 보일 뿐입니다.

무조건적인(무한한) 사랑으로 산다는 것은 도움을 필요로 하는 사람들에게 무조건적으로 도움을 준다는 뜻입니다. 이 말은 도움을 주는데 있어 어떠한 감정적인, 도덕적인, 그리고 법적인 의무도 뒤따르지 않는다는 것을 의미합니다. 따라서 "다음에 내가 너의 도움이 필요할 때, 네가 도와준다는 조건이면 물론 도와주지." 라고 해서는 안 된다는 것입니다. 즉, 남들에게 도움을 줄 때에는 "이번에 너는 나한테 신세 한 번 지는 거야!"라는 생각으로 도움을 줘서는 안 된다는 뜻입니다.

다음으로 할 과제는 앞으로 몇 주 동안 도움이 필요한 사람들에게 조건 없이 도움을 주는 연습을 해보는 것입니다. 이와 같이 우주의 진리에 따라 살아가게 되면, 자신의 내면에서 훨씬 더 좋은 느낌을 받게 되며, 또한 남들도 조건 없이 여러분을 돕게 된다는 것을 알게 됩니다! 또 "모든 사람들이 이와 같은 무한한 사랑을 가지고 살아간다면 이 세상이 얼마나 멋지게 될까!" 하고 생각하게 될 것입니다. 모든 전쟁은 끝이 나게 될 것이고, 굶주리는 수백만의 사람들도 식량과 의복, 그리고 주택을 공급받게 되며 무료로 의료혜택도 보게 될 것입니다.

사랑과 평화, 조화와 풍요 속에서 사랑하는 자녀 및 손자들과 함께 살고 싶지 않으세요? 그렇게 살고 싶다면, 삶 속에서 조건 없는 사랑을 실천하고 타오르는 황금의 흰 빛과 같이 사랑의 빛을 방사하세요. 모든 생각과 행동이 사랑의 빛이 되게 하세요. 그리고 영적인 가이드들에 대한 믿음과 신뢰를 가지세요. 그들은 여러분의 친절하고 사랑스런 모든 행동을 알고 있으며, 원하는 모든 것은 아닐지라도 필요한 모든 것을 여러분에게 제공해줄 것입니다.

2.자신을 위해 좀 더 편안한 삶을 창조하기

'가장 숭고한(올바른) 의도'와 '조건 없는 사랑'이 여러분의 믿음체계의 기초가 되어감에 따라 삶의 모든 면에서 보다 더 긍정적이고 역동적인 에너지를 받게 된다는 것을 알게 될 것입니다. 또한 삶을 살아가기가 점점 더 편안해진다는 것도 알게 됩니다. 정말로 이렇게 될 것입니다. 삶이 점점 편안해지는 이유는 삶의 중요한 2가지 교훈인 '가장 숭고한 의도'와 '조건 없는 사랑'을 배웠기 때문입니다. 그 결과 개인적인 영적진동은 예전보다 상승하게 되고, 또한 높은 진동 하에서는 삶의 교훈을 훨씬 쉽게 받아들이게 됩니다. 이것은 여러분들이 어려운 상황에 처하지 않게 된다는 뜻이 아니라 어려운 문제들을 고차원적이고 좀더 영적인 방법으로 처리할 수 있게 된다는 것을 뜻합니다.

3.통합과 개인적인 믿음

여러분이 영적인 진보를 이루고자 한다면, '통합(Unity)'이 자신들의 믿음체계의 또 다른 일부가 되도록 하기 바랍니다. 영적인 관점에서 보면, 통합이란 우주에 존재하는 모든 것들이 다른 것들과 상호 연결되어 있다는 믿음을 가지고 살아가는 것을 말합니다. 즉, 모든 것들은 그 외의 다른 것들과 상호작용을 하고 있다는 사실을 이해하는 것을 뜻합니다. 이것은 우주적인 진리로서 빛의 일꾼들과 스타시드들에게는 아주 쉽게 이해할 수 있는 것이기도 합니다. 그들은 천성적으로 통합과 통합으로 인하여 생기게 되는 모든 것들을 좋아합니다. 최근 들어 수백만의 빛의 일꾼과 스타시드들(Star Seeds)이 이 지구 행성에 육화한 주된 이유가 바로 이 통합 때문인 것입니다. 이들의 목적은 인류의 내면에 통합의식을 고취시키는 것입니다.

사회 구성원에 대하여 법적인 책임을 규정하는 사회적 법률들이 상황의 변화에 따라 많은 개정이 있어 왔습니다. 다음의 사례가 좋은 예가 됩니다. 어떤 나라에서는 술에 취한 사람들에게는 법적으로 바텐더

나 술집 주인, 웨이트리스가 술을 팔지 못하게 되어있습니다. 만약 술을 팔게 되면, 벌금을 물게 되거나 심지어 감옥에까지도 갈 수가 있습니다. 또 어떤 경우는 술을 판 바텐더는 손님이 술이 취해서 하는 행동은 물론이거니와 술에 취해서 술집을 나서는 것에 대해서도 법적인 책임을 져야 합니다. 이러한 예는 통합을 바라는 빛의 일꾼들이나 스타시드들의 열망이 인류에게 영향을 끼치고 있는 것이며, 그것이 사회적으로 긍정적인 변화를 이끌어내고 있다는 것을 단적으로 보여주는 사례라 할 수 있습니다.

모든 영적인 것들이 그러하듯이, 통합이라는 것도 사람마다 매우 주관적이고 독특하게 해석되고 체험될 수 있는 것입니다. 일반적으로 사람들은 처음에는 어떤 기사나 이 책과 같은 책을 통해 개인적인, 그리고 세계적인 통합의 필요성을 이해하게 됩니다. 그 후 이들이 통합을 받아들일 준비가 갖추어지면, 마음속에서 통합에 대한 중요성과 통합으로 인해 모든 사람들이 얻게 될 혜택이 무엇인지를 직감적으로 알게 됩니다.

이렇게 되고나면, 일반적인 생명체와 타인들에 대해서 기존에 가지고 있던 생각과 행동양식은 바뀌게 됩니다. 이러한 사람들은 내면적으로는 전보다 훨씬 더 완전함을 느끼게 되며, 이와 같은 개인적인 에너지(오라)는 밖으로 확장되어 전 우주에 존재하는 모든 것들과 하나로 연결되어집니다. 이들은 더 이상 주위에 있는 것들로부터 고독감이나 분리감도 느끼지 않게 됩니다. 이제 자신들이 우주적 생명의 끈으로 짜인 중요하고도 특별한 존재라는 것을 깨닫게 되는 것이지요.

이 시점에서 많은 사람들은 자신들의 삶 속에서 뭔가 중요한 어떤 것이 내재되어 있다는 것을 깨닫게 됩니다. 그들은 지금까지 뭔가 잃어버린 것처럼 허전하다는 것을 느끼고 살았지만, 그것이 무엇인지를 전혀 알지 못했으며, 그것을 어떻게 찾아야 되는지도 몰랐다는 것을 무의식적으로 깨닫게 되는 것입니다. 만약 이것이 여러분 자신들의 사례이고 통합이 삶의 중요한 일부라고 느끼기 시작했다면, 축하합니다! 여러분은 이제 삶의 또 하나의 중요한 교훈을 배우게 된 것입니다! 진심으로 축하하며, 앞으로도 잘 해나가기를 바랍니다! 여러분은 영적인 진보를 잘 진행해가고 있는 것입니다. 여러분들의 삶 속에서 통합감(統合感:일체감)을 느낀다고 하는 것은 고차원에서 살아가는 방법을 기억시켜 주는 것이나 마찬가지이며, 또한 개인적으로는 고향으로 돌아가는 여정의 중요한 일보를 내딛는 것이기도 합니다.

현재의 삶 속에서 통합감을 강화시켜 나가기 위해 타인들과의 관계에서 무한한 사랑을 가지고 긍정적인 방식으로 전개해가기 바랍니다. 이렇게 하기 위해서는,

첫째, 도움을 필요로 하는 사람을 파악하여 가능한 범위 내에서 그들을 언제든지 도와주는 것입니다.
둘째, 적절한 시간과 노력을 지역사회에 할애하는 것입니다.
셋째, 생각과 성향이 비슷한 사람들과 많은 시간을 같이 하는 것이며,
넷째는 자신의 잠재력을 최대한 발휘할 수 있도록 영감을 불어넣어 주는 사람들과도 보다 많은 시간을 보내는 것입니다.

통합으로 인해 생기는 사회적인 이득은 모두의 이익을 위해서 모든 개개인들이 힘을 모아 함께 일할 때에 창조됩니다. 그렇다고 모든 사람들이 어머니 테레사와 같은 사람이 되어야한다는 뜻은 아닙니다. 현시점에서 이와 같은 일들은 가능하지도 않습니다. 이 말의 뜻은 만약 통합된 세상에서 살고자 한다면, 이러한 목적을 달성하는데 필요한 자신의 몫을 다해야 한다는 것입니다. 여러분은 뒤에 앉아 있고, 남들에게 모든 일을 다 하게 하는 것은 옳은 방법이 아닙니다. 인생은 그렇게 하도록 되어 있지도 않습니다.

우리 모두는 통합에 대한 믿음을 가지고 보다 많은 배려와 공감, 관용을 현실 속에서 실천해야 합니다. *"내 생각과 행동이 남들에게 어떤 영향을 미칠까?"* 하고 스스로 생각해봐야 합니다. 또한 *"내 생각과 행동이 사람들을 통합시킬까? 아니면 분리시킬까?"* 하는 것도 되짚어봐야 합니다. 그런 후에 만약 자신의 생각과 행동이 사람들을 분열시킨다든지, 사람들 간에 반목을 조장한다고 판단되면, 하고자 하는 일을 다시 한 번 검토해보기 바랍니다. 의사결정을 할 때, '올바른 의도'와 '무조건적인 사랑'은 반드시 고려되어야 한다는 것을 잊지 말아야 합니다. 따라서 자신의 주변에서부터 조그마한 통합을 만들어내는 것이 오늘날 현존하고 있는 우리 모두가 해야 하는 일이며, 자기 책임인 것입니다. 이러한 조그마한 통합이 퍼져나가 전 세계 모든 사람들과 연결되면, 오랫동안 인류가 지니고 있던 분리의식도 사라지게 될 것입니다. 피부색과 성별, 국적, 언어, 통화(通貨), 종교적인 믿음, 정부의 정책과 개인적인 선호의 차이로 인한 분리란 더 이상 존재하지 않게 될 것입니다. 그리고 통합이 있는 곳에는 평화와 조화 그리고 기쁨만이 번성하게 될 것입니다.

 세계의 통합을 이루어내기 위하여 반드시 모든 사람들이 함께 일해야 한다는 것은 아무리 강조해도 지나치지 않습니다. 이는 통합이 시너지(상승효과) 효과를 만들어내기 때문입니다. 즉 전체(全體)는 그것을 구성하는 부분의 합보다 항상 크기 마련입니다. 달리 말하면, 공통의 목적을 이루기 위하여 두 사람, 또는 그 이상의 사람들이 힘을 합쳐 함께 일하게 되면, 그 결과는 똑 같은 목적으로 두 사람이 따로 따로 떨어져서 일한 것보다 항상 크다는 뜻입니다. 모든 사람들이 세계 통합을 위해 서로 믿고 함께 일해 간다면, 전 인류가 얻게 될 긍정적인 효과가 얼마나 클 지 한 번 상상해보세요!

4.개인적인 장애와 그 해결방법

　이상적인 삶을 구현하기 위하여 다음에 살펴볼 주제는 개인적인 장애(障碍)에 관한 것입니다. 기본적으로 개인적 장애는 살아가면서 어떤 것을 특히 싫어하거나 또는 어떤 상황에 부딪쳐 감정적으로 심한 상처를 입게 되는 경우에 나타나게 됩니다. 이러한 것들에는 토마토 같은 특정 음식을 싫어하는 것과 같은 별로 대수롭지 않은 경우도 있지만, 외국인을 싫어하는 것처럼 아주 심각한 것도 있습니다. 두 가지의 경우 모두에는 이러한 반응을 나타낼 수밖에 없게 만드는 부정적인 사건과 직접적으로 연결된 무의식적인 기억을 가지고 있기 때문입니다. 과거 생(生)에서 남미(南美)에 있을 때 토마토를 먹다가 거의 질식해 죽을 뻔 했다든가, 또는 로마에 살 때 자신들의 자녀가 이방인에게 살해되었을 수도 있습니다. 이 두 가지 예에서 보는 바와 같이, 거기에는 숨이 막히는 두려움과 이방인에 대한 증오심과 같은 심한 부정적인 감정이 개입되어 있는 것입니다. 즉 이와 같은 강한 부정적인 감정이 개인적인 장애를 일으키고 있는 것입니다.
이와 같은 개인적인 장애는 여러 가지 형태로 전개될 수도 있습니다. 예를 들면, 다음과 같습니다.

1.부정적인 체험을 상기하게 하는 어떤 행위를 여러분이 무의식적으로 하게 될 때; 샐러드 속에 들어있는 토마토 한 조각을 무심코 먹었는데, 갑자기 숨이 막혀오기 시작하는 경우와 같이

2.부정적인 체험을 떠올리게 하는 어떤 행위를 타인이 무의식적으로 할 때; 휴일에 낯선 사람이 자신의 자녀에게 다가가서 말을 걸 때,

　이 두 가지 사례에서 볼 수 있는 것처럼, 개인적인 장애는 영적 진

동수를 끌어올리는데 많은 장애를 초래하며, 여러분이 낮은 차원에서 벗어나 상승하고자 한다면 이러한 장애는 반드시 해소되어져야 합니다. 그러나 완전히 다 없어지지는 않습니다. 우리는 이러한 개인적인 장애를 돈도 들지 않고 쉽게 제거할 수 있는 방법을 잘 알고 있습니다. 이러한 과정을 전체적으로 연습하는데 실제로 비용이 전혀 들지 않으며, 따라 하기도 아주 쉽습니다. 다음과 같은 몇 가지 기초적인 단계만 따라하면 됩니다.

1.먼저 소리 내어 다음과 같이 말함으로써 자기에 대한 보호조치를 취하세요.
　"신성한 영이시여! 황금의 흰 빛으로 된 신성한 외투로 저 자신과 그리고 함께 하고 있는 모든 존재들을 보호해주소서", 그리고 명상을 하세요. 먼저 마음을 가라앉히고, 긴장을 풀도록 하세요.

2.마음속으로(조용히) 자신들의 영적 가이드나 상위자아를 부르세요. 그리고 그들에게 이 연습을 도와달라고 요청하세요.

3.그런 다음에 아래의 질문을 스스로에게 해 보세요 ;
　"감정적인 고통과 정신적인 스트레스를 일으키는 주된 원인이 무엇인가?"
※몇 가지 힌트; 친밀한 관계, 가족 구성원과의 관계, 친구관계, 직장문제, 재정적인 문제(돈), 성적인 문제, 개인적인 능력부족 (예, 개인적으로 삶에 직접적인 영향을 미치는 의사결정을 할 수 없거나, 하게 되어있지 않은 경우)

4. 일단 개인적인 주요 장애요인을 찾아냈으면, 긴장을 풀고 천천히 내면에서 '무한한 사랑과 가장 숭고한 의도'라고 하는 고차원의 영적 에너

194

지를 창조하세요. 그런 다음 가이드에게 마음속으로 다음과 같이 말하세요.

"나의 영적인 인도자시여! 내가 가지고 있는 모든 부정적인 에너지를 해소할 수 있도록 도와주소서. 나는 지금 … 을(※개인적 장애와 관련된 내용) 가지고 있습니다. 나는 나 자신과 여기에 관련된 모든 존재들을 *무조건적으로 용서합니다.* 이들 모두에게 신성한 은총이 주어지기 바랍니다. 또한 지금 이 시간 이후부터 … 에 대한 장애를 잊을 수 있게 되기를 바랍니다. 감사합니다."

장애가 줄어들게 되면, 신경도 덜 쓰이게 될 것이며, 그 장애가 여러분의 삶에 미치는 영향도 현저하게 줄어들게 될 것입니다.

어떤 개인적 장애들은 여러 차례에 걸쳐서 해소되어야 하는 경우도 있는데, 이는 빛의 몸과 오라장의 여러 층에 이러한 장애가 쌓여있어 모두 풀어지는데 시간이 필요하기 때문입니다. 대부분의 개인적인 장애들은 과거 생에서 일어났던 사건들과 관계가 있으며, 아마 여러분들은 이러한 사건들을 해소하지 못하고 수천 년 동안 붙잡고 있을 수도 있습니다. 따라서 이것을 완전히 제거하는 데에도 다소의 시간과 노력이 필요하다는 것을 잊어서는 안 됩니다.

개인적인 주요 장애들을 해소하고 용서하여 잊는 데에 너무 힘이 든다고 느껴지면, 토마토와 같은 아주 작은 장애에서부터 시작하여 이방인을 싫어하는 것과 같은 좀 더 큰 장애들을 다루어가도록 하세요. 개인적인 장애가 하나씩 풀려짐에 따라 지금까지 숨어있던 새로운 장애가 드러날 수도 있습니다. 이러한 것들이 나타나게 되면, 위와 같은 독특한 방법으로 이들을 해소하세요. 장애들이 하나씩 풀려 질 때마다 신성한 황금의 흰 빛이 몸속으로 흘러들어와 부정적인 장애를 일으킨 에너지와 대체되는 모습을 상상하세요. 이 고차원의 영적에너지가 여러분의 개인적인 진동수를 끌어올리게 됩니다. 이후부터는 보다 더 긍정적이고 영적으로 열린 마음을 가지고 생각하고 느끼고 행동하도록 하세요.

5.해소되지 않은 개인적 장애와 몸의 양식(糧食)

해소되지 않은 개인적인 장애는 여러분들의 몸에 질병과 상해(傷害)를 일으키게 되며, 이로 인해 살아가는 동안에 많은 고통을 받게 됩니다. 왜냐하면 대부분의 육체적인 질병과 상해는 지난 생(生)의 부정적인 체험과 연결되어있기 때문입니다. 따라서 이번 생에 평소 어깨가 좋지 않아 고생하는 사람들의 경우에는 이러한 상해를 일으키는 최초 원인과 직접 연결된 부정적인 감정 에너지를 무의식적으로 지니고 있을 가능성이 아주 높습니다.

예를 들어, 과거 생에는 군인으로서 전쟁에 참가하여 어깨에 부상을 입을 그 당시에 적에 대한 두려움을 가졌을 수도 있습니다. 이는 그 당시의 부정적인 두려움의 에너지로 자신의 빛의 몸과 오라장에 무의식적으로 저장된 것입니다. 이 두려움의 부정적인 에너지가 해소되기 전까지는 무의식적인 기억을 떠올리게 하는 상황들 - 시험을 기다린다든지, 구직 인터뷰를 한다든지, 낯선 사람을 처음 만난다든지 하는 것처럼 두렵고 걱정스러운 상황 - 이 발생할 때마다 어깨의 통증을 계속해서 체험하게 될 가능성이 아주 높습니다. 따라서 현재 가지고 있는 육체적인 상해나 질병과 관련된 개인적 장애를 해소하는 것이 무엇보다 시급하고 중요합니다.

육체적인 아픔이나 고통, 상해나 질병을 앓을 때마다 위에서 언급한 대로 개인적 장애를 해소하는 연습을 해보세요. 최상의 결과를 얻기 위해서는 연습을 여러 번 반복해서 해야 할 지도 모릅니다. 개인적인 장애가 적절히 해소되고 나면, (그것에 대해서 더 이상 생각하지 않아야 합니다) 그러한 장애는 영원히 풀려진다는 것을 잊지 마세요! 따라서 미래에 지구에서의 삶을 살게 된다하더라도, 개인적인 특정 장애로 인해 생겼던 육체적인 문제에서 벗어나게 되며, 강하고 건강한 몸을 가지게 될 것입니다. 또한 유전적인 질병이나 개인적인 상해도 덜 가지게 될 것입니다. 이번 생에서 개인적인 장애를 해소함으로써 다음 생에 얼마나 훌륭한 선물을 받게 되는지 생각해 보세요!

한 가지 더 주목해야 할 점은 개인적 상해나 질병을 일으켰던 장애가 말끔히 해소되고 나면, 몸이 눈에 띌 정도로 좋아진다는 것입니다. 고통이 사라지게 되든지 엄청나게 줄어들게 되며, 붓고 굳은 것이 가라앉고 말랑해져서 원상태로 회복됩니다.

개인적인 장애를 해소하는데 약간의 시간과 노력, 용기가 필요하지만 그만한 가치가 충분히 있는 것입니다. 그 대가는 놀라운 것입니다. 오늘 당장 개인적인 장애를 제거하여 이 믿을 수 없는 혜택을 스스로 누려보지 않으시겠습니까? 빛의 몸과 오라장이 깨끗해질수록 영적 및 심령적인 능력도 그 만큼 계발하기가 쉬워지게 됩니다.

6.수면상태에서 영적 진보 이루기!

5차원적인 삶을 구현하고자 한다면, 잠자고 있는 상태에서도 일하는 법을 배우기 바랍니다. 왜냐하면 아스트랄체는 수면상태에서 빈번하게 육체를 떠나 고차원의 세계를 찾아가기 때문입니다. 사람들은 이러한 차원간(次元間)의 방문을 꿈이라고 합니다. 꿈이라고 부르는 고차원의 세계는 실제로 존재하는 실체(實體)이며, 오히려 의식적이고 깨어 있다고 하는 이 3차원의 세계가 꿈의 세계이자 환상인 것입니다. 따라서 수면상태를 이용하기 위해서는 아스트랄체와 차원간의 방문을 통제하는 법을 배워야 합니다.

연구에 따르면 가장 좋은 방법은 잠들어 있는 동안 여러분의 영적 가이드나 상위자아와 함께 일하는 것이라고 합니다. 따라서 매일 밤 잠들기 전에 늘 하는 방식대로 자신을 보호하기 위해 다음과 같이 말합니다; "신성한 영이시여, 황금의 흰 빛으로 된 외투로 제 자신과 참여한 모든 존재들을 보호해주소서." 그리고 난 다음 "오늘 밤 내가 잠들어 있는 동안에 나의 개인적 가이드와 상위자아는 내가 영적인 성장을 이룰 수 있도록 도와주시기 바랍니다."라고 말하세요.

이와 같이 말하고 나서 평상시대로 잠자리에 들면 됩니다. 이렇게 하고 나면, 안전하고도 완전한 보호를 받을 수 있을 뿐만 아니라 여러분의 아스트랄체는 육신의 몸을 떠나 개인적인 가이드나 상위자아를 만나게 됩니다. 그러면 영적인 성장을 이룰 수 있는 아스트랄적인 기회를 가지게 되는 것입니다.

여러분은 이제 아카식 레코드를 기록한 곳을 방문할 수도 있고, 또 현재 여러분이 가지고 있는 개인적인 장애를 일으키는 과거생의 사건들을 볼 수 있을지도 모릅니다. 아니면 이번 생에서 배우도록 되어있는 개인적인 삶의 교훈에 대한 내용을 들을 수도 있습니다. 사실상 아스트랄 상태에서 할 수 있는 체험은 수도 없이 많이 있습니다. 죽은 친척이나 친구와 이야기를 할 수도 있고, 상승한 마스터들도 다양하게 만날 수 있습니다. 또한 플레이아데스와 같은 지구 밖의 세계를 방문할 수도 있습니다. 각각의 동물의 종(種) 가운데 죽은 애완동물을 찾아 이야기할 수도 있습니다. 그리고 이보다 훨씬 더 많은 것들도 말이죠.

그러나 잠에서 깨어났을 때 이 놀라운 체험들을 전혀 기억할 수 없고 실제로 배운 정보를 활용할 수가 없다면, 이러한 체험은 별로 쓸모없는 것이 되고 말 것입니다. 이러한 문제를 해결하기 위하여 침대 옆에 꿈의 일지나 공책 같은 것을 놓아두세요. 그리고 지난 밤 잠 속에서 기억할 수 있는 것들을 이 꿈의 일지에 기록해두세요. 처음에는 많

198

은 꿈을 기억하지는 못하겠지만 연습과 함께 개인적인 가이드나 상위
자아에게 도와달라고 계속 요청하면, 점차적으로 보다 명료하게 기억하
게 될 것입니다. 또한 꿈속에서 본 형상이 상징적으로 어떤 사항이나
사건을 나타내고 있는지에 관한 꿈의 해몽기법을 활용하게 되면, 명상
과 꿈을 보다 빨리 해석할 수 있게 될 것입니다.

7.기초적인 해몽기법

꿈의 해몽기법은 꿈에서 나타난 기
본적인 형상을 3가지의 서로 다른 사
항이나 사람, 느낌 중에서 어느 하나
와 연결하는 것입니다. 예를 들어, 큰
흰 말은 개인적인 자유를 상징하며,
담장은 개인적인 속박을 나타냅니다.
따라서 이러한 기본적 형상을 기억하
고 있으면, 개인적인 가이드나 상위자아가 꿈속에서 보여주는 이러한
것들이 '무엇을 의미하는지' 여러분이 알 수 있게 됩니다. 예를 들어
어느 날 꿈속에서 큰 흰 말을 타고 큰 장벽을 뛰어넘는 꿈을 꾸었다
면, "이것이 도대체 무슨 뜻일까?" 하고 생각할 것입니다.

아마도 답은 지금 개인적인 속박을 극복하고 있는 중이라는 것을 나
타낼 것입니다!
꿈 해몽집을 만들기 위해서는 꿈에 나타난 기본적인 형상이 다음의 것
들 중에서 어느 것과 연결되는지를 알아야 합니다.

1.자기 자신 2.행복 3.사랑 4.우정 5.두려움 6.여행 7.영적인 성장 8.자
신의 파트너 9.자유 10.개인적인 성취 11.새로운 모험 12.돈 13.개인적

인 보호 14.2명의 영적 가이드(보통은 한 명은 남자, 한 명은 여자)

보시다시피, 조금만 생각하면 자신만의 독특한 해몽 카탈로그를 쉽게 만들 수가 있습니다. 연습을 하면서 점점 더 많은 중요한 낱말과 이와 관련된 그림들을 점차적으로 기억하게 될 것입니다. 자신의 꿈을 정확하게 해석하여 만족할 만한 수준이 될 때까지 작성한 리스트에 주요한 낱말과 그림들을 계속해서 추가하세요. 자신의 꿈을 정확하게 해석할 수 있게 되면 될수록 그 꿈으로부터 더 많은 안내와 정보를 얻을 수 있게 될 것입니다.

꿈을 통해 얻게 되는 정보들을 주의 깊게 다루어가면서 이러한 정보들을 활용하여 물질적인 삶에서 일어나는 개인적인 문제들을 극복하고, 원하는 5차원의 삶을 만들어 갈 수도 있을 것입니다. 또 꿈을 꾸는 상태에서 영으로부터 방대한 양의 영적정보를 받을 수도 있습니다.

8. 비리디움(Viridium) – 에테르적인 빛과 지식의 도시

하루하루 지나가면서 인류는 4차원의 하층부로 서서히 상승하고 있으며, 계속하여 개인적으로, 그리고 사회적으로 많은 변화가 일어나고 있습니다. 한 쪽에 앉아서 마냥 만족하면서 삶이 그냥 스쳐지나가도록 내버려두지 마세요. 삶을 통제하세요. 개인적인 영적 가이드나 상위자아와 힘을 합쳐서 여러분이 원하는 삶을 새로이 창조해 보세요. 여러분은 혼자가 아니며, 수백만 명의 빛의 일꾼과 스타시드들이 전 세계에 고루 퍼져있습니다. 비록 여러분들이 육체적인 상태에서는 서로 만나지 못한다 하더라도 꿈에서나마 서로 만나보도록 하세요.

이러한 만남을 위하여 〈비리디움〉을 방문해보기 바랍니다. 〈비리디움〉은 빛과 지식을 상징하는 에테르적인 도시입니다. 그곳은 달에 있는

'고요의 바다' 가장자리에 위치해 있습니다. 이 도시는 5차원에 존재하고 있습니다. 아스트랄체로 〈비리디움〉을 방문하여 다른 빛의 일꾼들과 스타시드들을 만나보고, 그들과 새로운 우정을 나눌 수도 있습니다. 이 얼마나 경이로운 일입니까?

비리디움 (Viridium)

그곳에서 원하는 것을 배울 수도 있고, 원하는 곳으로 어디든 갈 수도 있습니다. 〈비리디움〉을 방문한 결과로서 얻게 되는 것은 무한한 사랑과 가장 숭고한 의도, 그리고 통합의식을 체험하는 것일 겁니다. 비리디움을 방문하는 데에는 어떠한 제한도 없으며, 누구든지 방문할 수가 있습니다. 〈비리디움〉에 관심이 있고 그곳에 가보고 싶다면, 가능하면 큰소리로 다음의 문장을 읽기 바랍니다.

"나의 가이드와 상위자아시여, 나는 나의 영적 및 심령적인 능력을 키우고 현재의 삶을 개선하기 위해 필요할 때 남은 생의 기간 내에 수면상태에서 〈비리디움〉을 방문할 수 있도록 도와주시기를 요청합니다."

위와 같이 말함으로써 현재의 삶을 개선하고 영적 진동수를 증가시키고 싶다는 뜻을 영에게 명료하고 간결하게 전하고 있는 것입니다. 위의 문장에서 '남은 생의 기간 내에'라는 말은 의도적으로 넣은 것이며, 여기에는 중요한 이유가 있습니다. 〈비리디움〉을 방문함으로 얻게 되는 혜택을 충분히 누리고, 또한 최대의 잠재력을 발휘하여 영적 및 심령적인 능력을 계발하기 위해서는 시간과 노력이 필요합니다. 따라서 위의 문구를 의도적으로 삽입함으로써 혹시라도 이 책의 내용을 까맣게 잊어버리고 난 이후에도 오랫동안 개인적인 가이드와 상위자아는 여러분을 계속해서 도울 수 있게 되는 것입니다!

일회성의 의향을 나타내는 것보다는 이후에 걱정할 필요도 없고 앞으로도 그것을 반복할 필요가 없으니 어느 것이 더 낫겠습니까? 위와 같이 진술하는 것이 마음에 들지 않아 그 문구를 취소하거나 무효화하고 싶다면, 개인적인 가이드에게 위의 문구를 무효화하고 자신에게 맞는 말로, 즉 어느 기간, 한 달 또는 1년 등을 지정하여 말하면 됩니다. 모든 것은 여러분의 선택에 달려있습니다. 모든 사람들은 자유의지를 가지고 있으니, 그것을 현명하게 사용하기만 하면 됩니다.

현재 매일 밤 많은 사람들이 아스트랄체로 〈비리디움〉을 방문하고 있습니다. 여러분들도 오셔서 같이 하고 싶지 않으세요? 매달 수만 명의 스타시드들과 빛의 일꾼들이 〈비리디움〉에서 만나고 있으며, 특별한 사명을 가지고 일도 함께 하고 있습니다. 이러한 특별한 사명에는 지구에 사는 모든 사람들에게 믿음과 희망, 그리고 사랑의 영적 에너지를 보내거나 자연재해 지역에 빛을 보내 지역의 상황을 개선하는 일들도 여기에 포함됩니다.

9.꿈과 개인적 관심

수면상태에서 여러분이 배워야하는 다음 단계는 배우고자 하는 것을 통제하는 것입니다. 몇 주를 개인적인 가이드와 함께 일하면서 여러분의 꿈을 정확하게 해석할 수 있게 되면, 이제는 관심을 가지는 특정 주제에 대해서 가이드들이 여러분을 도와줄 수 있는지 물어보세요.

일반적으로 여러분들이 알고 싶어 하는 주제를 몇 가지 소개하면;

1.지난 과거의 삶

2.지구 행성 밖에서의 삶

3.현재의 삶에서 자신과 연결된 영혼집단

4.현재의 삶에서 자신과 관련된 카르마

5.어떻게 하면 쌍둥이 영혼을 찾을 수 있는가?

6.현 시점에서 배워야 하는 삶의 교훈이 무엇인가?

7.어떻게 하면 삶의 의도를 더 잘 알 수 있는가?

8.어떻게 하면 현재의 삶을 개선할 수 있는가?

9.타고난 능력과 재능을 어떻게 하면 잘 활용할 수 있는가?

10.어떻게 하면 자신의 삶의 계획과 세계적인 계획을 좀 더 발전시킬 수 있는가?

이것들 말고 더 배우고 싶은 것들이 또 있나요? 있다면, 가이드들에게 물어볼 수 있도록 잠자기 전에 꿈의 일지에 적어두세요.

10.자기권능

지금까지 인간의 천사적인 기원에서부터 꿈을 통제하는 방법에 이르기까지 많은 주제들에 대하여 이야기하였습니다. 이렇게 여러분의 관심을 유도한 이유는 자기권능을 설명하기 위해서였습니다. 왜냐하면 자기권능이 없으면 고향으로 돌아가는 여러분의 여정이 계획성이 없고 느릴 수밖에 없기 때문입니다. 또 자기권능이란 여러분이 인간의 형태를 가진 독특하고도 특별한 천사적인 존재이며 이 책에서 언급하고 있는 모든 것들을 할 수 있을 뿐만 아니라 그 보다 훨씬 더 큰일도 할 수 있는 존재라는 것을 말해주기 때문입니다. 이 책에 언급되어있거나 힌트가 주어져있는 어떠한 것들도 여러분보다 뛰어나지가 않습니다. 삶에서 여러분이 감당할 수 없는 일은 어떠한 것도 주어지지 않는다는 것을 기억하세요. 따라서 삶을 통해서 현재 여러분이 체험하고 있거나 앞으로 당면하게 될 모든 문제들은 이 책에 언급된 조언과 힌트를 활용하면 얼마든지 해결될 수 있는 것들입니다.

지금 이 시간 이후부터 개인적인 에너지를 통제하여 느리지만 확실하게 자신의 삶을 콘트롤 해보세요. 각 개인이 가진 영적이고 심령적인 능력을 계발해 보세요. 여러분들이 받게 될 보상은 적어도 놀라운 것이 될 것입니다. 과거에 많은 사람들이 말했듯이 "삶을 어떻게 보느냐 하는 것은 관점의 문제에 불과한 것"입니다. 삶이 힘들고 지루하며 만족스럽지 못하다고 생각하고 있다면, 여러분이 생각하는 바로 그것, 즉 힘들고 지루하며 만족스럽지 못한 것들이 구현될 것이며, 삶이 쉽고 재미있고 만족스럽다고 생각한다면, 생각하고 있는 그러한 삶이 구현될 것입니다.

이 책이 여러분에게 영감을 불어넣어 멋있는 5차원적인 삶을 향해 첫 발걸음을 내딛는 계기가 되기를 바랍니다. 고향으로 돌아가는 여정에는 많은 개인적인 도전과 시련, 그리고 고난이 뒤따르지만, 이러한 것들로 인해서 여러분의 의욕이 꺾여서는 안 됩니다. 쓰러지면 다시 일어나서 계속 가야합니다! 그리고 삶의 모든 체험 속에 내포되어있는 영적인 교훈을 배우도록 하세요. 일단 삶의 교훈을 제대로 배우고 나면, 다시는 똑같은 교훈은 주어지지 않는다는 것을 잊지 마세요. 어떠한 삶의 교훈을 성공적으로 숙달하였는데, 다시 똑같은 교훈을 줄 이유가 없지 않겠습니까?

개인적인 영적 가이드들을 깊이 자각하고, 그들이 여러분들의 삶에 얼마나 깊이 관여되어있는지 살펴보세요. 영적인 안내를 하기 위하여 일어나는 동시발생적인 사건들도 눈 여겨 보세요. 모든 생각과 행동 속에 무한한 사랑과 가장 숭고한 의도를 가지도록 하세요. 그리고 행하는 모든 일 속에서 하나됨(통합)을 체험하세요. 개인적인 성장을 받아들이고, 어떤 식으로든 간교하기 짝이 없는 에고가 여러분에게 술책을 부리는 것을 허용하지 마세요. 필요하다면 삶에서 오랜 옛 친구가 떠나간다 해도 내버려두고, 새로운 친구를 받아들이도록 하세요. 그 외에 여러분 자신과 고차원적인 믿음에 충실해지기 바랍니다.

고향으로 돌아가는 멋있는 여정이 되기를 기원합니다!

사랑과 빛을 여러분에게 …

애버츠 부부

4부

4차원과 5차원의 삶

1 장

3차원이란 무엇인가?

1. 다가오는 차원의 변화들

많은 심령가, 점성학자, 영적인 사람들은 현재 인류가 의식에서뿐만 아니라 육체적으로도 엄청난 변형이 이루어지고 있다는 것에 동의할 것입니다. 21세기의 물병자리 시대(Age of Aquarius)를 맞이하여 많은 사람들이 변화를 예고하고 있으며, 이제 인류도 3차원을 떠나서 사실상 4차원에 살고 있는 것입니다. 이러한 현상은 자연스러운 인류의 진화이며 두려워하거나 의구심을 가지고 맞이할 필요가 없습니다. 이것은 남자, 여자, 아이 할 것 없이 모든 사람들에게 새롭고도 설레며 영적으로 고양된 삶을 체험할 수 있는 아주 드문 기회입니다. 이러한 현상은 상승과정의 일부이기도 합니다. 우리 모두는 종교와 인종, 성별, 나이에 관계없이 본래의 모습인 천사적인 존재로 변형되고 있는 중입니다.

　이 글을 씀에 있어 우리 애버츠 부부는 인류가 낮은 3차원에서 4차원적인 존재로 진화하는데 혹시나 갖게 될지도 모를 두려움이나 걱정, 망설임을 떨쳐버리고, 그 대신 온 가슴으로 이것들을 받아들이기를 권합니다. 왜냐하면 이 4차원에 진입한 이후에는 보다 더 흥분되고 영적으로 고양된 5차원이 도래하기 때문입니다. 따라서 우리 모두 이 여정을 마음껏 즐기도록 합시다!

2. 3차원이란?

　인류는 수천 년 동안 매우 물질적인 3차원에 그 뿌리를 두고 살아왔습니다. 3차원은 견고하고, 강하고, 무거운 감정과 육체성을 지니고 있습니다. 중세시대에 들판에서 일을 하고 있는 농부를 한 번 상상해 보세요. 그 때에는 육체적인 생존 그 자체가 문제였습니다. 즉, 먹는 것, 단순한 진흙이나 지푸라기로 만든 오두막에서 온기를 유지하는 것, 사랑을 하여 아이들을 낳는 것, 열심히 일하는 것, 자는 것 등등 말이지요. 그들의 하루는 태양에 의해 좌우되었으며, 해뜰 때 일어나서 해가 지면 모든 일이 끝나게 되는 생활이었습니다. 주택과 땅, 재산, 자녀들과 아내는 자체의 아름다움이나 본질적인 특성 때문이 아니라 재정적인 가치 때문에 더 높게 평가받았던 것입니다. 자녀(딸과 아들)들은 자신들의 목적이나 자유의지에 따라 살기보다는 돈이나 지위와 흔히 맞바꿔지기도 했습니다. 이 시대는 육체적으로 가혹한 삶을 살았던 시기였습니다. 그러나 이러한 형태는 오늘날까지도 내려오고 있습니다.

　근대의 여러 발명으로 인해 집은 보다 더 안락해졌고, 하는 일도 더 재미있어졌으며, 보수(報酬)도 괜찮아졌습니다. 빛의 발명으로 인하여 깨어있는 시간도 늘어났으며, 이 늘어난 시간을 생산적인 곳에 사용하게 되었습니다. 또한 피임이 가능해짐에 따라 성관계를 하는데 있어서도 임신에 대한 걱정도 하지 않게 되었습니다. 그러나 아직도 많은 사람들이 육체에 근거한 3차원적인 삶을 살아가고 있기도 합니다.

주식거래나 부동산 거래를 통하여 재정적으로 성공하는 사례도 늘어나서 수 세기 전에는 농부의 부(富)를 상징하는 돼지무리를 갖게 되는 것이 그리 힘들지 않게 되었습니다. 예전에는 돼지가 농부의 부(富)나 현대의 우승상금, 뛰어난 성행위적인 솜씨나 영향력을 가진 젊은 부인을 상징했던 것입니다!

그러나 이제 들판에서 일을 하고 있는 농부도 4차원적인 체험을 할 수 있는 순간을 맞이할 수 있게 되었습니다. 밤에 꿈속에서, 또는 교회에서 예배를 보다가 마음과 영혼이 한 순간에 높이 솟구쳐오를 수도 있고, 불빛 아래에서 조용히 숙고하고 있다가 갑자기 4차원으로 상승하는 것을 느낄 수도 있습니다. 심지어는 정말로 사후(死後)의 세계가 존재하고 있는지, 또는 신(神)이 정말로 존재하는지에 대해서 곰곰이 생각하게 될지도 모릅니다.

예술가로서 그 당시에 활동했던 사람들은 대개 돌이나 진흙, 페인트와 같은 짙고 조밀한 재료를 사용했으며, 때로는 4차원으로 들어가 영감을 받을 때도 있었지만 평상시에는 대부분 딱딱한 3차원에서 활동을 하였습니다. 당시에 높은 깨달음을 추구했던 사람들이나 3차원의 가혹한 현실을 피하고자 했던 사람들은 대개 수도사(修道士)나 수녀가 되는 것이 유일한 도피수단이었습니다. 불행히도 농부나 성직자들 모두는 두려운 마음을 가지고 이러한 3차원적인 삶을 체험했는지도 모릅니다. 이상한 소리를 듣거나 이상한 광경을 본다고 해서 전부가 다 귀신들린 것은 아니지 않습니까? 또 마을 사람들을 치유했다고 해서 이러한 치유 행위를 한 노파가 마귀할멈입니까? 하지만 당시에는 과거의 생(生)에 대한 기억이나 이상하고 신비로운 힘을 가진 사람들을 모두 미쳤거나 나쁜 것으로 치부해버렸습니다! 대부분의 일반 사람들은 물질세계의 일들 중에서 잘 알려져 있고 안전한 것만 행했으며, 설명할 수 없는 체험들은 마법사나 수녀 또는 성직자에게 일임해 버렸던 것입니다.

오늘날에도 많은 사람들이 농부처럼 먹고, 자고, 낳고, 일하고, 기분 전환하고, 휴식을 취하며 단순하게 살아가고 있습니다. 이러한 사람들은 기존의 전통적인 방식대로 교회에 나가며, 교리에 대해서는 어떠한 의문도 가지고 있지 않습니다. 그들은 사회적인 가치기준에 따라 살고, 교회의 가르침에 따라 죽는 것을 만족하게 생각하고 있습니다. 이러한 사람들은 오로지 세속적인 성공과 권력에만 관심이 있으며, 고귀한 느낌이나 철학 같은 것은 불필요하며 시간낭비라고 생각합니다. "열심히 일하는 것만이 부자가 되는 길"이라 생각하고 있으며, "과학으로 설명할 수 없는 것들은 모두 다 속임수"라고 공공연히 말하고 있습니다.

3차원적인 관점에서 보면, 일반적으로 부(富)와 건강, 성공을 성취하기 위해서 열심히 일해야 한다는 것은 그들의 말이 맞습니다. 어떤 목표를 달성하기 위해서는 3차원적인 중력(무거움)으로 인하여 반드시 에너지가 필요하기 마련입니다. 이와 같은 상황에서 3차원적인 법칙을 피해갈 수 있는 방법은 거의 없습니다. 부잣집에 태어나든가 복권이 당첨되지 않는 한, 목표를 달성하기 위해서는 대개 육체적인 방법으로 시간을 들여서 힘들게 일해야 하는 것입니다. 3차원에서 살아가는 것이 힘들고 전혀 유쾌하지 않다는 것을 "깊은 꿈속을 헤매는 것" 같다고 묘사하는 사람들이 많이 있지 않습니까!

그리고 인간의 신체에 있는 차크라, 즉 아스트랄체의 내부에 프라나 에너지로 구성된 빛의 몸에 대해서 알고 있는 사람들은 일반적으로 3차원에서는 하위에 있는 3개의 차크라만이 사용된다는 것을 잘 알고 있습니다. 이러한 차크라들은 생명력을 나타내는 붉은 색의 쿤달리니 차크라, 성(性)적 욕망을 나타내는 오렌지색의 골반 차크라, 힘을 상징하는 노란 빛의 태양총 차크라를 말하는 것입니다.

이 보다 고차원에 있는 차크라들은 이와 같은 3차원에서는 거의 사용되지 않고 있습니다. 생명력(생존력), 성욕, 힘은 3차원적인 삶에 필

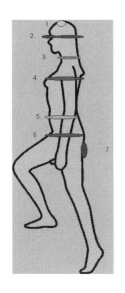

요한 3대 요소입니다. 오래 사는 자(者)가 이기는 것이며, 많은 자식(子息)을 가지고 많은 힘을 가지는 자가 이기는 것입니다. 이러한 특성으로 인해 발생하는 몇 가지 불행한 문제들을 열거하자면 전쟁, 투쟁, 노예제, 여성억압, 아동학대, 불안전한 작업관행, 사고와 질병, 종교적 갈등 등이 있습니다.

또한 스포츠는 3차원의 삶을 살아가는데 매우 중요한 역할을 합니다. 이는 오늘날 스포츠 스타들이 얼마나 많은 돈을 버는지만 봐도 알 수 있습니다. 그들이 골프나 축구, 테니스 등과 같은 분야에서 두각을 나타내기는 하지만, 그렇다고 이들이 로마시대의 콜롯세움 경기장에서 싸우고 있는 검투사와는 다르지 않습니까? 그럼에도 아직까지도 3차원에 사는 많은 사람들이 육체적인 용맹을 인간이 가지는 높은 특성의 하나라고 생각하고 있습니다. 그리고 이러한 특성은 분명히 쿤달리니 또는 생명력을 나타내는 기저(基底) 차크라에 의해 영향을 받고 있는 것입니다.

마찬가지로 이제는 음식도 예전보다 훨씬 더 기름지게 되어 3차원적인 진동도 더 무거워지게 되었습니다. 육류나 우유제품, 곡식은 3차원에서 각종 활동을 영위하는데 꼭 필요한 활동력과 체력, 인내력을 제공해주는 없어서는 안 될 필수적인 식량공급원이 되었습니다. 일반적으로 4차원적인 식품들은 보다 가볍고, 육식을 덜 하게 되며, 요리방식도 재래식에서 국제적인 방식으로 바뀌게 됩니다. 소고기구이(roast beef) 같은 요리도 태국의 녹색 야채카레와 같은 것으로 바뀌게 됩니다!

옛날에 영국에서는 대저택의 창문 개수에 따라 세금을 부과했던 시대가 있었습니다. 그리고 1년에 한 남성이 갖는 성행위의 횟수(回數)에 따라 세금을 부과하자는 안(案)이 제의된 적도 있었습니다! 이상하게

들릴지도 모르겠지만 이것은 사실입니다! 여러분은 이러한 세금이 태양
총 차크라(부:富)와 골반 차크라(성:性)와 관련이 있다는 것을 알 수 있
을 것입니다. 정부는 남성의 자존심과 허영심을 이용해서 돈을 거둬들
이고자 했던 것입니다.

이전에 몇몇 세대들은 고차원적인 생활상에 눈을 뜨기도 했으며, 특
히 최근 60년에 걸쳐 빛의 일꾼들의 꾸준한 노력을 통하여 우리 모두
는 마침내 4차원의 하부로 들어가게 되었습니다. 그리고 예전의 무겁
고 구시대적인 행위와 특성들은 사라지고 있으며, 4차원적인 생활상으
로 바뀌고 있는 중입니다. 그러면 지금부터 이러한 4차원적인 생활상
에 대하여 탐구해보도록 하겠습니다.

2장
4차원이란 무엇인가?

4차원이란 3차원 보다 훨씬 더 높은 상태를 말합니다. 4차원의 에너지는 3차원보다 더 맑고 가볍지만, 삶의 방향을 새로이 바꿀 때처럼 사람들을 혼란스럽게 하기도 합니다. 사회적으로 익숙해져 있는 낡은 가치관들은 빠르게 사라지고 있고, 새로운 생각과 행위 그리고 행동들이 생겨나고 있습니다. 이러한 새로운 사회적인 변화로 인해 많은 기성세대들이 적응에 어려움을 겪고 있으며, 매우 당황스러워 하기도 합니다.

젊은 세대들은 이러한 변화를 열정적으로 받아들이고 있지만 많은 빛의 일꾼들과 기성세대들은 이러한 변화들, 즉 성행위, 남성과 여성의 역할, 약물의 사용, 대체의학, 영적체험 등에 대해 매우 걱정스러워 하고 있습니다.

영(靈)은 이러한 변화에 사람들이 적응하기가 쉽지 않다는 것을 알기 때문에 우리 애버츠 부부를 통해서 수 년 간에 걸쳐 새 시대에 관해서, 그리고 4차원으로 인하여 생기게 되는 변화 및 영향에 대하여 많은 채널 메시지를 주어왔습니다.

● 질문: 4차원은 어떠한 모습의 세계인가요?

답변: 4차원은 환상의 세계이며, 대개는 혼돈의 세계이기도 합니다. 그러나 인류는 4차원을 통해 5차원과 그 이상의 차원에서 성취할 수 있는 것들이 무엇인지를 약간은 엿볼 수가 있습니다. 진동수와 에너지가 상승함에 따라 12개의 차원이 존재하고 있습니다. 4차원에서는 심령적인 능력을 배우고, 그것들을 다루게 됩니다. 그러나 많은 사람들이 이러한 4차원에 너무 몰두한 나머지 이번 생애에 이 4차원을 뛰어넘지 못하는 경우가 많이 생기게 될 것입니다. 이러한 사람들은 자신들이 익힌 심령적인 능력을 남용하여 사사로운 돈벌이나 부정적인 결과를 낳는 일에 몰입해있기 때문입니다!

부정적인 주술(呪術)을 만들어 쓰는 사람들은 오직 부(富)와 권력을 얻기 위해서 어떤 일을 추구하며, 자신들의 욕심을 채우기 위하여 다른 사람들을 망가뜨리고 지구의 자원(資源)을 약탈함으로써 이 4차원을 극복하지 못하게 되는 것입니다. 저급한 아스트랄적인 존재들도 이 4차원을 이용해서 영적인 지식을 추구하는 순수한 구도자(求道者)들을 종종 혼란에 빠뜨리기도 합니다. 그렇기 때문에 영적으로 자신을 완벽하게 보호하는 법을 배워야 하며, 4차원을 거쳐 5차원이나 그 이상의 차원으로 안내해달라고 천사들에게 요청하는 것이 중요한 이유입니다.

■ 이 주제에 관한 〈관세음 보살〉의 메시지

관세음(觀世音)은 상승한 마스터이자 사난다, 붓다, 성모 마리아처럼 지구에서 삶을 살았으며 깨달음을 얻은 존재로서 우리에게 비정상적인 존재 상태가 어떤 것인지에 대해 많은 이야기를 들려주었습니다. 그녀는 연민과 자비, 치유의 여신(女神)으로 알려져 있으며, 환자의 치유를 돕기 위하여 영적인 치유사들과 자주 접촉하곤 합니다. 다음은 4차원에 대한 관세음의 메시지입니다.

4차원의 영향

여러분 모두에게 축복을 보냅니다. 나는 관세음입니다.

이제 4차원에 진입하게 됨에 따라 여러분들 모두는 이에 따른 영향을 받고 있을 것이라고 생각합니다. 개중에는 현기증이나 몽롱한 느낌, 방향감각을 잃은 듯한 느낌이나 기억상실증과 같은 느낌을 받을 수도 있습니다. 이러한 느낌은 자연스러운 것이며, 3차원의 몸이 더욱 예민해지기 때문에 일어나는 현상입니다. 4차원에 대해서 좀 더 이야기하고자 합니다. 산 위에 사는 사람들이 이 4차원의 영향을 먼저 느끼게 되는데, 이는 산 그 자체가 힘의 중심이고 결정체(結晶體)이며, 특히 현 시점에서 영적본성이 가지고 있는 많은 효과들을 증폭해내기 때문입니다.

여러분들은 선봉대의 맨 앞에 선 사람들이므로 이러한 영향이 지표면에 닿아 도시로 흘러들어가기 이전에 이것을 먼저 느끼고 있는 것입니다. 물론 일반 사람들도 이러한 영향과 진동을 느끼기는 하지만, 그들보다 여러분들이 훨씬 더 강하게 느낄 것입니다. 당신들은 이러한 영향을 먼저 느끼기 위해 이 시기에 맞추어 여러분들의 삶의 계획에 따라 잠재의식 속에 내재되어 있는 프로그램이 작동하여 아름다운 산으로 부름을 받은 것입니다. 그리고 이러한 영향에 대해 합리적으로 대처하고 통제하고 활용함으로써 이러한 영향을 여러분의 삶 속에 제대로 실현할 수가 있습니다. 따라서 나중에는 여러분들이 다른 사람들에게 이러한 영향에 관해서 설명할 수 있게 되는 것입니다.

아무튼 여러분은 다른 존재계로 옮겨가고 있으며, 진화의 다른 층으로 진입해감에 따라 여러분들은 자신들이 4차원으로 들어가고 있다고 생각해왔는데, 이것은 사실입니다. 이런 일이 일어남과 동시에 주변에 있는 모든 것들이 변해서 마치 다른 것처럼 느끼게 되는 사람들이 많이 있을 것입니다. 그런데 다소 차이는 있겠지만, 이러한 현상이 꼭 4차원에 진입해있기 때문에 느끼게 되는 것은 아닙니다. 하지만 여러분의 몸이 맑아지고 내면에서는 빛의 몸이 점점 더 두드러지게 드러나는 만큼 삶에 대한 인식도 변하게 됩니다. 보다 맑은 눈으로 보게 되고, 보다 더 명료하게 듣기 시작하는 것입니다. 그리고 예전보다 더 강하게 느끼게 됩니다.

많은 사람들이 5, 10, 20 년 전에는 3차원적인 즐거움에 많은 관심을 가졌으나 이제는 그러한 것들에 더 이상 흥미를 느끼지 못하게 될 것입니다. 여러분은 이것을 나이가 들어서 그렇다고 말할지 모르겠습니다만, 그렇지가 않습니다. 이것은 여러분이 4차원적인 즐거움을 발견함에 따라 3차원적인 것들에는 점점 관심이 없어지기 때문입니다.

이것은 마치 아주 작은 초소형의 손전등 하나를 들고 한 번도 가본 적이 없는 캄캄한 방안을 들어가는 것과 같습니다. 가지고 있는 것이라고는 연필과 같은 것에서 나오는 작은 불빛 하나 밖에는 없습니다. 그러니 방의 아주 적은 부분만을 볼 수 있을 뿐입니다. 아마 카페트를 따라 가야할 길과 희미하게 보이는 가구의 윤곽선, 좀 떨어진 곳에 잘 보이지도 않는 희미한 문 정도밖에는 볼 수가 없습니다. 이것은 마치 여러분의 몸속에 3차원의 빛을 지니고 있는 것과 같은 것입니다. 오직 작은 부분만을 명료하게 볼 수 있을 뿐이지요.

여러분이 내면의 빛을 정화하게 되면, 이는 마치 좀 더 강한 손전등을 들고 그 방에 들어가는 것과 같습니다. 그러면 방의 좀 더 넓은 부분을 볼 수가 있습니다. 가까이에 있는 가구들, 멀리 떨어져 있는 벽지의 무늬 같은 것들도 볼 수 있습니다. 이것은 마치 여러분이 4차원에 들어가는 것과도 같은 것입니다. 그리고 더 높은 차원으로 들어가게 되면, 그것은 마치 아름다운 빛으로 빛나는 초대형 전등을 가지고 들어가는 것과 같아서 방 전체를 볼 수 있을 뿐만 아니라, 창문을 통해 정원너머의 것들도 볼 수 있을 것입니다. 내면의 빛을 정화함에 따라 그 빛은 더욱 강해지고, 주위에 있는 것들도 훨씬 더 명료하게 볼 수 있습니다.

예를 들어, 크리스마스 때에 아이들을 데리고 동화극을 보러가게 되었다고 합시다. 그 곳에서 동화극을 보고 있는 어린 꼬마 아이들을 보게 됩니다. 그들은 연기에 너무 몰입하여 무대의 등장인물들을 실제의 인물인 것처럼 믿게 됩니다. 그들은 자기들이 보고 있는 것에 완전히 빠져있는 상태입니다. 그러나 성인(成人)인 여러분은 그 연기를 보고, "연기를 잘하네!" 하는 정도로 생각할 것입니다. 여러분도 그 동화극을 같이 즐기고, 배경막(背景幕)도 보고 등장인물도 보지만, 여러분은 여기에 등장하는 인물들은 단지 배우로서 자신이 맡은 역할을 하고 있다는 것을 알고 있습니다. 따라서 여러분의 지각수준이 꼬마 아이들 보다 높다고 할 수 있습니다.

만약 연극계에 종사하고 있는 사람이 옆에 앉아 있다면, 그는 이 공연을 완전히 다른 각도에서 보게 될 것입니다. 그는 감독과 제작사도 알며, 배경음악의 의미도 알 것이며, 여러분들이 모르는 많은 것들을 알고 있을 것입니다.

내면에 있는 빛의 몸이 발달해감에 따라 주위에 있는 것들이 점점 더 명료하게 보이게 됩니다. 보다 명료하게 보이게 되면, 예전에 가지고 있던 관점들은 사라지게 되고 그것들이 가지는 호소력도 없어지게 됩니다. 따라서 이것은 보는 관점의 문제인 것입니다. 주위에 있는 것들을 완전히 다른 방식으로 느끼게 되는 것입니다. 여러분들은 지금 4차원으로 여행을 하고 있지만, 여러분들의 집과 차는 예전과 같이 그대로이며, 일하러 가는 사람들도 그대로입니다. 그러나 여러분들의 몸과 마음, 그리고 생각이 바뀜에 따라 이러한 것들도 완전히 다른 각도로 보이게 되는 것입니다.

충분할 만큼 많은 사람들의 인식이 바뀌게 되면, 3차원이 변화하고 있다는 것을 주변에서 느낄 수 있게 될 것입니다. 사회적으로 과거에는 많은 주목을 받았던 것들이 이제는 더 이상 과거와 같은 주목을 받지 못하게 될 것입니다. 사람들이 자연생태계에 대해 더 많은 것을 알게 되고, 지구나 별들과의 관련성을 더 자각해감에 따라 몇몇 제품들의 생산은 현저하게 줄어들게 될 것입니다.

사람들의 열망과 소망이 3차원적인 것들에서 다른 사람들뿐만 아니라 데바(자연) 왕국과 같은 지구의 다른 왕국들과의 일체감을 느끼게 되는 좀 더 나은 4차원적인 관계로 바뀌면서 사회가 지향해가고자 하는 방향도 변하게 될 것입니다. 그리고 이 지구 행성은 살아있는 생명체이며 인류도 지구와 조화를 이루어야한다는 것을 인식해감에 따라 이 지구행성의 향후 방향도 바뀌게 될 것입니다.

영과의 접촉과 연결이 강화되면서 참 자아(自我)에 대한 인식에도 변화가 생기게 됩니다. 여러분들이 이 몸속으로 육화한 존재라는 것을 잠시만이라도 인식하게 되면, 이 세상과 사람들이 완전히 달리 보이게 될 것입니다.

사랑하는 친구들이여! 고차원이나 차원상승이라는 것이 대단한 것이 아니며, 단지 여러분들이 가지고 있는 빛을 밖으로 확장하는 것이고, 자신을 둘러싸고 있는 우주를 보다 명확하게 인식하는 것뿐입니다. 이것이 여러분을 변화시켜 거대한 존재로 만들어가는 것입니다.

나, 관세음은 여러분 각자를 둘러싸고 있는 빛들이 매우 강하게 발달되고 있는 것을 보게 되어 매우 기쁘게 생각합니다. 여러분이 가지고 있는 오라(Aura)와 내면의 빛은 참으로 아름답습니다. 여러분들은 영적인 길을 가고 있는 영적인 존재들인 것입니다. 각자가 최선을 다하고 있는 중입니다. 나는 여러분 모두가 올바른 의도를 가지고 있다고 봅니다. 다만 내면에 있는 4차원의 빛이 점차 강해지고 있어 이로 인하여 여러분의 다소 혼란을 겪고 있을 뿐입니다. 여러분의 사고(思考)와 진화과정에서 변화가 일어나는 것은 사실이며, 이러한 변화는 가장 고귀한 것을 지향하게 될 것입니다. 이번에는 반대로 여러분이 다른 사람들을 돕게 될 것이고, 시간이 흘러감에 따라 그들도 비슷한 혼란을 겪게 될 것입니다. 내가 항상 여기에 있으며, 또한 모든 마스터들도 여러분을 돕고 안내하기 위하여 여기에 있다는 것을 잊지 마세요.
여러분들은 멋진 여정 속에 있으며, 이 여정을 마음껏 즐기시기 바랍니다.

- 주(主) 관세음 -

주로 4차원에서 많이 사용되는 차크라들에 대해서 살펴보겠습니다. 이러한 차크라에는 가슴 차크라, 목 차크라, 이마(인당) 차크라가 있습니다. 이러한 차크라들은 태양총, 골반, 쿤달리니와 같은 낮은 차크라들보다 고차원적이고 순수한 성질을 가지고 있습니다. 가슴 차크라는 녹색과 핑크색(녹색은 조건적인 사랑을 나타내며, 핑크색은 무조건적인 사랑을 나타냄)이 있고, 인류를 사랑으로 이끌어주며, 모든 사람뿐만 아니라 종교와 성(性)을 하나로 통합하게 합니다. 목 차크라는 푸른색을 띠며, 권력이나 사업적인 이득을 위해서가 아니라 타인들과의 공감과 일체감을 이룰 수 있도록 의사소통을 잘 할 수 있게 해줍니다. 이마(인당;印堂) 차크라는 영적 및 심령적인 사고와 행동에 관련돼 있고, 자주색을 띠고 있습니다.

고차원적인 염원과 지식, 그리고 사랑 속에서 인류가 성장해가면서 낮은 차크라들에 비해 이와 같은 높은 차크라들을 보다 더 빈번하게 사용하게 됩니다. 자기중심에서 타인과의 통합을 더 중요시하는 쪽으로 변화하게 됩니다. 권력이나 이익을 얻기 위해서가 아니라 여러분이 가진 생각과 사랑을 나누기 위하여 타인들을 돌보고 접촉하게 됩니다. 물론 여전히 힘과 성(性), 그리고 생명력을 나타내는 낮은 차크라들을 계속 사용하게 되지만 예전과 같이 그렇게 두드러지거나 지배적이지는 못합니다.

예를 들면, 의사소통을 원활하게 하는 목 차크라는 대중매체와 인터넷, 휴대폰, TV, 영화, 컴퓨터를 통하여 표현될 수 있습니다. 다른 사람들의 생각과 견해를 접하고 이해를 증진시키는 모든 수단들이 여기에 포함될 수 있습니다. 3차원에 사는 농부가 어떤 정보를 제공해주는 신기한 물건과 마주하고 있는 모습을 상상해보세요? 그 농부는 삶과 신앙, 종교에 대하여 기존의 낡은 생각들을 더욱 공고하게 해주는 자신과 비슷한 사람들만 한 평생 만나고 살아왔습니다. 그러나 지금은 마우스만 한 번 클릭해도 인터넷에서 종교와 철학이 서로 다른 먼 나라에 살고 있는 사람들과 이야기 할 수 있지 않습니까! 지금 당장이라도 휴대폰으로 사랑하는 사람과 이야기할 수도 있고, TV와 같은 대중매체를 통해 화성뿐만 아니라 지구의 먼 곳에서 일어나고 있는 일들도 실시간으로 알 수 있지 않습니까. 4차원은 정말로 놀라운 세상입니다!

■ 이 주제에 대한 아쉬타(Ashtar)의 메시지

아래 내용은 우리 애버츠 부부가 6, 7차원에 존재하고 있는 외계의 영적 조직인 아쉬타 사령부의 아쉬타로부터 받은 영감어린 채널링 메시지입니다.

안녕하세요, 나는 함대 사령관 아쉬타입니다.

친애하는 친구들이여, 인류는 거의 이루어냈습니다. 놀라지 마세요. 이 말은 세계의 종말이 온다는 것이 아니라, 인류가 고차원으로 양자도약을 할 준비를 끝냈다는 뜻입니다.

나는 최근 몇 년간에 걸쳐 일어났던 변화를 여러분 모두가 느꼈을 것이라고 확신합니다. 여러분들의 말하는 것처럼, 여러분은 3차원에서 4차원으로 진입하고 있는 중입니다. 금년에는 특히 밤에 꿈을 꾸듯이, 아니면 심령적인 능력이나 행위에 마치 취한 것처럼 명상 중이나 일상적인 일을 하는 가운데서 4차원으로 진입하는 이같은 체험을 하게 되는 사람들이 많이 있을 것입니다.

여러분들은 이미 다른 세계로 거의 흘러들어가 있는 상태입니다. 순간적으로 세상이 흐릿해 보이거나 때로는 혼돈스럽기도 하며, 시간이 빨라지거나 아주 느려지는 것 같이 보이기도 하지만 대개는 빨라지고 있다고 느끼게 됩니다.

어떤 때에는 육체적인 병이 든 것 같은 느낌을 갖기도 합니다. 금년에는 여러분 모두가 이러한 현상을 느끼게 될 것이라고 확신합니다. 머리가 팽창됨으로써 많은 사람들이 통증이나 고통, 두통 같은 것을 느끼게 될 것입니다. 내가 알기로는 지난 몇 주 또는 몇 달 동안 많은 사람들이 독감에 걸린 것으로 알고 있습니다. 이러한 독감에 걸리는 이유 중의 하나는 앉아서 명상을 하고 내면으로 들어가 이와 같은 거대한 도약에 준비하기 위해서입니다.

맥동의 형태에 대하여 설명을 하고자 합니다. 오라(Aura)를 보는 사람들은 그 오라가 진동한다는 것을 알고 있습니다. 오라는 가만히 멈춰있지 않고 진동을 합니다. 어느 때에는 3차원에서 4차원으로 아주 빈번하게 진동하기도 합니다. 날이 바뀔 때마다 어떤 날은 3차원에서, 또 어떤 날은 4차원에서, 그리고 3차원, 4차원, 4차원, 4차원, 4차원, 3차원 등과 같이 번갈아 진동하게 될 것입니다.

여러분 모두가 그렇게 느낄 것이라 생각하며, 특히 3차원적으로 진동하는 날에는 영(靈)에 대한 생각도 없고 생활 속에서 영을 활용하지도 못하며, 때로는 시간도 매우 느리게 간다고 느끼게 됩니다. 때로는 기분이 잘 유지되기도 하지만 이는 아주 드문 경우입니다. 여러분이 4차원에 익숙해지는 만큼 영적 및 심령적인 능력도 커지게 되고 영과 직접적으로 의사소통도 할 수 있으며, 이를 항상 유지할 수도 있게 될 것입니다.

곧이어 여러분들은 4차원에서 5차원으로 진동하게 될 것입니다. 여러분이 4차원에서 보내는 시간이 길어질수록 많은 사람들이 5차원, 6차원, 7차원, 그리고 그 이상의 차원으로 진동하게 될 것입니다!

일상적인 현실 속에서 심령적으로 점점 더 많은 것을 자각함에

따라 시간은 점점 수축하여 매우 유동적으로 바뀌게 될 것입니다. 주위 여건들도 매우 유동적으로 바뀌면서 정신감응(텔레파시) 능력과 예언적인 기술들도 커지게 될 것입니다. 이런 것들은 4차원과 5차원의 높은 영역으로 들어가는 과정의 일부인 것입니다..

아쉬타 사령부에 속해 있는 우리들은 지구의 감독자라는 도우미로 여기에 와있는 것입니다. 우리는 전 우주의 많은 은하에서 왔으며, 여러분 중에도 많은 사람들이 이러한 은하에서 살은 적이 있는데, 따라서 많은 사람들이 지구에서 살아가는 것이 매우 힘이 든다고 느끼고 있습니다. 지구에서 비록 많은 생을 살았다고 할지라도

자신들이 이 지구에 뿌리를 두고 있지 않다고 믿고 있는 사람들이 많이 있습니다. 이는 여러분들이 떠나온 고향을 생각하고 있기 때문이며, 마치 여러분들이 다른 행성에 근원을 두고 있어 고향 행성에서의 사랑스런 빛과 문명을 그리워하며 그곳으로 돌아가고 싶은 생각이 간절한 것과 같습니다.

그러나 친구들이여, 여러분들은 인류와 지구의 상승을 돕기 위해 자원해서 여기에 왔다는 사실을 절대로 잊어서는 안 됩니다. 여러분 모두는 스스로 자원해서 온 것이지 어느 누가 강요해서 온 것이 아닙니다. 이 말을 믿으십시오.

우리 함대에는 인류의 성장을 도우면서 수십만 년 동안 인류와 접촉하고 있는 존재들도 있습니다. 지구상의 집단적 존재들은 이미 36차례나 상승을 체험한 바 있으며, 지구도 함께 상승해왔습니다. 그러나 인류가 상승지점에 이르지 못하여 문명의 붕괴를 맞은 적도 여러 차례 있었습니다.

인류가 상승할 수 있는 이와 같은 특별한 기회를 맞이하여 우리는 여러분이 상승할 수 있도록 온 힘을 다하여 돕고자 합니다. 우리는 많은 빛의 일꾼들이 자신이 하기로 되어있는 일들을 적극적으로 잘 수행하고 있다고 믿고 있습니다. 반면에 이제 막 깨어나서 내면에 있는 사랑을 좀 더 만족스럽게 표현하면서 인류와 지구를 돕게 되면 자신들의 삶에도 엄청난 변화가 생기게 될 것이라는 것을 이제야 인식하기 시작한 사람들도 있습니다.

친구들이여, 무엇이 여러분들을 흥분되게 하고, 행복하게 만들며, 충만하게 하는지를 찾아보세요. 그것이 바로 삶의 목적입니다! 진실로 모든 이들을 사랑하세요. 다른 인종을 미워하면서 특정 인종만을 사랑할 수는 없습니다. 다른 성(性)을 싫어하면서 한쪽 성만을 좋아할 수도 없는 것입니다. 모든 인간을 사랑한다면, 다른 동물의 왕국도 싫어해서는 안 됩니다. 모든 것이 하나입니다. 마스터 쿠트후미(Kuthumi)가 말했듯이, 이것은 믿음을 필요로 합니다.

또한 성모 마리아가 말했듯이, 신뢰도 필요합니다. 하지만 친구들이여! 이것을 여러분들의 삶 속에서 좀 더 많이 실현해내야 합니다.

내면에 가지고 있는 장애를 살펴보고, 이 장애를 해소하도록 하세요. 여러분을 담고 있는 용기(容器)가 깨끗해져야 영이 보다 선명하게 드러날 수 있으며, 4차원 아니 그 너머 5차원까지 쉽게 진동할 수 있게 되는 것입니다.

아이들이 초등학생이 될 때까지는 유치원에 다니든지, 아니면 다른 어떤 것을 하면서 그 때가 될 때까지 기다려야 합니다. 그런 이후에는 또 1학년에서 2학년으로 진급도 하는 것입니다. 1년이 지나게 되면 계속 똑같은 학년에 있지 않으며, 진급을 하게 됩니다. 영적인 일도 마찬가지입니다. 그러나 어떤 일을 하든지 최소한 50%의 일은 본인이 직접 해야 합니다. 그래야 영도 나머지 50%를 도와줄 수가 있는 것입니다. 이 말을 믿으세요.

친구들이여, 여러분의 내면에 자리하고 있는 믿음을 져버리지 마세요. 상승하고자 하는 소망도 절대로 포기해서는 안 됩니다. 여러분들은 분명히 어떠한 목적이 있어서 이 지구에 왔으며, 우리들 또한 여러분에게 빛을 주어서 여러분들 스스로가 그 목적을 찾아내고 그 목적을 성공적으로 달성할 수 있도록 돕기 위해서 여기에 존재하고 있는 것입니다! 질문할 것이 더 있습니까?

●질문 1: 질문이 하나 있습니다. 인류가 과거에 거의 상승할 뻔 했던 적이 있나요?

답 변: 있습니다. 사실입니다. 거의 5,000년마다 혹은 10,000년이

226

지나면, 인류는 다시 상승과정을 맞이하게 될 것입니다. 때로는 실패하기도 했고, 성공하기도 했지만, 빛은 항상 증가해갑니다. 사람들은 어둠속으로 떨어졌다가도 다시 빛을 찾게 되고, 결국에는 빛을 향해 나아가게 되는 것입니다.

●질문 2: 상승에 실패한 사람들은 어떻게 되는지 설명해 줄 수 있습니까?

답 변: 물론 사람들은 생(生)의 마지막 시기에 상위의 차원에 도달할 수 있거나 자신에게 맞는 윤회의 행성계로 다시 돌아가는 선택을 하게 됩니다. 그곳에서 (지구에서와 같이) 훨씬 더 많은 생들을 살게 되든가, 아니면 상위 차원에 머무르면서 더 많은 경험과 기술을 쌓아 나중에 자원자로서 남들의 상승을 도울 수 있게 될 것입니다.

그렇지 못한 사람들은 단지 자신들이 거듭 환생했던 장소인 지구 같은 곳으로 다시 돌아와 3차원적인 삶의 쾌락에 도취해 살게 될 것입니다. 하지만 친애하는 이들이여, 내 말을 믿으십시오. 4, 5, 6, 7차원에서 느끼게 되는 즐거움은 현재 여러분들이 주위에서 느끼는 3차원적인 쾌락에 비하면 거의 황홀경이라 할 수 있습니다.

●질문 3: 많은 사람들이 2011, 2012년경에 세상의 종말이 온다고 합니다. 이것이 우리가 알고 있는 것처럼 3차원이 끝난다는 뜻인가요? 아니면 보다 영속적인 사고를 가지고 4차원 내지 5차원으로 진입한다는 뜻인가요?

답 변: 그것은 맞는 말입니다. 과거에는 많은 사람들이 위와 같은 년도에 인류가 위험에 직면하게 될 것이라고 생각해왔습니다. 그러나 지금은 보는 바와 같이, 4차원이 일상생활 속에서 보다 선명하게

드러남에 따라 지구의 의식도 어느 한계지점에 이르게 되면 그러한 해에 종말이 오는 것이 아니라 점진적인 상승과정을 맞이하게 될 것입니다. 아직까지도 인간과 어머니 지구와의 공생관계를 이해하지 못하고 있는 사람들이 많이 있습니다. 어머니 지구는 인류가 체험한 것을 그녀의 감정, 즉 분노, 두려움, 사랑, 그리고 조화를 통해 나타내게 됩니다.

만약에 인류가 분노와 증오, 두려움을 체험했다면, 어머니 지구는 이것을 지진과 해일 등을 통해서 나타내게 될 것입니다. 또한 지구에 사는 인류가 행성 전역에 조화와 이해, 빛과 무조건적인 사랑을 어느 수준까지 고양시키고 인간들 사이에 평화를 증진시키게 되면, 지구는 인간들이 체험한 이러한 느낌과 감정을 그대로 반사하게 될 것입니다. 따라서 보다 부드럽게 3차원에서 4차원으로 이동할 수 있게 될 것입니다.

인류는 4차원에서 사용될 기술을 이미 이 3차원에서 개발하고 있습니다. 이것은 컴퓨터 시스템으로 전자장치를 소형화하는 과학기술입니다. 알다시피 이러한 장치는 선(善)과 악(惡) 모두를 위해서 사용될 수가 있습니다. 예를 들면 인터넷의 경우 인간의 품위를 떨어뜨리는 포르노 사진을 올려 음란전시장이 되기도 하며, 또한 최루(催淚) 가스를 만드는 방법을 알려주는 데에 이용될 수도 있습니다. 반면에 사람들의 건강을 증진시키고, 인류와 지구를 하나로 통합하는데 사용될 수도 있습니다.

이와 마찬가지로 방사능 물질도 발전소에서 전기를 만드는데 사용하게 되면, 저렴한 비용으로 곡식을 재배하여 수백만 명의 사람들을 먹여 살리는데 기여할 수 있습니다. 그러나 방사능 물질은 핵폭탄을 만드는데도 사용될 수도 있는 것입니다. 4차원에서 사용될 다양한 기술들이 인류에게 주어지고 있습니다. 이러한 기술들은 선(善)과 악(惡) 모두를 위해서 사용될 수 있으며, 어떻게 사용하느냐 하는 것은 오로지 인류의 손에 달려있는 것입니다.

과거에 많은 문명들이 상승을 시도했지만 소위 말하는"미완성 (bug bear)"에 그치고 말았습니다. 지금과 같이 그들도 이 4차원을 똑같이 겪었으며, 이러한 기술들을 모두 받아들였습니다. 그러나 그들은 이러한 기술들을 사용해서 자신들의 문명을 파괴했으며, 이러한 능력들을 아주 부정적으로 사용함으로써 상승에 실패하고 말았던 것입니다. 결국 그들은 자신들의 문명을 밑바닥에서부터 다시 세울 수밖에 없었습니다.

이러한 사례는 지구에 사는 모든 인류에게 좋은 경고가 될 것입니다. 4차원적인 기술들을 사용은 하되, 인류를 일으켜 세우는데 이용해야지, 파멸하는데 사용해서는 절대로 안 됩니다!

나는 이제 여러분들 곁을 떠나고자 합니다. 내가 한 말들을 잘 숙고해보기 바랍니다. 쿠트후미 대사나 성모 마리아의 말도 잘 들어보세요. 그들이 하는 말이 여러분들의 성장에 중요한 역할을 할 것입니다. 여러분들은 스스로 많은 것들을 할 수 있는 존재라는 것을 잊지 마세요. 여러분들은 절대로 혼자가 아닙니다. 집단에서처럼, 각자도 마찬가지입니다. 하나가 모여 많은 것이 되는 법입니다. 많은 에너지가 모이면 참으로 엄청난 변화를 만들어낼 수 있습니다. 필요한 것은 행동과 의도입니다.

*의도 – 하고자 하는 것이 무엇인지를 알고, 여기에 힘을 불어넣은 것이며,

*행동 – 마음속에서 옳다고 생각되는 것을 실제로 행하는 것입니다.

여러분 모두에게 축복을 … 함대에서,

– 주(主) 아쉬타 –

3장

5차원이란 어떤 것인가?

　　현재 우리들이 사용하고 있는 언어로 5차원을 설명하기란 매우 어려운 일입니다. 이것은 마치 눈 먼 장님에게 한 번도 본 적이 없는 구름 속의 무지개를 설명하라는 것과 같습니다. 그러나 그 장님은 색깔이나 무지개, 구름 같은 것들은 본적이 없지만 그것이 어떨 것이라고 짐작은 할 수 있으며, 그 광경과 비슷한 근사치 정도는 설명할 수 있을 것입니다. 이와 같이 완전히 다른 5차원을 3차원이나 4차원의 사고방식으로 이해한다는 것은 매우 어려운 일인 것입니다. 상위차원에 대하여 고차원에 사는 존재들은 다음과 같이 메시지를 전하고 있습니다.

●질문: 5차원과 그 이상의 고차원들은 어떠한 모습인가요?

답 변: 평온하나 강력한 힘이 있습니다. 여러분들이 아직까지는 인간의 형상을 가지고 있지만, 빛의 몸(light body)이 되어가는 징후를 점점 더 강하게 느끼게 될 것입니다. 여러분이 가지고 있는 능력들이 더욱 명백하게 드러날 것이며, 이러한 능력들을 항상 가장 숭고한 목적으로 사용해야 할 것입니다. 그리고 3, 4차원에 대한 즐거움은 점점 줄어들게 될 것입니다. 여러분의 생각이 예전보다 명료해지고, 삶도 보다 잘 이해할 수 있게 될 것입니다! 또한 위대한 진리도 깨닫게 될 것입니다. 차원상승이 일어남에 따라 마스터들이 갖고 있는 능력들을 여러분도 가지게 될 것이며, 이러한 능력들을 존중과 무한한 사랑을 가지고 사용해야만 할 것입니다.

여러분들은 전체(One)의 일부입니다. 상승하면 할수록 분리의식은 사라지게 될 것이며, 또한 우주에 대한 지식이 커지면 커질수록 자비와 사랑도 커지게 될 것입니다. 이것은 참으로 멋진 일이지요. 여러분들도 이러한 것들을 성취할 수 있습니다!

균형 잡힌 사람이 되어갈수록 음과 양, 즉 전통적으로 남성과 여성이 해야 하는 일에 대한 개념도 바뀌게 될 것입니다. 몇몇의 예외적인 경우를 제외하고는 기본적으로 남성과 여성은 동등합니다!

영은 5차원을 "빛으로 충만하고, 더 천사적인 상태"라고 묘사하고 있습니다. 생각은 신선하고, 소망은 가장 고귀한 목적에서 나오게 됩니다. 그리고 5차원에서는 자신을 위해서가 아니라 모든 사람들에게 도움이 되는 것들을 곧바로 구현하게 됩니다.

또한 수많은 사람들의 마음이 결집된 집단에너지는 평화와 건강, 멋진 생활기준, 통합과 기쁨을 창조하게 됩니다. 마음이 함께 모이면, 필요할 때 비를 내리게 할 수도 있고, 지진이나 해일의 피해를 막을 수도 있으며, 곡식을 잘 자라게 하고, 온도를 통제하기도 합니다. 또한 오존의 수치를 낮추고, 사람과 동물을 치료하며, 인류와 지구를 돕고자 하는 고차원에 있는 영적인 외계인들과도 광범위한 접촉을 할 수도 있습니다.

음악을 이해하고, 색을 느끼며, 기쁨을 맛보고, 천사들도 알게 됩니다. 여러분에게 사랑스런 존재들과 동물들이 말을 건네고, 가이아(Gaia)와 같은 지구의 영(靈)들과도 만나서 이야기를 주고받을 수 있게 될 것입니다. 예술가들과 치유사들, 그리고 음악가들은 멋있는 영감도 받게 될 것입니다!

그동안 생겨났던 많은 종교들은 사라지게 될 것이며, 그 자리에 영과 하나됨(Oneness)의 사상이 종교를 대신하게 되고, 모든 사람들이

서로를 존중하며, 사랑스런 방식으로 일을 하고 삶을 축복하게 될 것입니다. 그리고 고차원적인 존재들과 천사들, 영적인 힘(forces)들과도 자연스럽게 의사소통을 할 수 있게 될 것입니다.

의학적으로는 치료기술이 발달함으로써 모든 질병들은 사라지게 될 것이며, 사람들은 저마다 지구와 우주의 에너지를 활용하여 자연적이고도 안전한 방법으로 스스로의 몸을 치유하게 될 것입니다.

마스터인 요아킴(Joachim)은 5차원에 대해 이렇게 말했습니다.

"먼저 4차원을 다루는 법을 배워야 합니다. 4차원은 환상의 세계이며, 욕심 때문에 여러분이 가진 능력들을 남용함으로써 5차원으로 가는 상승의 길을 가로막게 될 수도 있습니다. 여러분들이 오직 부(富)와 물질에 대한 소유, 타인에 대한 통제와 같은 자신들의 욕망을 채우기 위하여 구현하게 되면, 여러분들의 사회는 4차원에

서 파멸을 맞이하게 될 것입니다. 이와 같은 현상은 이 지구의 이전 세대에서도 이미 여러 차례 일어났으며, 이런 세대들은 권력과 성적인 욕망, 부와 욕심으로 인한 투쟁을 하는데 너무 몰두한 나머지 결국에는 파멸을 맞이하고 말았던 것입니다.

여러분들의 목표를 몇몇 사람들의 이익을 위해서가 아니라 모든 인류를 위한 고귀한 것에다 확고하게 두어야 한다는 것을 명심하기 바랍니다. 제 1의 목표를 기쁨과 존중, 무조건적인 사랑, 도움, 격려에다 두도록 하세요. 그리고 잠시 멈춰서 이것이 정말로 높고도 고귀한 생각이며 행동인지, 아니면 자신을 위한 욕심인지를 따져보세요. 마스터나 천사들처럼 행동하게 되면, 쉽고도 빠르게 4차원에서 5차원으로 이동할 수 있게 될 것입니다.

몸의 가장 높은 곳에 위치해 있는 정수리(크라운) 차크라는 흰색을 나타내며, 5차원의 차크라들 중의 하나입니다. 육체를 초월하여 존재하는 고차원적인 차크라들은 지식과 힘, 영과 연결하고자 할 때에 사용됩니다! 3, 4차원에서 애쓰고 있는 여러분에게는 5차원은 천국과도 같은 곳입니다. 가치가 있는 것들이 다 그렇듯이, 3, 4차원에 존재하는 잡다한 것들은 다 뒤에 남겨두고 5차원을 향해 일해 가면서 서로를 존중하고 갈구해야 이루어집니다. 왜냐하면 여러분이 3, 4차원과 5차원에 동시에 양다리를 걸쳐놓고 존재할 수는 없으니까요. 부(富)에 대한 욕망과 같은 3차원적인 욕구와 마약과 같은 4차원적인 유혹으로 인해 정말로 소중한 5차원으로 가는 여정에 발목이 잡히지 않도록 주의하기 바랍니다!"

●질문: 한정된 시간에 어떻게 하면 5차원을 제대로 체험할 수 있을까요?

대개 명상을 할 때, 이 지구에 있는 몸은 사라지고 영혼은 아름다운

우주공간 속으로 솟구쳐 오르는 것을 체험하게 되는데, 이것이 바로 5차원입니다. 여기에는 무거운 육체적인 속박도 없고 마음은 세속적인 일상의 일에 매어있지도 않으며, 우주와 나는 하나라고 하는 일체감이 생겨나게 됩니다. 일반적으로 명상에서 막 빠져나왔을 때에는 행복하고 편안한 느낌이 들며, 의식이 점점 집중되면서 활동적으로 바뀌게 되는데, 이것이 바로 4차원인 것입니다.

우리는 살아가면서 종교적인 봉사를 할 때나 꿈속에서, 솟구치는 감정적인 체험 속에서, 채널링을 하면서, 영과 접촉하면서, 무한한 사랑을 아낌없이 주는 가운데서 이따금씩 5차원을 체험하기도 합니다. 이러한 체험은 그리 오래 지속되지는 않지만, 영향력이 매우 커서 미래를 밝혀주는 어떤 특별한 것으로 기억하게 됩니다.

5차원에서는 일상적으로 하는 많은 일들이 불필요하게 됩니다. 음식은 훨씬 가벼워지고, 고기는 섭취하지 않으며, 심지어 4차원에서 먹던 가벼운 야채성 식품마저도 꿀과 과일, 음료로 된 다이어트 식품으로 바뀌게 됩니다. 육체적인 힘을 사용하는 일은 줄어들게 되는 대신에 마음과 영적인 힘을 그만큼 많이 사용하게 됨으로 가볍고 정제된 식사만으로도 충분하게 됩니다. 그렇다고 이러한 식이요법으로 지금 당장 바꿀 필요는 없습니다. 아직까지는 3차원의 무거운 몸을 유지해야 하므로 5차원적인 식사를 하게 되면, 정상적인 몸을 지탱하기가 힘들 것입니다.

또한 5차원에서는 몸의 체온도 지금보다 잘 통제할 수 있게 되고, 유행하는 패션추세에 관심을 덜 가지게 되면서 의복에서도 변화가 생기게 될 것입니다. 몸을 감싸고 보호하는데 얇은 천이나 가볍고 섬세한 옷감만으로도 충분할 것입니다.

마음으로 타인들과 접촉하고, 아스트랄 여행을 하며, 일체감을 창조하는 일에 더 많은 관심을 기울이게 됩니다. 그리고 차(車)나, 컴퓨터, 전화 같은 물질적인 것에는 관심이 줄어들게 됩니다. 결국에는 그것들이 불필요하게 될 것입니다!

자신들의 쌍둥이 영혼(Twin Flame partner)도 쉽게 찾게 되는 낭만도 맛보게 될 것이며, 서로를 사랑스런 삶의 파트너로 여기게 될 것입니다. 쌍둥이 영혼의 파트너는 다수가 될 수 없고, 이혼도 없으며, 감정적인 고통이나 잘못된 비현실적 선택도 하지 않게 될 것입니다. 서로 상대방의 생각과 체험을 읽을 수 있으며, 따라서 감정 속 깊숙한 곳에 배신이나 부정적인 의도를 숨겨둘 수가 없게 됩니다.

아기의 탄생은 특별히 축복받는 일이 될 것이며, 잘못해서 아이를 갖게 되거나 원치 않는 임신을 하지도 않습니다. 친족들로 구성된 대가족으로부터 감정적, 육체적인 지원을 받게 되며, 사랑스러운 지역사회가 아이들을 맡아서 공동으로 양육하게 될 것입니다. 아이들은 서서히 타고난 재능과 소질을 자각하게 되고, 모두의 이익을 위하여, 그리고 자신의 즐거운 천직(天職)을 위하여 이러한 재능들을 사용하도록 배우게 될 것입니다.

모든 사람들이 지혜를 공유하게 되며, 권력과 남을 통제하고자 하는 욕심도 사라지게 될 것입니다. 정부는 모든 인종에게 차별 없는 복지정책을 펼 것이며, 이러한 정부에서 일하는 공직자들은 현명하고 친절하며 따뜻한 마음을 가진 사람들과 진심으로 봉사하고자 하는 사람들로 구성될 것입니다.

또한 행성간의 여행은 아주 간단해지고 보편화될 것이며, 고차원에 있는 외계인들과 천사적인 존재들과도 일상적으로 접촉하게 될 것입니다. 많은 고차원적인 지식들을 모든 사람들이 함께 공유하게 되고, 실

행에 옮기게 될 것입니다.

　철학이나 견해에 상관없이, 어른이나 아이 할 것 없이, 5차원은 모든 사람들에게 하나의 상승이자 통합이며, 관용이고, 건강이며, 관심사가 될 것입니다. 궁극적으로 모든 사람들은 이제 고차원의 빛과 지혜인 6차원으로 상승하기 위해 공동의 노력을 경주하게 될 것입니다. 우리 앞에 놓여있는 변화를 두려워하지 말고, 우리 모두가 직면하게 될 놀랍고도 새로운 체험을 기대하세요!

4장
4차원에서 겪게 되는 일상적인
삶의 문제와 해결방안?

　　4차원에서 당면하게 될 일상적인 문제와 이에 대한 실제적인 대처방안에 대해 살펴보겠습니다. 우리는 상승한 마스터와 천사적인 가이드로부터 이러한 내용들을 전달받았으며, 여기에 제시된 내용들은 따라 하기도 쉬울 뿐만 아니라, 실제로도 유용한 방법들입니다.

　먼저 4차원에서 원하는 것들을 구현하는 문제에 대해 아메리카 원주민이었으며 상승한 마스터인 흰 독수리(White Eagle)가 전하는, 우리에게 주의를 촉구하는 메시지부터 살펴보겠습니다.

■ 〈화이트 이글〉의 메시지

나는 화이트 이글(흰 독수리)입니다.

인간은 생각하는 동물이라고 합니다. 여러분은 자신이 생각하는 것을 구현하게 됩니다. 그러나 앞으로는 이 말이 맞지 않게 될 것입니다. 우리들이 들어와 있는 이 4차원에서는 *생각하는 것이 그대로 나타나게 됩니다. 즉, 생각하는 것을 창조하게 된다는 말입니다!*

여기서 주의해야 할 점은 이러한 창조의 은혜는 놀라운 것이지만, 이것을 통제하는 법을 꼭 배워야 한다는 사실입니다. 의식적으로 창조하지 않으면, 무의식이 여러분을 대신하여 창조하게 되며 대개는 여러분이 원치 않는 것들이 창조될 것입니다! 무의식은 우리가 영적인 여정의 과정에 있다는 것을 알지 못하며, 우리가 **필요한 것**보다는, 슬쩍 돌려 우리가 **원하는 것**을 이루게 합니다.

예를 들어, 일터에서 너무 힘들게 일을 하여 좀 쉬고 싶다는 신호를 무의식중에 보내게 되면, 잠재의식과 무의식은 여러분을 대신하여 차를 타고 집으로 돌아가는 길에 사고를 일으키거나, 열차에서 내리면서 발을 헛딛게 하는 상황을 만들어냅니다. 팔이나 다리에 부상을 입을 수도 있으며, 이렇게 되면 일을 하러 갈 수 없게 되어 꼼짝없이 집에서 쉬어야 할 것입니다. 그러나 이것은 여러분이 의식적으로 원했던 일이 아닙니다. 다만 일이 너무 힘들어 쉬고 싶었을 뿐이며,

이렇게 부상을 당하면서까지 쉬고 싶지는 않았던 것입니다!

그러나 어쨌든 무의식과 잠재의식은 여러분이 필요로 했던 휴식을 가져다주기는 하였습니다. 그러나 만약에 다음과 같이 - "휴식이 필요하긴 하지만, 나에게 도움이 되는 행위를 통해서 쉬었으면 좋겠어, 이를테면 복권에 당첨된다든가, 재택근무를 한다든가, 아니면 좀 더 짧은 시간만 일할 수 있는 기회가 주어졌으면 좋겠어." 라고 의식적인 신호를 보

내 이러한 휴식을 취할 수만 있다면 얼마나 좋겠습니까!

문제는 의식적으로 여러분들이 기본적인 요구사항에 필요한 어떠한 단서(但書)를 추가하여 달지 않는다는 것입니다. 물론 무의식과 잠재의식은 태어날 때부터 지금까지 여러분과 늘 함께 하고 있습니다. 이러한 의식들은 지나온 삶을 통해 어떤 행동이 어떤 과정을 거쳐 이루어졌는지 보아서 잘 알고 있습니다. 예를 들어, 어릴 적에는 관심이나 귀여움을 받지 못하게 되면, 대개는 스스로 병이 들어버립니다(즉 아픔을 구현하게 됩니다). 아마도 홍역이나 볼거리 같은 유아성 질병에 걸릴 수도 있고, 독감에 걸려 침대에 누워 시간을 보내면서 어머니의 집중적인 관심과 보살핌을 받을 수 있었습니다.

어릴 적에는 이렇게 하면 되지만, 어른이 되어서는 병을 앓는다고 해서 사랑이나 관심을 받지는 못하게 됩니다! 대신 자기만 불편하고 몸에 스트레스만 쌓이게 될 것입니다.

진정으로 원하는 것은 사랑과 보살핌을 받기는 하되, 자신에게 이로우며 자신의 발전에 도움이 되는 방식으로 받고자 하는 것입니다. 그러나 대개는 마음속으로 "나는 관심과 보살핌을 받고 싶어!"라고 요청만하고 구체적으로 어떤 방식으로 받고 싶은지를 명시하지 않고 미정(未定)인 상태로 남겨둔다면, 무의식은 틀림없이 여러분에게 답은 주되, 원하지 않은 답을 주게 될 것입니다!

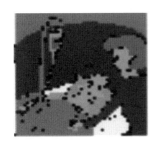

따라서 창조에 따른 혜택을 누리기 위해서는 의식을 통제하는 방법을 배워야 합니다. 따라서 매일 아침에 잠자리에서 일어나기 전에, 낮에 해야 하는 일들을 명확하게 그려보라고 권하고 싶습니다. 부디 여러분 자신을 위하여 당일에 창조하고자 하는 것들을 미리 명확하게 그려보시기 바랍니다.

대부분의 사람들은 하루하루가 조화롭고 안정되기를 바라고 있으며, 이렇게 하루를 보내면서도 목적한 바를 성취하고 만족할만한 돈도 벌기를 원합니다. 또한 즐겁고 안정적인 관계 속에서 주위에 사랑하는 사람들도 가질 수 있고, 몸과 마음이 건강하며 기분 좋은 상태가 되기를 바라고 있습니다. 그런데 이렇게 하고자 한다면 마음속에 긍정적인 생각을 가져야 하며, "내가 원하는 모든 것들이 지금 이 순간에도 창조되고 있는 중이야!"라고 하는 신호를 계속해서 내보내야 합니다.

어떤 일을 하는데 있어 침대에 누워서 단순히 그 일이 따분하고 힘들다고만 생각해서는 절대로 안 됩니다. 스스로 건강하지 못한 나약한 모습을 보여서는 안 되는 것입니다! 꼭 기억해야 할 점은 지금 이 순간에도 창조는 매우 빠르게 진행되고 있으며, 또한 창조의 선물도 매우 빠르게 다가오고 있다는 것을 잊지 말아야 합니다.

이러한 창조의 능력을 남용하여 긴장감이나 스트레스를 조장하게 해서는 안 됩니다. 자신의 생각이 얼마나 중요한지를 깨닫고 주변에서부터 완벽한 세상을 창조하도록 하세요. 여러분들은 모두 이와 같은 능력을 가지게 될 것이며, 부디 불완전한 세상을 창조하지 않기를 바랍니다!

아침에 일어나서부터 잠자리에 들 때까지 여러분들은 자신의 생각과 잠재적인 행동을 자각하고 있어야 합니다. 의식적으로 생각하지 않으면, 3차원에서처럼 하루의 일과가 자동적으로 움직여가지 않습니다. *따라서 4차원에서는 공상을 한다할지라도, 그것이 좋은 것이든 나쁜 것이든 상관없이 여러분들이 생각하고 있는 것들은 실현되어 나타나게 됩니다. 이 때문에 가능한 한 생각이 긍정적이어야 하는 것입니다.*

스스로 의기소침해 있거나 불안하게 느끼게 되면, 의식적으로 여러분의 생각과 분위기를 바꿔보도록 하세요. 즐거운 일들도 생각해보고, 누군가를 만나서 재미있게 이야기하면서 스스로 기분이 좋아지도록 해야 합니다. 슬픔에 잠긴 채 방황하지 마세요, 그렇게 되면 이러한 느낌이 여러분의 삶 속에 구현되어 나타나게 될 것입니다. 우주는 인간이 무엇을 원하는지를 알아내서 단지 그것을 제공해주기만 할 따름입니다! 어떤 생각을 실현하는데 3차원에서는 긴 시간이 소요되지만, 4차원에서는 이 보다 훨씬 빨리 구현됩니다!

4차원에서는 생각이 빨리 확산될 뿐만 아니라 시너지(결합된 에너지)효과도 가지게 된다는 것을 알아야 합니다. 따라서 때때로 호전적(好戰的)이고 무력적이며 난폭하고 종교적으로 고집이 세거나 인종차별주의자들과 여러분이 함께 하고 있으면, 자신도 모르게 무의식적으로 이러한 사람들의 생각과 진동에 동조되어 이러한 무리에 휩쓸림으로써 그들과 똑같이 생각하고 행동하는 경우가 있습니다. 만약 이런 경우가 생기게 되면, 일단 잠깐 멈추세요! 그리고 자신이 누구이며, 삶의 진정한 목적이 무엇인지를 되짚어보세요. 그리고 자신의 정체성(正體性)과 믿음이 정말로 무엇인지를 다시 한 번 되새겨보세요. 저급한 감정과 원인에 휩쓸리지 말고, 고차원적인 것들, 즉 남들을 돕거나, 가난을 종식시키거나, 행성을 돕거나, 동물들의 고통을 줄여주거나 하는 일을 하도록 힘써야 합니다. 이와 같은 결집된 에너지는 반드시 선(善)을 달성하는데 사용되어야 합니다.

1971년 이후에 태어난 스타시드들은 현재 지구에 육화해 있는 존재들과는 약간 다른 성격을 가지고 있습니다. 이들은 더 온화하고 예술적이며 민감하기는 하지만, 물질적이지 못하며, 3, 4차원인 지구의 거친 진동에도 익숙해있지 못합니다. 대개 이들은 5차원 이상의 세계에서 왔으며, 따라서 우리 사회의 적응에 몹시 혼란을 느끼고 있는데, 이를 도피하기 위한 수단으로 약물이나 술에 의존하고 있는 것입니다. 이들은 예민한 몸을 가지고 있어 지구에서 사용하는 약물에는 잘 반응을 하지 않으며, 우울증이나 자살의 충동에도 쉽게 빠지게 됩니다.

이와 같은 혼란스러운 생각들은 다음과 같은 일들, 즉 기분을 좋아지게 하는 즐거운 일이나 스타시드들끼리 뭉치기 위해 서로 의사소통을 함으로써, 그리고 약물이나 폭력적인 비디오에 빠지기 보다는 고차원적인 재능을 발휘할 수 있는 일에 몰두함으로써 어느 정도는 해소될 수 있습니다. 스타시드들은 이 지구를 보다 좋게 변모시키고 대중들의 의식을 한층 더 고양시키기 위해 본인들이 스스로 원해서 이 지구에 온 것이지, 아무런 목적도 없이 일도 하지 않으면서 이러한 상승과정을 지연시키고자 온 것이 아니라는 것을 잊어서는 안 됩니다.

이러한 꿈과 목표가 항상 살아서 움직일 수 있도록 삶에 대한 개인적인 계획을 세우고, 이러한 계획들이 매일 매일 달성될 수 있도록 의식적으로 노력해야 합니다. 이러한 꿈과 목표를 글로 쓴다거나 컴퓨터에 기록해두어 스스로를 고무시키는 것도 좋은 방법입니다. 이러한 복잡한 계획을 단계별로 정리하여 표어로 만들 수도 있으며, 다음과 같은 단순한 문장으로 나타낼 수도 있습니다.

"나는 날마다 이 세상이 더 좋아지고 더 사랑스러운 4차원적인 장소가 될 수 있도록 노력하고 있다"

– 화이트 이글 –

5장
4차원에서의 일상적인 사랑의 문제와 그 해결방안?

4차원에서의 관계는 이전 세대의 그것과는 판이하게 다릅니다. 평소에는 여러분이 가진 영적 및 심령적인 본성을 사용하지 않고 유보해두었다가 일요일이나 토요일 같은 날 꼭 교회나 절에 가야만 단 몇 시간이라도 각성된다고 하는 이러한 불합리한 현실에서 많은 사람들이 영적으로 깨어나고 있습니다. 우리가 정말로 고차원적인 영적존재라고 믿는다면, 우리의 영적본성은 현실적인 모든 삶의 과정에서 활용되어야하는 것입니다.

그렇다면, 영적인 사람들은 로맨스, 사랑, 성적인 문제를 어떻게 처리하나요?

삶에서 매일 부딪치게 되는 이러한 복잡하고도 감정적인 문제들은 고차원적인 방법으로 다루어져야 합니다. 이러한 문제들은 4차원에서도 여전히 존재하며, 사실 예전만큼이나 중요합니다. 고차원적인 존재들로부터 받은 몇 가지 해결방법을 여기에 소개하고자 합니다. 우리 부부(Abbotts)는 이러한 메시지들을 깨달음을 얻은 상승한 마스터들로부터 채널링을 통해 받았으며, 이러한 존재들은 우리가 영적으로, 그리고 육체적으로 번영할 수 있도록 돕고 있습니다. 그리고 사랑하는 파트너에 대하여 몇 가지 관심을 끌만한 형태를 여기에 소개하고자 합니다.

*쌍둥이 영혼(Twin Flame) – 이는 영적으로, 감정적으로, 정신적으로, 육체적으로 완벽한 파트너입니다. 대개 이러한 존재들은 모든 면에서 자신과 비슷하며, 여러분이 가지고 있는 기술과 능력을 최대한 발휘할 수 있도록 돕게 됩니다. 각자에게 쌍둥이 영혼은 단 한 명만 존재합니다.

*소울 메이트(Soul Mate) – 여러분이 가진 기술을 항상 보완해주는 존재로서 서로가 뜻이 아주 잘 맞으며, 모든 사람들은 몇 명의 소울 메이트를 가질 수도 있습니다.

*한 집안 영(Kindred Spirit) – 유사한 믿음을 가진 파트너

*카르마적으로 연결된 존재 (Karmic Connection) – 과거의 생(生)에서 알고 지냈으며, 서로가 영향을 주고받은 사람들을 말합니다. 이러한 사람들은 서로에게 카르마적인 빚(도움이 되든지, 방해가 되든지)을 가지고 있는 경우입니다.

모든 종류의 연인관계는 여러분 자신과 타인들에게 삶의 교훈을 가

246

르쳐주게 됩니다. 헤어진 모든 연인들을 적(敵)이나 실패한 연애관계로 보아서는 안 되며, 배울만한 가치가 있는 선생이라고 여기는 것이 중요합니다. 하나의 연인관계가 끝날 때마다 자신과 상대방의 장점과 단점이 무엇인지를 깨닫고, 이를 근거로 쌍둥이 영혼이 정말로 지녔으면 좋겠다고 생각되는 특성이 무엇인지를 보다 명확하게 이해하는데 도움이 되도록 하세요. 그들로 인해 받았던 모든 아픔과 상처를 용서하십시오. 또 만약 여러분이 상대방에게 좋지 않은 행동을 했다면, 스스로도 용서하고 다시는 이러한 교훈을 되풀이하지 않도록 하세요! 그리고 그 경험을 디딤돌로 삼아서 성장해 가세요!

쌍둥이 영혼은 여러분의 진정한 파트너가 되기 위하여 이 시기에 맞춰 자발적으로 지구에 육화한 매우 특별한 존재들입니다. 그들은 여러분을 진정으로 사랑하고 인도하며, 꿈과 염원이 이루어지도록 성원을 보냅니다. 그리고 여러분이 가진 기술과 능력을 계발하도록 돕고 조건 없이 여러분을 사랑할 것입니다. 여러분들도 또한 그들에게 똑같이 하게 될 것입니다. 쌍둥이 영혼과의 동반자 관계는 존중과 평등, 그리고 신뢰에 바탕을 두고 있습니다. 서로에 대한 깊은 영적인 유대감과 강한 자극은 두 사람의 재능을 하나로 통합하게 하고, 사회와 행성이 더욱 발전해갈 수 있도록 노력하게 만들며, 여러분이 지닌 영적 본성을 키워가게 될 것입니다.

여러분은 오직 하나의 쌍둥이 영혼만을 가지고 있습니다. 상대방에게

전체의 단 1%만 말해도, 90%정도는 이해하게 될 것입니다. 100% 뜻이 맞는 쌍둥이 영혼은 천상에 남아있습니다. 만약 그들이 이곳에 오게 된다면 여기 지구의 상황에 적응하지 못하여 무척 혼란스러워할지도 모릅니다.

다음의 내용은 고차원의 마스터 성모 마

리아로부터 받은 **훌륭한** 채널링 메시지로서 모든 사랑이 어떻게 하여 나타나게 되는지를 알려주고 있습니다!

　인간이 진화해가는 어느 시점에서 천사적인 거대한 존재였던 여러분들은 둘로 쪼개지게 되었습니다! 남성과 여성으로, 음과 양으로 다른 반쪽과 분리되었던 것입니다. 왜 그랬을까요? 그 이유는

여러분들이 너무나 강력하고, 충만하며, 만족스러운 존재였기 때문입니다. 여러분들은 수 만 년 동안 여러분의 나머지 반쪽인 쌍둥이 영혼을 찾아 헤매어 왔습니다. 그리고 여러분들은 천사적인 이 특별한 존재를 찾을 때까지 앞으로도 항상 "조금만 더"라고 하면서 기다리게 될 것입니다!

　여러분의 배우자는 즐겁고 유익하다고 느낄지 모르겠지만, 여러분들은 그런 소울 메이트나 한 집안의 영(Kindred Spirit)에 대해서 대개는 만족을 느끼지 못하게 되며, 그들은 단지 둘 사이에 얽혀있는 카르마를 풀고 삶의 교훈을 가르쳐줄 따름입니다. 그들은 여러분의 쌍둥이 영혼이 아니며, 나머지 반쪽도 아닙니다! 따라서 내적인 고독감과 내면 깊숙이 자리한 감정적 욕구가 나머지 반쪽을 찾도록 여러분을 내몰고 있는 것입니다 - 다시 한 번 여러분들이 완전하고도 신성한 존재가 될 수 있도록 하기 위해서 말입니다.

여러분에게 축복을 …

- 예수의 어머니 마리아로부터 -

　4차원에서는 잘못된 파트너를 만날 가능성이 더 높습니다. 충만한 행복 속에서 삶을 같이 할 파트너를 선택하는데 있어서 소울 메이트나

쌍둥이 영혼을 만나기보다는 한 집안의 영이나 카르마적으로 연결되어 있는 존재를 만나기가 더 쉽습니다.

3차원에서는 바(bar)나 파티장, 사회적인 모임과 같은 곳에서 파트너를 찾았지만, 4차원에서는 여러분이 정말로 뜻에 맞는 파트너를 찾고자 한다면, 요가나 명상 강좌, 영적 세미나, 남들 돕고자 하는 자선단체 같은 곳에서 파트너를 만날 가능성이 훨씬 높습니다. 비슷한 것은 비슷한 것을 끌어당기는 법이니까요.

3차원적인 장소인 바나 권투 시합장 같은 곳에서 만나게 되는 사람들은 대개는 그와 같은 장소에 마음이 끌리는 사람들입니다. 왜냐하면 그들이 가진 진동이 이러한 장소나 사람들과 같이 공명하기 때문입니다. 똑같은 방식으로 4차원에서도 사랑, 보살핌, 연민, 예술적 성향을 방출하는 사람들의 진동수가 여러분이 가진 진동수와 맞는다면, 무의식적으로 그러한 것들에 끌리게 될 것입니다. 따라서 나들이를 갈 때나 어떤 장소를 선정할 때에 꼭 주의를 해야 합니다. "이곳에서 내 쌍둥이 영혼을 만날 수 있을까?"하고 생각해봐야 합니다. 그런 후에 여러분이 미술관이나 명상센터로 갈 것인지, 아니면 축구장으로 갈 것인지 결정하면 됩니다. 즉, 3차원을 선택할 것인지, 4차원을 선택할 것인지는 여러분들의 몫입니다.

쌍둥이 영혼이 지니고 있었으면 좋겠다고 생각하는 특성들을 나열해보는 것도 매우 중요한 것입니다. 여러분들이 3차원에서 전형적으로 선호하는 특성은 대개 멋있는 외모, 성적인 매력, 돈, 권력, 멋있는 차(車), 열정적인 성격, 멋진 집이나 여행 같은 것들입니다! 그러나 4차원에서는 보살펴주고, 온화하며, 재미있고, 도와주며, 친절하며, 섬세하고, 영적이며, 안정적이고, 아량이 넓은 사람들을 선호하게 됩니다!

마지막으로 쌍둥이 영혼이 가졌으면 하는 특징들을 여러분들도 가지고 있는지 되새겨보세요. 비슷한 것끼리 서로를 끌어당긴다는 것을 잊어서는 안 됩니다! 여러분들 스스로가 인정 많고, 보살펴주고, 영적으로 박식하며, 자비롭고, 관대하며, 행복한 존재가 되도록 힘쓰세요. 그러면 비슷한 사람을 끌어당길 것입니다. 여러분도 이상적인 파트너가 갖추고 있었으면 하는 좋은 면을 지닌 그러한 존재가 되도록 하십시오. 조그마한 것에 만족하지 마세요. 여러분은 특별한 존재들입니다. 이 말을 믿으세요.

　4차원에 존재하는 쌍둥이 영혼을 끌어당기는데 도움이 되는 명상방법을 여기에 소개하며, 이는 영으로부터 받은 것입니다.

쌍둥이 영혼에 대한 요청

◆연습 1

눈을 감고, 3번 깊이 호흡하고, 긴장을 푸세요.

마음속으로 달걀 모양의 황금빛으로 자신을 둘러싸세요.

천천히 머리의 긴장을 푸세요. 근육이 굳어 있으면, 힘을 한 번 더 준 다음에 힘을 빼세요.

목의 긴장도 천천히 푸세요.

어깨의 긴장도 ....

가슴의 긴장도 .... 천천히 그리고 더 가볍게 호흡하세요.

등의 긴장도 천천히 푸세요. 근육이 굳어 있으면, 힘을 한 번 더 준 다음에 힘을 빼세요.

팔 위쪽부분(상완골)의 긴장도 천천히 푸세요.

팔꿈치를 천천히 이완시키세요.

손과 손가락도 천천히 ....

위와 허리도 천천히 .... 근육이 굳어 있으면, 힘을 한 번 더 준 다음에 힘을 빼세요.

넓적다리와 골반 부분도 천천히 이완시키세요.

다리 상단 부위도 천천히 ....

무릎과 아랫다리도 천천히 ....

발과 발가락도 천천히 ....

이제 몸속에 축적된 모든 에너지를 손가락과 발가락을 통하여 밖으로 내보내세요. 그것을 에너지화된 녹색의 빛으로 시각화하세요.

편안한 상태로 계세요.

마음을 가라앉히세요.

여러분이 지구 위에 떠있으며, 밑의 어딘가에 쌍둥이 영혼이 있다고 상상하세요. 자애로운 우주가 여러분들의 영적 및 육체적인 여정을 돕고자 합니다. 이 우주를 크고 따뜻한 황금빛이라 생각하세요. 가까운 미래에 적당한 때가 되면, 쌍둥이 영혼을 자신에게 보내달라고 이 빛에게 요청하세요. 또 이 우주에게 자신을 완벽하게 해달라고 요청하세요, 그래야 이 쌍둥이 영혼과 잘 어울릴 수 있으니까요. 쌍둥이 영혼이 지니고 있었으면 하는 10가지 주요 특징들을 마음속으로 생각하세요. 이제 긴장을 푸세요. 그리고 10분간 이 평온함을 유지하세요.

10분이 지나면,

이제 천천히 머리에 힘을 주세요.

목에도 천천히 힘을 주세요.

어깨에도 천천히 ....

가슴에도 천천히 ....

등에도 천천히 ....

팔 위쪽부분(상완골)도 천천히 ....

팔꿈치도 천천히 ....

손과 손가락도 천천히 ....

위와 허리도 천천히 ....

넓적다리와 골반 부분도 천천히 ....

다리 상단 부위도 천천히 ....

무릎과 아랫다리도 천천히 ....

발과 발가락도 천천히 ....

깊이 호흡하면서, 눈을 뜨세요.

서둘러 일어나지 마세요! 그러면 현기증을 느낄지도 모릅니다.

익숙해질 때까지 연습하세요.

이제 쌍둥이 영혼을 만날 준비가 되어있습니다. 우주는 여러분들이 행복하고 충만하게 되기를 바라고 있습니다. 이 두 영혼의 멋있는 파트너쉽(협력관계)이 이루어지고 나면, 행복할 뿐만 아니라 한 쌍이 되어 고차원의 목표를 설정하고 행성과 모든 인류에게 도움을 주게 될 것입니다. 이와 같은 결합은 둘과의 관계를 강화시킬 뿐만 아니라 정말로 멋있는 천사적인 삶을 맛보게 해줄 것입니다.

　토니(Tonny)와 나는 운 좋게도 서로가 쌍둥이 영혼이라는 사실을 알게 되었으며, 여러분들도 모두 자신의 쌍둥이 영혼을 찾기 바랍니다. 사랑과 빛을 …

- 애버츠 부부 -

6장

4차원에서의 일상적인 일에 관한 문제와 해결방안?

많은 사람들이 인생에 대한 상담과 지도를 받기 위해 우리(토니와 로빈) 부부를 찾아와서 이 지구에 자신들이 육화해 있는 진정한 목적이 무엇인지를 묻곤 합니다. 그들은 주택담보 대출금도 갚아야하고, 집세도 내야하며, 과중한 생활비도 벌어야 하는 등 자기들이 하고 있는 일이 너무 실망스럽고 세속적이라고 생각하고 있습니다.

그런데 대부분의 사람들이 관심을 가지고 재능을 발휘할 수 있는 일이 아닌 잘못된 직업에 종사하고 있습니다. 예술가가 되어야 할 사람이 슈퍼마켓에서 짐을 쌓는 일을 하고 있으며, 음악가가 되어야 할 사람이 식당에서 웨이터로 일하고 있습니다. 인류를 가르치는 교사가 되어야 할 사람이 점원이나 우체부, 치유사, 컴퓨터 운영자로 일하고 있습니다. 이것은 정말 비극입니다.

영(靈)이나 천상에 있을 때는 인류의 발전을 위해 자신들이 가지고 있는 기술을 활용하고자 지구에 오기로 선택했지만, 인생 여정의 어디에선가 인류에 대한 봉사와 신성한 사명은 사라져버리고 어느 사이에 자신들의 세속적 목적을 달성하고자 하는 마음으로 바뀌어버렸습니다. 다음은 마스터 예수 사난다(Sananda)로부터 받은 채널내용이며, 우리가 이 지구에 와서 무엇을 하기로 되어있는지에 대하여 설명해주고 있습니다.

신성한 사명

 ●질문: 신성한 사명이 가지는 고차원적인 목적에 대하여 설명해 주시겠습니까?

답변: 여러분들은 남성과 여성으로 태어나서 나름 대로 많은 새로운 체험과 삶을 경험할 뿐만 아니라 특별한 과제를 수행하기 위해 이 땅에 육화해있는 것입니다. 그리고 이러한 과제들은 고차원의 세계에서는 체험이 불가능한 것들입니다. 지구에서의 삶이 떠들썩한 유원지를 방문한 것과 같이 다소 어수선하다는 느낌을 받을 수도 있습니다. 이러한 유원지에는 스릴 넘치는 탈 것들과 재미있는 상황들, 그리고 마음에 맞는 친구들도 있지만, 유쾌하지 않은 일들, 사랑과 증오, 두려움, 부러움 등과 같은 감정의 기복이 심한 것들도 있기 마련입니다. 또한 대부분의 모든 사람들에게는 높은 것을 탈까, 아니면 낮은 것을 탈까하는 선택권도 가지게 됩니다!

지난 생(生)에 도움을 준 사람이든, 해를 끼친 사람이든 카르마적인 빚도 갚아야 합니다. 좋은 카르마는 상대방에게 도움과 유익함을 줌으로써 이를 보상하여야 하며, 나쁜 카르마는 이와는 반대로 무한한 사랑을 가지면서도 냉정하게 대처함으로써 카르마적인 고리를 영원히 종식시켜야 하는 것입니다.

여러분들은 거대한 영혼그룹(soul group)이 확장된 그 일부이며, 여러분들이 차원상승을 이루면 이룰수록 수적(數的)으로 여러분들의 영혼그룹도 커지게 되는 것입니다. 예를 들어, 4차원에서 여러분의 영혼그룹에 1,000개의 영혼이 있다고 하면, 이러한 영혼들은 대개 여러분의 친구나 연인, 가족 구성원, 영향력을 가진 성인과 같은 역할을 하게 됩니다. 4차원보다 높은 5차원이나 6차원에서는 10,000개의 영혼을 만나게 될 것이며, 8차원에서는 지구에 사는 인구수만큼이나 많은 수십억의 영혼을 만나게 될 것입니다. 따라서 여러분들은 사랑하는 친구들이라고 생각하고 만나게 되지만 사실은 여러분들은 모두 다 같은 인간 가족(Family of Humans)에 속해 있는 일원들입니다!

개체성이 분리되기 이전, 여러분이 가장 높은 차원에 있을 때 여러분들 모두는 무한한 힘을 가진 거대하고도 사랑스런 에너지의 일부였으며, 무조건적인 사랑과 같은 신성이 가지는 다양한 측면을 탐구하고자 했습니다. 인간과 같이 보다 견고한 물질적 형태로 진동을 낮추어감에 따라 육화하기 전에 다음 생(生)에서는 무슨 주제(조건 없는 사랑)를 어떻게 탐구해갈 것인지를 결정하게 됩니다.

예를 들어, 두뇌를 사용하고자 하는 지적인 사람이라면, 철학자가 되어 무한한 사랑에 관한 빛의 정보를 말이나 글(책이나 기사 같은 글 솜씨), 컴퓨터 또는 이와 유사한 정신적인 방법을 통해 보급하고자 할 것입니다. 그러나 육체적인 사람이라면, 체육 강사가 되어 몸을 사랑하고 건강을 유지할 수 있도록 가르침으로써 무한한 사랑을 실천하고자 할 수도 있습니다. 반면에 감정이 풍부한 사람이라면,

간호사나 카운슬러가 되어 아픈 사람이나 감정적으로 고통 받는 사람들을 도와 이 지구에서의 삶이 보다 편안해지고 아픔을 극복될 수 있도록 도와 줄 수 있을 것입니다.

또 만약 영적인 사람이라면 목사나 신부, 승려가 되어 기도나 명상, 그리고 고차원적인 존재와의 접촉을 통하여 무조건적인 사랑을 발견하고 탐구할 수 있도록 도울 수 있을 것입니다. 사람들은 모두 다 자기 나름대로의 방식으로 무조건적인 사랑을 탐구하게 되며, 타인들도 똑같이 할 수 있도록 돕게 되는 것입니다.

많은 육화를 거듭하면서, 그리고 서로 다른 여러 가지 상황에 처해 있으면서 조건 없는 사랑을 탐구해가는 과정에서 적당한 때가 되면 자비(慈悲)나 가장 숭고한 의도, 신념, 희망과 같은 다른 신성한 주제를 배울 수도 있습니다.

삶의 과정에서 영적 가이드나 상위자아, 가르침을 주는 지도령, 상승한 마스터, 대천사 및 다른 영적인 존재들로부터 언제든지 도움을 받을 수가 있습니다. 그러기 위해서는 이들의 존재를 먼저 자각하고 그들에게 고차원적인 안내를 요청해야 합니다! 그들을 외면하지 말고 지금 당장이라도 도움을 청해보세요!

지구에 육화하여 세속적인 삶에 빠져서 영적인 자아의 발견이나 자각(自覺)과 같은 것에는 시간을 거의 투자하지 못하고 있는 것이 오늘날 인간들이 처해있는 전형적인 현실입니다. "내가 왜 여기에 존재하고 있는가?" "어떻게 하면 자신의 삶을 보다 더 완벽하고 충만하게 살 수 있을까?" 하는데 시간을 쓰기 보다는 패션이나 연애, 록(Rock) 음악을 듣는데 더 많은 시간을 사용하고 있습니다! 삶에 별 도움도 되지 않는 이와 같은 허접한 것들을 추구하는데 수많은 생을 허비하고 있는 것입니다!

많은 사람들이 삶에 대해 슬픔과 환멸을 느끼고 있습니다. 이들은 살아오면서 물질적이고 감정적인 측면에서 좋은 기회들을 여러 차례

놓쳤으며 자신들의 몫을 챙기지 못했다고 생각하고 있습니다. *이러한 사람들은 아직까지도 자신이 물질적인 성공이나 행복을 추구하기 위해서가 아니라 신성한 목적과 사명을 이행하기 위하여 이 지구에 왔다는 것을 깨닫지 못하고 있는 것입니다. 그들은 삶에 만족을 느끼지 못하고 있는 것은 말할 것도 없으며, 스스로 한 약속마저도 이행하지 않고 있는 것입니다! 사랑하는 스타시드와 빛의 일꾼들을 일깨워서 그들이 "여기에 왜 왔는지?"를 기억하게 해주기 바랍니다.*

여러분들이 육화한 진정한 목적은 자신들의 내면 깊숙한 곳에 각인되어 있습니다. 누구든지 잘하는 것과 하고 싶은 것들이 있기 마련입니다! 그러나 여러분들은 영적사명을 깨달을 만하면, 매번 사랑에 빠진다거나, 물질을 추구한다거나, 소질이 없다거나, 삶의 목적이 없다고 하면서 인생의 진로를 바꾸어버립니다!

매일 15분에서 30분간 조용히 앉아 명상을 하면서 자신의 놀라운 임무가 무엇인지 찾아보세요. 황금빛으로 된 오라로 자신을 둘러싸서 스스로를 보호한 다음, 마음속으로 자신의 인생사명이 무엇인지 드러나도록 요청하세요. 몸과 마음을 편히 하고, 아무 것도 생각하지 마세요. 곧 바로 인생의 사명이 드러나지 않을 수도 있지만, 10번이고 100번이고 되풀이하다보면 언젠가는 자신의 인생사명이 선명하게 드러날 것입니다. 매일 명상을 하게 되면 마음도 가라앉고 건강도 좋아지게 되며, 여러 가지 면에서 여러분에게 도움이 될 것입니다.

신성한 사명을 이해할 수 있도록 영적 및 심령적인 기술들을 계발해보세요. 여러분이 가진 특별한 재능들을 계발할 수 있도록 이 책의 저자인 애버츠와 같은 영적인 전문가들은 많은 교육 강좌와 책을 펴냈습니다. 앞으로 주어지게 될 커다란 과제를 맞이할 준비를 하세요! 이러한 과제들 속에는 확실히 여러분의 관심을 끌게 될 주제들, 즉 구현, 영과의 접촉, 아스트랄 여행, 치유, 카운슬링, 가르침, 예언

등과 같은 끝없는 주제들이 많이 있습니다.

만일 여러분이 자신의 사명이 무엇인지 어렴풋하게라도 알게 된다면, 이러한 사명을 천천히, 그리고 조심스럽게 온 마음을 다하여 실천해보세요. 처음에는 취미나 시간제로 해보고, 그것이 정말로 자신의 인생사명이라고 느껴지면 돈을 벌면서 하는 전업(專業)으로 전환하세요. 하고 싶은 일을 하면서 사는 것보다 더 만족스러운 일이 어디에 있겠습니까! 다른 것들도 마찬가지겠지만, 매일 자신이 좋아하고 영감을 받는 일을 하다보면 영적으로 고양되고 눈부신 존재가 되어갈 것이며, 이렇게 되면 쌍둥이 영혼을 파트너로 끌어당기게 될지도 모릅니다! 이것은 또 하나의 굉장한 보너스인 셈입니다! 사랑하는 두 사람이 만나 함께 일하면서 사랑하고, 또한 다른 사람들과 이 지구 행성을 도울 수도 있으니 얼마나 멋있는 일이겠습니까?

사랑하는 이들이여, 여러분이 길을 잃었다거나 환멸을 느낀다거나 불확실하다는 느낌이 들면, 첫 단계로 자기 내면에 있는 행복을 먼저 찾아보고, 다음에는 자신의 신성한 사명이 무엇인지를 찾아보세요. 본래의 천사적인 참 모습을 되찾고 가이아 행성에 대한 무한한 사랑을 키워가세요. 왜냐하면 지금 이 지구는 무조건적인 사랑이 필요하기 때문입니다. 여러분들은 절대로 혼자가 아니며, 여러분이 짊어진 신성한 과제를 수백만의 존재들이 다함께 나누어 가지고 있습니다!

여러분에게 축복을 …

- 사난다 -

사회학자들의 조사에 따르면, 요즘의 사람들은 일(work)을 사회생활의 확장으로 보고 있으며, 직장에서 하는 일이 행복하다면 뜻에 맞는 사람들과 매일 함께 일하는 즐거움을 누리기 위해 월급이 삭감되는 것조차도 감수하려 한다고 합니다.

일이 따분하고 아무런 영감도 받지 못한다고 생각하는 스타시드들에게는 이것이 하나의 실마리를 제공해주고 있습니다. 여러분 역시도 인정할 수 있고 감정적으로도 끌리는 목표를 향해 젊고 활기찬 사람들과 더불어 일하는 좋은 일터를 찾을 수 있는 것입니다. 만약 여러분이 현재 다니고 있는 직장을 그만두고 뛰쳐나와 남을 돕고 행성을 탐구하라는 느낌을 내면에서 받고 있다면, 공장이나 가게, 사무실과 같은 세속적인 직업에 더 이상 안주하지 마세요.

지금은 비록 불행한 세일즈맨에 불과하지만 향후에는 아프리카에서 복지사(福祉士)로, 아니면 고아원에서 간호사로 일하게 될지도 모르지 않습니까? 여러분의 흥미를 끄는 것이 무엇이고, 내면 속에서 자신을 깨워 침대 밖으로 뛰쳐나가게 하는 것이 무엇인지를 찾아내야 합니다. 앞으로도 수십 년을 더 일해야 하니 이제부터라도 그 열정이 여러분을 대신하여 일하게 하세요!

빛의 일꾼들이나 베이비 붐 세대들도 예외일 수는 없으며, 이러한 사람들도 그 동안 잘 갈고 닦은 기술과 재능을 발휘하여 인류가 4차원을 거쳐 5차원으로 상승할 수 있도록 도와야 합니다. 여러분들은 이미 완성되어 있으며 박식하고 현명한 사람들이라는 것을 잊어서는 안 됩니다. 은퇴했다고 해서 아무 쓸모가 없을 것이라는 생각은 버리세요. 지금이 바로 여러분들이 일해야 할 때입니다.

많은 사람들이 지구에 육화한 목적, 즉 이 신성한 사명을 찾기는 나이가 너무 들지 않았느냐고 우리에게 묻곤 합니다. 또 60세가 넘어 은퇴할 나이가 된 사람들은 이번 생애에서 자신이 하기로 되어 있는 특정한 일에 전념하기가 힘들다고들 합니다.

이러한 사람들 중에 많은 분들이 부양해야 할 가족이 있고, 다니고

있는 직장의 규정도 따라야 하며, 성공적인 생활도 해야 하는 부담감 때문에 마음이 몹시 혼란스럽다고 합니다. 또 지금까지 살아온 것에 대해서는 만족하지만, 그래도 뭔가 마음이 허전하다고 합니다. 그러나 이러한 사람들은 우리를 방문하고 난 후에는 그 동안 자신들이 설정한 (이전의 생에서의) 신성한 계획을 의도적으로 저버렸다는 것을 비로소 깨닫게 됩니다. *우리는 여러분들이 신성한 사명을 깨닫기에는 지금도 결코 늦지 않다는 것을 다시 한 번 강조하고자 합니다.*

사실 60년 이상을 이 지구에서 살아오면서 터득한 풍부한 경험이 있으니 이제 비로소 여러분들의 신성한 사명을 시작할 준비가 돼있다고 할 수 있지 않겠습니까! 신성한 사명은 정규 직장처럼 주 35시간을 일하지 않아도 되며, 대개는 보수도 없지만, 그 대신 행복과 성취감을 느낄 수는 있을 것입니다!

많은 사람들이 평생 동안에 걸쳐서 축적한 엄청난 기술을 가지고 있는데, 왜 이러한 기술들을 썩히려고 합니까? 만일 전직이 간호사였다면, 주(週) 1회라도 자발적으로 노인들이 모이는 경로당 같은 곳에 들러 봉사할 수도 있으며, 아니면 가지고 있는 전문적인 기술을 다른 기관에 제공할 수도 있을 것입니다.

또한 회계직에서 근무했다면, 전문적인 기술을 자선단체 같은 곳에 무상으로 제공하여 납세신고를 대행해줄 수도 있을 것입니다. 만약에 파출부였다면, 상시로 자원자(自願者)를 구하는 기관이나 자선단체에서 자신이 가진 기술을 발휘할 수도 있을 것입니다. 한 주(週)에 몇 시간만이라도 자발적으로 투자하게 되면, 다른 사람들의 삶에 큰 변화를 가져올 수 있으며, 삶의 질도 개선할 수 있는 것입니다.

　많은 사람들이 자원 봉사하는 것을 별로 달가워하지 않으며, 노력에 대한 대가를 반드시 받아야 된다고 생각합니다. 그러나 막상 은퇴를 하고 나서 골프나 정원 가꾸기를 해보면 금방 싫증을 느끼게 됩니다. 오히려 여러분들이 그동안 잘 연마한 기술들을 타인들의 생활을 향상시키는데 사용함으로써 얻게 되는 기분 좋은 보상은 금방 따분해지고 맥빠지는 은퇴활동 보다는 훨씬 더 많은 만족감을 가져다 줄 것입니다.

　자발적인 봉사가 필요하기도 하지만, 이런 활동을 통해 여러분들은 새로운 친구도 사귈 수 있고, 실제적으로 자신의 수명을 연장하는 데에도 도움이 됩니다. 이것은 호르몬을 분비시켜 몸의 건강을 유지하게 할 뿐만 아니라 두뇌 세포도 활성화하여 제 역할을 하게 해줍니다. 만약에 사람들과 함께 일하는 것이 싫다면, 동물이나 환경을 보살피는 자선단체와 같은 곳에서 여러분이 가진 재능을 활용해볼 수도 있을 것입니다. 어쨌든 여러분들은 많은 변화를 만들어 낼 수가 있습니다!

　휴일에 4차원적인 독특한 체험할 수도 있습니다. 그동안 사람들은 휴일이 되면 산이나 바다에 가거나 맛있는 음식이나 와인을 먹으면서 3차원적으로 매우 사치스러운 체험을 하는데 익숙해져 있습니다. 그러나 요즘에는 많은 배려 깊은 사람들이 휴일을 남들에게 뭔가 도움을 주는 봉사의 날로 정하고 있습니다. 나름대로 제3세계의 아름다운 어느 지역을 방문하여 관광도 하면서 그곳에 있는 학교에 들러 자발적으로 아이들을 가르치는 일을 돕거나 병원을 방문해서 가난한 사람들을 돕기도 합니다. 자격은 필요치 않으며, 오로지 하고자 하는 열의만 있으면 됩니다!

　여러분들도 다음 휴가에는 이러한 체험을 해보지 않으시겠습니까? 휴일에 남들을 돕고, 그들과 친목을 도모하는 일이 자신의 욕구를 채우는 것보다는 훨씬 유익할 것입니다. 마지막으로 치유의 마스터인 관세음 보살의 말을 인용하고자 합니다.

　　"간디나 테레사 어머니, 멀린(Merlin), 모세와 같은 위대한 선지자들은 모두가 어느 정도 나이가 든 사람들이었습니다. 여러분들도 타고난 재능을 조언, 기술, 체험 등의 형태로 타인들에게 줄 수 있으며, 그들은 이것을 활용하여 더 좋은 세상을 만들어가게 될 것입니다. 지금까지 살아왔던 삶의 경험을 정말로 제대로 표현할 수 있는 이 황혼기에 생(生)의 가장 큰 기쁨을 맛보도록 하세요. 사랑에는 연령의 제한이 없습니다!"

4차원은 여러분들의 삶에 많은 급격한 변화를 가져오게 될 것입니다. 시간이 빨라지고 있으며, 기이한 심령적인 체험을 하게 되거나 사고(思考)나 행동에서 변화가 일어나고 있는 것을 눈치 채고 있는 사람들도 있습니다. 이러한 당황스러운 변화에 대하여 상승한 마스터 사난다(예수)로부터 받은 몇 가지 채널링 메시지를 소개하고자 합니다.

1. 4차원에서의 시간

●질문 : 질문이 있습니다. 최근에 내가 알고 있는 사람들이 부업(副業)을 그만두는 경우가 많은데, 이것이 4차원과 어떤 관련이 있습니까?

답 변 : 있습니다. 말씀하신 것처럼 우리는 지금 4차원으로 들어가고 있습니다. 본질적으로 모든 존재가 3차원에서 4차원으로

서서히 변화되고 있다는 것을 많은 사람들이 느끼고 있습니다. 4차원에서는 3차원에 있을 때보다 시간이 훨씬 더 신축적이고 수축되었다는 느낌을 받게 됩니다. 따라서 하루가 24시간이던 것이 18시간 이내로 급격히 줄어들게 됩니다.

여러분이 가장 먼저 해야 할 일은 생활에서 중요도가 높은 순서대로 일의 우선순위를 매기는 것입니다. 보통 8시간 정도는 잠을 자야 하므로 지금까지 24시간에 했던 활동량을 18시간에서 잠자는 시간 8시간을 뺀 나머지 10시간에 소화해야 합니다. 충분한 휴식을 취하기 위해서 따로 시간을 유보해둘 여유가 없어집니다.

영적으로 깨어난 사람들끼리는 "알아들었어!"라고 말하면, 그들은 예전과 같은 여가시간을 갖지 않으면 안 된다는 것을 알아차립니다. 사실 여러분이 4차원에서 일을 제대로 처리하기 위해서는 가능한 모든 방법을 동원하여 여가시간을 늘려야 합니다. 4차원은 마치 처음으로 물에 젖은 모래 위를 걷거나, 셀로판지를 통해서 보거나, 젤리 위를 걸어가는 것과 같은 것입니다.

생각이 예전처럼 명료하지가 않다는 것을 이미 알고 있는 사람들도 있습니다. 이것도 모두 4차원의 영향인 것입니다. 많은

사람들이 이상한 통증이나 아픔, 불명확한 증상, 머리와 다른 신체 부위에 압력 같은 것을 느끼기도 합니다. 이는 몸이 4차원적인 빛의 몸으로 변하고 있기 때문이며, 당초에 인류가 지녔던 최초의 몸의 상태로 다시 돌아가고 있는 것입니다.

4차원에서는 3차원에서 하던 방식과 똑같은 방식으로 일할 수는 없습니다. 똑같다면, 무슨 문제가 있겠습니까? 그러나 4차원에서도 주위에 있는 것들과 잘 어울려 살아갈 수가 있습니다. 예전처럼 사람들을 만나고

관계도 잘 유지할 수 있습니다. 다만 내면적으로는 빛이 증가하고 있다는 것만 여기에서 소개하며, 세부적이고 사소한 사항들은 뒤에 설명하도록 하겠습니다. 이상이 4차원으로 가는 과정에서 나타나는 현상들입니다.

스스로 여가시간을 가질 수 있도록 노력하세요, 그래야 이러한 변화에 보다 쉽게 대처할 수가 있는 것입니다. 그렇지 않으면 너무 빨리 지치게 될지도 모릅니다.

여러분들에게 축복을 …

- 사난다 -

2.꿈(DREAMS)

대부분의 사람들은 3차원이 "실제로 존재하는" 유일한 삶의 상태이고, 꿈의 세계는 하나의 환상이라고 생각하고 있습니다. 그러나 이것은 틀린 말입니다. 수십만 년 전에 처음으로 인류가 이 지구에서 육화하기 시작했을 때는 에테르적인 상태로 출발했기 때문에 서로 다른 여러 차원에 존재할 수가 있었습니다. 이러한 존재들이 3차원에 머물 때는 인간이나 동물의 형상을 지니고 살다가 안내나 정보가 필요하게 되면 육체적인 속박을 받지 않는 4차원 위로 상승하여 5차원이나 그 위의 차원으로 마음대로 여행했습니다. 그리고 원할 때는 언제든지 3차원의 세계로 돌아오곤 하였습니다.

그러나 인류가 점점 땅에 의지하여 살아감에 따라 3차원인 육체에서 빠져나와 다른 차원을 마음대로 여행할 수 있는 능력을 잃어버리게 되었습니다. 지금은 육체에서 빠져나올 수 있는 유일한 기회는 오직 잠을 잘 때뿐입니다. 그러나 이러한 꿈이 혼란스럽고 헷갈리게 되자, 사람들은 이러한 꿈을 단순한 환각이나 환상으로 치부해버리기 시작했습니다. 고차원에 이를 수 있는 이 소중한 길이 사실상 사라지게 되었으며, 무의미한 것으로 간주된 것입니다.

그러나 다행히도 소수의 몇몇 사람들이 꿈의 중요성과 이러한 꿈이 정신적으로, 그리고 영적으로 인간에게 성장의 기회를 제공한다는 것을 깨닫게 되었습니다. 이런 사람들은 늘 영매나 고위 사제, 천리안을 가진 사람들, 예언자들이었으며, 이들은 예언이나 예측, 신과의 대화, 죽은 자와 소통하기 위한 수단으로서 아스트랄 여행을 사용했습니다.

많은 고대의 원주민들은 이러한 꿈의 세계가 물질세계만큼 중요하다는 것을 깨달았으며, 아침이면 매일 모닥불 주위에 둘러 앉아 지난밤에 자기들이 꾼 꿈을 다른 사람들에게 이야기해주면서 특별한 의미를 부여하여 해석을 하곤 하였습니다. 고대의 이스라엘이나 이집트 사람들은 예언적인 꿈을 존중했으며, 꿈의 내용이 무엇을 뜻하는지를 공부하기도 했습니다. 많은 위대한 발명가들은 발명품을 만들기 전에 이와 관련된 구체적인 꿈을 꾸었으며, 이러한 꿈을 현실로 바꾸었던 것입니다!

아직도 많은 사람들이 꿈을 고차원적으로 활용하는 것에 대해 부정적으로 생각하고 있으며, 꿈은 무의미하고 단순한 환상이라고 생각하고 있습니다. 여기에 마스터 요아킴(Joachim)으로부터 받은 꿈의 세계에 대한 경이로운 내용을 간략히 소개합니다.

꿈의 세계는 매일 밤마다, 아니면 낮에 잠깐 낮잠을 자는 동안에 방문하게 되는 믿을 수 없는 놀라운 세계입니다. 꿈이 아무 것도 얻을 것이 없는 하찮은 몽상이라고 생각할지 모르겠으나, 절대로 그렇지 않습니다!

아주 오래전에는 여러분들은 완전히 자유스러운 세계에 살았습니다. 그때에는 지금과 같이 무거운 육체적인 몸도 가지고 있지 않았으며, 아스트랄 여행을 통해 눈 깜빡할 사이에 원하는 곳을 얼마든지 여행할 수 있었습니다! 단지 여러분이 무거운 육체적인 몸을 지녔다고 해서 천사적인 뿌리를 부정할 수는 없는 것입니다. 맞습니다. 육체적인 몸을 통해 얼마든지 3차원적인 즐거움을 만끽할 수 있는 것이며, 또한 아스트랄체를 통해서도 경이로운 세계를 맛볼 수 있다는 것을 깨닫기 바랍니다.

인간의 몸에 묶여있는 여러분의 영적자아를 몸 밖으로 내보내는 법을 배워서 원하는 곳이 어디든 마음껏 날아보세요. 주위에 있는 별에도 가보고, 천상세계에서 그냥 지나쳤던 친구들도 찾아보고, 마스터나 대천사들도 만나보십시오. 또 아카식 레코드(엄청난 지식이 보관된 곳)에도 가보고, 또 놀라운 심령적인 에너지를 사용해서 지구에 사는 다른 존재들도 도우세요. 그리고 그 외에 오랜 옛 친구인 가이아(지구)도 도와주십시오.

놀라운 체험들이 꿈속에서 여러분을 기다리고 있습니다. 많은 지식과 더 높은 영적성장을 달성할 수 있는 이러한 기회를 절대로 놓치지 마세요!

여러분들에게 축복을 …

– 요아킴 –

여러분에게 이러한 말들이 영감을 불어넣어주지 않나요! 영(Spirit)은 우리에게 다음과 같이 설명해주었습니다. 만일 꿈과 같은 심령적인 분야에서 여러분이 새로운 기술을 탐구하고 계발하고자 노력하면, 우주는 많은 동시성(synchronistic)적인 메시지나 힌트를 제공해 줍니다. 심지어는 가르침을 주는 특별한 천사들을 내려 보내 여러분이 새로운 능력을 계발할 수 있도록 돕는다고 합니다. 그러니 이러한 능력을 혼자서 계발한다고 생각하지 마세요. 왜냐하면 여러분은 혼자가 아니니까요!

3.명상(Meditation)

명상은 영적인 것이며, 또한 심령적인 능력을 계발할 수 있는 훌륭

한 방법 중에 하나입니다. 조용히 앉아서 몸과 마음의 긴장을 풀도록 하세요. 일부러 조용한 장소를 찾을 필요는 없습니다. 기도가 '인간이 신에게 말하는 것'이라면, 명상은 반대로 '신이 인간에게 말하는 것'이라고 할 수 있습니다.

조용히 앉아서 마음을 가라앉혀야 합니다. 일반적으로 영은 여러분들의 일상사에는 개입하지 않으며, 설령 여러분이 오늘 저녁에 무엇을 먹을까하는 생각으로 꽉 차있다고 할지라도 절대로 간섭하려고 들지 않습니다! 명상은 예언적이고 천사적인 것이며, 영감을 불어넣어주고 미래를 밝혀주기도 하지만 평화롭습니다. 그러나 무슨 일이 일어날지는 전혀 알 수가 없습니다.

명상하면서 자연과 하나가 되세요. 약아빠진 도시의 사람들은 어머니 지구와 연결되는 법을 잃어버린지 이미 오래되었습니다. 어머니 지구는 그녀가 가진 권능을 여러분에게 주고자 합니다. 우리가 어머니 지구와 하나로 통합되기 전까지는 영적인 계발을 하는데 꼭 필요한 귀중한 요소 하나를 놓치고 있는 셈입니다.

4.명상 연습

조용히, 그리고 편안하게 눈을 감고 앉으세요.
장미나 일몰 같은 오직 하나의 즐거운 장면이나 대상만을 생각하세요.
머리부터 발끝까지 몸의 모든 근육을 천천히 이완시키세요.
마음이 구름처럼 두둥실 떠있게 하세요.
마음과 가슴에서 사랑과 평온함의 파동을 밖으로 내보내세요.
손과 팔, 다리를 움직일 수 있을 만큼 충분히 부드러워지면, 명상을 끝내고, 의식(意識)을 다시 방으로 불러들이세요. 이처럼 연습하면서 시간을 차츰 늘려가세요.

5. 영적 및 심령적인 보호

하루의 일과를 시작하기 전(前)과 잠자리에 들기 전에 우리는 여러분이 자신의 주위에 영적 보호막을 쳐서 부정적인 에너지가 함부로 침입하지 못하도록 스스로를 보호하라고 말한 바가 있습니다. 대개 4차원에서는 모든 일이 혼란스럽기 때문에, 이와 같은 에너지적인 보호막을 형성함으로써 낮은 아스트랄체나 나쁜 의도를 가진 존재들, 그리고 부정적인 존재들의 간섭으로부터 벗어날 수가 있습니다. 영적 및 심령적인 연습이나 명상을 하기 전에 반드시 자신을 보호하는 조치를 취하기 바랍니다!

보호 기법에는 강력한 황금빛의 외피 보호막을 가진 달걀형의 흰 빛 오라장(Auric Field)으로 자신을 둘러싸는 것을 비롯하여 필요하다면 영적 가이드나 미카엘 대천사에게 보호와 방어를 요청할 수도 있습니다. 직관력을 활용하게 되면 어느 지역이나 사람, 상황에서 뿜어 나오는 부정적인 진동을 보다 잘 감지할 수가 있으며, 이러한 경우에는 가급적 빨리 그 지역을 벗어나서 미카엘 대천사의 진동하는 푸른빛의 보호막을 치도록 하세요.

다음과 같이 말함으로써 이것을 쉽게 할 수 있습니다.

"나는 미카엘 대천사(또는 유사한 천사적 존재)에게 연습할 때와 마찬가지로 여러 층으로 구성된 나의 몸을 푸른빛의 계란형 오라장으로 감싸주실 것을 요청합니다. 그리고 이러한 보호가 하루 종일 지속되기를 바랍니다."

6. 상승작용(Synergy)

이것은 여러 사람들이 특정한 상황을 구현하기 위해 정신적 및 영적인 에너지를 결집하는 것을 말합니다. 예를 들어 두 사람이 하나의 목적을 달성하기 위해서 자신이 가진 에너지를 결합하게 되면, 네 사람이

따로 따로 하는 에너지를 낼 수 있으며, 8명이 뭉치면 64명의 에너지를 낼 수 있는 것입니다. 이러한 작용은 여러분이 어떤 것을 구현하고 원하는 변화를 이끌어내기 위해서 활용할 수 있는 매우 유용한 4차원적인 수단이 될 것입니다. 다만 이러한 효과를 항상 선(善)을 이루기 위하여, 그리고 긍정적인 곳에 사용해야 한다는 것을 잊어서는 안 됩니다.

7.동시성(Synchronicity)

동시성은 4차원에서 나타나는 전형적인 특징 중의 하나입니다. 이러한 동시성은 영적으로 영감이 불어넣어져서 발생하는 것이지만, 사람들은 이러한 사건들을 우연히 일어나는 것으로 생각합니다. 예를 들어, 어느 책에서 처음으로 차크라에 관한 내용을 한 줄 읽게 되었는데, 거기에는 단지 차크라가 에너지 센터라고만 적혀있었습니다. 다음날 우연히 한 친구를 만나게 되었는데, 그녀는 마침 차크라의 균형을 맞추러가기 위해 서둘고 있었습니다. 또 길을 지나다가 책방의 창문을 통해 제목이 '차크라에 관하여 알고 싶은 모든 것'이라고 적혀있는 책을 보게 되었습니다. 다행히 안으로 들어가 그 책을 사게 되었습니다. 그날 저녁 TV에서 힌두교에 관한 프로그램이 방영되었는데, 그 프로에 차크라에 관한 내용이 언급되어 있었습니다.

어떻게 해서 이와 같은 동시성이 작용하게 되는지 아시나요? 영은 여러분에게 영적으로 중요한 어떤 것에 관심을 가지게 하려고 무척 애를 씁니다! 위의 예에서와 같이 여러분이 차크라에 관한 강좌를 들을 필요가 있었는지도 모릅니다. 왜냐하면 여러분이 건강이 좋지 않아 차크라를 활용하게 되면, 보다 효율적으로 건강 문제를 극복할 수도 있기 때문입니다.

우연의 일치라고 생각되는 일들을 찾아보세요. 그리고 그것들이 얼마
나 자주 일어나는지도 살펴보세요. 때로는 그것들이 일어나는데 오랫동
안 기다려야 하는 경우도 있지만, 어떤 때는 금방 일어나기도 합니다.

8.아스트랄 여행(Astral travel)

이는 무거운 육체적 몸을 떠나서 다
른 여러 차원이나 우주를 여행하는 놀
라운 능력으로, 여러분들은 이것을 꿈속
에서 자주 체험하곤 합니다. 그러나 이
러한 능력이 4차원에서는 더욱 커지게
될 것이며, 원하면 이러한 기술을 의식적으로 행할 수도 있게 될 것입
니다.

9.영과의 대화

4차원에서는 영과의 접촉이 보다 쉽게
이루어집니다. 지식을 얻기 위하여 가르침
을 펴는 지도령(指導靈)과 접촉할 수도 있
고, 상승한 마스터들과 이야기를 주고받을
수도 있으며, 천사적인 가이드에게 조언을
요청할 수도 있을 것입니다. 예전 보다 이
러한 접촉이 훨씬 쉬워지게 되는데, 그 이
유는 4차원에서는 여러분이 이러한 존재들 쪽으로 약간만 진동수를 끌
어올리고, 이러한 존재들은 자신들의 에너지를 조금만 낮추면 되기 때
문입니다!

불행히도 영을 본다는 생각에 겁을 집어먹는 사람들이 많이 있습니

다. 3차원에서 살면서 친절했던 사람이라면, 영의 세계에서는 더 친절하다는 것을 항상 기억해두세요. 오직 고차원적인 존재들만을 접촉하게 되면 아무런 문제도 생기지 않을 것입니다. 그러나 낮은 존재들을 접촉하게 되면 문제가 뒤따르게 됩니다. 자신을 스스로 보호하는 기법은 신성한 기하학에 관한 내용을 참고하기 바랍니다.

10.구현(Manifestation)

구현의 능력을 4차원적으로 활용하는 사례를 여기에 소개합니다. 단, 이러한 능력들을 항상 사랑과 선(善)을 이루기 위하여 현명하게 사용하기 바랍니다.

메르카바(merkabah)는 여러분의 육체적인 몸을 둘러싸고 있을 뿐만 아니라 몸을 보호해주는 빛의 몸으로 구성된 특별하고도 영적인 탈 것(vehicle)과 같은 것입니다. 이러한 메르카바는 영적인 진화를 이루기 위하여 사용될 수도 있습니다. 이것은 3차원을 초월하여 존재하고 있으며, 3차원적으로는 6개의 꼭지점을 가진 별의 모양을 하고 있습니다.

메르카바를 작동하는 연습을 하는 동안에 여러분들은 기분이 좋아지는 고양된 느낌을 받을 수도 있고, 멍하거나 어리둥절할 수도 있습니다. 따라서 운전을 하거나 기계를 조작해서는 안 되며, 음주를 해서도 안 됩니다. 한 동안 이 고양된 상태에서 머물도록 하세요. 이제 천천히 자신의 몸을 땅에 접지시키면서, 정상적인 3차원으로 돌아오면 됩니다.

이 상태에 있으면서 축적된 에너지를 활용하여 치료를 하거나, 구현을 하거나, 영과 대화를 나눌 수도 있습니다. 연습을 끝낼 때는 항상 손을 씻거나, 흙이나 나무를 만지거나, 맨발로 걸으면서 땅과 접지해야 된다는 것을 잊어서는 안 됩니다.

11.우주적 격자망(Grid)과 연결하기

　우주적 격자나 그리스도 의식을 지닌 그리드(GridS)들은 지구를 둘러싸고 있는 그물망과 같은 하나의 에너지장을 말합니다. 이것은 버튼을 누르기만 하면, 가장 고귀한 의도를 이루기 위해 언제든지 치유와 지식, 그리고 구현을 해낼 수 있는 만물에 편재해 있는 보편적인 에너지들도 여기에 포함됩니다.

　이러한 연습은 언제든지 재생해서 들을 수 있도록 여러분이 편할 때 미리 녹음해두기 바랍니다. 먼저 자신을 보호하기 위하여 흰 빛의 보호막을 치고, 천사적인 가이드에게 이 연습을 도와달라고 요청하세요.

1.메르카바의 탈 것(3차원적인 6개의 꼭지점을 지닌 별 모양)에 여러분이 앉아있는 모습을 시각화하세요. 여러분은 2개의 거대한 피라미드의 중앙에 앉아있습니다. 하나의 꼭지점은 지구를 향하게 하고, 또 하나의 꼭지점은 천상을 향하게 하세요. 이 메르카바는 우주 공간이나 고차원을 통해 여러분을 안전하게 실어다줄 우주선이나 타임캡슐과 비슷한 것입니다.

2.현재의 위치에서 여러분이 우주 공간 속으로 상승하는 것을 시각화하세요.

3.우주의 그리드가 있는 곳까지 떠오르세요. 이 그리드는 은색의 그물망과 같이 생겼으며, 우주 에너지로 이루어진 가닥으로 얽혀있습니다.

4.우주 그리드의 한 구멍에 메르카바의 가장 높은 꼭지점을 고정시키세요.

5.이제 그리드와 하나가 된 느낌을 느끼세요. 그리고 그리드가 가지는 강력하고도 사랑스러운 에너지가 여러분을 통해 흐르고 있다고 느끼세요. 이러한 느낌을 몇 분간 유지하세요.

6.치유가 필요한 사람이 누구인지를 선택하고, 그 사람에게 치유의 빛과 사

랑을 내보세요. 여러분들이 내보내는 에너지는 그리드와의 상호작용으로 통하여 더욱 확장될 것입니다. 잠시 동안 이 상태로 계세요.

7.이제 자신의 가장 고귀한 선(善)을 이루기 위하여 갖고 싶거나 구현하고 싶은 것을 생각해보세요. 그것이 세계의 평화와 같은 추상적인 것일 수도 있고, 새 집이나 차(車)와 같은 물질적인 것일 수도 있습니다. 우주의 그리드와 결합된 에너지가 여러분이 원하는 것들을 실현시켜주며, 이

러한 구현을 통해 긍정적인 결과를 가져 오게 되는 것을 시각화하세요. 그리드와 연결되어 있는 동안에는 절대로 부정적인 결과나 상황을 생각해서는 안됩니다. 왜냐하면 이러한 것들이 확대될 수가 있기 때문입니다. 몇 분 동안 집중을 유지하세요.

8.자, 이번에는 그리드에게 여러분이 영적인 여정을 가는데, 그리고 일상생활을 하는데 도움이 되는 고차원적인 지식을 보내달라고 요청하세요. 잠시 동안 귀를 기울여서 들으세요.

9.이러한 에너지를 보내준데 대하여 그리드에게 감사함을 표하고, 그리드의 구멍에 고정한 메르카바를 부드럽게 분리하여 서서히 방으로 내려오세요. 일상적인 활동을 재개하기 전에 먼저 자신을 땅과 접지하도록 하세요. 다음과 같이 소리 내서 말하세요. "내 몸의 모든 차크라는 안정적인 수준으로 떨어져 이제 닫혀있으며, 만약에 내 몸에 남아있는 에너지가 있으면, 발을 통해 땅속으로 흘러가기 바랍니다."

이러한 것들은 우리 모두가 4차원에서 계발할 수 있는 경이로운 능력들 중에 일부에 불과합니다. 시간을 가지고 연습을 하게 되면, 이러한 능력들은 읽고 쓰는 것처럼 현실적으로 쉽게 활용할 수 있게 될 것입니다. 모든 빛의 일꾼들과 스타시드들은 이러한 능력들을 쉽게 배울 수가 있습니다. 왜냐하면, 이들은 이러한 능력들을 어떻게 사용하는지를 잃어버렸으므로 단지 다시 배우기만 하면 되기 때문입니다. 그리고 부디 당초 여러분이 계획했던 고차원적인 존재가 되기 바랍니다.

　여러분의 여정에 축복이 있기를 !!!!!

8장
4차원에서의 일상적인 건강 문제와
그 해결 방안들

　　인간의 몸이 탄소(Carbon) 구조에서 실리콘(Silicon) 구조로 바뀌게 되면서, 4차원에서 우리 모두는 때로는 유쾌하고 불쾌한 증상들을 체험하게 됩니다. 이러한 변화에 대처하기 위하여 많은 상승한 마스터로부터 조언을 받았으며, 그동안 이러한 주제와 관련해서 받았던 몇 가지 채널링 메시지를 여기에 소개합니다.

　　자비와 치유의 여신인 관세음(觀世音)은 현재 지구의 인류에게 일어나고 있는 현상에 대해 다음과 같이 설명하고 있습니다.

　　"인간들이 처음으로 이 지구에 왔을 때에는 에테르 형체를 지니고 있었습니다. 여러분들에게 있어 이 지구는 새로운 운동장과도 같은 것이었습니다. 여러분들은 운동장에서 뛰어놀고자 했으며, 스치는 바람을 피부로 느끼고 싶어 했고, 배고픔과 음식, 와인과 여자가 어떤 것인지를 체험하고 싶어 했습니다. 그래서 자신의 몸을 스스로 6차원에서 5차원으로 낮추었으며, 점차적으로 이 땅에 근거하여 살아갈 수 있도록 3차원에까지 완전히 낮추어지게 되었습니다.

이러한 일이 진행되는 과정에서 어떤 존재들은 사랑이 아닌 어떠한 행동을 상대방에게 하게 되었는데, 여기에서 카르마(業)가 생겨났으며, 탄생과 재탄생이라는 순환의 고리가 만들어지게 되었던 것입니다. 또한 탄생 시(時)에는 자유의지에 따라 자유로운 선택을 할 수 있도록 마음속 깊은 곳에 망각의 베일도 드리워지게 되었습니다. 따라서 여러분들은 원래는 자신들이 천사적인 존재라는 것을 잊어버리게 되었고, 한낱 인간에 불과하다고 믿게 된 것입니다.

이제 여러분들은 자신의 천사적인 뿌리와 진정한 정체성을 기억해낼 수 있게 되었으며, 그렇게 함으로써 비로소 3차원에서 4차원으로 상승할 수 있게 된 것입니다! 지금은 여러분들이 가지고 있는 과학으로 설명할 수 없는 능력들을 계발할 때입니다. 많은 사람들이 오라(Aura)를 보기도 하고, 몸속에 있는 차크라를 느끼며, 초감각 인지(ESP)나 텔레파시, 아스트랄 여행을 하며, 점성술, 타로(서양에서 보는 점), 레이키(영기(靈氣)요법), 고차원에 있는 천사적인 존재와 대화 등과 같은 새로운 시대에 여러분들의 관심을 끌만한 능력들을 개발하고 있습니다. 또한 이러한 것들은 4차원이 존재하고 있다는 증거이기도 합니다.

물론 여러분들의 목표는 4차원을 뛰어넘어 5차원으로 상승하는 것입니다. 그리고 이것이 인류가 달성해야 하는 경이로운 목표가 아니겠습니까?"

- 관세음 -

인간의 DNA(디옥시리보핵산) 코드가 이 시기에 맞추어 깨어나도록 프로그램화 되어있으며, 이것이 여러분들의 상승을 돕게 될 것입니다. 인간의 DNA는 2가닥에서 12가닥으로 변화될 것이며, 그 성분도 카본 구조에서 실리콘 내지는 수정의 크리스탈 구조로 변화되고 있는 중입니다.

우리는 1998년에 요아킴(※고차원의 가이드이며, 상승한 마스터로, 예수의 할아버지이며, 성모 마리아의 아버지로 이 땅에서 인간의 삶을 살았음)으로부터 이와 관련된 메시지를 받은 바 있으며, 그는 이러한 현상을 다음과 같이 완곡하게 표현하고 있습니다.

"이러한 변화를 두려워하지 마세요. 이러한 변화는 자연스러운 것이며, 올바른 것입니다. 성장(成長)은 창조주 계획의 일부입니다. 정체(停滯)가 아닙니다. 여러분의 몸은 변화하게 될 것이며, 마음도 또한 변화될 것입니다. 여러분들은 보다 고차원적이고 더 진화되고 사랑스러운 존재가 되어가고 있는 것입니다. 이러한 변화에 저항하지 마십시오. 이것은 상위차원에 있는 여러분들 자신들이 요청한 것입니다. 여러분의 몸이 카본(탄소)에서 수정(실리콘) 형태로 변화하고 다음에는 에테르체로 변화하게 될 것이며, 엄청난 지식을 지니게 될 것이고 기쁨도 맛보게 될 것입니다. 물론 이러한 변화를 받아들일 것인지, 말 것인지의 선택은 여러분들의 몫입니다!

빛의 몸(light body)으로 변해가면서 나타나는 전형적인 증상, 즉 현기증, 머리의 여러 부분에서 나타나는 압력, 특히 양쪽 관자놀이 사이에, 정수리에, 머리의 뒷부분에 압력이 가해지는 것과 같은 두통을 느끼게 될 것입니다. 여러 차크라에서 아픔과 통증을 느끼게 될 것이며, 또 몸 천체에 걸쳐 독감을 앓는 것과 같은 증상

을 느끼기도 합니다. 설사나 변비를 포함하여 배탈은 아주 일상적
으로 일어나게 됩니다.

인공 플라스틱 제품이나 가구에서 나오는 향이나 증기(蒸氣)에
대해서도 알레르기적인 반응을 보이게 되는데, 일반적으로 이러한
것들도 빛의 몸에서 나타나는 증상들입니다. 전기기구들, 특히 형
광등과 같은 인공조명이나 전기 콘센트 같은 것에 대해서도 부정
적인 반응을 보이게 되며, 이러한 것들로 인해 수면장애가 발생할
수도 있습니다.

음식과 음료의 맛도 바뀌게 됩니다.(필수적으로 섭취해야 하는
영양성분이 점점 어린아이의 취향과 같이 바뀌고, 그 양도 현저하
게 줄어들게 됩니다.) 또한 육체적인 피로로 인해 일종의 만성 피
로증후군과 같은 질병을 유발하게 됩니다.

팔, 다리가 쑤시는 증상은 늘 있습니다. 밤에는 꿈도 선명하게
잘 꾸지만, 이것 때문에 아침에 일어나면 몹시 피곤해집니다. 때로
는 휘청거리는 것 같기도 하고, 주변에서 번쩍이는 빛을 보기도 합
니다. 많은 사람들이 건망증이나 무감정으로 인해 힘들어하게 될
것이며, 귀, 눈, 목에도 여러 가지 문제들이 흔하게 발생하게 될
것입니다. 선견지명(先見之明)이나 텔레파시, 초감각인지 현상도 체
험하게 되며, 이런 것들로 인해 몹시 혼란스럽게 느낄지도 모릅니
다.

주위에 있는 사람들로 인해서 육체적으로, 그리고 감정적으로 지
치게 될 수도 있습니다. 많은 군중들을 만나게 되면 완전히 압도당
하게 될지도 모릅니다. 모든 사람들이 이러한 증상의 일부 또는 전
부를 체험하게 되며, 여러 번에 걸쳐 체험하게 되는 사람들도 있습
니다. 무엇을 어떻게 체험하느냐 하는 것은 여러분들의 삶의 어느
부분에 변화와 균형이 필요하고 진동수를 높여야 하느냐 하는 것
에 크게 좌우됩니다. 자신들의 삶을 객관적으로 되돌아보면서 삶이
보다 조화로워지고 즐거워지는데 무엇이 변화되어야 하는지를 스

스로 결정하기 바랍니다. 여러분이 일어나는 일들에 정신적으로, 감정적으로 일일이 부딪치고 싸우는 것보다는 순리대로 적응하면서 흘러가는 법을 배우는 것이 대단히 중요하기 때문입니다.

현재의 육화는 여러분들이 스스로가 원해서 선택했다는 것을 잊지 마세요. 따라서 여러분들은 빛의 몸으로 바뀌는 것을 직접 체험하게 될지도 모릅니다. 왜냐하면 이러한 체험은 한 개인의 상승과정을 엄청나게 가속화시켜 주기 때문입니다. 이전의 아틀란티스인들도 강력한 빛의 몸을 가졌으며, 치유법과 진동수를 끌어올리는 법을 알고 있었습니다. 여러분들도 똑같이 이러한 것들을 배우게 될 것입니다!"

그리고 이와 같은 육체적 변화에 대한 주(主) 사난다(예수)는 다음과 같은 답변을 주었습니다.

●질문: 우리 몸의 DNA 변화가 4차원과 어떠한 연관이 있습니까?

답변: 확실히 관련이 있습니다. 인간이 2가닥의 DNA를 가지고 있다는 것은 다 알고 있을 것입니다. 이제 인간이 원래 가지고 있던 12가닥의 DNA로 완전히 복구되고 있는 중입니다. 물론 이러한 변화로 인하여 몸에는 엄청난 압력이 가해지게 될 것입니다. 이것은 변화입니다.

여러분의 몸은 카본(탄소) 구조에서 실리콘 구조로 바뀌고 있는 중입니다. 비록 느리기는 해도 이러한 변화는 이미 시작되었으며, 많은 과학자들이 새로 태어나는 아이들에게서 실리콘(규소중심) 성분이 증가하고 있다는 것을 이미 알고 있습니다. 따라서 방사능의 영향을 더 쉽게 받을 수 있으며, 현재의 오존층이 문제가 될 수밖에 없는 것입니다. 몇주 전에 몇 분 동안 햇빛이 내리쬐는 야외에서 수업을 하게 되었는데, 예전과는 다른 빛이 들어오고 있는 것을 의식적으로 알 수가 있었습니다. 여기에 있는 많은 사람들이 하늘에서 흰 색의 작은 알갱이인 오르곤 빛을 볼 수 있을 것입니다.(※오르곤 에너지(Orgone Energy): 모든 생명에 흐르는 기본적인 원초적 우주 에너지)

점차적으로 4차원 속으로 진입함에 따라 예전과는 다른 빛이 들어오고 있다는 것을 알게 될 것입니다. 쓸모없고 유해한 붉은 빛의 자외선이 들어오는 것도 보게 될 것이며, 또한 태양에서 나오는 또 다른 아름다운 빛도 보게 될 것인데, 이 빛은 건강에 도움이 되는 빛입니다. 아주 오래전에 여러분들은 원래 이러한 프라나의 에너지 속에서 살았던 것입니다. 이제 이러한 빛이 실제로 들어오고 있는 것을 보게 될 것입니다.

따라서 매일 단 몇 분만이라도 밖으로 나가보기 바랍니다. 그런 후에 조금씩 시간을 늘려보세요. 필요하면 자외선 차단제 같은 것을 발라 스스로를 보호하세요. 이것이 마음에 내키지 않으면, 햇빛을 쳐다보세요!

아시다시피 이 우주에는 여러분이 알지 못하는 것들이 많이 있습니다. 여러분은 나무나 하늘, 새, 꽃 같은 것들을 볼 수 있습니다. 이것으로 충분합니다. 그리고 그 외에 햇빛도 볼 수 있습니다.

결국 끝에 가서는 사랑을 보게 될 것입니다! 또한 사람들의 오라층이 점점 더 강해지는 것도 보게 될 것입니다. 증오와 부러움도 보게 됩니다. 다행스럽게도 사랑과 기쁨도 보게 되며, 세상을 낙관적으로 보게 될 것입니다.

사랑하는 친구들이여, 이 모든 것들은 서로 연결되어 있습니다. 몸에 내재된 빛의 진동수를 끌어올리고, 몸과 마음 그리고 감정까지도 건강하게 유지하세요. 햇빛을 긍정적으로 활용하고 여러분의 몸도 충분한 휴식을 취하게 해주세요. 그래야 여러분이 2가닥의 DNA가 12가닥으로 변형되는 과정을 편안하게 맞이할 수가 있는 것입니다.

여러분 모두에게 사랑을 …

- 사난다 -

1.식욕 부진증(ANORIXIA)

1980년대 중반 이후부터 다양한 형태의 식이장애 (食餌障碍)로 고통을 받는 어린 소녀와 여성들의 수가 전 세계적으로 급격히 증가하고 있는 추세입니다. 여기에는 과식증(너무 많이 먹고 토하는 것)과 신경성 식욕 부진증(가는 몸매를 유지하기 위해 일부러 굶는 것), 그리고 이상적인 몸매를 갖고자 지속적인 식이요법을 하는 것들이 포함됩니다. 바람직스럽지 않은 이와 같은 식이장애는 결과적으로 외모의 손상을 가져올 뿐만 아니라 위장질환, 정신적인 혼란, 그리고 어떤 경우에는 죽음을 불러오기도 합니다.

전통적인 심리학자들은 최근 25년 이상 이러한 추세가 꾸준히 진행되어 왔다고 말하고 있습니다. 심리학자들은 그 이유를 모델이나 연예인들이 비현실적인 신체, 즉 여성의 아름다움을 조그맣고 가냘픈 이미지에서 찾는데 기인하고 있다고 생각하고 있습니다. 또 어떤 사람들은 이러한 현상이 자기혐오나 성적학대, 관심 끌기, 정신적 억압 때문에 생긴다고 생각하기도 합니다. 강제적인 영양공급이나 임상요법을 통해 생명을 위협하는 이와 같은 상황에 처한 사람들을 도울 수는 있겠지만, 불행하게도 이러한 시도들은 많은 경우에 실패하고 말았습니다.

많은 스타시드의 소녀, 소년들이 왜 그렇게 날씬해지려 하는지에 대하여 영적으로 근본적인 의구심을 갖지 않을 수가 없습니다. 이것은 과거의 생(生)에 대한 기억이나 플레이아데스에서 살았던 삶을 잠재적으로 기억하고 있기 때문이 아닌가 생각합니다. 참고로 플레이아데스에서는 신체적인 체형과 크기가 지구와는 판이하게 다릅니다. 또한 고향 플레이아데스에서의 식습관은 지구에서 인간이 몸을 건강하고 적절하게 유지하는데 꼭 필요한 식습관과는 아주 판이하게 다릅니다. 이러한 현상은 상승한 마스터들과 키리(Kirri)라 불리는 존재로부터 받는 채널링 메시지를 통하여 입증되고 있습니다.

  그들로부터 받은 새로운 이론에 대하여 검토해 볼까요?

"이러한 식이장애를 일으키는 이유 중의 하나는 젊은 스타시드들이 플레이아데스에서 아주 작은 몸을 지니고 살았다는 것을 무의식적으로 강하게 기억하고 있기 때문입니다. 보통 플레이아데스에서는 적은 양의 식사를 하게 됩니다. 따라서 스타시드들이 이곳 지구에서 플레이아데스에서처럼 그렇게 적은 양의 식사를 하게 되면, 건강을 유지할 수 없다는 것을 모르고 있는 것입니다.

  그들은 현재 지구에 살고 있으므로 몸을 건강하게 유지하기 위해서는 좀 더 많은 음식을 먹어야 한다는 것을 깨달아야 합니다. 지금 이들은 플레이아데스에 살고 있는 것이 아니며, 플레이아데스에서처럼 프라나 에너지를 통하여 영양분을 섭취할 수도 없는 것입니다.

  만약 여러분이 식이장애로 인해 현재 고통을 겪고 있다면, 부디 이 병을 이겨내기 바라며, 우리가 권하는 다음 사항을 따라주기 바랍니다.

1)첫째로 우리의 몸을 건강하고 튼튼하게 유지하기 위해서는 어느 정도의 고형식(固形式;씹어서 먹는 음식)의 음식을 섭취해야한다는 것을 철저히 인식해야 합니다. 그런 다음 스타시드들은 플레이아데스와 지구의 식사 기준을 결합한 자신만의 독창적인 식이요법을 개발할 필요가 있습니다.

2)점차적으로 식습관을 바꾸어야 하며, 이러한 음식의 섭취를 통해 그 속에 포함된 고에너지의 프라나를 자연스럽게 얻을 수 있도록 해야 합니다. 이렇게 하게 되면 건강하고도 매력적인 몸매를 가질 수도 있습니다! 어느 것이 더 낫다고 생각하십니까?

고에너지의 프라나(氣)를 함유하고 있는 음식과 음료는 다음과 같습니다.

1. 신선한 천연의 과일과 채소(※제 계절에 맞추어 섭취할 것)
2. 신선한 치즈버터나 요구르트와 같은 천연식품
3. 곡물로 된 빵이나 정제되지 않은 설탕처럼 가공하지 않았거나 약간만 가공한 식품
4. 스프와 같이 수분함유량이 높은 음식
5. 자연스럽게 끌리는 음식
6. 천연의 꿀이나 엿기름 형태의 식품
7. 탄수화물이 많이 함유된 식품으로 파스타 빵이나 천연의 밀가루 제품
8. 순수한 물(필요할 경우, 마실 물이나 요리할 물을 필터로 정제하여 사용)
9. 오렌지나 토마토 주스와 같이 신선한 천연의 과일이나 야채성 음료

3)더 많은 육체적인 에너지를 얻기 위하여 무, 빨간 고추, 후추, 칠리, 그리고 강한 양념이 들어간 음식을 섭취하세요. 아시겠지만, 이 리스트에 기재된 내용들을 개인의 입맛에 맞도록 융통성 있게 다양한 방식으로 조절할 수가 있습니다. 우리는 모든 사람들이 프라나의 고에너지를 흡수할 수 있도록 균형이 잘 잡힌 식사를 할 수 있게 되기를 바랍니다. 이는 모든 스타시드들에게도 유용한 방

법들입니다.

  과거 여러분들이 플레이아데스에서 겪은 육화의 체험은 매우 소중한 것이었습니다. 그리고 그러한 삶을 통하여 통합(하나됨)과 평화, 관용, 영성(비물질:Non-materialism)을 추구하고자 하는 강한 욕망이 여러분의 가슴속에 깊이 아로새겨졌고, 이번 생(生)에 이렇게 자원하여 지구에 육화해있다는 것을 잊어서는 안 됩니다! 여러분들은 온갖 정성을 다 기울여 여러분이 플레이아데스에서 지니고 있던 밝고 작은 외모를 되찾기 위해 이 지구에 온 것이 아니라, 영적인 사명을 완수하기 위해서 의도적으로 이 지구에서의 삶을 선택하였다는 것을 꼭 기억하기 바랍니다.

  플레이아데스인들의 식사방법은 아주 가벼우면서도 단순하며, 주로 태양빛 속에 함유된 프라나 에너지를 섭취함으로써 살아갑니다. 그러나 여러분들은 이 지구에 살고 있는 동안에는 그렇게 할 수가 없습니다. 왜냐하면 아직까지는 인간의 몸이 그렇게 할 만큼 준비가 되어있지 않기 때문입니다.

  여러분이 이 지구에서 살면서 해야 하는 일과 사명을 수행하기에는 플레이아데스의 식사요법은 적합하지가 않습니다. 몸의 겉모습에 너무 집착하여 여러분들이 해야 하는 중요한 영적인 일이 위험에 빠지게 해서는 안 됩니다. 지구 인간의 몸이 지니는 또 다른 아름다움과 독특함을 받아들이세요. 여러분들이 다음과 같이 매일 말함으로써 지구에서 여러분이 지닌 몸을 좀 더 잘 받아들일 수 있도록 영감을 불어넣을 필요가 있습니다.

"이번에 육화해 있는 동안, 나는 건강하고 튼튼한 지구의 몸을 갖기로 선택했다. 나는 특별한 영적인 사명을 수행하고 있는 중이며, 이러한 목적을 달성하기 위하여 건강하고 에너지가 넘치는 활기찬 몸이 필요하다. 나는 잘 먹을 것이며, 힘과 활력이 넘치게 될 것이다! 나는 창의적이고 사랑스런 영(靈)이며, 내가 새로 갖은 인간의 모습을 사랑한다."

여러분이 지니고 있는 식습관의 문제가 왜 생겼는지 그 이유는 이해하지만, 그래도 우리는 여러분이 지구에서 가지게 된 새로운 몸을 기쁨과 경이로움으로 받아들일 것을 촉구합니다. 왜냐하면, 영은 자주 다음과 같이 우리에게 말하곤 했기 때문입니다.

"우리가 볼 때에는 여러분들 모두는 아름답고 장래가 촉망되는 피조물들입니다. 여러분들의 잘못된 시각에서 그렇게 보일 뿐이지, 여러분들 중에 아무도 추하거나 덜하지도 않습니다. 여러분들은 엄청난 선행(善行)을 슬기롭게 해낼 수 있는 빛나는 천사들입니다. 자신을 사랑하세요!"

2. A.D.H.D(주의력 결핍 과잉 행동장애)

상승한 마스터 헤르메스(Hermes)는 현재 A.D.D/A.D.H.D로 고통 받고 있는 사람들은 대개 두 가지의 주요 발병원인을 가지고 있다고 말합니다. 하나는 쿤달리니(개인적 생명력) 차크라이고, 또 다른 하나는 고차원에 속하는 두뇌 차크라가 지나치게 활성화되어있기 때문입니다. 이 고차원의 두뇌 차크라는 머리 뒤쪽의 척추 맨 윗부분에 위치해 있습니다.

의학적 용어로는 연수(延髓)라고 알려져 있습니다. 이 고차원의 두뇌 차크라는 최근에 재발견된 것입니다. 일반적으로 이 차크라의 목적은 자신의 상위자아나 영과 직접적이고도 강력한 개인적인 접촉을 이루는데 사용됩니다.

A.D.D/A.D.H.D.의 경우처럼, 이 차크라가 지나치게 활성화되어 있으면, 영과의 잦은 접촉으로 인하여 너무 많은 정보가 들어오게 됩니다. 이렇게 되면, 고차원적 두뇌활동에 과부하가 걸리게 되고 이에 따른 고통이 야기되는 것입니다. 따라서 이것이 집중력 부족이나 산만한 사고, 지나친 행동을 불러오게 됩니다.

이러한 두 가지 주요 문제를 해결하기 위한 여러 가지 권장 사항을 아래에 정리해 놓았습니다. 여기에 제시된 모든 사항들은 쿤달리니와 오라 및 고차원의 두뇌활동을 가라앉히는 것과 관련되어있습니다. 고차원에 속하는 두뇌가 지나치게 활동함으로써 생기게 되는 긍정적인 효과도 있는데, 그것은 지나친 활동을 통제할 수만 있다면, 엄청난 영적 및 심령적인 재능을 쉽게 계발할 수 있다는 것입니다. 이러한 재능에는 천안통, 천이통, 텔레파시, 초감각인지(ESP)와 같은 것들이 포함됩니다. 이런 점들을 인식하고 부모들이 이러한 질병으로 고통 받고 있는

자녀들의 영적 및 심령적인 재능들을 너무 억누르지 않기 바랍니다. 여러분도 언젠가는 자랑스러운 제2의 에드가 케이시(Edgar Cayce)의 부모처럼 될 지 누가 알겠습니까?

우리가 권하는 많은 권장사항들은 힘들이지 않고 쉽게 행할 수가 있는 것들입니다. 최소의 비용으로 이러한 권장사항들을 여러분들의 삶속에서 실현할 수 있어야 합니다. 우리가 제시하는 모든 정보는 정확하고 영감을 지니고 있는 것들이며, 실질적이고 고귀한 의도에서 나온 것들입니다. 그러나 이러한 것들을 실천함으로써 생기게 되는 삶의 변화에 대해서는 의사와 협의하기 바랍니다.

이것들은 단지 권장사항에 불과합니다. 우리는 현 시점에서 ADHD

286

환자에게 투여되는 리탈린(Retalin) 같은 약을 끊으라는 이야기를 하는 것이 아닙니다. 의사의 협조 하에 때가 되면 이렇게 될 수도 있다는 것입니다.

3.A.D.H.D 아동을 위한 권장 사항

1.가능한 한 돕고자 하는 이유와 방법을 그/그녀에게 명확하게 자주 설명해주세요. 그/그녀의 협조를 얻어내세요. 가능하다면, 그것을 게임이나 재미있는 놀이로 바꿔보세요. 그/그녀를 사랑하며, 그들이 겪고 있는 문제를 극복하는데 돕고자 한다는 뜻을 규칙적으로 말해주세요. 그러면 그들도 자기들의 세부목표를 세우게 되며, 이것을 달성할 수 있게 됩니다. 예를 들어 캠프를 간다거나, 친구의 집에서 하룻밤을 묵을 수도 있게 됩니다.

2.수영, 달리기, 정원 가꾸기, 산보, 힘이 드는 육체적 스포츠와 같이 지구에서 많이 유행하는 스포츠를 권해보세요. 그들의 에너지를 격감시킬 필요가 있습니다. 그리고 나서 명상을 통해 마음을 가라앉히도록 하세요. 필요하다면, 전 가족이 시간을 정해서 매일 함께 명상을 하는 것도 좋은 방법입니다.

3.보석 연금액(gem elixir).
적철광(hematite) 조각을 활용하여 보석 연금액을 만들어서 그/그녀에게 하루에 4번 100ml를 마시게 하세요. 그리고 필요할 때마다 이 물을 수시로 마시게 하세요. 적철광은 모든 보석 가게에서 쉽게 구할 수 있습니다.
　　적철광 조각을 연금액에 넣기 전에, 반드시 세척을 해야 합니다. 세척을 하기 위해서는 각각의 돌을 용기에 넣고 테이블이나 소금으로 덮어

24시간을 그대로 둔 후, 흐르는 깨끗한 수돗물로 씻어내면 됩니다. 적철광을 함유한 보석돌을 사용할 때마다 이와 같이 세척해야 하는데, 이것

은 돌 속에 너무 많은 에너지가 쌓이는 것을 막기 위해서 꼭 필요한 작업입니다. 1 주(週)에 한 번 하는 것이 가장 좋습니다.

◆보석 연금액은 어떻게 제조하는가?
깨끗한 유리병에 여과된 식수용 생수를 채웁니다. 그리고 적철광 조각을 물에다 넣습니다. 뚜껑을 닫고, 사용하기 전에 최소한 2일간 시원한 곳에 놓아둡니다. 냉장상태를 유지하고, 필요할 때마다 깨끗한 음료수로 병 꼭대기까지 채우세요.

4.적철광을 함유하고 있는 골무 크기 만한 보석돌을 그/그녀가 앉고, 잠자고, 먹고, 공부하는 장소 가까이에 놓아두세요. 이렇게 하면, 그/그녀의 남아도는 에너지를 접지시키는 데에 도움이 됩니다. 아이들이 옷 속에 조그만 적철광 조각을 지니고 다니게 하거나 옷에 꿰매어 주되, 특히 쿤달리니(척추 맨 아랫부분)와 머리 뒷부분(척추의 맨 윗부분)에 닿게 하세요. 셔츠의 칼라부근이나 모자의 끝자락이 될 수 있습니다.

5.사람들이 많이 모이는 곳이나 전자기(電磁氣)가 나오는 곳, 예를 들어 가전제품이나 머리 위로 전선이 지나가는 곳으로부터 그/그녀를 멀리 떨어져있게 하세요. 이렇게 하는 것이 오라 속으로 에너지가 흡수되어 몸 전체로 분출되는 양을 줄이는데 도움이 됩니다. 왜냐하면, 이러한 병의 주요 원인이 지나치게 에너지가 활성화되어있다는 것을 잊지 마세요.

6.가능한 모든 장소에 〈색채요법〉을 적용해 보세요. 이러한 〈색채요법〉이 에너지가 유입되는 양을 줄여줍니다. 예를 들어, 아이들이 주로 활동하는

실내공간인 침실과 같은 곳에는 짙은 녹색전구를 켜두세요. 쇼핑센터에서처럼 플래시 라이트나 네온 불빛 같은 것은 멀리해야 합니다.

그리고 아이들에게 짙은 녹색이나 갈색, 짙은 푸른색 계통의 옷을 입히세요. 붉은색이나 노란색, 오렌지색과 같은 밝은 색 계통은 반드시 피해야 합니다. 쿤달리니의 활동범위를 줄이기 위해 짙은 녹색 계통의 옷을 입히고, 속 내의와 침대시트도 이런 색으로 바꿔주세요. 침대의 색깔도 마음을 차분하게 해주는 푸른색이나 녹색으로 바꾸는 것이 좋습니다.

7.접지명상을 통해 남아도는 에너지를 땅에 접지시켜 해소하도록 해주세요. 이 방법은 몸의 근원(뿌리)이 발바닥을 통해 땅 속으로 스며들어가 점점 커진다고 상상함으로써 남아도는 에너지를 땅 밑으로 흘러가게 하는 것입니다. 이와 유사한 접지 명상방법을 사용해도 괜찮습니다.

효과적으로 접지명상을 하기 위해서는 명상을 하기 전에 먼저 자신에 대한 보호조치(아래에서 설명)를 취하고, 마음속으로 상승한 마스터인 흰색 버팔로 여인(the White Buffalo Woman)을 부르세요. 그녀는 북아메리카의 인디언 마스터로 매우 강력한 지구의 접지에너지를 가지고 있습니다. 명상을 하면서 그녀에게 도움을 요청하세요. 그녀의 에너지가 아이들의 남아도는 에너지를 접지시키는데 도움을 줄 것입니다.

아래와 같은 자기 보호법을 익히도록 하세요. 이렇게 하면 그/그녀들이 여러분의 오라로부터 에너지를 흡수하지 못하도록 막아줄 것입니다. 가능하면, 이러한 질병을 앓고 있는 아이들과 가깝게 접촉하는 모든 사람들이 이와 같은 자기보호 연습을 하게 되면 도움이 될 것입니다. 가깝게 접촉한다는 뜻은 약 3~4 피트(약 1~1.2m)이내의 거리를 말합니다.

4.기본적인 자기 보호기법

소리를 내어 다음과 같이 말하세요. "영적 수문장이시여! 나는 내가 머물고 있는 이 건물을 가장 높은 진동을 가진 황금/흰 빛으로 둘러싸줄 것을 요청합니다. 그리고 나의 오라도 황금의/흰빛 보호막으로 둘러싸주기 바랍니다. 나는 고차원의 진동과 숭고한 의도를 지닌 이 보호막을 통과한 에너지만을 받아들이겠습니다."

5.수면 보호기법

잠자리에 들기 전에 : "영적 수문장이시여, 내가 잠을 자는 동안에도 나(나의 남편/아내, 가족)의 몸을 구성하는 모든 층(layers)을 지켜주시고, 우리가 자는 방을 황금/흰빛으로 채워주기 바랍니다. 감사합니다."라고 소리 내어 말하세요,

8.잠자리에 들기 전에 위와 같이 자신을 보호하는 조치를 취하고, 마음 속으로 상위자아에게 잠을 자는 동안 자신과 아이들이 흰색 버팔로 여인이나 다른 치유의 영을 만나 이러한 질병을 치유할 수 있는 조언을 들을 수 있도록 요청하세요.

9.아이들의 식습관을 변화시켜 자연식품의 섭취를 늘려가세요. 여기에는 신선한 과일과 야채도 포함됩니다. 고기류(특히 날고기)는 점차적으로 멀리하게 하세요. 이렇게 하면 고기류를 섭취하는데 따른 스트레스 에너지를 줄여주어 아이들의 마음을 가라앉히는데 도움을 줄 것입니다. 필요하다면, 그 동안 육류를 통해 섭취해오던 단백질과 비타민을 견과류나 비타민 보충제로 대체하도록 하세요.

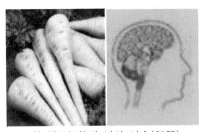

가급적이면 탄수화물의 비중이 높은 음식을 먹게 하세요. 이러한 음식에는 흰 밀가루로 만든 제품과 파스타, 빵과 감자, 양배추, 흰 당근 등이 포함됩니다. 이러한 음식들은 지나치게 활성화되어있는 연수(延髓)와

흰 당근(좌)과 뇌의 연수(延髓)

고차원적인 두뇌활동을 억제하는데 도움이 됩니다. 그리고 일반적으로 카페인 성분이 들어있는 초콜릿이나 차, 커피 등을 피하고, 칠리 고추나 후추, 딸기 그리고 강한 양념이 들어간 음식은 가급적 피하는 것이 좋습니다.

10.마음을 가라앉게 하는 음악을 들려주면, 아이들이 편히 쉬는데 도움이 됩니다.

11.목욕할 때 라벤더 오일을 몇 방울 첨가하여, 아로마 요법을 하는 것도 분위기를 가라앉히는데 도움이 됩니다.

12.천연 섬유로 만든 의류나 천연화장품, 예를 들어 인공적인 제품보다는 바디 샵(Body Shop) 같은 곳에서 파는 천연제품이 자연과 더 잘 어울리고, 자극도 적습니다.

13.그/그녀들이 하는 육체적인 활동에 너무 신경 쓰지 마세요. 이러한 문제에 너무 감정적으로 예민해져서는 안 됩니다. 그들을 도와는 주되, 초연한 마음을 가지고 대하세요. 아이들이 정신적으로 어떤 문제에 너무 몰두해 있으면, 몰두해 있는 것만큼 그 문제가 더 연장된다고 걱정하는 사람들이 많이 있습니다. 정신적인 에너지는 밧데리 충전기와 같아서 계

속 축적된다는 것을 잊지 마세요

14.가능한 가족단위로 여행을 다니세요. 땅과 접촉하는 놀이, 예를 들어 관목 숲 같은 곳을 걸어보세요. 이렇게 하면, 그들이 가진 과잉에너지를 접지하는데 도움이 되며, 자연과 자연 에너지를 좀 더 가까이 접할 수 있는 기회를 제공하게 됩니다.

15.그들이 받아들이려는 마음이 되어있을 때, 그리고 아주 흥분해 있을 때, 또 접지를 해야 할 필요가 있을 때 양손에 적철광 조각을 쥐게 해주세요. 그리고 아이들에게 에너지가 손바닥을 거쳐 보석돌 속으로 흘러간다는 것을 가르쳐 주세요. 몇 분간 쥐고 있다가 그 보석돌을 손에서 떼어내서 땅위에 내려놓게 하세요. 이렇게 하면, 돌에 흡수된 과잉에너지가 땅 속으로 흘러들어가게 될 것입니다. 이 보석돌은 다음에 필요할 때 재사용하면 됩니다.

16.보름달이 뜨기 전, 3일간은 가능한 아이들의 마음이 안정적으로 가라앉도록 힘써야 합니다. 왜냐하면, 보름달의 에너지가 아이들의 감정 상태를 더욱 확장시키기 때문입니다. 예를 들어 아이들이 흥분적인 상태라고 하면, 보름달의 에너지는 아이들의 감정을 더욱 악화시키게 되며, 반대로 마음이 가라앉은 상태라면, 마음이 더욱 차분하게 가라앉도록 만들어줍니다.

17.높은 에너지를 지닌 자연적인 장소나 레이라인 – 예를 들어 미국 캘리포니아의 샤스타(Shasta) 산, 호주의 울룰루, 대 피라미드 등 – 같은 곳에서 아이들을 멀리 떨어져있게 하세요. 왜냐하면 이러한 지역에서 나오는 자연의 에너지가 아이들 몸이나 오라에 영향을 주기 때문입니다.
(※레이 라인(Ley Line); 거석, 돌기둥, 석총, 교회 같은 고대의 사적이나 성지가 지닌 일

정한 정렬 법칙으로서, 신비한 에너지의 원천으로 신성한 에너지가 흐른다고 하는 가상의 선으로 동양의 기맥(氣脈)과 유사함)

18.가능한 한 아이들이 동물이나 집에서 기르는 애완동물들과 가까이 지내게 하세요. 일반적으로 동물들은 인간보다 오라의 패턴이 느리기 때문에 아이들의 오라 패턴을 느리게 하는데 이러한 동물들이 오히려 도움을 주게 됩니다.

19.가능한 한 아이들이 맨발로 걸어다니도록 하세요. 이렇게 하면, 아이들의 발바닥에 있는 짙은 녹색의 차크라를 통해 접지하는데 도움을 주게 됩니다. 이것이 여의치 않으면, 짙은 녹색의 양말과 어두운 색의 신발을 신게 하세요.

20.가능한 한 전자시계를 착용하지 않게 하고, 전자장치, 예를 들어 게임기나 노트북 같은 것을 직접 옮기게 하지마세요. 거기에 저장되어있던 에너지장이 방출되기 때문입니다. 그리고 컴퓨터와 TV의 시청시간도 가능한 제한하도록 하세요.

21.A.D.D./A.D.H.D.로 고통 받는 당사자는 말할 것도 없고, 여기에 관계되는 사람들, 즉 부모, 조부모, 친구들, 간호하는 사람들, 형제자매, 선생과 같은 모든 사람들은 카르마적으로 서로 얽혀있다는 것을 잊어서는 안 됩니다. 이러한 질병은 관계되는 모든 사람들에게 아주 중요한 많은 교훈들을 가르치고 있는 것입니다. 이것은 관계되는 모든 사람들의 영적 성장을 위해 고차원에서 요청하여 미리 계획된 것들입니다. 많은 아이들이 지구의 진동과 에너지에 적응하는데 애로를 겪고 있습니다. 안타깝지만 이는 아이들에게도 어쩔 수 없는 일입니다.

6.약물의 사용

　3, 4차원이 가지는 무거운 진동으로 인해 받게 되는 압력과 스트레스를 피하기 위하여 스타시드들이 약물을 사용하듯이, 4차원에서도 약물의 남용은 역시 해결되기 어려운 과제중의 하나입니다. 약물 남용은 그 자체도 문제지만, 많은 다른 문제들을 야기하기도 합니다.

　약물 중독에 한 번 빠지게 되면, 자신의 삶을 개선해보고자 하는 의욕은 사라지게 마련이며, 살아가면서 제일 먼저 하는 일이라고는 오로지 원하는 약물을 구하는 것뿐입니다. 대개는 비싼 약을 구하기 위하여 범죄를 저지르게 되고, 주사약이 다 떨어지고 나면, 개인의 고차원적인 이상(理想)이나 목적, 양심과 같은 것들은 모두 잊어버리게 됩니다.

　고차원적인 신성한 사명은 어디론가 사라져버리고, 4차원으로 인한 혼란으로 우울증과 고립감만 커져가게 되는 것입니다. 하지만 약물을 사용하지 않는 대다수의 사람들은 쉽고 빠르게 4차원의 여정을 통과해 갈 것입니다. 이와 같은 문제를 해결하기 위해 약물에 중독되어 있는 사람들은 하루빨리 전문가의 도움을 받기 바랍니다. 그래야 육화할 때처럼 의욕을 지닌 영적이고 지적인 사람이 될 수 있으니까요.

7.우울증

지구에서의 삶이 너무 힘들다고 느끼는 스타시드나 빛의 일꾼에게 있어서 우울증은 일종의 영혼의 파괴와도 같은 것입니다! 4차원에서는 이러한 고독감이나 혼동감이 더욱 자주 발생하게 됩니다. 많은 사람들이 고차원적인 영적 사명을 수행하기 위해 육화했다는 사실을 깨닫지 못하고 자신의 삶을 아무런 가치도 없다고 보거나 오로지 부(富)와 아름다움, 그리고 권력욕을 채우는 데에만 몰두하고 있는 것입니다. 불자(佛者)들은 흔히 "집착은 고통을 불러온다!"고 말하는데, 그들의 말이 정말로 맞는 경우가 많이 있습니다.

우울증을 치료하는 첫 단계는 삶의 진정한 목적을 찾아내는 것이며, 이러한 삶의 목적은 여러분 자신을 고양시킬 뿐만 아니라 남들을 돕는 것입니다. 그러기 위해서 먼저 자신의 건강을 돌봐야 하며, 적당한 수면과 휴식은 필수적인 것입니다. 영은 우리에게 다음과 같이 말했었습니다. "눈을 제대로 뜨고 보면, 삶은 경이로운 것들로 가득 차 있습니다. 행복해지는 법을 배우세요, 이것은 단지 관점의 변화일 따름입니다!"

여러분이 자신의 가치와 균형을 되찾을 때까지 의료적인 도움을 받는 것도 때로는 임시 해결책이 될 수가 있습니다. 의사와 전문가들 중에는 자신들의 신성한 사명에 따라 살고 있는 사람들도 많이 있으며, 그들도 여러분을 돕고자 한다는 것을 기억해두세요.

3차원에서 주로 즐기는 스포츠에는 달리기, 높이뛰기, 축구, 권투, 레슬링과 같이 매우 거친 진동을 가지고 있는 것들이 많이 있습니다. 때로는 참가한 선수들이 부상을 당하게 되는 경우도 있습니다. 반면에 4차원에서는 요가나 태극권, 댄스, 싱크로나이즈 수영 등과 같은 스포츠가 인기를 얻게 될 것이며, 3차원보다는 더 가볍고 부상도 덜 당하게 됩니다. 스포츠의 목적은 건강을 증진하고 친선을 도모하는 것이지,

경쟁하기 위한 것이 아닙니다. 4차원에서는 장애인을 위한 행사가 많이 장려되는데, 예를 들어 장애인 올림픽과 같이 육체적인 또는 정신적인 결함을 순수한 마음과 의지력으로 극복하는 사례들을 보여주게 될 것입니다.

친구들이여, 4차원에서는 의학 분야에서 비약적인 발전이 일어나서 그동안 불치병이라고 생각했던 많은 질병들을

마침내 치료할 수 있게 될 것입니다. 또한 치유할 수 없는 질병이나 의학적인 상황이 생긴다고 하더라도 마음만 먹으면 얼마든지 치유될 수 있게 될 것입니다. 예를 들어 불과 얼마 전까지만 해도 의학계에서 마치 소설에서나 가능한 일이라고 생각했던 심장이식이 이제는 아주 흔한 일이 되어버렸습니다. 사람들이 가지고 있는 정신적인, 그리고 감정적인 상태가 자신들의 건강에 영향을 주게 됩니다. 따라서 평화롭고 기쁘게 살며, 그리고 자신의 영적사명을 완수하면서 살아가도록 노력하세요. 그리고 매일 "나는 육체적으로 정신적으로 영적으로 언제나 건강하며, 균형이 잘 잡혀있다!"라고 확고한 마음을 가지도록 하세요.

9장
스타시드와 빛의 일꾼들이 4차원에서 부딪치게 되는 일상적인 문제와 그 해결방안들

1.빛의 일꾼들(THE LIGHT WORKERS)

빛의 일꾼들은 1971년 이전에 태어난 사람들로, 현재는 스타시드의 부모가 되어있을 뿐만 아니라 4차원적인 삶과 사고(思考)를 통해서 다른 사람들을 인도하고자 이 지구에 온 존재들을 말합니다. 이들은 이미 지구에서 많은 사회적인 변화를 이끌어냈습니다. 이러한 변화에는 여성해방, 작업조건의 개선, 자선운동, 동물학대 방지 및 환경문제의 제기 등과 같은 것들이 포함될 수 있습니다.

이들은 전쟁을 종식시키고, 전 세계에 존재하는 인종과 종교 간의 갈등을 치유하고, 평등한 관계를 이루기 위하여 사심 없이 노력해왔습니다. 또한 이들은 고대의 많은 영적인 수행방법들을 현대에 맞도록 재현해냈으며, 외계인과 성행위, 예술과 천사들의 존재에 대해서도 마음을 열어 이를 받아들였던 것입니다.

물론 전통적인 가정에서 양육 되고 가족들의 압력에 못 이겨 아직까지도 많은 빛의 일꾼들이 자신에게 주어진 사명을 제대로 시작하지 못한 사람들도 있습니다. 하지만, 이들 중에는 이제 중년이나 노년에 접어듦에 따라 자신들이 지닌 지혜를 비로소 이 지구를 위해 사용할 수 있는 시간과 기회를 가지게 된 경우도 많이 있습니다.

2.스타 시드들(THE STAR SEEDS)의 특성들

1971년 이후에 태어난 사람으로 성격이 예민하고, 삶의 목적도 없고, 슬픔과 무감정, 우울증으로 고통을 겪고 있으며, 자신의 미래가 불투명하고, 또 자신에 대하여 남들이 갖는 기대로 인해 매우 혼란스럽게 느끼고 있고, 스스로도 자신이 새 시대에 어울리는 사람이라는 생각이 든다면, 여러분은 스타시드일 가능성이 높습니다. 우리 부부가 상승한 마스터

플레이아데스 성단의 모습

(지구에서 삶을 산 적이 있는 신성한 존재)와 대천사로부터 받은 채널링 메시지에 의하면, 1970년대 초반 이후에 이 지구에 태어난 젊은이들의 약 80%가 플레이아데스 별자리에서 왔으며, 이들은 이미 많은 육화를 체험했는데, 생의 대부분을 플레이아데스 별자리에서 보냈다고 합니다.

298

고향인 플레이아데스는 지구와는 완전히 다른 세계입니다. 여러분들이 이 지구에서 행복을 느끼지 못하고, 매우 낯설게 느끼는 것도 무리가 아닙니다. 고향인 플레이아데스가 5차원 내지는 그 이상의 차원에 속하지만, 반면에 이 지구는 이제 막 4차원에 들어서고 있는 중입니다. 따라서 이 지구가 여러분에게는 매우 야만적이고, 삭막하게 보일지도 모릅니다!

플레이아데스의 사람들은 조화와 기쁨, 통합 속에서 살아갑니다. 모든 사람들이 사랑스럽고, 무조건적으로 서로를 돕습니다. 그들의 타고난 재능들은 완전히 계발되어있으며, 충분한 자원이 있기 때문에 일상적인 삶 속에서 투쟁과 같은 것은 전혀 찾아볼 수가 없습니다. 아동 학대나 욕심이 없고, 물질적인 성공도 추구하지 않으며, 그 대신 부드러우며, 평화롭고, 예술적이며, 다 같이 공동생활을 합니다. 따라서 스타시드인 여러분들이 이 지구에서 살아가면서 혼란스러움을 느끼고, 의기소침해 있는 것도 무리가 아닙니다!

이것은 마치 사랑스럽고 부유한 가정에서 자라서 성격이 온화하고, 지적이며, 문명화된 사람이 어느 날 갑자기 하층사회나 삭막한 빈민굴에 내동댕이쳐지는 것과 같은 것입니다!

아래에 스타시드에 대한 간단한 설명이 있습니다. 혹시 여러분들도 이러한 스타시드가 아닌지 살펴보세요. 만약 여러분이 플레이아데스적인 특징을 가지고 있다면, 이러한 능력을 마음껏 활용해보기 바랍니다!

플레이아데스인들과 스타시드들에게서 나타나는 전형적인 특징은 다음과 같습니다.

1)느긋하며, 대하기가 편한 성격을 가지고 있음

2)환경문제에 대한 확고한 신념을 가짐

3)높은 기술을 요하는 기구나 장치에 대한 강한 호기심을 나 타냄

4)영적이고, 심령적인 타고난 재능을 가지고 있음 – 천리안(영을 볼 수 있는 능력), 천이통(영의 소리를 들을 수 있는 능력), 초 감각 인지(ESP), 텔레파시 등

5)스태미나의 부족(쉽게 피곤해짐)

6)조직적인 활동에 익숙하지 않음(계획에 관심이 없음)

7)고기류, 인공 재료, 인공 섬유, 복잡한 제조공정을 거친 음식을 싫어함(자연적인 삶을 추구함)

8)뉴에이지 운동(New Age movement)에 대한 깊은 관심을 나타냄

9)사람이나 동물에 대한 잔혹한 행위를 싫어함

10)태어날 때부터 두통이나 근육의 긴장으로 인한 스트레스성 질환을 앓음

11)시간을 지키지 못하고, 시간개념이 없음(약속시간에 항상 늦음)

12)창작 활동에 깊은 관심을 가짐; 예, 음악, 예술, 그림, 스케치, 조각, 저술(著述) 등

13)천성적으로 체계적인 삶과 반복하는 것을 싫어함

14)삶을 편하게 하고 재미있게 하는 새로운 기술들을 쉽게 받아들임; 예) 휴대폰, 컴퓨터, 인터넷 등

15)판에 박힌 일이나 표준화된 일을 싫어함; 예) 변화가 거의 없고, 자기표현을 할 수 없는 직업

16)돈에 대해서 별로 관심이 없으며, 가진 것을 어떻게 쓰느냐

하는 것에도 관심이 없음

17)전쟁을 싫어함

18)다른 성(性)을 가진 사람들을 자연스럽게 존중함

19)현실도피를 위해 불법적인 약물이나, 술, 담배, 기타 자   극제를 복용하는 것에 대하여 별로 개의치 않는다.

20)파트너를 자신과 동등하게 대우함. 특히 개인적인 관계나   친한 친구사이에는 아주 솔직함

21)우울증이나 정신분열증과 같은 정신적 질병이 발작할 가능성이 높음

22)중요한 날들 - 예, 가족이나 친구의 생일, 어버이의 날, 각종 기념일 등 - 을 쉽게 잊어버린다.

23)성(性)적으로 남녀의 일을 별로 구별하지 않음 (남자가 아기의 기저귀를 갈고, 여자가 쓰레기를 내다버릴 수도 있음)

24)개인적인 소유나 물질에 대한 애착이나 관심이 거의 없음

25)몸에 강력하고도 아주 활성화되어 있는 중요한 차크라가 있는 반면, 부차적인 차크라와 별로 사용하지 않는 차크라가   있다. 이는 오렌지색의 골반차크라, 녹색의 가슴차크라, 자주   색의 이마/제3의 눈 차크라가 특히 여기에 해당된다.

26)거식증(拒食症)이나   폭식증(暴食症)과   같은   식이장애(Eating Disorder)를 일으킬 가능성이 높음

27)가진 것을 스타시드들끼리 교환하고 싶어 하며, 현금거래는 최소화하려 함

28)스트레스를 받게 되면, 다른 사람에게 책임을 전가하는 경향이 있음. 여기에는 부모, 파트너, 친구, 고용주, 정부당국,   지주(地主)도 포함됨

29)개인의 자유를 최대한 존중하며, 종속적인 생활방식을 아주 싫어함

30)복장이나 에티켓, 사회생활에 필요한 기술들을 별로 중요하게 생각하지 않음(격식을 차리지 않으며, 편한 옷을 입고, 자유롭게 행동한다)

31)UFO나 외계인(E.T.), 천사, 상승한 마스터, 우주의 창조주, 신의 존재를 쉽게 받아들인다.

32)원하는 것을 얻지 못할 때는 쉽게 화를 내는 경향이 있음(개인적인 욕구를 빨리 충족하고 싶어 한다)

33)매우 예민한 성격을 가지고 있으며, 남들의 비판에 쉽게 상처를 입게 됨

34)관심을 가지는 문제나 활동에 대해서도 시간이나 에너지, 열정을 조금 밖에 쏟지 않음(관심을 끄는 다른 활동으로 쉽게 옮겨 감)

35)살아있는 모든 생명체에 대하여 강한 유대감(일체감)을 가짐

36)지구나 다른 행성에서 이전에 살았다고 하는 느낌을 강하게 갖고 있음

37)사회적인 기대에 부응하고 싶어 하지 않음. 하는 일이 일상적이고 지루하게 느껴지게 되면, 쉽게 다른 직장으로 옮긴다.

본인이 스타시드이고, 지구에서 살아가는 것이 힘들고 낯설다고 느껴진다 하더라도 모든 것이 변해가고 있는 중이라고 생각해야 합니다. 이 지구는 여러분들과 같은 사람들이 살아갈 수 있도록 눈에 띄게 변화해 가고 있는 중입니다. 그것이 좋은 것이든, 나쁜 것이든 플레이아데스적인 특징들이 이 지구에 점점 더 뚜렷하게 나타나게 될 것입니다.

예를 들어 스타시드들은 자애로운 우주가 보살펴주는 것에 익숙해져 있습니다. 거기에는 또한 일을 할 의사(意思)가 없거나 능력이 없는 사람들에게도 정부가 구호품이나 실업수당을 주고 있으며, 각종 자선단체

에서는 이러한 사람들에게 집과 각종 상품 및 음식을 제공하고 있습니다. 따라서 이러한 환경에서 살아온 스타시드들의 인생관에 대하여 우리사회는 보다 더 관용적인 태도를 지녀야 합니다. 스타시드들은 구현

할 수 있는 강력한 능력을 지니고 있으며, 점진적으로 이 지구를 변화시켜 나갈 것입니다. 인류도 세계관의 변화와 필요에 따라 그 특성이 바뀌게 될 것입니다.

성행위에 있어서도 사회적으로 호모나 양성애, 그리고 격식에 구애되지 않는 성관계가 용인되고 있습니다. 지금 서구(西歐) 여러 나라에서는 동성애자간의 결혼이 성행(盛行)하고 있습니다. 종교적으로는 여성들도 전통적인 종교에서 사제(司祭)나 목사의 직을 맡고 있습니다.

전쟁이나 인종에 대해서도 사람들이 편견을 덜 가지는 경향이 있으며, 대개 스타시드들은 실제로 전쟁을 원하지 않습니다! 따라서 그들은 군인을 징집하기가 어렵기 때문에 플레이아데스가 아닌 다른 행성에서 온 인종들이 군인의 역할을 맡고 있습니다.

스타시드들의 영향으로 예술적인 작품이나 음악, 철학 분야에서 많은 변화가 있어왔습니다. 자연 요법들을 권장하는 젊은 의사들이 많이 늘어나고 있습니다. 또한 우리사회의 많은 젊은이들이 고대나 근대의 치유법들을 쉽게 받아들이고 있습니다. 그리고 죽음은 두려워해야 할 대상이 아니라 존재의 또 다른 측면으로 받아들이고 있습니다.

그러나 불행히도 스타시드들은 플레이아데스의 고차원적인 특성을 지구 문화에 맞게 접목하는데 있어 그 품성을 떨어뜨리지 않으면 안되었습니다. 아이들의 경우를 보면 이들은 플레이아데스에서에 비해 애들을 10배나 더 방치하는 셈입니다. 왜냐하면 스타시드들은 잘 짜인 사회제도 하에서 공동체의 지원을 받다가 곧바로 이곳 지구로 육화했

기 때문에 아기와 아이들을 먹이고 씻기고 하는 일상적인 활동들을 무척 힘들어합니다. 많은 스타시드들이 영구적인 만성 피로증후군에 시달리는 것처럼 느끼기도 합니다.

현재 약물의 사용은 전 세계적으로 만연해있으며, 이로 인해 플레이아데스인들의 특성인 고차원적인 명상 의식이 한낱 오락적인 것으로 품격이 떨어지게 되었습니다. 또 그런 이유로 스타시드들은 더 많은 분리감과 우울증, 무관심을 느끼게 되었습니다. 결과적으로 약물 과다복용과 자살이 사상 최고 수준으로 증가하고 있는 추세입니다.

그러나 스타시드들은 이 지구와 인류를 위해 해야 할 일이 많이 있습니다. 이들은 모든 인류를 위하여 통합과 무한한 사랑, 그리고 관용을 창조할 수 있으며, 모든 사람의 영적 및 심령적인 힘을 키울 수가 있습니다.

빛의 일꾼들은 인류가 오랫동안 가지고 있는 삶에 대한 태도와 철학을 변화시키는데 이 4차원이 도움이 된다는 것을 잘 알고 있습니다. 이들은 주변에 있는 과학으로 설명할 수 없는 미지의 세계에 대한 새로운 지식을 얻을 수도 있으며, 타고난 영적 및 심령적인 재능을 사용할 수도 있습니다. 또한 이들은 성(性)과 인종, 종교에 대하여 오랫동안 인류가 가지고 있던 부정적인 태도를 변화시킬 수도 있고, 하나됨(Oneness)의 개념을 쉽게 받아들이고 있습니다. 그리고 새로운 대체 치유법을 연구하고, 이것들로 인류의 건강을 증진시키고 웰빙을 위하여 사용할 수도 있을 것입니다.

4차원은 인류가 지닌 부정적인 특성을 점검하고 시대에 뒤떨어진 낡은 관습과 사고, 행동을 버리고 5차원으로 발걸음을 내딛어야 하는 시기입니다. 그러므로 우리는 이 4차원을 놀랍고도 흥분되는 발견의 여정(journey of discovery)으로 받아들여야 합니다!

10장

기대(Looking Forward)

아마 지금쯤이면 여러분들은 "우리가 얼마나 오랫동안 이 4차원에 머물러 있어야 하며, 또 언제 5차원으로 이동하게 되는 것인가? 그리고 그 정해진 시기가 따로 있는가? 또 인류가 3차원에서 수천 년을 보낸 것처럼, 4차원에서도 똑같이 있어야 하는 것은 아닌가?"에 관한 의문을 가지게 될 것입니다.

그러나 여기에 답하는 것은 매우 어려운 일입니다. 왜냐하면, 대다수의 사람들이 4차원에서 주어지는 과제들을 스스로 풀고 진정으로 5차원을 맞이할 준비가 되어야, 4차원을 졸업하고 5차원으로 가는 길이 열리기 때문입니다. 다음의 메시지는 이러한 문제에 대하여 성모 마리아로부터 받은 채널링 메시지입니다.

"영(靈)인 우리들은 4차원이 도래한 후 얼마나 오래 있어야 5차원으로 가게 되는지에 대해서 확실한 답을 줄 수가 없습니다. 왜냐하면, 이 문제는 전적으로 여러분들의 사고(思考)와 행동에 달려있기 때문입니다.

4차원은 혼란스러운 차원으로, 사사로운 욕망을 채우기 위해 구현의 능력을 활용해서는 안 되며, 보다 고차원적인 측면을 달성하기 위하여 노력해야 합니다. 이 4차원을 활용하여 사심 없이 인류와 어머니 가이아를 돕고, 평화와 번영을 이루고, 무한한 사랑으로 통합을 이루어낼 수 있다면, 인류는 하나의 종(種)으로서 4차원을 거쳐 권능과 사랑, 지식이 가득한 고차원으로 들어갈 수 있을 것입니다. 하지만 만약 이 4차원을 낮은 욕망을 채우기 위한 수단으로 활용한다면, 몇 백 년에서 몇 천 년이 걸릴 수도 있는 것입니다.

선택은 여러분들의 것입니다 – 약삭빠르게 개인적인 욕심을 채울 것인지, 아니면 무한한 사랑과 빛을 향해 앞으로 전진해갈 것인지 말입니다. 개인적인 노력을 통해 고차원의 상태에 도달하게 되면, 여러분 앞에는 5차원을 이루고 있는 근원적인 요소들이 펼쳐 보일 수도 있습니다. 바로 이때 여러분들은 상승을 할 것인지, 아니면 뒤에 남아 타인들이 5차원에 도달할 수 있도록 도울 것인지를 결정해야 할지도 모릅니다.

오직 여러분들만이 선택을 할 수 있습니다. 이 말을 널리 전하기 바랍니다. 신념과 희망, 존중, 사랑을 가지게 되면 보다 쉽게 5차원을 달성할 수 있게 될 것입니다. 오늘 당장이라도 결정하세요, 그리고 여정을 즐기세요!

한 우화(寓話)

옛날에 어느 한 마스터가 과수원과 포도밭을 지나 여행을 하다가,

OMNI

INSPIRATIONAL
GUIDANCE
BY THE MASTER

by The Abbotts

인심이 후한 어느 여인의 집에서 쉬게 되었습니다. 이 여인은 동네에 사는 사람들을 초대해서 이 마스터와 이야기를 나눌 수 있는 자리를 마련하였습니다.

어느 노인이 마스터에게 "나는 죽는 것이 겁이나요!"라고 말했습니다. 그랬더니 마스터가 왜냐고 물었습니다. 그리고는 이렇게 답변했습니다.

"노인께서는 이전에도 많은 생을 살았으며, 또 산 것만큼 많은 죽음을 겪었지만 지금도 이렇게 건강하고 튼튼하게 살아 있지 않습니까?, 죽음이 겁난다고 하는 것은 사는 것이 겁난다고 하는 것과 같습니다. 왜냐하면, 사람들이 부담을 느끼고 걱정하는 것은 이 지구에서의 삶뿐이지, 천계에서는 아무런 근심 걱정거리가 없습니다. 오직 신성한 기쁨만이 존재할 따름입니다.

천상계라고 하는 곳이 천사처럼 앉아서 하프나 연주하고 영원히 편히 쉴 수 있는 그런 곳이 아닙니다. 죽어서 처음으로 천계에 들어갈 때는 쉴 필요가 있을지도 모르겠습니다. 그 때에는 천사적인 존재들이 여러분들을 보살펴줄 것입니다. 그리고 나면 여러분은 자신이 누구인지를 기억하게 되고, 다시 영광스러운 몸과 마음을 되찾게 될 것입니다. 그런 후에는 앞으로 그 곳에서 해야 할 일을 결정하게 됩니다. 그 일이 공부하는 것일 수도 있고, 가르치는 일, 치유하는 일, 돕는 일이 될 수도 있습니다. 이 많은 것들 중에서 여러분이 선택하기만 하면 됩니다. 사랑하는 이들이여, 여러분들은 잠시 자원해서 이 지구에 와있는 것뿐이며, 여러분의 진정한 고향은 천상입니다. 여러분들은 지금 고향으로 돌아가고 있는 중이며, 여러분이 그 곳에서 먼저 떠나간 사람들을 만난다고 생각하면 왜 기쁘지 않을 수 있습니까?

오히려 죽지 않는 것이 두려운 일입니다. 여러분들은 곧 신성한 힘(Divine Power)과 창조주(Creator)와 함께 하게 될 것입니다. 그리고 다시 때가 되면 물질적 세계로 이루어진 어느 물질적 행성으로 되돌아가 물질적인 인간의 몸속으로 들어갈 수 있는 기회가 얻게 될 것입니다. 다만 여러분들이 간절히 원할 경우에 한해서입니다. 여러분들이 다시 물질세계로 돌아오는데 그리 오래 걸리지는 않을 것입니다." 마스터는 웃으면서 말했습니다. "고향으로 돌아가는 기쁨을 생각하며, 죽음을 두려워하지 마세요, 왜냐하면 죽음은 삶과 사랑을 표현하는 또 하나의 고차원적인 방법이기 때문입니다."

그러자 눈치 빠른 젊은 여자가 마스터에게 말했지요. "어떻게 하면 육화의 수레바퀴에서 빠져나올 수가 있나요? 그리고 육화하지 않고 천상에만 있을 수는 없나요?" 그러자 다시 마스터가 말했습니다. "좋은 질문입니다. 여러분들이 지구나 지구와 유사한 다른 행성을 찾아다니는 것이 이제는 지겹고, 영적으로 육체적으로 정신적으로 감정적으로 이러한 행성에서 더 이상 배울 것이 없다는 판단이 서게 되면, 여러분의 내면에서는 좀 더 고차원적인 세계로 상승하고 싶다는 소망(所望)이 솟구치게 됩니다. 그렇게 되면 여러분들은 고차원으로 가기 위해서 자신의 삶에 정성을 쏟게 되는 것입니다. 이렇게 육화를 거듭하는 과정에서 여러분이 천계에 머물러 있을 때 여러분들이 지금까지 배워온 것들을 살펴보고, 다른 존재들의 안내를 받아 지구와 같은 3, 4차원의 세계를 떠나서 5·6차원의 세계로 상승하여 육화할 수 있는 시기를 비로소 결정하게 됩니다. 보시는 바와 같이 이것은 끝없는 과정의 연속이며, 결국에는 또 다시 한 번 신성한 영과 결합하여 어둠과 평화 속에서 한동안 안식을 취하게 될 것입니다. 충분한 안식을 취한 후에는 또 다시 낮은 차원이 어떤 것인지 궁금해지게 되고, 이것을 체험하고 싶어서 다시 세상에 나오게 되는 것입니다. 이래서 이 인생을 가리켜 원(圓)을 따라 순환하는 것이라고 하지 않습니까?

태어나서, 살고, 죽고, 또 태어나고, 살고, 죽고, 이렇게 끝없이 반복하게 되는 것입니다. 따라서 지구에 육화하여, 양육되고, 높은 차원으로 상승하였다가 다시 또 내려오게 되는 것입니다. 이렇게 순환하는 것이 기분 좋은 체험이지 않겠습니까?"

●질문: 애버츠 부부는 5차원의 삶을 체험해보았습니까?

경험해 보았습니다. 몇 해 전에 우리 부부는 일부러 외딴 곳에 떨어져 있는 오래된 농장으로 이사를 했었습니다. 일에 대한 긴장감이나 사회 활동, 약속 같은 것들은 전혀 없었으며, 다만 기초적인 생존만을 하면서 거기서 생활했습니다. 외따로 떨어져 채식위주의 생활을 하면서 명상과 영적인 문제에 대한 대화와 책을 저술하며 몇 주(週)를 보내게 되었는데, 어느 날 우리 부부가 정말로 사랑스럽고도 놀라운 느낌을 받으면서 5차원으로 들어가고 있다는 것을 느끼게 되었습니다.

우리가 느낀 것은 고차원적이고 통합된 느낌이었으며, 모든 것이 밝게 빛났고 삶은 무척 평화로웠습니다. 우리는 고차원적인 존재들과 자유롭게 접촉하여 이야기를 나눌 수 있었고, 아스트랄 여행 경험과 더불어 높은 비전을 보고, 또 우리의 생각들을 구현할 수도 있었습니다.

그런데 불행하게도 그 이후 우리가 하고 있던 일이 침체되었고, 또한 3, 4차원에 있는 사람들을 만났을 때에도 그들과 쉽게 어울릴 수 없었으며, 오직 편안한 5차원으로 돌아가고자 하는 소망만이 강하게 솟구치는 것을 알게 되었습니다. 결국에 가서는 만일 우리가 다른 사람들을 돕고자 한다면, 그들과 어울려야 하고, 그들을 가르치기 위해서는 최소한 4차원 아래로 내려가야 한다는 것을 의식적으로 결정하지 않을 수 없었습니다. 어떤 면에서 보면, 우리 자신들에게는 불행한 일이지만, 우리들이 가진 삶의 사명이 다른 사람들을 3차원에 남겨두고 우리들만 상승하는 것이 아니라는 것을 깨달았던 것입니다.

물론 명상을 할 때나 채널링을 할 때, 또는 영적인 일을 할 때 우리는 종종 5차원에 이르며, 영원히 길을 잃는 것이 아니라 단지 체험을 자주 못하는 것뿐입니다. 언젠가 많은 사람들이 상승할 때, 우리도 함께 합류하여 이 놀라운 상황을 즐기게 될 것입니다.

　여러분들도 언젠가는 이와 같은 교차로를 만나게 될 것이며, 선택은 여러분들만이 할 수 있습니다. – 앞으로 계속 나아갈 것인지, 아니면 뒤에 남아 다른 사람들이 이 혼란한 4차원을 통과해 갈 수 있도록 도울 것인지를 말이지요. 옳고 그른 것은 없습니다, 다만 자신에게만 그렇게 보일뿐입니다.

　4차원을 거쳐 영광스런 5차원으로 가는 여러분 모두의 여정에 축복을 보냅니다! 고향으로 돌아가는 여러분의 여정에서 괄목할 만한 성과를 거두고, 행복한 동반자가 되기를 기원합니다.

5부

우울증이나 자살, 무기력증
극복하기

1장
우울하십니까?

- 난 여기에 있고 싶지 않아요! -

1.자살에 대한 생각?

  만약 이 책을 읽고 있다면, 여러분들은 혹시 지금 이 시간 매우 우
울해있거나 무기력하고 심지어 자살을 생각하고 있을지도 모르겠습니
다. 살아가면서 누구나 이런 감정을 느끼기는 하지만, 그렇다고 대부분
의 사람들이 자살을 선택해 현재의 생을 마감하지는 않으며, 대신 현재
주어진 삶을 살면서 삶의 새로운 목표와 목적을 찾게 됩니다. 바로 이
것이 우리가 여러분에게 전하고자 하는 뜻이자 인간의 삶의 목적이고
여러분이 육체를 가지고 살아있는 이유입니다. 또한 삶을 고양할 수 있
는 새로운 방법이기도 합니다. 지금은 이것이 여러분에게 무리하게 보
일지도 모르지만, 부디 이 책을 끝까지 읽기 바랍니다! 어쨌든 이 책의
내용이 지금까지 여러분이 읽어보지 못한 아주 중요한 정보일 수 있으
며, 정말로 여러분과 관련된 내용이기도 합니다.

  여러분이 만약 1971년 이후에 태어난 젊은 스타시드라면, 여기 이
지구에 존재하는 목적에 대해 혼란스럽게 느낄 것입니다. 그리고 당신

이 1971년 이전에 태어난 빛의 일꾼이라면, 삶에 환멸을 느끼거나 생명을 위협하는 질병이나 삶에 대한 정신적인 충격에 휩싸여 있을지도 모르겠습니다. 그러나 여러분들이 그렇게 느끼는 데에는 다 이유가 있으며, 여러분들이 느끼는 절망감을 종식시킬 수 있는 실질적이고도 기분 좋은 해결책도 있습니다! 한편 무관심은 삶을 몹시 따분하게 느끼도록 만들며, 삶이 보다 더 흥미 있도록 적극적으로 만들어가려는 노력을 할 수 없게 만들기도 합니다. 그리고 이러한 무관심은 대개 우울증을 유발하게 됩니다.

우리가 설명하는 것들이 논란거리가 될 수도 있겠지만, 또한 제시하는 해결방안들이 비록 급진적이기는 해도 반드시 효과가 있다고 확신합니다. 이러한 해결방안들(solutions), 즉 '영혼-실행들(soul-utions)'

들은 상승한 마스터들과 고차원의 천사적인 존재들로부터 받은 것이며, 여러분에게도 해당될 것이니, 한 번 시도해보시기 바랍니다.

상승한 마스터인 성모 마리아는 우울증에 대하여 다음과 같이 말하고 있습니다.

"사랑하는 이들이여! 절망하지 마세요. 여기에 희망이 있습니다! 무관심이나 우울증, 그리고 두려움에 빠져서는 안 됩니다. 여러분들은 자신들의 삶을 변화시킬 수 있으며, 스스로 원하는 삶을 창조할 수도 있습니다! 당신들은 모두 과학으로 밝혀지지 않은 무한한 능력을 지니고 있으며, 이러한 능력들을 다시 활성화하여, 다 자신을 위해 의미 있고 만족스러운 삶을 창조하는데 사용할 수도 있습니다. 영(Spirit))인 우리는 여러분이 내쉬는 바로 그 숨결이며, 당신들을 정말로 돕고 싶습니다. 우리와 접촉하고, 기도하고, 명상을 하면서 우리를 부르세요. 그리고 우리가 하는 말을 들어보고, 우리의 사랑도 느껴보세요. 우리는 절대로 여러분을 버려두지 않을 것입니다. 당신들이 인간으로 육화한 목적은 오직 하나이며, 그 목적이 무엇인지를 찾아보세요! 여러분이 해야 할 일은 단지 그것을 찾아내서 발견하기만 하면 되는 것입니다.

자살(自殺)에 대해서는 생각하지 말기를 바랍니다. 다음과 같은 사실을 알려드립니다. 여러분이 자신에게 주어진 신성한 사명을 완수하기도 전에 삶을 일찍 끝내게 되면, 대개는 곧바로 새로 태어나는 아기의 몸속으로 되돌아가게 됩니다. 그런 다음에는 지겨운 성장과정을 다시 거쳐 어른이 되어서는 죽을 당시와 똑같은 감정적인 문제를 지닌 비슷한 환경에 놓이게 됩니다. 따라서 여러분은 자신에게 주어진 사명을 피해갈 수 없으며, 당신이 자살을 통해 주어진 삶을 몇 번이나 포기했느냐와는 관계없이 삶의 교훈을 받아들이지 않으면 안 되는 것입니다. 그러므로 당초 여러분이 계획한 삶을 이곳에 지상에 머물면서 끝까지 살아야 합니다. 사랑하는 이들이여! 내 말을 믿으세요. 점점 좋아지게 될 것입니다. 또 사랑과 마음의 평화를 찾게 될 것입니다. 여러분은 변화할 수 있습니다!"

2.우울증에 걸려 있는지 알아보기

여러분이 우울증에 시달리고 있는지 알아보기 위하여 아래의 질문에 "네/아니오"로만 답해보세요.

1.늘 우울하며, 힘이 솟지 않는다.
2.삶이 아무 의미가 없어 보인다.
3.항상 피곤하며, 힘이 없다.
4.스스로 쓸모없는 인간이라는 생각이 든다.
5.지금까지 살아오면서 해온 일들에 죄책감이 든다.
6.쉽게 의사 결정을 하지 못한다.
7.수면장애가 있거나 아니면 하루에 8시간 이상을 잔다.
8.식욕이 없다.

9.공허함을 채우기 위하여 과식을 하게 된다.

10.더 이상 친구나 가족들이 보고 싶지 않다.

11.일이나 학업에 집중하기가 힘들다.

12.삶에서 뭐가 중요한 어떤 것을 놓치고 있다는 느낌이 든다.(허 전한 느낌)

13.매우 외롭다는 느낌이 든다

14.잘 운다.

15.큰 기쁨에서부터 깊은 절망에 이르기까지 감정의 기복이 심하 다.

16.종종 죽음과 자살에 대한 생각을 해본다.

17.자살을 시도해 보았거나 위험한 행동을 해본 적이 있다.

18.무력감을 느낀다.

19.과음을 하거나 약물을 사용한다.

20.섹스나 스포츠, 또는 오락물에 더 이상 흥미를 느끼지 못한다.

3.답

만약 우울증을 유발할 만한 외부적인 요인이 없으며, 두 가지 이상의 질문에서 "예"라고 하는 답변을 하고, 수주(週) 이상 우울증이 지속되고 있다면, 부디 의사나 심리치료사 또는 정신과 의사와 상담하기 바랍니다. 왜냐하면 이러한 증상은 화학적으로 몸의 불균형이나 또는 깊이 자리하고 있는 감정적인 장애로 인하여 일어나기 때문입니다.

현재 항우울성 약물을 복용하고 있거나 어떤 종류의 통상적인 치료를 받고 있는 사람이라면, 가능한 빠른 시일 내에 이와 같은 치료방법을 병행할 것을 권합니다. 또한 우울증에 걸린 사람들을 도와주는 웹사이트들도 많이 개설되어있습니다.

그러나 이 책에서 제시하는 답이 여러분들에게 도움이 되기를 바라며, 그 답이 여러분들이 처해있는 상태를 완전히 다른 각도로 바라보게 함으로써 자신을 위해 보다 더 만족스럽고 즐거운 삶을 창조할 수 있도록 도와줄 것입니다. 따라서 더 이상 "나는 여기 있고 싶지 않다."라는 느낌을 갖지 않을 것입니다.

사람들이 자살을 결심하게 하는 과학으로는 설명할 수 없는 몇 가지 다른 이유들을 여기에 소개합니다.

4.자살의 여러 영적 원인들

●**패턴화** – 대개 최면을 통해 전생역행(前生逆行)을 하게 되면, 자살한 사람들은 지난 생(生)을 기억하게 되며, 언제 몇 살에 자살했는지를 알게 됩니다. 따라서 이번 생에서 그들이 그러한 나이에 다다르게 되면 무의식적으로 다시 자살하고자 하는 충동이나 우울한 생각이 들게 됩니다. 이러한 어두운 느낌들은 최면효과가 있는 자기암시나 "나는 과거에 자살하고자 했던 모든 생각들을 잊으며, 지금이라는 매 순간을 행복하고 만족한 삶을 살고자 한다."라고 하는 다짐을 매일 반복함으로써 이를 극복할 수 있습니다.

●**부정적인 에너지들** – 부정적인 환경 속에서 지속적으로 살아가는 사람들은 서서히 자신들의 오라장(auric field) 속으로 이러한 부정적인 에너지를 흡수하게 됩니다. 이러한 부정적인 에너지는 사람들의 마음을 짓눌러 자살의 위기상황으로 몰아가게 됩니다. 이것은 오랜 세월에 걸쳐 부정성이 축적된 교도소와 정신병원 같은 곳에서 많은 사람들이 자살을 기도하는 것을 보면 알 수가 있습니다.

※**해결방안:** 그러한 장소를 떠나든가, 아니면 자기 보호조치를 완벽히 취한 후, 심령적으로 정화(淨化)의 빛인 황금의 흰 빛으로 그러한 장소를 정화하면 됩니다.

●**아스트랄체의 공격** – 약물이나 알코올을 남용하는 사람이나 자세를 낮추어서 일을 해야 하는 사람들은 자신들의 아스트랄체나 오라체에 작은

부정성의 덩어리들을 만들어내게 됩니다. 그렇게 되면 저급한 부정적인 아스트랄체의 공격을 받기가 쉽습니다. 바로 이것이 혼돈과 우울증을 불러오는 것입니다.

※**해결방안:** 약물과 알코올을 복용하지 마세요. 그리고 보다 청결하게 영적인 삶을 살고, 천사들의 도움을 받아 자기 스스로를 정화하세요. 우리가 앞서 제시한 보호기법을 사용해보세요.

여러분이 앞서 4부 9장에서 나열한 스타시드 특성 항목들 가운데 자신의 현재 조건이 5개 이상에 해당된다면, 확실히 스타시드입니다. 축하합니다. 이제 자신이 스타시드라는 것을 확인했다면, 여러분들이 느끼고 있는 우울증과 "여기에 있고 싶지 않다"는 바램을 어떻게 처리하겠습니까?

먼저 여러분들은 지금 이 순간 플레이아데스가 아닌 이 지구에 인간으로 육화해있는 이유부터 알아야 합니다. 결론부터 말하면 그것은 여러분들의 선택이었습니다! 여러분들은 그곳 플레이아데스에서 또 다른 수천 년을 보낼 수도 있었지만, "아니야! 이번엔 지구에서 육화하여 인간으로서의 삶을 살아 볼거야!"라고 선택했던 것입니다.

왜 이러한 선택을 했을까요? 왜 사랑이 충만한 5차원에서 고차원적인 존재로 살아가는 것을 포기하고, 자발적으로 혹독한 3/4차원으로 내려와 80여년의 생을 기꺼이 살려고 했을까요? 다음은 미카엘 대천사가 우리에게 들려준 채널링 내용입니다.

"이러한 젊은 영혼(존재)들은 매우 용감하며, 특별한 사명을 가지고 이 지구 가이아에 왔습니다! 이들은 독특한 에너지를 가지고 이 지구 행성에 왔으며, 이 에너지는 지구를 혹독한 3차원에서 벗어나 심령적인 재능을 확장하는 4차원으로, 그리고 평화와 조건 없는 사랑, 통합이 보편화되어 있는 보다 더 고차원인 5차원으로 상승하도록 돕게 될 것입니다.

남자, 여자, 아이들, 그리고 흑인과 백인, 황인종과 적색인종, 갈색인종 등 모든 존재들이 이 지구에서 하나가 되어 살아가게 될 것입니다. 서로를 도우며, 투쟁과 전쟁을 끝내고 기아와 질병이 없어지며, 희망과 믿음이 증진될 것입니다. 이러한 일들은 젊은 존재들이 자발적으로 떠맡은 훌륭하고도 영적인 사명입니다! 비록 이러한 젊은이들이 이 지구에 존재하기 위해서 많은 것들을 포기해야만 하나, 언젠가는 그들도 자신들의 길을 찾게 될 것입니다. 이들은 자신들이 누구이며 집단적인 사명이 무엇인지를 기억해내게 될 것입니다. 이들은 세속적인 삶을 초월하여 살 것이며, 지구에서의 삶을 매우 가치 있고 뜻있게 만들어갈 것입니다!

불행하게도 그들 중에 대부분은 태어날 때 망각의 베일이 드리워져 자신들에게 주어진 신성한 사명이 무엇인지를 잊어버렸습니다. 따라서 그들은 혼자 버려졌으며, 외로우며, 슬픔을 느끼게 되었습니다. 그들은 물질적인 삶에서 부모로서 가지게 되는 짐을 짊어지고 싶어 하지 않습니다. 그들은 압박감과 스트레스를 받지 않고 자유롭고 싶어 하며, 자신들이 원하는 삶을 살고자 합니다.

그들 중에서 많은 사람들이 지구의 혹독한 환경을 완화해서 체험하기 위해 약물과 술에 의존하기도 하지만, 이는 더 심한 기억상실과 건강에 대한 위험 부담 및 정신적인 혼란을 가져오는 덫이 되기도 합니다. 또 다른 일부의 사람들은 무관심, 환멸, 우울증을 느끼고 있는데, 이들은 내면적으로 이곳에 있는 것이 시간 낭비이며, 평범한 인간으로 살아가고 있다고 알고 있기 때문입니다.

이제는 이들이 깨어나서 자신들이 왜 여기 존재하고 있는지 알아야 할 때입니다! 자신들의 삶의 계획과 세계적인 계획, 그리고 신성한 사명을 수행해야 하며, 보다 더 플레이아데스적인 삶을 이 지구에서 창조해야 합니다. 젊은이들이여! 이렇게 할 용기가 있으십니까? 도전을 받아들이세요! 그러면 여러분들에게 영인 우리가 힘을 주고, 안내해줄 것입니다."

- 대천사 미카엘 -

멋진 말이지 않습니까! 여러분들은 어떤 고차원적인 목적이 있어서 이 지구에 자발적으로 인간으로 육화해 있으며, 수명을 다할 때까지 끝까지 살아야 한다는 것을 이제 이해할 수 있겠습니까? 당신들은 다른 사람들과 똑같을 수가 없게 되어있습니다! 따라서 자신들의 삶의 계획과 세계적인 계획 그리고 신성한 사명을 기억해내고, 또한 이러한 것들을 꼭 이행해야 합니다. '남들과 똑같이 되려고' 스트레스를 받지 말고, 다른 존재가 되세요. 여러분은 각자 다른 독특한 존재들이며, 신성한 존재들인 것입니다.

현실도피를 위한 수단으로 죽음을 생각하지 말고, 여러분들의 신성한 사명을 활성화하도록 하세요. 당신들은 인류와 이 지구 행성에 크게 이바지할 수 있는 다양한 재능과 타고난 심령적인 재능을 지니고 있습니다. 하나가 되어 살아가세요!

더 중요한 것은 여러분들은 혼자가 아니라는 것입니다. 여러분과 똑같은 스타시드들이 이 지구에 정말로 수백 만 명이나 있으며, 이들은 깨어나서 그들이 육화한 이유를 기억해내려 하고 있습니다. 그리고 자신들에게 주어진 신성한 사명을 행하려 하고 있습니다. 영과 더불어 여러분들의 가이드와 상승한 마스터, 대천사와 그 밖의 많은 존재들이 여러분이 육화한 이유를 기억해낼 수 있도록 돕고 있으며, 당신들을 기꺼이 인도하고자 합니다. 놀랍지 않습니까?

여러분은 저차원인 3차원과 4차원에서 살아가는 것이 힘이 들기 때문에 지금까지 슬프고, 우울하고, 무관심하고 피곤했었습니다. 이곳의 진동도 거칠었고, 여러분의 몸은 3차원에 존재하기 때문에 더 무겁게 느껴졌습니다. 이것이 바로 많은 어린 스타시드 소녀들이 식사를 거부하는 거식증 (拒食症) 환자가 되는 이유이며, 이들은 무의식적으로 가볍고 가냘픈 플레이아데스에서의 모습을 되찾으려 하고 있는 것입니다.

3차원인 이 지구에서는 무거운 육체가 필요하다는 것을 이들은 아직까지도 깨닫지 못하고 있습니다. 또한 이 지구의 음식은 소화도 잘 되지 않습니다. 여러분들이 플레이아데스에 있을 때는 과일이나 달콤한 액체와 같은 훨씬 부드럽고 소화가 잘 되는 음식을 먹었습니다. 그리고 육류는 거친 진동을 가지고 있기 때문에 그곳에서는 절대로 육식은 하지 않습니다! 스타시드들 중에서 채식주의자가 증가하고 있는 것은 바로 이 때문입니다. 또한 마음도 매우 혼란스러울 것입니다. 왜냐하면 지구 자체가 혼란스러운 곳이기 때문이지요! 인간들은 마치 싸울 것 같은 말과 행동을 보입니다.

권력을 가지고 있는 자들은 여러분에게는 정직하고 공정하고 너그럽게 살아야 된다고 합니다. 하지만 정작 자신들은 전쟁을 미화하면서 비즈니스에서는 모든 것이 공정해야 하며 욕심을 부려야 성공한다고 말하고 있습니다! 또한 대다수의 사람들은 조건 없는 사랑을 행하지 않으며, 만인을 위해서 가장 고귀한 의도로 일하지도 않습니다. 그러나 스타시드 여러분이 이 지구에 인간으로 오기 전에 있던 장소인 플레이아데스의 사람들은 이러한 고차원적인 가치를 따릅니다. 그러므로 당신들이 이 지구를 이해하지 못하는 것도 어찌 보면 당연한 일이며, 때때로 자신들이 외톨이라는 느낌이 드는 것도 무리가 아닙니다.

이 지구와 플레이아데스는 감정적인 면에서 완전한 대조를 이루고 있습니다. 고향인 플레이아데스의 사람들은 평화롭고 풍요로우며 무조건적인 사랑을 하면서 살아갑니다. 그곳은 누구나 모든 사람들이 행성과 주민들이 더 좋아질 수 있도록 힘쓰고 있습니다. 그러나 슬프게도 이 지구에서는 이러한 것들이 항상 우선순위에서 밀려나 있습니다. 여러분들이 이 지구에 사는 사람들이 거칠고 야만적이라고 느끼는 것도 당연합니다. 당신들이 이전에 알고 있는 것과 비교해 봤을 때, 그들은 실제로 그렇습니다. 또한 영적인 면에 있어서도 이 두 개의 문명은 아주 다릅니다. 플레이아데스에 있는 사람들은 고차원적인 영적존재에 대해서 충분히 알고 있으며, 이러한 영적존재들과 자주 교류를 하기도 합니다. 그들의 생활방식은 영적인 것에 기초를 두고 있으며, 물질적인 가치에 두고 있지 않습니다. 그리고 어릴 적부터 어린이들은 모든 형태의 생명체들을 존중하도록 교육을 받습니다. 비유하자면 슬프게도 지구는 마치 황무지와도 같은 곳입니다 …

　혼란스러워하는 많은 스타시드들은 지구에 존재함으로써 느끼는 깊은 고통을 표현하고 그들이 매우 다르다는 것(상이성:相異性)을 나타내기 위해 심지어 자신들의 신체를 훼손하기도 합니다. 그러나 더 우울하게 느끼기 전에, 여러분분만이 아니라 수백만 명의 스타시드들이 이 혹독한 지구 상황을 변화시키기 위해 이 시기에 맞추어 인간으로 육화해있다는 것을 잊어서는 안 됩니다. 그리고 여러분들은 이러한 일을 해낼 수가 있습니다!

　이제 스타시드들끼리 서로 뭉쳐야 하며, 이제 그 일을 시작해야 합니다. 대천사 미카엘의 말처럼 이 지구에서 보다 더 플레이아데스적인 삶을 창조해야 한다는 도전을 받아들이세요. 우리가 어떻게 해야 하는지를 알려주겠습니다. 머지않아 여러분은 너무 바쁘고 충만하며 만족하여 슬픔이나 우울함을 느낄 겨를이 없게 될 것입니다. 당신들은 자신의 삶의 계획과 세계적인 계획에 따라 살게 될 것이며, 주어진 신성한 사명을 수행하게 될 것입니다.

　계속해서 이 책을 읽어 보세요 …

5.여러분의 삶의 계획과 세계적인 계획은 무엇입니까?

　인간으로 육화하기 전에 다음과 같은 시나리오가 이루어집니다. 먼저 여러분은 자신들의 영적 가이드와 상위자아를 만나서 자기가 살아온

지난 생(生)들, 특히 가장 최근의 삶들을 회고하게 됩니다. 이러한 작업들은 평화적이고 유익한 방식으로 이루어지게 됩니다. 여러분이 지구나 플레이아데스에서 행한 이전의 행위에 대하여 어떠한 재판이나 비난 같은 것은 없습니다. 아무도 여러분을 심판하지 않습니다. 그러나 자기 스스로가 영적으로 좀 더 성숙해지기 위해서, 여러분은 자신이 저지른 과실이나 잘못된 행위에 대해 아마도 다소 엄하게 대할지도 모릅니다! 여러분 자신이 뿌린 부정적인 카르마를 이해하게 되면, 대개는 지구로 되돌아가 과거에 해를 끼친 사람들에게 긍정적이고 유익한 행위를 함으로써 이를 보상하고자 할 것입니다.

그리고 자신들의 특성을 면밀히 파악한 후, 지금까지 제대로 익히지 못한 여러 측면들을 다음 생에서 배우고자 할 것입니다. 또한 지난 생에서 관심을 가지고 있던 특정 분야을 계속 지속하고 싶어 하는 경우도 있습니다. 예를 들어, 플레이아데스에서 음악가였다면, 이 지구에 와서 음악가가 되어서 새로운 획기적인 음악기법을 도입할 수도 있습니다. 개인적인 가이드들의 도움을 받아서 여러분들은 자신들의 주요한 삶의 계획을 스스로 작성하게 됩니다. 이러한 삶의 계획에는 누구를 부모로 하여 태어날 것인지, 그리고 어느 나라 어느 지역에, 어떤 사회적 신분으로, 어떤 종교적 배경으로 살 것인지, 그리고 삶에서 맞이하게 될 중대한 사건들, 서로 영향을 주고받을 사람과 계발하고 싶은 특성 등이 모두 여기에 포함됩니다.

삶의 계획에 포함될 삶의 교훈들도 여러분 스스로가 선택하게 되며, 그것이 좋은 교훈이든 나쁜 교훈이든, 이러한 교훈들은 지난 여러 생에 걸쳐 축적된 많은 부정적인 카르마의 빚을 청산할 기회를 제공해주기도 하는 것입니다. 이러한 삶의 교훈을 선택하는 것은 다른 사람이 아닌 바로 자신이라는 것을 깨닫는 것이 중요합니다! 여러분이 천상계에 있을 때는 지금 이 지구에 있을 때보다 훨씬 더 용감하므로, 종종 여러분들은 아주 혹독하고 장대한 교훈들을 배우기로 선택하기도 합니다.

따라서 만일 여러분이 연애나 성생활, 직장, 학교 공부, 가족 관계에 있어서 어떤 문제들을 가지고 있다면, 이러한 것들을 여러분들 스스로가 선택하였다는 것을 잊어서는 안 됩니다. 당신들은 이와 같은 특정 사건들에 직면하기를 스스로 원했으며, 이러한 상황을 받아들여 이것을 극복하고 삶을 계속해나기를 원했기 때문입니다. 그러한 상황들은 우주가 여러분에게 무정하게 떠맡긴 것들이 아니며, 더군다나 당신들을 좌절시키기 위해 주어지는 것은 더 더욱 아닙니다!

삶의 계획과 마찬가지로 세계적인 계획은 여러 가지 다양한 형태로 작용하지만, 대체적으로 세계적인 계획은 "어떻게 하면 인류를 도울 수 있을까"하는 것을 지향하게 됩니다. 이러한 계획이 비록 어떤 카르마를 갚기 위한 것일 수도 있지만, 사회의 발전을 위해 여러분들이 가진 재능과 재주를 사심 없이 사용하는 것일 가능성이 더 높습니다. 예를 들어 여러분들이 사람들과 어울리는 것을 좋아하고, 또한 얼마간의 치유 능력을 가지고 있다면, 그러한 능력을 평화봉사단체나 국제구호개발기구인 〈월드비전(World Vision)〉과 같은 단체에 일정 기간 무료로 제공함으로써 의료시설이 부족한 국가에서 병으로 고통 받는 사람들을 도울 수도 있을 것입니다.

또 어떤 사람들은 자신들의 세계적인 계획의 일환으로 아마추어 상담사나 치료사 또는 영적 교사의 일을 선택하는 경우도 있습니다. 대개의 경우, 우리가 선택하는 직업은 자신의 세계적인 계획을 보완하는 경우가 많지만, 때로는 세계적인 계획과 전혀 다른 경우도 있습니다. 시골에 사는 우체부가 여가시간을 활용하여 훌륭한 치유사로서의 일도 할 수 있으며, 지금은 한낱 젊은 엄마에 불과하지만 장래에는 훌륭한 영적 상담사가 될 수도 있습니다.

자신들의 세계적인 계획이 무엇인지 알기 위해서는 여러분들이 많은 생을 살면서 게발해온 능력과 재능이 무엇인지를 살펴보고, 이것들을 주의 깊게 검토해보아야 합니다. 인류에 대한 사랑의 선물로서 타고난 재능을 충분히 표현하기 위하여 어떤 분야에 마음이 끌리나요?

대개 이런 식으로 우리가 가진 재능을 사용할 수 있도록 삶은 우리에게 아주 작은 신호만을 보내줍니다. 이러한 신호들을 그냥 무심코 지나치지 마세요! 우리 모두가 인도의 테레사 수녀처럼 전적으로 다른 사람들에게 봉사하면서 일생을 살 수는 없지만, 지역 자선단체 같은 곳에 가입하여 함께 일하면서 도움을 필요로 하는 사람들을 도울 수는 있을 것입니다. 또 우리가 치유기법들을 배워 가족들과 애완동물들을 치료할 수도 있고, 괴로워하는 친구들의 말을 들어 줄 수도 있습니다. 선택할 수 있는 것들은 수도 없이 많이 있으며, 그저 타고난 사랑스런 본성에 따르기만 하면 됩니다. 그리고 명상과 기도를 통해서 세계적인 계획을 이해할 수 있도록 인도해달라고 신성에게 요청할 수도 있습니다.

여기에 삶의 계획과 세계적인 계획을 찾아내는 방법을 소개합니다. 펜과 종이를 준비하세요.

6. 삶의 계획과 세계적인 계획 찾아내기

여러분들의 세계적인 계획을 실행하기 위해서 타고난 재능과 재주가 무엇인지를 알아내기 위해 아래 사항에 대한 질문을 읽고 답해보세요.

질문 1.

(마음이 우울하지 않을 때) 통상 1주에 가장 큰 기쁨과 즐거움을 가져다주는 개인적인 활동들을 10가지 나열해 보세요. 힌트로서 아래와 같은 것들이 포함될 수 있습니다.

A.사람들과 이야기하기, 사람 사귀기, 또는 사람들을 즐겁게 하기

B.춤추기, 또는 연기하기

C.그림 그리기, 또는 스케치

D.인터넷 검색하기

E.창조적인 글쓰기

F.영적 및 심령적인 재능 계발하기

G.TV 시청하기

H.정원 가꾸기, 또는 환경 돌보기

I.동물 돌보기

J.노인이나 허약자, 또는 불구자 돌보기

K.악기 연주하기

L.심리학이나 사회학과 같이 관심 있는 주제에 관한 독서

　여러분이 작성한 목록에서 1번에서부터 10번까지 가장 좋아하는 순서대로 나열해보세요. 해당 활동들을 수행할 때 자신이 얼마나 많은 즐거움과 내적인 충만감을 느끼는지에 따라 순위를 매겨보세요. 작성이 끝났으면, 목록에서 9번과 10번을 제거하세요. 만일 필요하다면 다시 평가하고, 선호 순서도 변경해보세요. 매일 목록에서 두개 이상을 제거해가세요. 여러분이 가진 리스트를 계속 재평가하여, 최종적으로 1번과 2번만을 남겨놓으세요 .

　만일 여러분이 위의 지시사항에 따라 성실하게 답한 결과, 마지막에 남은 2개의 답이 여러분의 삶에 가장 큰 기쁨과 내적인 충만감을 가져다주는 활동들이라고 하도록 합시다. 일단 여러분이 이것을 알게 되면, 마지막으로 남아있는 1번과 2번이 인류 혹은 세계적인 계획을 이룰 수 있도록 자신에게 주어진 타고난 재능일 가능성이 높습니다.

　다음 단계는 여러분이 선택한 1번과 2번의 활동을 포함하고 있는 모든 직업을 주의 깊게 적어보는 것입니다. 예를 들어 그림 그리는 것

과 동물을 돌보는 것을 좋아한다고 하면, 동물의 초상화를 그리는 예술가가 되는 것은 어떻겠습니까? 또는 영적 및 심령적인 재능을 계발하고 사람을 돌보는 것을 좋아한다면, 대체의학적인 치유사가 되는 건 어떨까요? 조금만 생각해보면, 자신에게 맞는 이상적인 전문 직업을 쉽게 찾을 수 있을 것입니다.

새로이 갖게 되는 직업을 취미나 시간제로 해보기 바랍니다. 이렇게 하면, 전적으로 새로 선택한 이 직업에 매이기 전에 새로운 직업에 대해 사전에 맛볼 기회를 가지게 됩니다.

만일 취미나 시간제로 체험해본 결과 이 직업이 자신에게 맞지 않는다고 판단되면, 위와 같은 방식으로 또 다시 시도하면 됩니다. 두 번째 연습할 때는 여러분이 현재 취미로 해보고 싶은 몇 가지의 기술과 활동을 새로 포함하여 시도해볼 수도 있습니다. 이렇게 하면 두 번째 연습을 보다 정확하게 할 수 있습니다. 이제 또 다른 취미 또는 시간제 일을 해보고 싶은 것이 있나요?

이러한 연습을 충분히 반복해서 해보세요. 계속해서 취미나 시간제 일을 변경해가면서 자신에게 가장 적합한 이상적인 직업을 찾아보세요. 지금 여러분이 이상적인 직업을 찾는데 쏟는 이 조그마한 노력은 남은 생(生)에서 얻게 되는 즐거움과 내적인 충만감에 비하면, 아무것도 아닙니다.

자신들의 세계적인 계획이 무엇이고, 이 계획이 자신들의 삶에 있어서 중요한 요소를 이루고 있다는 것을 이해하게 되었으니 이제 자신에게 가장 큰 기쁨과 내적인 충만감을 가져다주는 일을 함으로써 돈도 벌게 되는 것입니다! (예: 선택한 직업을 통하여). 여러분들이 하는 일이나 직업이 이제는 더 이상 지루하고 시시하지 않게 될 것입니다. 이것은 일종의 사랑과 같아서 - 이러한 일(직업)을 해도 해도 또 하고 싶어질 정도로 좋아지게 될 것입니다.

자유의지는 인간으로 육화한 모든 존재들이 가지는 가장 중요한 측면입니다. 육화하기 전에 우리들이 가지고 있던 고차원적인 의도가 무엇이든 상관없이 이 지구에 있는 동안 우리가 잘못을 저지르는 것은 당연히 허용됩니다. 우리는 망각의 베일이 씌워진 채 육화하였으므로 우리가 설정한 모든 고차원적인 큰 뜻이 무엇인지를 잊어버리게 되었습니다. 따라서 때때로 카르마적인 업(業)을 갚아야 하거나, 미래에 받게 될 긍정적인 카르마를 창조할 기회를 상실하고 있는 것입니다.

삶의 계획을 어느 정도 이해하게 되면, 모든 일에는 그것이 일어나는 이유가 있다는 것을 깨닫게 됩니다. 이것은 바로 우리 스스로가 요청했던 것입니다! 우리는 어떠한 부정적인 상황에도 화를 내지 않으며, 사람과 사건들을 교묘히 조종하려고도 하지 않습니다. 긍정적으로 모든 사람들을 카르마를 갚아야 하는 잠재적인 대상(기회)으로 봄으로써 우리는 더 이상 부정적인 카르마를 만들지도 않으며, 이번 생에서나 다음 생에서 적을 만들지도 않는 것입니다!

긍정(肯定)이라는 것은 마치 눈뭉치와 같아서 여러분들이 좀 더 자상하고 행복하며 자신감을 갖게 되면, 그와 같은 긍정적 사람들과 상황들을 자신에게 끌고 올 것입니다. 즉 눈덩이는 점점 커지게 되며, 여러분은 자신의 주위에 있는 사람들에게 보다 더 긍정적이 되도록 영향을 미치게 될 것입니다! 우리는 이것을 영적으로 '시너지효과'라 부릅니다.

7.여러분들의 신성한 사명은 무엇입니까?

여러분들의 신성한 사명은 여러분들이 이 땅에 육화하기 이전에 이미 계획됩니다. 즉 천사들의 도움을 받아서 여러분들이 지구에서 계발하고자 하는 영적 및 심령적인 특정재능이 무엇인지를 살펴보고, 지구의 상황을 변화시키고 개선하기 위해 비슷한 재능을 가진 다른 사람들과 연합하게 됩니다.

우리는 여러분에게 이러한 심령적인 재능들을 처음부터 새로 계발하라는 것이 아니라 이러한 기존 능력들을 재계발하라고 말하는 것입니다. 왜냐하면 당신들은 이미 많은 전생(前生)을 통해 이러한 재능들을 성공적으로 사용해 왔으며, 플레이아데스에서는 모든 사람들이 이러한 능력을 일반적으로 사용하고 있기 때문입니다! 여러분은 이러한 기억을 되살리기만 하면 되며, 그러면 당신들은 이러한 능력들을 다시 능수능란하게 구사할 수 있게 될 것입니다.

이러한 영적인 재능에는 아래의 것들이 포함됩니다.

- 텔레파시(타인들과 정신적인 대화를 하는 것)
- 천리안(영을 보는 것)
- 아스트랄 여행(자신들의 아스트랄체를 사용하여 먼 거리나 다른 차원을 여행하는 것)
- 영적인 치료
- 초감각 인지(고차원적인 것을 아는 것)
- 구현(염력으로 물체와 상황을 자신들이 원하는 방향으로 움직이게 하는 것)
- 오라를 보고 빛의 몸에 있는 챠크라를 사용하여 일하는 것
- 수면 상태에서 일하기
- 부정성이 가득한 지역에다 영적인 정화작업 하기
- 고차원적인 존재와 접촉하기
- 고차원적인 지혜를 축적하기
- 사물과 사람의 순간이동
- 시간여행
- 외계의 존재와 접촉하는 일
- 타로 카드, 점성술, 수비학(數祕學) 등을 이용하여 타인들을 도와주기

영적인 재능을 활용할 수 있는 분야를 열거하자면 끝없이 많습니다! 목록들 중에서 여러분의 관심을 끄는 것들이 없나요? 이러한 능력들 중에서 하나 이상의 것에 관심이 끌리지 않습니까? 아니면 이 목록에 없는 것들에 관심이 끌리나요? 그러면 여러분의 마음을 끄는 것들을 적어보세요. 아마도 마음이 통하는 사람들을 만나게 되면, 이러한 능력들을 발휘할 수 있게 될 것입니다.

이제 조용히 앉아, 명상을 하면서 우주/영(靈)에게 수 주(週) 내에 자신의 신성한 사명이 무엇인지를 보다 명확하게 이해할 수 있도록 도움을 요청하세요. 그리고 난 후, 일상생활 속에서 (영이 매일 여러분에게 다양한 형태로 보내주는) 동시성적인 사건이 무엇을 암시하고 있는지 자각하도록 하세요.

이것이 무슨 뜻일까요? 예를 들어, 우리가 작성한 목록 중에서 여러분이 아스트랄 여행에 대해 마음이 끌린다고 합시다. 그러면 여러분은 항공요금도 지불할 필요도 없이 지구뿐만 아니라 우주 공간과 차원간의 여행을 하고 싶어질 것입니다. 여러분이 명상을 할 때, 아스트랄체 (별빛 같은 몸)로 행성 주위를 여행하고 있는 모습을 시각화하세요. 이것이 마치 현실처럼 느껴지게 됩니다. 우연히 TV를 켜니, 멀리 있는 것을 보는 법과 아스트랄 여행에 관한 프로그램이 방영되고 있습니다. 다음날 책방에서 책을 한 권 집어들었는데, 그 책의 제목이 '아스트랄 여행'이라고 되어있는 것입니다. 또 우연히 영적/심령적인 교육강좌(애버츠 부부의 아스트랄 여행에 관한 무료 강좌처럼)를 보게 되었으며, 이것을 듣기로 마음을 정합니다.

그리고 여러분들은 단체로 아스트랄 여행을 하고 싶어 하는 친구를 새로이 만나게 됩니다. 밤에 서로 만나서 아스트랄 여행을 함께 배우게 되고, 또한 단체로 함께 일하고 싶어 하는 사람들도 만나게 됩니다. 밤에 수면상태에서 서로가 가진 심령 에너지를 결집하여 시너지효과를 내기로 마음을 정합니다. 그리고 잠이 든 상태에서 유독성 쓰레기로 오염된 지역을 찾아가 그 지역을 심령적으로 정화하게 됩니다. 그러면 이러한 지역에 깃들은 부정성은 줄어들게 되고 긍정성이 커지게 됩니다.

영의 도움과 더불어 동시성적인 사건과 자각, 그리고 시너지 효과가 어떻게 우리들로 하여금 이 지구 행성을 위해 유익한 행동을 하도록 유도하는지 알 수 있지 않습니까? 게다가 여러분들은 영적으로 마음에 맞는 새로운 친구를 이미 만들었습니다! 삶은 예전보다 더 보람 있고 행복해졌습니다. 이제 여러분들이 살아가면서 부딪치는 모든 문제들을 보다 균형감 있고 낙관적인 방식으로 처리할 수 있게 되었습니다. 이제는 더 이상 우울해하지도, 무감각해하지도 않습니다. 여러분들 각자는 참된 목적을 지닌 신성한 사명을 수행해야 하는 스타시드이며, 인생은 정말로 살 가치가 충분히 있는 것입니다.

점차적으로 심령적인 재능이 커지고 영적세계에 대해서 더 많이 알게 됨으로써 여러분은 감정적으로도 보다 더 풍요로운 삶을 스스로 창조하게 될 것입니다. 영적인 여정을 통해 자극을 주는 새로운 친구도 만나게 되고, 삶도 변화되며, 삶에 영감을 불어넣어주는 상황들도 체험하게 되는 것입니다.

이와 같은 흥미로운 여정은 삶에 대한 인식과 태도를 바꿀 때 시작됩니다. 그렇게 되면 삶이 더 이상 위협적거나 따분하지도 않으며, 세속적이지도 않게 되고, 이제는 자신들이 여기 이 지구에 존재하고 있는 신성하고도 특별한 이유를 알게 될 것입니다. 따라서 여러분은 자신들의 삶을 보다 더 좋게 개선할 수 있게 됩니다.

다른 스타시드들을 만나는 장소들

▪ 인터넷 영적 사이트들. 채팅 글과 활동상황을 살펴보기.

- 지역에서 주관하는 영적 및 자기계발 강좌, 설명회, 세미나에 참석.
- 명상 강좌참가
- 지역 심령주의 강신(降神) 교회(the Spiritualist Church) 방문
- 주 1회 만나 토론이나 명상을 하기 위한 그룹을 만들기 위하여 집이나 임대한 장소에서 만날 수 있도록 지역신문에 전화 연락처를 기재한 광고 게재하기.

아주 조금만 노력하면 여러분과 비슷한 사람들을 만날 수가 있습니다. 일단 여러분이 먼저 그룹을 만들고 난 후, 자신들이 가진 영적인 재능과 재주를 계발하고, 그런 후에 계발된 재능들을 고차원적인 의도를 가지고 사용하게 되는 것입니다.
여러분들은 아래의 항목들 가운데 무엇을 할 수 있습니까?

- 자신과 타인들을 치료하기
- (충분히 보호조치를 취한 후) 단체로 아스트랄 여행을 하며, 부정성이 가득한 지역을 정화하기
- 남들을 위해 상담해주기
- 타인들을 가르치기
- 여러분이 살고 있는 지역에 있는 레이라인 센터와 같이 자연령(自然靈)인 데바 에너지와 연결하기.

이러한 힘들을 치유를 위해서 행성에 빛을 보내는데 사용해야 합니다.

- 천사들과 개인적인 가이드들, 그리고 상승한 마스터들과 안전하게 의사소통하기
- 초감각 인지 및 텔레파시 능력 계발하기

- 자신의 가장 숭고한 선을 이루기 위하여 어떤 것을 구현하기

우리들은 상승한 마스터로부터 매일 수차례에 걸쳐 확언(確言)을 듣게 되는데, 이러한 말들은 여러분의 본성이 지닌 영적인 측면을 활성화시켜 줄 것이며, 그 내용은 다음과 같습니다.

"나는 신성한 사명을 가지고 여기 이 지구에 왔다는 사실을 받아들입니다. 나는 스타시드(Star Seed)입니다. 나는 내 주위에 영적 및 심령적인 세계가 존재한다는 것을 매일 자각하고, 나 자신도 이러한 세계에 활발하게 참여하고 있다는 것을 인식하고 있습니다. 내가 사명을 수행할 수 있도록 영이 나에게 보내주는 동시 발생적인 사건과 시너지 효과를 받아들일 것입니다. 나는 이 행성과 인류가 보다 더 신성하게 되도록 다른 사람들과 같이 협력할 것입니다. 또한 나는 이러한 일들을 가장 고귀한 의도와 무조건적인 사랑으로 실천할 것입니다."

약물과 성적(性的)인 혼돈, 관계의 단절, 고독, 질병, 일 그리고 성공의 문제와 같은 특정문제에 대해서는 뒤의 3장을 읽어보기를 권합니다.

만일 여러분이 빛의 일꾼이라면, 아마도 1970년 이전에 태어났을 것이며, 자신이 지닌 영적 및 심령적인 본질에 대해 큰 관심을 가지고 있을 것입니다.

이제 다수의 빛의 일꾼들이 비록 중년이 되었지만, 아직도 자신들이 가진 재능을 충분히 발휘하지 못하고 혼란스러워 하고 있는 사람들도 많이 있습니다! 이들은 내면의 소리를 통해서 자신들이 물질적인 많은 것을 체험했다는 것을 듣고 있습니다. 이들은 대개 결혼도 하고 아이들도 낳아 양육하며 혼자 힘으로 출세도 했지만, 여전히 뭔가 빠진 것과 같은 허전한 마음을 지울 수가 없는 것입니다.

또 다른 빛의 일꾼들은 이혼을 하거나 재혼을 하기도 했으며, 또는 연애에 실패하여 감정적인 면에서 많은 고통을 안고 살아가는 이들도 많이 있습니다. 또한 직장에서 급여를 삭감을 당하거나 혹은 경제적인 어려움을 겪고 있는 경우도 있습니다. 또 어떤 사람들은 건강이 좋지 않거나 정신적 우울증 및 만성피로를 겪고 있기도 합니다. 그러한 삶은 살 가치가 없는 것처럼 보이기도 하며, 때로는 자살이 선택 가능한 유일한 방법인 것처럼 느껴지기도 합니다. 하지만 이 책을 끝까지 읽어보세요!

여러분들이 감정적인 면에서 이렇게 힘이 드는 교훈을 체험하는 진정한 이유가 무엇이고, 이러한 교훈 속에서 여러분들이 할 수 있는 일이 무엇인지 찾아보세요. 그리고 어떻게 하면 자신의 삶을 훌륭하게, 또 충족될 수 있도록 스스로 복원할 수 있는지 찾아보십시오. 여러분들 스스로가 진정으로 누구이며, 이 지구행성에 존재하고 있는 이유가 무엇인지를 찾아내는 일이 삶에 있어 1시간 정도의 투자가치는 있지 않을까요?

베이비 붐 세대들은 평화로운 분위기를 이 땅에 실현하고, 행성을 안정화시키며, 핵전쟁과 격심한 동요를 피하기 위하여 제2차 세계대전 이후에 이 지구에 왔습니다. 그리고 결국 이들은 당시의 사회구조에 근본적인 변화를 가져오게 됩니다. 결과적으로 이와 같은 많은 목표들, 즉 여성의 권리, 평화단체, 어린이들의 권리, 많은 자선단체, 그리고 전 세계적인 원조계획, 극소수의 전쟁과 투쟁, 환경문제의 제기, 자유로운 종교적 및 영적인 믿음의 탐구와 사회적인 통합 등과 같은 목표들을 성공적으로 달성하게 되었습니다.

또한 베이비 붐 세대들은 전례가 없을 정도로 엄청난 규모의 이혼을 체험하게 되며, 국내외적인 변화도 겪게 되는데, 즉 결혼 후에도 많은 여성들이 직장생활을 계속 유지하고 성(性)과 자녀의 양육에 있어서 커다란 인식의 변화를 체험하게 됩니다. 1950년~60년 사이에 획립된 사회적인 기대와 윤리, 그리고 견해들이 2000년대를 전후하여 완전히 바뀌게 되었습니다. 그러므로 이러한 사람들이 혼란스러워하는 것도 무리가 아닙니다.

50년 전인 1950~60년대에는 대부분의 사람들이 처음 만난 배우자와 결혼생활을 계속 유지했고, 지금 이들은 할아버지 할머니가 되어 있으며, 또 보수적인 삶을 살아왔습니다. 여성들은 가정의 일을 주로 하며, 기품 있는 중년의 가정주부가 되는 것을 당연한 것으로 받아들였습니다. 그리고 남편들은 돈을 벌고 운전을 하며 정치와 같은 것은 거의 알지 못한 채 그냥 맥주나 마시고 평범하게 지냈습니다. 서구에서 이러한 부부들은 은퇴할 날을 기다리며 매주 일요일이면 규칙적으로 교회에 다녔습니다. 오늘 날에는 이런 식으로 살아가는 사람이 얼마나 될까요? 아마 거의 없을 것입니다. 하지만 빛의 일꾼들은 외부 세계의 도움이나 공감을 거의 받지 못하고 이와 같은 엄청난 사회적인 변화에 적응해야만 했습니다.

오늘날에는 50대의 여성이 지난 세대들처럼 자신들이 늙었다고 생각하지 않습니다. 이들 여성들은 유행에도 감각이 있으며, 건강하고, 국제적인 사건들에 대해서도 많이 알고 있습니다. 또한 전문직을 계속 가지면서 예전에는 남자들이 하던 집안일들도

처리해야 하는 경우도 있습니다. 이러한 여성들은 스스로 운전도 해야 하고, 해외여행도 다녀야 하며, 차량과 집에 대한 보수도 해야 하고, 정기적으로 헬스클럽에 나가야 합니다. 또 성생활과 자금관리도 해야 하며, 자녀들과 늙은 부모들도 돌보고, 취미 생활과 종교 활동도 해야 합니다.

많은 중년 여성들이 50세 정도가 되면, 자신들이 젊었을 때 스스로 한 약속들 중에서 세속적이거나 정서적인 면에서 아직 성취하지 못한 것들이 있다는 것을 깨닫게 됩니다. 또 어떤 사람들은 큰 집과 새 차를 장만하고, 해외에서 휴가를 즐기며 배우자를 잘 보살피고 있지만, 그래도 마음 한 구석에서는 만족을 느끼지 못하고 있는 경우도 있습니

다. 이러한 여성분들은 틀림없이 피곤해 있으며, 몹시 지쳐있고, 혼란스러워하며 의기소침해 있을 것입니다! 때문에 많은 중년의 여성들이 알코올과 처방약이나 불법적인 약물에 중독되어 있으며, 음식 중독(거식증이나 폭식증) 또는 육체적 또는 정신적인 문제에 시달리는 것도 놀라운 일이 아닙니다. 우리는 특히 여러분이 외롭고 혼란스럽게 느낄 때, 당신들이 이 모든 것들에 저항할 수 없을 정도로 억눌려있다는 것을 알고 있습니다. 하지만 여러분에게 해주고 싶은 말은 - 이러한 문제들은 해결될 수 있다는 것입니다! 우리가 여러분에게 할 수 있는 조언은 어떻게 하면 이 모든 것들 뒤에 숨겨진 목적을 찾아낼 수 있으며, 보다 더 나은 삶을 설계할 수 있는지를 알려주는 것입니다.

우리는 빛의 일꾼인 한 남성을 기억하고 있는데, 그는 1970년 이전에 태어났으며 아마 베이비 붐 세대일 것입니다. 그 역시 이 세상이 혼란스럽고 암울하다고 느끼고 있습니다. 그는 1950년대나 60년대에는 아마 10대였을 것입니다. 그 시대의 영화들은 나이가 들면 자연히 그렇게 되는 일반적인 남성다운 남자를 묘사하고 있었으며, 그도 나이가 듦에 따라 그러한 남성이 되어가고 있었습니다. 그 시대를 이끌던 남성상은 종종 영화 "위험한 질주(The Wild One, 1953)"에 나오는 말론 브란도(Marlon Brando)같은 사람으로 - 여성들을 존중하지 않으며, 반항적이고 남자다운 거친 리더들이었습니다. 그렇지 않으면 도리스 데이(Doris Day)나 데비 레이놀즈(Debbie Reynolds)와 같은 매력적인 조연(助演) 여성들에게 남성적인 특성을 잘 보여준 록 허드슨(Rock Hudson)과 같은 난봉꾼들이 당시의 남성상이었던 것입니다. (※록 허드슨:미국의 영화배우.《무기여 잘있거라 A Farewell to Arms》,《자이언트 Giant》와 같은 작품에 출연했다. 에이즈(AIDS)에 걸렸음을 밝힌 최초의 유명인사로 1985년 AIDS로 사망하였다.)

60년대의 진정한 남성상은 자기가 좋아하는 여자를 쫓아다니고, 결혼해서, 아이들을 낳고 양육하는 것이었습니다. 한편 아내는 집에서 청소를 하며 저녁이 되면 집으로 돌아오는 남편을 위해 마티니를 준비하는 그런 생활상이었습니다. 살아가면서 생기는 중요한 사항들은 남편이 결정하고, 아내는 그것을 받들기만 하면 되었습니다. 하지만 지금은 시대가 어떻게 바뀌었습니까?

이와 같이 혼란스러운 베이비 붐 세대의 남성들은 여성의 해방과 냉동식품에 대한 요리, 결혼에서의 평등성, 반항적인 아이들, 직장에서 함께 일하는 여성동료들과 타협하지 않을 수 없었습니다. 또 신체적으로 건강하고, 유행에도 민감하며, 성적(性的)으로도 많은 것을 알지 않으면 안 되었습니다. 따라서 이 시대에는 결혼한 부부의 거의 절반이나 이혼했으며, 성관계를 포함해서 사회적, 종교적인 측면에서도 극적인 전환기를 맞이하게 되었습니다.

많은 중년의 남성들도 50세가 되면 자신들이 젊었을 때 스스로 한 약속들 중에서 세속적인 면에서는 성공하지 못했다는 것을 알 수 있습니다. 또 어떤 사람들은 큰 집을 장만하고, 새 차를 사고, 해외에서 휴가를 즐기며, 젊고 아름다운 부인도 얻었지만, 마음속 한 구석에서는 만족감을 느끼지 못하는 경우도 있습니다. 이러한 남성들은 지금 혼란스러워하며 의기소침해 있을 것입니다! 이러한 혼란을 이겨내기 위해 빛의 일꾼인 많은 남성들은 술과 의사의 처방약이나 불법적인 약물 또는 음식 중독에 걸려있습니다. 그렇지 않은 경우는 육체적 또는 정신적인 문제에 시달리고 있습니다.

특히 외롭고 혼란스러움을 느끼고 있는 경우라면, 여러분들이 저항할 수 없을 정도로 이러한 모든 것들에 억눌려 있다는 것을 우리는 잘 알고 있습니다. 하지만 여러분에게 해주고 싶은 말은 – 이러한 문제들은 해결될 수 있다는 것입니다! 우리가 할 일은 '어떻게 하면 이 모든 것들 뒤에 숨겨진 목적을 스스로 찾아내서 보다 더 나은 삶을 설계할 수 있는가?' 하는 것을 여러분에게 알려주는 것입니다.

먼저 여러분들이 이 지구에 존재하고 있는 이유를 깨달아야 합니다.

왜 여러분들이 이곳에 존재하고 있다고 생각하나요? 물질적인 성공을 위해 존재하는 것이 아닙니다! 삶에서 여러분이 무엇을 믿든지 관계없이 - 최고의 갑부라 하더라도 죽으면 승리하지 못하는 것입니다! 성공으로 행복을 살 수는 없으며, 세상에 있는 모든 돈을 다준다 해도 영적인 충만감이나 고양감을 느끼게 하지는 못할 것입니다. 비틀즈가 노래한 것처럼 "돈으로 사랑을 살 수는 없으니까요!" 여러분의 삶을 향상시켜 나가기 위해서는 시대에 뒤떨어진 낡은 개념을 마지막으로 한 번 더 버려야 합니다.

불행히도 이 지구 행성의 정부와 주요 종교들은 이러한 낡은 개념들, 즉 물질적인 성공이나 민족주의, 이기주의와 사회에 잘 적응해서 살아가는 것이 인생의 최우선 목표가 되기를 바라고 있습니다. 이러한 사회에서는 여러분 스스로 사고(思考)하지 않을 것이고, 또 과격하게 행동하게 되거나 주변 상황에는 여러분들이 위협적인 존재가 되는 것입니다. 만일 여러분이 이러한 낡은 것들에 저항하거나 자신의 삶을 이끌어가기 보다는 우울증에 시달리다가 자살을 한다고 해도 정말로 이들은 아무 상관도 하지 않습니다. 그들은 여러분이 진정 누구인지, 그리고 왜 지구에 존재하고 있는지에 대해 당신들 스스로 아는 것을 원하지 않습니다. 왜냐하면 여러분이 이러한 것을 아는 것은 그들의 목적에 부합되지 않기 때문입니다.

여러분은 작고 조그마한 영이나 영혼을 가진 인간이 아니라, 본래 인간의 형상을 지닌 영(靈)인 것입니다. 이번의 삶은 지금까지 당신들이 체험한 수많은 삶들 중의 하나에 지나지 않습니다. 여러분은 체험과 교훈을 통하여 자기 자신과 타인들에 대하여 뭔가를 배우기 위하여 이 지구에 온 것입니다. 그리고 여러분에게 일어나는 모든 일들은 목적이 있어서 일어나는 것입니다. 우연히 일어나는 일이나 사고, 실패란 없습니다. 또 삶이 공평하지 않은 것처럼 보이지만 그렇지 않습니다. 여러분에게 일어나는 모든 일들은 그것이 좋은 것이든 나쁜 것이든 고차원

340

적인 이유가 있어서 여러분들 스스로가 체험하도록 요청한 것들입니다. 이혼에도 이유가 있으며, 질병, 말 안 듣는 자식들, 직장에서의 해고 등 모든 것에는 그 이유가 있습니다. 이해가 되시나요?

여러분들이 정상적이라면, 지금쯤 이렇게 외쳤을 것입니다. "천만에, 그것은 말도 안돼! 나는 내 자신을 사랑해! 나에게 나쁜 일이 일어나라고 요청했을 리가 없어! 나는 자학자(自虐者)가 아니라구!(※자학자(自虐者):학대당하면서 쾌감을 느끼는 사람, 매저키스트)" 맞지 않습니까? 처음에는 우리 모두가 이렇게 느껴왔습니다. "난 나 자신을 사랑해. 난 나에게 나쁜 일들이 일어나라고 요구하지 않았어!" 그러나 그렇든 그렇지 않든, 이것은 우리가 요청한 것입니다. 왜 그럴까요? 그것은 우리가 고통을 통해서 보다 빠르고 철저하게 배울 수 있기 때문입니다.

여러분들이 이 말을 부정하기 전에 이것에 대해서 다시 한 번 생각해보기 바랍니다. 어린아이에게 뜨거운 불에 닿으면 안 되는 이유를 수백 번 설명해주고 심지어 불에 닿지 않으면 상까지 주기도 하지만, 불행히도 불에 한번 데고 나서야 다시는 불을 만지지 않습니다. (그렇다고 꼭 아이들을 불에 데게 하라는 말은 아닙니다!). 여러분들도 똑 같지 않나요? 여러분들의 부모님들도 '알코올의 해악'에 대하여 수없이 말하지 않았나요? 그러나 한번 진탕마시고 숙취를 느끼고 난 후에야 술의 해악이 무엇인지 그 뜻을 아주 빠르게 알게 되는 것입니다.

물론 사람들 중에는 배움의 속도가 느린 사람들도 있어서 어느 날 머릿속에서 전구불이 켜져 갑자기 술과 약물, 나쁜 남자나 여자, 지나친 과속, 거만하거나 너무 순종적인 것도 자신에게 좋지 않다는 것을 깨닫게 될 때까지 교훈과 징계(스스로 가함)를 되풀이하여 배우게 됩니다.

여러분들이 배우게 되는 교훈들은 지난 생에서 배움을 이리 저리 회피하였거나 적절하게 배우지 못한 것들이 대부분입니다. 만일 여러분들이 중세 프랑스의 귀족이나 귀부인으로 거만하게 굴면서 소작인들에게도 가혹하게 대했다면, 현생에서는 대개 가난한 사람으로 살아가게 된다는 것을 알게 될 것입니다. 따라서 여러분들이 이번 생에서는 미국이나 호주에 살면서 지난 생에서 가혹하게 굴었던 바로 그 소작인들로부터 박해를 받고 있을 것입니다! 당신들은 자신이 지은 업(Karma)을 피할 수가 없습니다! 따라서 현생에서 우리가 제시하는 방식대로 살아가든지, 아니면 현생에서 지은 부정적인 카르마를 다음 생(生)으로 가져가서 그러한 카르마가 모두 소멸될 때까지 다시 살아야만 합니다.

여러분들에게 좋지 않은 일들이 일어나게 되는 또 다른 이유는 여러분들을 일깨우기 위한 것입니다. 직장에서 쫓겨나고, 연애가 파경에 이르고, 질병에 걸리는 등 이 모든 일들은 여러분들이 하던 일을 멈추게 하여 잠시 생각에 잠기게 하는 것입니다. '도대체 삶이란 무엇인가? 나는 어디로 가고 있는가?' 영적 가이드들은 당신들이 현실 속에서 부딪치는 모든 것들에 대해서 질문해 주기를 바라고 있습니다. 그들은 여러분들의 내면 속에 있는 영을 스스로 찾아내어 보다 더 영적이고 고양되기를, 또 충만된 삶을 살기를 바라고 있는 것입니다!

중요한 것은 포기하지 않는 것입니다. 그리고 자신들이 특별한 사명을 가지고 이 지구에 인간으로 육화해있다는 것을 깨닫는 것입니다. 여러분은 여기 이 지구에 존재하는 진정한 목적을 지난 50여 년간 잊고 살았습니다! 당신들은 자신들이 지닌 특별한 영적인 빛과 지혜를 끌어올려 이 행성의 빛을 상승시키기 위해 온 것 입니다. 또한 어린 스타시드들을 자신들의 자녀로 양육하고 특별한 사명을 가지고 온 '러브 칠드런(Love Children)'의 조부모가 되기 위해 여기 이 지구에 온 것입니다.

여러분들이 살고 있는 이 세대는 지구에 도움이 되는 큰 변화들을 이미 이룩했으며, 앞으로도 계속 그렇게 할 것입니다. 이러한 변화들을 촉진하기 위하여 다른 사람들과 함께 협력한다면, 더 많은 만족감을 얻게 될 것 입니다. 다른 말로 표현하면, 여러분들이 이 땅에 살아가는 진정한 의미를 느끼게 해준다는 것입니다! 이러한 일은 상승한 마스터나 천사들, 그리고 가이드들의 영적인 안내를 받아서 이루어지게 되는 것입니다. 자, 이제 살아가야 할 충분한 가치가 있지 않나요?

왜 선한 사람들에게 안 좋은 일이 일어날까요?

여러분은 "왜 나에게 이런 일이 생기는 거지? 내가 이렇게 벌 받을 짓을 했나?"하고 스스로 물어본 적이 있습니까? 나는 카운슬러로서 내 담자들로부터 자신은 잘못이 없는데 자기들의 삶은 비극적이고 여러 문제들을 안고 살아가고 있다고 불평을 늘어놓는 사람들을 많이 보았습니다. 그들은 자신들이 자비를 베풀고, 신을 믿고, 자녀들을 사랑으로 잘 키우며, 법을 잘 지키는 그야말로 선량한 사람이라고 생각하는데, 자신들에게 좋지 않은 일들이 일어난다고 생각합니다. 따라서 착한 사람들에게도 겉으로 보기에는 나쁜 일들이 일어나는 것처럼 보이는 것도 사실입니다.

하지만 문제를 더 심도 있게 관찰해 보면, 여러분들이 골치 아파하는 일들은 적절한 의도가 있어서 일어납니다. 하지만 때로는 이것이 사람들을 당황스럽게 합니다. 내가 하는 일은 이러한 비극적인 일과 문제들 속에 숨어있는 영적인 메시지가 무엇인지 반드시 찾아야 하는 것입니다. 그리고 건설적이며 확실한 어떤 목적도 없이 부정적인 상황들이 무작위로는 거의 일어나지는 않는다는 것을 나는 깨달았습니다. 그렇습니다. 모든 참사와 재난의 이면에는 언제나 중요한 교훈이 있게 마련입니다. 더 중요한 것은 이러한 교훈이 자신에게 왜 주어졌으며 그러한 교훈을 어떻게 처리하는지를 이해하게 되면, 반드시 이러한 혹독한 문제들은 빠르게 사라지게 된다는 사실입니다.

고객 중에 수잔(Suzan)이라는 분이 이러한 상황에 처한 전형적인 사례입니다. 수잔은 지성적이고 붉은 머리에 매력적이고 옷도 잘 입고 다니는 40대 중반의 여성입니다. 10대인 두 아들을 둔 이혼녀로서 지역에 있는 법률 사무소에서 비서로 일하고 있습니다. 그녀는 기획을 잘하며, 영성센터에서 없어서는 안 될 중요한 인물로 정기적으로 개최되는 심령 박람회의 일중에서 자금을 기획하는 일을 맡고 있습니다. 그녀는 스스로 늦게까지 일하는 것도 마다하지 않으며, 기부를 하지 않을 것 같은 사람들을 그럴듯한 말로 설득하여 기부하게 하는 능력도 가지고 있습니다. 따라서 대부분의 사람들은 수잔이 자신의 삶을 철저하게 잘 관리하고 있다고 생각하고 있었습니다.

그러나 어느 날 수잔이 실망해서 눈물을 흘리며 나를 찾아왔습니다. 그녀의 큰 아들인 마틴이 일주일전에 마약을 거래하고 투약한 죄로 경찰에 체포되었으며, 또한 자신은 일 년에 한 번하는 정기 X-레이 검사에서 가슴에서 혹 덩어리를 발견했는데, 조직을 떼어내서 이것이 악성 종양인지를 검사하고 있다고 합니다. 당연히 그녀는 심한 스트레스와 북받치는 감정을 느끼고 있었습니다.

"나는 교회에도 잘 나가고, 하나님도 믿고 있으며, 내 아이들도 사랑하는 좋은 사람이라고 생각합니다. 왜 나에게 이와 같은 나쁜 일들이 일어나는 건가요!"

수잔은 손수건으로 눈물을 훔치며 흐느끼고 있었습니다. 그녀는 자신이 짊어지고 있는 짐의 무게로 인해 어깨가 휘어있었습니다. 대개 자신감이 넘치고 독선적인 여성이 혼란스러워 하고 화를 잘 내는 아이처럼 되는 경향이 있습니다.

그녀는 자신이 살아온 삶에 대해서 내게 약간 들려주었습니다. 그녀는 어린 시절을 유복하게 보냈으며, 시골에 살면서 사랑하는 부모로부터 많은 사랑과 도움을 받았고 친구들도 많이 있었다고 합니다. 또는 그녀는 대학시절에는 인기도 많았으며, 약사가 되기 위해 교육을 받고 있던 젊고 유망하며 멋있고 재정적으로도 여유가 있는 남자랑 결혼도 하였습니다. 그녀의 결혼 생활은 행복했었지만, 결혼 20년째가 되는 해에 남편인 톰이 갑작스레 이혼을 요구해 왔습니다. 그는 자신의 약국에서 보조로 일하고 있던 한 젊은 여자와 사랑에 빠졌으며, 그녀와 결혼하기를 원했던 것입니다. 수잔은 충격과 상처를 받았습니다. 하지만 그녀는 끝내 이성적으로, 그리고 웃는 얼굴로 이혼에 동의해 주었으며, 이혼 위자료를 받아 두 아들들과 잘 살고 있었습니다. 이후에 그녀는 비서가 되기 위한 교육과정을 마치고 다시 직장에 나가게 되었습니다. 그녀의 지난 6년 동안에 걸친 삶은 바빴으며, 겉으로 보기에는 유쾌해 보였습니다. 그녀는 작고 아담한 집도 하나 장만했고, 정원을 가꾸는데 많은 시간을 보냈습니다. 그녀는 두 아들과 같이 사는 것을 행복해 했으며, 영적인 교회(강신 교회)에도 나갔습니다. 나는 그녀에게 평소 자신의 삶에 대해 어떻게 생각하는지 물어보았는데, 그녀는 자신이 '의욕적이며, 행복하다'고 분명하게 대답해주었습니다.

그러나 지난 주에 일어난 사건들로 인해 그녀의 삶은 지금 난관에 부딪쳐 있습니다. 그는 눈물을 흘리며 "내가 뭘 잘못했는지 모르겠어요. 나는 그냥 잘 살아보려고 노력한 것 밖에는 없어요!"라고 말했습니다.

수잔은 내가 그녀에게 자신의 삶이 정말로 어떠냐고 물었을 때 놀라워했습니다. 그녀는 왜 이 시기에 맞추어서 인간으로 육화하기로 했을까요? 그녀는 어느 정도의 영적인 원리는 이해하고 있었다 할지라도, 실제적인 철학은 갖고 있지 못한 상태였습니다.

"나는 좋은 일을 할 수 있다고 생각해요. 다른 사람들을 돕는 일 같은 … "

그녀는 머뭇거리며 말했습니다. 내가 물었습니다.
"그렇다면 개인적으로 자신의 영적성장은 어떻다고 생각하세요?"

그녀는 사실 영이나 명상, 또는 영적인 서적을 읽거나 세미나에 참가할 시간이 거의 없다는 것을 인정했습니다. 그리고 그녀는 "영과 더 많은 접촉을 하고 싶지만, 살아가기에 너무 바빠요." 라고 솔직하게 인정하였습니다.

나는 지난 여름에 수잔이 상위자아(영적으로 진화하여 고차원에 존재하는 자신의 일부)와 접촉하는 법을 배우는 4부 교육과정에 참석했다는 것을 알고 있었습니다. 그리고 당시 상담시간에 나는 그녀에게 자신의 상위자아가 도와주기를 바라느냐고 물어보았습니다. 그녀는 선뜻 여기에 동의했으며, 마음속으로 상위자아가 와서 도와주기를 청했습니다. 내가 그때 그녀에게 말해 준 것은 그녀처럼 지나치게 활동적인 사람들에게 영은 그런 사람들 곁을 그냥 스쳐지나가지 않을 것이며, 접촉을 시도할 것이라는 것이었습니다! 여러분들은 천천히 시간을 가지고 영적인 접촉과 명상을 해야 하며, 현재 여러분들의 삶에서 무엇이 일어나고 있는지 되짚어보아야 합니다.

우리 모두는 이번 생(生)에서 엄청난 영적성장을 이룰 것이라는 기대를 가지고 인간으로 육화해 있는 것입니다. 그러나 우리들 중에 대부분의 사람들이 당초 목표로 한 영적 성장 중에서 아주 작은 부분 밖에는 달성하지 못합니다. 왜 그럴까요? 그 이유는 우리가 3차원의 삶 – 가족, 일, 스포츠 활동, 취미 생활 등에 사로잡혀 영적 진화에 필요한 시간을 거의 쓰지 않고 있기 때문입니다.

물론 우리가 인간으로 이 지구에 육화하기 전, 저 세상에 있을 때에는 우리가 인간으로 육화한 이유를 잊을 수도 있다는 것을 이미 알고 있었습니다. 따라서 영적으로 스스로 완벽해지고 다른 사람들에 대한 영적인 이해를 더 키우기 위해 우리는 삶에서 일정한 간격마다 부정적인 상황들을 의도적으로 계획하고 배치함으로써 우리가 인간으로 육화한 본래의 이유를 일깨울 수 있도록 했던 것입니다.

만약 우리가 삶에서 행복하고 사랑스러운 일을 통해서 자각을 일깨울 수만 있다면 얼마나 좋겠습니까? 그러나 불행히도 대부분의 사람들은 불행한 일을 당했을 때야 비로소 스스로를 자각하게 되고 자신의 존재에 대하여 의문을 가지게 됩니다! 사람들이 하는 말처럼 '전쟁 중에는 교회에 사람들로 가득하게 된다.'는 것입니다!

나는 수잔에게 많은 스트레스와 불행을 가져다준 두 가지 사건을 초연하게 바라보라고 일러주었습니다. 마약과 관련된 아들의 문제는 궁극적으로 봐서는 그녀 자신의 문제가 아닌 것입니다. 그것은 아들의 문제입니다. 당연히 어머니로서 아들의 행동에 괴로워하며 아들을 위로하고 도와주어야 하겠지만, 그러나 이것은 어디까지나 아들인 마틴의 문제입니다. (※이것은 아들이 자신의 삶을 되돌아볼 수 있게 하기 위하여 아들의 상위자아가 기억을 일깨워주기 위한 암시임이 틀림없음) 우리는 어떻게 하면 그녀가 마틴과 같이 있으면서 아들을 비난하지 않고 많은 시간을 마틴과 같이 보낼 수 있는지, 그리고 어떻게 하면 마약 중독을 치료하기 위해 마약 전문 컨설턴트를 찾아줄 수 있는지에 대한 문제를 가지고 토론도 하였습니다. 나는 수잔이 아들인 마틴의 마약중독에 대해 죄책감을 느끼지 않도록 격려해주었습니다. 이것은 아들인 마틴의 선택이고 그의 행동이었으며, 어머니인 수잔의 것이 아닙니다.

나는 수잔에게 가벼운 최면을 걸어 그녀의 상위자아의 도움을 받아서 가슴에 혹 덩어리가 생겨 힘드는 상황이 된 이유와 이러한 문제가 어디에서부터 유래하게 되었는지에 대해 물어보았습니다. 내가 추측했던 대로 이것은 이번 생을 시작하기 전에 미리 계획되었던 사건이었습니다. 즉 이러한 상황은 그녀가 지나치게 일하는 것을 잠시 쉬면서 조용히 앉아 자신의 인생이 어디로 향하고 있고, 자신의 영적 및 개인적인 성장을 위해 어떤 일들을 해야 하는지에 대해 곰곰이 생각해볼 기회를 갖기 위해 사전에 계획된 것들이 그녀에게 나타났던 것입니다.

사람들은 살아가면서 숨쉴 틈, 즉 잠시 쉬면서 자신이 누구이며, 또 자신이 이곳에서 완수해야 하는 일이 무엇인지를 충분히 이해할 수 있도록 삶의 중간 중간에 종종 이와 같이 심각한 질병이나 사고를 집어넣기도 합니다. 또한 삶에서 개인적으로 겪게 되는 감정적인 고통은 육체적인 문제를 유발하게 되는데, 최면 상태에서 수잔은 전 남편인 톰으로부터 이혼을 당하고 버림을 받았다는 충격과 슬픔이 가슴에 쌓여서 혹의 형태로 발전된 것으로 밝혀졌습니다. 나는 그녀에게 다음과 같이 해보라고 제안했습니다. 우선 의식적으로 톰을 용서하고, 영이 이러한 종양을 서서히 제거해주도록 요청하라고 하였습니다. 그리고 앞으로는 이러한 감정적인 고통을 억압하고 부정함으로써 육체적인 질병을 유발하게 하지 말고, 감정적인 고통을 말과 생각으로 표현하는 것을 통해 해소하라고 가르쳐 주었습니다. 수잔은 그러한 슬픔을 풀어내기 위해 내가 제시한 방법을 따르기로 동의했으며, 따라서 톰을 용서해주고 앞으로 실행할 건설적인 영적계획을 만들기로 하였습니다.

수잔은 한 주(週)에 며칠로 일하는 시간을 줄이기로 하고, 개인적으로 명상과 영적인 본성 및 개발에 힘쓰면서 두 아들과 함께 하는 가족을 위한 시간을 더 늘려나가기로 했습니다. 그리고 그녀는 마약중독 문제에 관해 마틴과 조용히 상의하고 난 후, 지역에 있는 보건센터에서 마약과 관련된 상담을 받기로 하였습니다.

수잔의 가슴에서 혹을 떼어내 조직검사를 한 결과 악성종양이 아닌 것으로 밝혀졌으며, 또한 감정을 적극적으로 해소함으로써 지금까지 어떠한 문제도 겪지 않고 있습니다. 이제는 그녀가 삶에서 부정적인 문제에 부딪치게 되면, 절망감이나 죄책감을 느끼는 대신에 이러한 문제들 속에 숨겨진 이유가 무엇인지를 살펴보는 것이 가장 중요한 일이 되어버렸습니다.

그녀는 아직도 이따금씩 삶에서 좋지 않은 일들을 겪고는 있습니다. 하지만 그녀가 자신의 영적인 성장을 원하고 영적 가이드 및 상위자아와의 접촉을 강화해 나간다면, 이 존재들로부터 삶을 살아가는 과정에서 소중한 조언과 안내를 받게 될 것입니다.

그렇습니다, 좋은 사람들에게도 나쁜 일들이 일어나게 마련입니다. 그렇지만 이러한 일들은 중요한 이유가 있을 때 일어납니다. 어떠한 사고나 질병, 관계의 단절이나 심각한 문제들은 아무런 이유 없이 무작위로 발생하지는 않습니다. 이러한 일들은 여러분이 진정으로 누구인지를 일깨우기 위해서 주어지는 것입니다. 인간의 형상을 하고 있는 영혼은 자신과 인류를 위해서 위대하고 영적으로 숭고한 선(善)을 이루기 위해 이 땅에 온 것이지, 매일 물질적인 것을 이루는데 만족하고자 온 것이 아닌 것입니다. 이제 깨어나도록 하세요, 그러면 여러분들을 괴롭히고 있는 주요한 문제들이 여러분의 삶에서 사라지게 될 것입니다!

그렇지만 틀림없이 당신들은 "내 문제는 수잔의 문제와 똑같지가 않아요."라고 말할 것입니다. 물론 모든 사람들이 이번 생(生)에서 주목해서 살펴보고 극복해야 하는 저마다의 독특한 장애와 문제가 있다는 것을 우리는 잘 알고 있습니다. 그러나 육화하기 전에 여러분들 스스로가 이러한 것들을 요청했다는 사실을 깨달아야 합니다.

이 문제는 언제나 사람들이 받아들이기 어려워하는 문제입니다. 왜 이 같은 혹독한 교훈을 여러분들 스스로 요청했을까요? 그 이유는 이곳에 있을 때보다 천상계에 있을 때에는 여러분들이 훨씬 더 용감하기 때문입니다. 그곳에 있을 때는 무엇인가에 도전하고 싶어 합니다. 따라서 여러분들이 도전하고 싶어 했기 때문에 멋있는 다른 별자리들을 다마다하고 지구라고 하는 이곳에 이 시기에 맞추어서 인간으로 육화한 것입니다. 그리고 여러분들은 지구에서 도전에 직면해 있다는 것을 꼭 받아들여야 합니다!!

그러나 어떠한 장애를 극복하기 위해서 그 장애가 얼마나 크고 타격이 심하냐에 상관없이 여러분의 정신적, 감정적, 육체적 성질에 충분할 정도의 강인함과 용기를 덧붙여야 합니다. 또한 활기에 넘치고 영적으로 살아 있는 사람이 되기 위해서 존재의 내면 깊은 곳에 필요한 모든 영적인 재능들을 추가해야 합니다. 아직까지 여러분은 그러한 영적 재능에 다가서지 못하고 있습니다. 하지만 이러한 재능들은 여러분 스스로가 찾아내 자신의 삶을 좀 더 낫게 변화시킬 수 있도록 여러분을 기다리고 있습니다.

 대개 베이비 붐 세대들은 대단히 심령적이어서 영적인 치료나 오라장 투시, 챠크라의 정화, 아스트랄 여행, 물질의 구현, 천사들과의 대화 등과 같은 영적 재능을 쉽게 재활성화할 수 있습니다!

관세음(觀世音) 보살은 우리 애버츠 부부에게 이러한 내용을 아주 적절하게 요약한 메시지를 다음과 같이 전해주었습니다.

"오늘밤 나는 여러분의 생각이 어떤 것인지를 말하고자 합니다. 지금 여러분은 4차원을 통과해가고 있으며, 이에 따라 사고(思考)의 힘도 정말로 강력해지고 있다는 것을 깨달아야 합니다! 여러분들의 생각은 엄청난 힘을 지니고 있습니다. 과거에는 여러분이 어떤 일을 생각하면 그러한 것들이 때가 되면 실현되기는 하지만, 생각하기 시작하여 그 생각이 실현될 때까지는 수년이 걸렸습니다. 하지만 현재는 생각과 동시에 많은 일들이 일어나고 있으며, 그 속도가 훨씬 빨라지고 있다는 것을 확실히 알수가 있습니다.

따라서 여러분들이 생각에 집중하는 것이 아주 중요합니다. "생각하고 있는 곳에 자신이 존재하고 있다"는 말이 있습니다! 따라서 여러분의 생각이 과거에 있다면, 여러분은 과거에 존재하고 있는 것입니다. 만일 여러분의 생각이 미래에 있다면, 여러분은 미래를 투영하고 있는 것입니다. 그러나 가장 중요한 것은 여러분이 현재라는 이 순간에 존재하고 있다는 사실입니다.

또한 "여러분이 생각하고 있는 것이 바로 여러분의 신(神)이 된다."라고 말합니다. 따라서 늘 부정적인 일들을 생각하고 있다면, 부정성이 바로 여러분의 신이 되는 것입니다. 돈에 대하여 걱정하고 있다면, 돈이 여러분의 신이 되는 것이요, 대인관계에 대하여 걱정하고 있다면, 이러한 관계 속에 있는 사람들이 여러분의 신이 되는 것입니다. 힌두교에서는 생각의 과정이 아주 중요하다고 말합니다. 사람이 죽으면, 그들이 생전에 가지고 있던 마지막 생각이 그들을 지구로 다시 끌어당겨 더 많은 육화를 체험하게 하든지, 아니면 최종적으로 우주의 수레바퀴에서 내려와 근원(Cosmos)으로 돌아가게 되든지 한다고 합니다.

따라서 죽을 당시의 생각이 자신의 아버지나 어머니였다면, 이런 사람은 그러한 부모와 함께 또 한 번의 육화를 체험하도록 끌리게 될 것입니다. 만일 죽을 당시의 생각이 음식이었다면, 이들은 돼지나 아니면 저급한 욕망을 가진 다른 동물로 태어난다고 힌두교인들은 믿고 있습니다. 생각이 모든 것을 결정한다고 이들은 믿고 있는 것입니다.

이슬람교의 수피파에서 사용하고 있는 '삶의 책 (Book of Life)'라는 책이 있는데, 이 책을 보면 모든 페이지가 비어있다는 것을 알게 될 것입니다. 그 뜻은 여러분이 살아가야 할 삶을 여러분들 스스로가 쓰라는 것이며, 사실 이것이 진실인 것입니다. 여러분의 삶에서 일어나는 중대한 사건들은 여러분들이 지구에 오기 전에 이미 확실하게 계획된 것이기는 하지만, 여러분이 이 지구에 와서 마저 채워 넣어야 할 많은 것들이 빈 공란으로 남아있는 것입니다.

사랑하는 친구들이여, 여러분들이 생각하는 힘이 강력해지고 여러분의 성장에 필요한 아주 많은 것들과 아주 많은 사람들, 그리고 아주 많은 상황들을 구현할 수 있게 됨에 따라 여러분들은 긍정적인 것들을 실현하도록 노력해야 합니다. 여러분들의 생각이 가장 고귀한 의도에서 나온 것이어야 하며, 저급한 의도를 가진 것이어서는 안 됩니다. 왜냐하면, 여러분들이 진실로 생각하고 있는 것들은 무엇이든 실현되기 때문입니다. 그리고 만일 여러분이 비난, 비평, 분노 또는 두려움에 빠져있다는 것을 알게 되면, 잠시 평화롭게 명상하면서 자신을 객관적으로 바라보도록 하세요.

당신들이 이 지구에서 범하는 대부분의 부정적인 행동들은 두려움으로 인해 생기게 되며, 여러분의 에고는 이러한 두려움이 자신에게 위협이 된다고 느끼기 때문입니다. 에고는 자신을 제외한 어느 누구도 이러한 능력을 가지는 것을 좋아하지 않으며, 어떤 식으로든 자신을 놀라게 하거나 상처를 주거나 해를 입히는 것도 원치 않습니다. 만약 여러분이 에고를 초월하여 자기 자신을 영(靈)으로 볼 수 있다면, 지구에서 일어나는 일로 인하여 이 영이 해를 당하거나 상처입지 않는다는 것을 알 수 있을 것입니다.

만일 여러분이 스스로 무적의 존재가 되고, 지구에서 일어나는 어떤 도전도 극복할 수 있으며, 그리고 자신이 육체적인 존재가 아니라 진정한 빛의 존재라는 것을 알게 되면, 여러분들은 그 수피파에서 말하는 삶의 책에 텅 빈 공란으로 남아있는 페이지들을 자신만의 아름다운 삶의 이야기로 써넣을 것입니다. 또 아주 좋은 것들로 채울 것입니다. 그리고 자신들의 생각을 지켜보세요. 왜냐하면, 이러한 생각들이 아주 강력한 힘을 가지고 있으니까요! 여러분에게 축복이 있기를 …"

– 관세음 –

우리는 영감을 불어넣어주는 이와 같은 말들이 여러분의 가슴에 닿아 새로운 희망을 주었기를 희망합니다. 사랑과 빛을 여러분들에게 …

애버츠 부부로부터

(약물남용과 알코올중독, 마약중독, 대인관계, 고독감, 질병, 일, 성적인 문제와 죽음과 관련된 문제들에 관련된 기분 좋은 해결책들은 다음 장에서 다루어질 것입니다.)

3장

여러분이 겪고 있는 문제들을 이해
하고 극복할 수 있는 방법.

– 약물의 남용과 알코올 중독, 마약중독, 대인관계, 직장, 죽음, 질병,
외로움과 성적인 문제들 –

여러분들의 삶에서 일어나는 모든 문제들은
이유가 있어서 생겨납니다. 결국 당신들은 그
상황을 탐구하게 되고, 그것을 극복하기 위한
선택을 하게 되며, 결국에는 이러한 상황들을
성공적으로 이겨내게 됩니다. 그리고 이러한 상
황을 극복할 때마다 여러분들은 좀 더 영적인
존재가 되며, 삶에 행복을 맛보게 되는 것입니다. 여러분들은 다른 사
람들이 써놓은 삶을 살아가는 것이 아니라, 자신들이 원하는 삶을 창조
하도록 되어있습니다!

그러나 종종 극복할 수 없는 것처럼 보이는 문제들도 있기는 합니다. 이러한 문제들은 삶의 일부분에 머무는 대신에 우리의 전체 삶을 지배하기 시작합니다. 그리고 우리는 이러한 문제들을 인생에서 적당히 묻어 두기 보다는 지속적으로 생각합니다. 또한 우리는 자신이 가진 문제들을 대수롭지 않은 작은 과제라고 생각하지 않으며, 아주 거대한 장애물로 간주합니다. 하지만 필요한 것은 관점의 커다란 변화입니다.

여러분이 이 지구에 왜 왔는지에 대한 이해와 개략적으로 이것들을 살펴봄으로써 자신들이 부딪치게 되는 문제들에 대해서 유머감각을 키울 수가 있습니다. 그리하여 이러한 문제들이 서서 걷거나 신발 끈을 동여매는 것과 조금도 다르지 않다는 것을 알게 됩니다. 즉 당신들이 부딪치게 되는 이러한 문제들은 이번 생에서 일부러 직면하게 하여 극복해 내는 작은 도전에 불과한 것들입니다. 여러분은 이러한 문제들을 쉽게 극복할 수 있으며, 원하는 충만한 삶을 창조할 수 있는 정신적, 감정적, 영적인 본성을 가지고 있다는 것을 알아야 합니다!

많은 사람들이 직면하게 되는 몇 가지 일반적인 문제들과 문제가 발생하는 원인을 이해함으로써 이것들을 극복하는 해결책들을 여기에 소개합니다.

1)알코올의 남용
2)대인관계의 단절
3)약물의 남용
4)직장 문제
5)성적인 혼란
6)질병
7)외로움
8)죽음의 처리

1.알코올의 남용

사람들이 왜 알코올 중독자가 될까요? 오늘날 과학자들은 유전적인 성질로 인해 알코올 중독자가 되는 사람들도 있다고 합니다. 그렇다면 이런 사람들은 유전인자 속에 그러한 요소를 지니고 있으므로 어쩔 수가 없는 경우입니다. 또 어떤 사람들은 의지가 부족하기 때문이라고 합니다.

사난다(상승한 마스터 예수)가 알코올 중독(그리고 또 다른 중독들)에 대하여 했던 말을 여기에 인용합니다.

"알코올 중독이 되는 데에는 영적인 이유가 있습니다. 영적으로 예민한 많은 영혼들은 이 지구 행성의 거친 진동을 아주 견디기 힘들어합니다. 그들이 부정적인 대인관계나 육체적인 고통, 정신적인 혼란과 감정적인 절망으로 해서 느끼는 고통은 그들에게는 현실인 것입니다! 남들은 그들이 살아가는 모습을 보고 "그 사람들은 알코올 중독자가 될 이유가 없어, 그들의 삶은 나보다는 훨씬 여건이 좋아!"라고 말합니다. 그러나 여러분들은 그들의 삶을 살아보지 않았으며, 그들이 느끼는 고통도 겪어보지 않았고, 또한 주위의 익숙하지 않은 진동으로 인한 혼란을 직접적으로 겪어보지도 않았다는 것을 잊어서는 안 됩니다. 인디언들의 옛말에 "내 모카신(밑이 평평한 노루 가죽신)을 신고 한 번 걸어봐! (즉 입장을 바꿔서 생각해봐.)"란 말은 아주 적절한 표현입니다. 여러분들은 그들이 겪는 고통이나 내적인 혼란을 느낄 수 없지만, 그러한 고통은 확실히 존재하고 있는 것입니다.

이 지구 행성에 처음으로 온 영혼들도 많이 있는데, 이들은 경험이 많은 오래된 영혼들이 아닙니다. 이들은 이전에 살던 곳보다 진동이 아주 낮은 지구의 환경에 지금 익숙해지고 있는 중입니다. 그들은 이 지구에 존재함으로 해서 느끼는 고통을 줄이기 위해서 술을 먹게 되는 것입니다. 술은 일시적으로 기분을 좋게 하여 만족감을 느끼게 해줍니다. 이렇게 해야 그들이 이곳에 존재하는 고통을 견딜 수가 있는 것이지요. 물론 곧이어 이들은 술에 중독되며, 이러한 알코올중독은 폭력과 질병, 원만하지 못한 직장생활, 대인관계의 단절, 가난과 환멸을 불러오게 됩니다. 즉 처음에는 이들이 단순히 피하고자 했던 고통이 생각했던 것보다 훨씬 더 안 좋은 상황을 만들어내게 되는 것입니다.

부디 이들을 이해하고 동정심을 가지기 바랍니다. 그들은 삶을 이겨내기 위해서 술을 먹는 것이지, 부도덕하거나 파멸을 맞이하기 위하여 술을 먹는 것은 아닙니다. 그러면 알코올 중독자를 어떻게 하면 도울 수가 있을까요 아니면 만일 여러분이 알코올 중독자라면, 어떻게 해야 이를 극복할 수 있을까요?

여러분은 처음으로 이 지구에서 인간으로 육화를 시도할 만큼 용감한 존재였지만, 지금은 다소 혼란에 빠져있는 천사와 같은 존재라는 것을 이해하십시오. 그러나 이제는 더 이상 이곳을 체험하고 싶어 하지도 않으며, 술을 마시며 살아가는 것이 더 편하다고 느끼고 있습니다. 그렇지 않은가요? 하지만 여러분이 해야 할 일은 예전의 용감성을 되찾는 일입니다. 당신들은 영적인 사명을 띠고 이 지구에 왔으며, 이러한 영적사명을 끊임없이 이행해야 하고, 이러한 사명에 따라 살아야 한다는 것을 깨닫기 바랍니다!

여러분이 이러한 사명을 이행하게 되면, 하루를 보내기 위해 더 이상 술에 의지할 필요도 없게 됩니다. 만약 여러분이 비슷한 사명을 띠고 이 땅에 온 다른 빛의 일꾼들이나 스타시드들과 단결한다면, 기분이 더 좋아지고 충만감도 느끼게 될 것입니다. 즉 여기에 존재하고 있다는 사실이 시련이 아니라 기쁨이 될 것입니다."

사난다의 말은 정말로 진실입니다. 우리가 삶의 계획에서 길을 잃고 육체적이고 물질적인 삶이 존재하는 전부라고 믿게 되면, 견딜 수 없는 고통을 견디기 위해서 대개는 낙담하여 술이나 마약 같은 것에 중독되고 마는 것입니다.

◆**도움이 되는 조직** – 우리는 여러분이 중독에서 회복되는 동안에 감정적이고 정신적인 지원을 받을 수 있도록 알코올 중독자(Alcoholics Anonymous:AA) 모임에 참가할 것을 권유합니다. 익명의 알코올 중독자들과 회복 중에 있는 그룹의 사람들은 항상 고차원적인 존재, 즉 신이 존재하고 있다는 믿음을 첫 번째 원칙으로 삼고 있습니다. 빛의 일꾼으로서 이 원칙을 새 시대의 방법으로 사용하면 도움이 될 것입니다. 여러분들이 지닌 진정한 영적인 측면을 가능한 많이 찾아보도록 하세요. 여러분들의 삶의 계획과 세계적인 계획을 발견하고 다른 사람들과 하나가 되어 공동으로 자신들에게 부여된 신성한 사명을 완수하도록 하세요. 여러분들은 어떤 목적을 지니고 이 땅에 온 것입니다.

여러분에게 정말로 필요한 것은 단순히 존재하거나 알코올에 중독되는 것보다 고차원적인 삶의 목적을 찾아내는 것입니다. 앉아서 명상을 하도록 하세요. 여러분들의 상위자아나 천사적인 가이드들에게 술을 끊고 삶의 신성한 목적을 찾을 수 있도록 도움을 요청하세요.

정장을 하고 긍정적인 방식으로 행동하고 말하세요. 그리고 여러분이 알코올에 중독되었다는 것을 솔직하게 인정하세요. 그러나 이것은 마치 당뇨병이나 근시처럼 힘들기는 해도 치명적인 것은 아닙니다. 잠시 길을 잃기는 했지만 이제는 제 길로 돌아서고 있는 천사라고 자신들을 생각하세요. 여기 이 지구에 존재하고 있는 도전을 즐겨보세요. – 이것들은 여러분 스스로가 선택한 것들입니다!

여러분은 잠시 술에 중독되는 체험을 선택했습니다. 왜 그랬을까요? 아마 여러분은 물질적인 현실에 중독되어 있는 다른 사람들의 감정이 이입되었을 수도 있습니다. 또한 여러분들이 가지고 있는 세계적인 계획이 비슷한 문제들을 안고 있는 다른 사람들을 돕는 것일 수도 있습니다. 당신들은 이 질환을 이해하고 있습니다, 그렇지 않나요? 일단 스스로 치료가 되면, 이 정보를 다른 사람들과 공유하도록 하세요!

한편 과거 생(生)에서 가혹한 삶의 현실을 피하기 위해 술에 의지해서 살았던 지난 삶과 비슷한 유형의 삶을 현재 살 수도 있습니다. 그러나 이제는 이러한 삶의 패턴을 깨어버리세요! 스스로를 위해 술을 먹지 않고도 즐거울 수 있는 삶을 개척해보세요. 여러분들은 해낼 수 있습니다.

여러분이 시달리고 있는 우울증은 알코올 중독으로 인해 생기는 여러 문제들과도 연관돼있으며, 이러한 문제들은 진정한 영적본질과 삶의 목적을 찾아내지 못했기 때문에 발생하는 것입니다. 따라서 당신들이 영적인 삶의 계획을 찾고 여기에 따라 살아가기만 하면, 알코올 중독도 없어지게 될 것입니다. 알코올의 중독은 종신형과 같은 것이 아니라 여러분이 선택한 영적인 행로에서 벗어나 있다는 것을 일깨워주는 하나의 신호라고 할 수 있습니다! 이제 여러분 스스로를 위하여 다시 올바른 길로 들어서서 가치 있는 삶을 창조하기 바랍니다.

2.대인관계의 단절

많은 사람들이 연애의 종말로 인해 치명적인 결과를 맞이하는 경우가 있습니다. 즉 이러한 사람들 중에는 심각한 우울증에 시달리거나 때로는 자살을 기도하는 사람들도 있습니다. 만약 오랜 결혼생활이 이혼으로 끝을 맺는다거나 비록 짧기는 해도 열정적으로 사랑했던 연인을 상처만을 남기고 헤어져야 하는 아픔을 체험했다면, 소중했던 관계가 종식된 것에 대해 여러분들이 슬퍼하는 것도 정신 건강에는 유익하다고 생각합니다.

그러나 영적인 관점에서 말하자면, 이별도 그 의미가 있는 것입니다! 의미가 있을 뿐 아니라 여러분이 이 지구에 오기 전에 이미 이러한 이별이 일어나도록 선택했던 것입니다. 즉 여러분들 스스로가 이러한 관계와 끝냄을 자신들의 삶의 계획에다 설정해놓았던 것입니다. 그것뿐만 아니라 여러분을 떠난 상대방인 연인도 또한 어느 정도 여러분을 사랑하며 어떤 교훈을 가르치고 떠나갈 것인가에 대해 동의했던 것입니다! 이것은 단지 여러분들이 했던 약속을 잊고 있는 것뿐입니다. 그리고 이러한 약속은 두 사람의 보다 고귀한 선을 이루기 위하여 만들어졌던 것입니다.

여러분이 이 말을 믿기 어렵다면, 상승한 마스터인 성모 마리아가 대인관계의 단절에 대해서 전하는 아래의 글을 읽어보기 바랍니다.

"사랑하는 이들이여, 모든 것들은 반드시 이유가 있기 때문에 생겨난다는 것을 이해하게 되면, 여러분들 스스로가 그 고통에서 벗어날 수가 있습니다. 대인관계를 포함하여 모든 것들은 시간적인 제약이 있습니다. 성인이 되어 자신의 쌍둥이 영혼(Twin Flame)과 같이 살아가는 사람들은 극히 드뭅니다. 그 대신 여러분들은 과거 생(生)에서부터 영혼의 동반자들(소울 메이트)과 오랜 관계를 맺고 있으며, 서로 간에 형성된 카르마적인 문제를 이번 생을 통해 풀게 되는 것입니다. 이러한 영혼의 동반자들과의 관계는 몇 주(週), 또는 50년 가까이 열정적으로 관계가 지속되는 경우도 있지만, 반드시 슬픔과 쓸쓸함을 동반한 채 끝나게 됩니다. 그러면 배신감과 외로움을 느끼게 되는 것입니다.

필요한 것은 근본적인 태도의 변화입니다! 짧게는 몇 주에서부터 길게는 몇 년간 여러분들에게 삶의 교훈을 주고 있는 그들을 존중할 필요가 있습니다. 그들이 가진 좋은 점은 칭찬해주고, 나쁜 점은 이해해야 합니다. 서로와의 관계를 통해서 모든 것들을 배울 수 있다는 것을 알아야 합니다. 이제 여러분은 이러한 관계에 대하여 더 많은 지식을 갖게 되었고, 더 잘 이해할 수 있게 되었습니다. 생명은 끝이 없으며, 단지 형태만 바뀔 뿐인데, 여러분들은 이러한 변화에 충분히 대처할 만큼 용감하고도 현명합니다!

많은 사람들이 홀로 있거나 또는 고독감을 느끼는 것을 두려워합니다. 이는 잘못된 것입니다. 지금은 서로가 떨어져서 참자아, 즉 이 지구에서 육신의 형상을 하고 삶을 체험하고 있는 천사라는 것을 발견하기 위해 영적인 성장을 이룰 수 있는 시간을 가지게 된 것입니다. 서로와의 관계가 끝나는 것도 이러한 교훈들 중의 하나입니다. 이처럼 관계가 끝나는 것이 슬프게 보이겠지만, 사실은 영적인 성장을 위해 자기 자신이 요청한 일련의 슬픔과 기쁨이라는 기나긴 교훈들 중의 하나에 지나지 않습니다!

만일 여러분이 어떤 사람과의 관계가 끝났다면, 그 상대방은 진정한 여러분의 영적 동반자가 아닌 것입니다. 그 상대방이 정말로 진정한 영적 동반자였다면, 두 사람 사이의 관계가 순조롭게 진행되었을 것이라는 것을 알아야 합니다. 이제 여러분은 밖으로 나가서 자신들의 쌍둥이 영혼(Twin Flame)을 찾을 수 있는 아주 좋은 기회를 가지게 되었습니다. 그리고 이것이 바로 여러분들의 내면 깊숙한 곳에서 진정으로 원했던 것이기도 합니다.

이제 최종적인 관계를 끝내고, 또 진정한 내면의 존재를 찾고, 결국에는 자신의 쌍둥이 영혼을 보내달라고 우주나 신(神) 또는 영(靈)에게 요청하세요. 그리고 여러분의 내면에 있는 영적인 영혼이 완벽하게 되도록 노력하세요. 당신들이 가지고 있는 감정적인 문제와 장애를 극복하고 준비가 갖추어지게 되면, 여러분의 쌍둥이 영혼이 나타나게 될 것입니다.

사랑하는 이들이여, 그러니 눈물을 닦으세요. 지금은 비록 슬프겠지만, 좋은 날들이 올 것입니다!
여러분들에게 축복이 있기를 …

– 마리아 –

성모 마리아의 지혜롭고 애정어린 조언을 들으니 용기가 솟지 않나요? 그리고 더 중요한 것은 이렇게 하면 실제로 효과가 있다는 것입니다. 바로 옆에서 쌍둥이 영혼이 기다리고 있는데, 영혼의 동반자(소울메이트)와 헤어지는 슬픔 때문에 삶을 포기한다는 것은 그야말로 어리석은 일이 아니겠습니까!

여러분의 곁을 떠난 이전의 파트너에 대해서 복수심을 느끼는 사람들에게 처음에는 비록 힘들겠지만 그들이 생각날 때마다 용서해주라고

 권하고 싶습니다. 그들에 대하여 증오심과 고통을 느끼는 것은 실질적으로 그들과 연결된 마음의 끈을 더욱 강화시킬 따름이며, 고통을 더욱 심화시킬 뿐입니다! 마음속으로 가슴으로 연결된 이러한 끈이 서서히 사라지는 것을 연상하세요. "잘사는 것이 최고의 복수다."라고 하는 유명한 말이 있지 않습니까?

나(로빈)는 지난 20년간 수백 명의 사람들을 대상으로 직업적으로 최면을 걸어 전생퇴행(前生退行)을 실시해본 결과, 그들의 모든 파트너들은 전생에서 알고 지냈던 존재들이었으며, 또 그들과 연결된 (좋든 나쁘든) 카르마를 가지고 있었습니다. 새로운 영혼이나 처음으로 만난 경우는 한 쌍도 없었습니다. 그리고 많은 존재들이 쌍둥이 영혼이 아니라, 소울 메이트였습니다. 이런 이유 때문에 그들이 관계에서 어려움을

겪고 있는 것입니다.

　내가 상담했던 의기소침해 있거나 자살을 생각하고 있던 사람들이 스스로 자신들의 슬픔과 고난을 떨쳐버리고 나중에는 자기의 쌍둥이 영혼을 만나게 된 경우가 많이 있었습니다. 그리고 그들은 스스로 자살의 충동을 이겨낸 것에 대하여 매우 기뻐하고 있었습니다. 따라서 여러분들이 극도로 의기소침해 있다면, 부디 전문가의 도움을 받아서 감정적인 장애들을 극복하기 바랍니다. 여러분의 삶의 계획 속에는 이미 신성한 사명과 경이로운 일들로 가득 채워져 있으며, 그리고 쌍둥이 영혼도 기다리고 있다는 것을 잊지 마시기 바랍니다. 이것은 진실입니다.

3.약물의 중독

　　　　　왜 지난 20여 년 사이에 약물 중독이 이 지구 행성에서 커다란 문제가 되었을까요? 그 이유는 이 지구에 새로 들어오고 있는 젊은 스타시드들이 이 거친 지구 환경에 적응하기가 너무 힘들어서, 그 체험을 둔화시키기 위한 수단으로 마리화나나 헤로인, 각성제(speed), 값싼 농축 코카인인 크랙(crack)등과 같은 마약에 빠져들고 있기 때문입니다.

　수술에 따른 여파로 생기는 고통을 줄이기 위해 통상 모르핀을 투약하는 것처럼, 그들도 지구에서 겪고 있는 감정적인, 정신적인, 그리고 영적인 고통을 줄이기 위해 동일한 이치로 약물을 사용하고 있는 것입니다!

　마약을 사용함으로써 일시적으로 느끼는 "고양된" 느낌은 마치 그들이 플레이아데스에서 느꼈던 5차원적인 느낌과 비슷합니다. 그러나 그곳에서는 이러한 느낌을 자연적으로 느끼며, 약물을 사용하여 이런 느낌을 받지는 않습니다. 이러한 느낌은 명상이나 영적인 훈련, 그리고 '빛의 몸'을 5차원으로 상승시킴으로써 이 지구에서 다시 만들어낼 수가 있습니다. 여러분들은 이런 방법을 단지 잊어버렸을 뿐입니다! 또 무감정으로 인해 엄청난 고통을 받고 있는 사람들도 많이 있는데, 이들은 너무 피곤해 해서 5차원적인 느낌을 받으려고도 하지 않습니다.

그러나 이러한 느낌은 플레이아데스에서는 아주 잘 맞는 적절한 것입니다. 왜냐하면 그곳에서의 이런 느낌은 중독성도 없으며, 큰 돈이 필요치 않고, 몸과 마음을 황폐화하지도 않습니다. 또한 관계를 단절시키거나 사회적으로 혐오감을 주지도 않고, 불법적이지도 않기 때문입니다! 그러나 이 지구에서의 약물 복용 방식은 불법적일 뿐만 아니라 상황을 더욱 악화시키기도 합니다. 지구에서는 약물이 삶을 파괴하고, 신성한 사명을 이루기 위한 여러분의 계획을 황폐화시키게 되는 것입니다. 약물의 중독은 삶의 계획과 세계적인 계획을 성취하지 못하게 할 뿐만 아니라 갑작스럽게 생을 마감하게 하여, 영혼을 혼돈 속으로 몰아넣습니다.

치명적일 정도로 과하게 마약을 복용한 많은 중독자들은 마지막 지구여행을 극복하기 위해 수많은 세월을 천상에 보냈으나, 막상 이 지구에 와서는 결국 재활병동에 수감되는 신세가 되고 만 것입니다. 그리고 나서는 이번 생에 못 다 이룬 것을 이루기 위해서 결국 다시 인간으로 육화하게 되는 것입니다. 이것이 훌륭한 시나리오라고 할 수는 없지 않습니까!

약물의 과다복용으로 우발적으로 자살(自殺)을 하는 사례가 다반사로 일어나고 있습니다. 마약을 제조하거나 판매하는 사람들은 이것을 사용하는 사람들이 겪게 되는 육체적인 부작용 따위에는 신경도 쓰지 않습니다. 그들이 원하는 것은 오직 여러분의 돈뿐입니다. 그자들은 약물 속에 독성분이 들어가 있든 아니든 상관하지 않습니다! 그러나 이들은 미래의 생에 언젠가는 반드시 갚아야 되는 부정적인 카르마(業)를 엄청나게 쌓고 있는 것입니다. 카르마는 지금까지 만들어진 심판의 방법 중에서 가장 신성한 것이기도 합니다. 그러나 이러한 심판을 만든 것은 바로 여러분들 자신이며, 누구도 이것을 피해갈 수는 없습니다.

4.직장 문제

우리 사회는 사람들에게 삶에서 성공해야 된다고 계속 가르치고 있습니다. 고로 그러기 위해서는 힘 있는 직업과 명성을 얻고 돈을 많이 벌지 않으면 안 되게 되어있습니다. 하지만 실제 직업이 그다지 중요한

 것은 아닙니다. – 서류의 클립(Clip)을 만드는 제조자나 포르노 제작자, 의사나 배우가 될 수도 있습니다. 그러나 부자라고 해서 죽지 않는 것은 아닙니다 – 문제는 이겨야 하는 것입니다.

그러면 이기는 것이 무엇인지 당연히 묻고 싶을 것입니다. 영적인 깨달음이 아닙니다. 만족감도 아니고, 사랑하는 친구도 아니며, 행복한 가족이나 자기만족도 아닙니다. 무덤 속에 있는 사람들에게 현금은 그리 썩 좋은 것이 아닙니다. 여러분들은 저쪽 세상에 돈을 가지고 갈 수가 없습니다. 또는 영은 종종 이렇게 말합니다. "3차원에서 만들어진 것은 3차원에서만 유효한 것이다!"

왜 실업(失業) 문제로 사람들이 자살을 하거나 심한 우울증에 걸리게 될까요? 그 이유는 그들이 진정으로 자신이 누구이며, 이 지구에 온 이유가 무엇인지를 모르기 때문입니다. 그리고 보통 돈을 벌기 위해 오전 9시부터 오후 5시까지 죽도록 일을 해야 하는 것은 아닙니다!

몇 년 전에 종종 나를 찾아와 자기가 하는 일이 정말로 싫다고 불평을 늘어놓던 회계사인 친구 샘의 사례를 예로 들어보겠습니다. 그는 직

원들의 절반이나 되는 사람들과 관계가 좋지 않았으며, 만족감도 느끼지 못하는 직장에 다니는 것에 대해서 불평했습니다. 나는 그에게 조용히 앉아 명상을 하면서 자신이 하는 일에 긍정적인 변화가 있기를 원한다고 우주에게 말하라고 조언을 해주었습니다.

그런데 몇 주 후에 그가 나를 찾아와서는 대뜸 화를 냈습니다. 그는 꽤 많은 퇴직금을 받고 직장을 그만두었다고 합니다. 따라서 행복해지기는커녕 오히려 불행해졌다는 것입니다! 그는 우주가 자신의 소망을 정말로 이루어 주리라고는 생각하지 못했던 것입니다! 나는 그가 직장에 나가기 싫어했으며, 그로 인해 육체적으로 정신적으로 힘들어하지 않았느냐고 상기시켜주었습니다. 그리고 자신의 실직(失職)을 자유를 얻기 위한 노력의 일환으로 보라고 말해주었습니다! 퇴직금을 받아 생각지도 않은 많은 돈도 생겼고, 새로운 삶을 준비할 시간도 생겼으니 이것이 그가 원했던 것 아니겠습니까! 샘, 당신은 행운아인 것입니다!

나는 그에게 살면서 하고 싶은 일, 즉 꿈이 무엇이냐고 물어보았습니다. 그는 늘 소와 함께 일하는 카우보이가 되고 싶다고 했습니다! 그와 재정 상태에 대한 협의를 끝마친 후, 나는 그가 당장 카우보이가 되는 것 보다는 그가 가진 회계에 대한 전문지식도 활용하면서 꿈도 이룰 수 있는 보다 현실적인 방안을 찾아보라고 조언을 해주었습니다. 그는 지방에서 사람을 구하는 구인광고를 살펴보았으며, 마침내 지방 소도시에서 시간제로 일할 수 있는 임시 회계직을 구하게 되었습니다. 그리하여 그는 조그만 목장을 임대하여 가족들과 함께 그곳으로 이사를 하였습니다. 그는 소도 몇 마리 샀으며, 한 주(週)에 며칠씩 소와 함께 지내면서 즐거워했습니다. 그는 지금 매우 만족해하고 있습니다. 그는 이 일을 너무 좋아한 나머지, 현재는 자신의 작은 목장을 도시의

가난한 어린이들이 쉬는 날 찾아와 머물다 갈 수 있도록 개방했습니다. 이처럼 이제 그는 현실적이고도 좋아하는 방식으로 자신의 꿈을 이루며 살고 있습니다.

여러분의 삶에서 원하는 것이 무엇인지를 결정하는데 있어 그것을 막을 수 있는 것은 아무 것도 없습니다. 여러분들이 가졌던 오랜 꿈을 되살려서 목표를 약간 낮추어 거기에 따라 살아보세요! 그리고 자신들의 삶을 즐겨보세요!

시험을 잘못 치렀다거나 학교를 졸업한 후 곧 바로 직장을 구하지 못했다고 의기소침해 있는 학생들이 종종 있는데, 이러한 일들은 여러분 스스로가 자신의 삶의 계획에 써넣은 것들입니다. 이러한 체험을 실패라고 생각하지 말고, 삶에서 일어나는 하나의 좀 별난 사건이라고 생각하세요. 어쩌면 이것은 가족들이 여러분을 위해서 선택해준 그 직업

을 갖지 말라는 뜻일지도 모릅니다. 또 아마도 그것은 여러분이 가진 인성(人性) 중에서 예술적이고 음악적인 측면의 특성을 탐구해보라는 뜻일 수도 있습니다. 여러분은 한 가지 직업이나 하나의 전문적인 길에 국한되어 있지 않은 다재다능한 존재인 것입니다! 여러분이 진정으로 하고 싶어 하는 것이 무엇인지를 찾을 수 있는 시간을 가지도록 하세요.

직업을 잃는 것을 재난이라 생각하지 말고, 천직(天職)을 찾을 수 있도록 뜻밖에 자신에게 주어지는 일종의 실마리라고 생각하세요. 행복해지기 위해서는 대저택과 멋있는 차, 그리고 많은 돈이 있어야 된다고 누가 그런 말을 했습니까? 여러분이 원하는 것을 할 수 있도록 자신의 미래를 설계하세요!

바닷가로 가서 유람선도 타보고, 큰돈 들이지 않고 여행도 하며, 유기농 채소도 재배해보고, 음악도 듣고, 공부도 하고, 아이들도 돌보고, 애완동물도 키워보세요. 여러분이 좋아하는 무엇이든지 해보세요!

나의 친구인 셸리는 심리학 학위를 받는데 10년이나 걸렸습니다. 그녀는 집에서 3명의 아들을 키우면서 틈틈이 공부하여 학위를 취득한 것입니다. 셸리는 이렇게 생각했습니다.

"만일 내가 35살인 지금 공부를 시작하면 45살이 되어야 학위를 취득하게 돼. 만일 내가 지금 시작하지 않는다면, 45살에는 학위도 없이 시골 슈퍼마켓에서 제품포장이나 하면서 지내고 있을 거야!"

이처럼 시간이 얼마나 걸리느냐는 것이 중요한 것이 아니라, 마음가짐이 중요한 것입니다. 아브라함 링컨과 테슬라를 포함한 많은 저명인사와 금융의 귀재들도 과거 여러 차례 파산을 경험한 바 있습니다.(※니콜라 테슬라(Nikola Tesla): 에디슨과 동시대의 뛰어난 과학자로서, 현재 사용하고 있는 AC전기 등을 발명하고 실용화했으나 에디슨의 음모로 세상에 많이 알려지지 않음. 에디슨은 DC전기를 보급하려 하였음.)

여러분은 인간의 형상을 하고 있는 천사이며, 지금 체험하고 있는 이러한 경험들은 스스로 설정한 것으로 금전적으로 돈을 많이 버느냐, 벌지 못하느냐 하는 것은 정말로 문제가 되지 않는다는 것을 깨닫고 나면, 문제가 되는 것은 이러한 체험으로부터 무엇을 배우느냐 하는 것입니다. 그러고 나면, 여러분이 세상을 바라보는 전체적인 관점이 바뀌게 될 것입니다! 어쨌든 당신들은 행복한 백만장자들을 얼마나 많이 알고 계십니까? 그들의 대부분은 불행한 결혼과 영적인 목적도 없는 가식적인 삶을 살고 스트레스를 받으며 의기소침해져 있습니다. 여러분은 그들보다는 낫지 않은가요!

그들은 자신들의 삶에 갇혀있으나 여러분들은 그렇지가 않습니다! 게다가 여러분은 해변의 건달도 될 수 있고, 따뜻한 지방으로 가기 위해 히치 하이킹(자동차 편승 여행)도 할 수 있으며, 다른 사람들을 돕기 위해 자원봉사자도 될 수 있습니다. 또 자신의 미래도 설계해보고, 좋아하는 것들도 배워볼 수 있으며, 직업도 다양하게 가져볼 수 있고, PC방에서 인터넷도 검색해볼 수 있습니다. 그리고 햇빛을 쬐며 앉아 있을 수도 있으며, 새로운 친구도 만나볼 수 있고, 그 이외에 끝없는 것들을 선택하여 해볼 수가 있는 것입니다.

내가 최근에 들은 슬픈 이야기 중에 하나는 인근에 살고 있는 어떤 가족에 대한 이야기입니다. 그 집의 막내는 변호사가 되기 위해 명문대학에 간절히 진학하고 싶어 했습니다. 하지만 그는 다소 덜 유명한 2개의 대학에 불합격되고 나서 몹시 우울해했으며, 마침내 자살을 하게 되었습니다. 그런데 장례를 치른 후 이틀째 되는 날, 그가 그렇게 다니고 싶어 했던 대학으로부터 입학허가서가 날라 왔습니다! 만약 그가 좀 더 참고 기다렸다면, 그리고 입학통지서를 조금만 일찍 보내주었더라도 그의 죽음은 피할 수 있었을 것입니다. 부디 물질적인 부(富)와 성공의 압력 때문에 삶을 포기하지는 마세요. 물질적인 성공을 이루고자 인간으로 육화한 것이 아닙니다! 우주는 여러분이 필요한 것이 무엇인지 알고 있으며, 당신들이 그것을 얻게 해줄 것입니다!

다음은 상승한 마스터인 요아킴으로부터 받은 직업에 관한 최근의 메시지입니다.

"직장! 그것은 지구의 인간들이 만든 것입니다! 실직했을 때가 아니면 여러분이 언제 시간이 나서 조용히 앉아 꽃향기를 맡아보고, 자녀들이 커가는 것을 지켜볼 수 있겠습니까? 나는 여러분들보다 행복한 거지들을 많이 보았습니다! 모든 것은 반드시 이유가 있기 때문에 일어난다는 것을 기억하기 바랍니다. 만일 직장을 잃게 된다면, 이것 또한 여러분에게 변화가 필요했기 때문에 생기는 것입니다. 뭔가 더 좋은 일이 일어나고 있는 것입니다! 새로운 기회가 주어지고 있다는 것을 알아야 합니다. 이러한 기회는 보다 더 영적인 존재로 살아가게

370

하기 위해서 일어나는 것입니다. 신념을 가지세요, 모든 것들은 반드시 목적이 있어서 생겨납니다!"

여러분들의 경이로운 여정에 축복을 보냅니다!
여러분들에게 사랑과 빛을........

5.성((性)적인 문제

성생활과 관련하여 큰 문제를 가지고 있는 사람들이 많이 있는데, 이들은 이러한 문제로 아주 우울해하거나 심한 경우에는 자살을 하는 경우도 있습니다. 많은 사람들이 부딪치게 되는 일반적인 문제들로는 성적인 역할에 대한 혼돈, 동성애, 성적인 학대, 근친상간(近親相姦)과 강간 등입니다. 유년기에 이러한 사건들을 겪게 되면, 많은 사람들이 강한 죄의식이나 이성(異性)에 대한 혐오를 느끼면서 살아가게 되는 것입니다.

〈킨제이 보고서(Kinsey Report)〉에 따르면 사람들 중에 10%는 이성(異性) 간에 끌리고, 또 10%는 동성(同性) 간에 끌리고, 나머지 80%는 그 중간에 있다고 합니다. 그런데 왜 사람들은 자기가 선호하는 성에 끌리게 될까요?

대부분의 사람들은 성을 통하여 감정적으로, 정신적으로, 영적으로, 그리고 육체적으로 자신과 부합하는 파트너를 원하게 됩니다. 그러나 강한 자제력이나 정신적인 충격을 받은 사람들은 이로 말미암아 다른 사람들과 관계를 맺는 것이 용이하지 않으며, 결과적으로 우울증이 생기게 됩니다. 채널링 메시지에 따르면, 상승한 마스터들과 천사들은 성적으로 혼란해하는 사람들에 대해서 연민을 느끼고는 있으나, 비판적이지는 않습니다.

성범죄자라 하더라도 이들도 또한 길을 잃고 혼란해하는 천사라는 것을 알기 때문에, 영(Spirit)은 이들에 대해서도 동정심을 가지고 있습니다. 영은 그들이 행동을 올바로 하여 남들을 욕보이지 않고 가능하면 비행(非行)을 고치기를 바라지만, 그렇다고 그들을 비난하거나 미워하지는 않습니다.

성적인 문제로 오랫동안 고통을 안고 살아가는 사람들은 자신들의 감정적인, 정신적인, 육체적인, 그리고 영적인 에너지를 지속적으로 배출해야 합니다. 여러분이 오랫동안 상처를 껴안고 살아가는 것보다 얼마든지 더 좋은 삶을 살 수가 있습니다. 당신들은 지구 행성에 삶의 문제를 배우고자 온 것이며, 이러한 삶의 문제들 중에는 체험하기에 그리 유쾌하지 않은 것들도 많이 있습니다. 하지만 여러분은 이러한 것들을 충분히 극복할 수 있을 만큼 용감합니다.

우선 자신에게 상처를 준 사람들을 어떤 방식으로든지 용서하는 것이 중요합니다. 만약 여러분이 상처의 고통을 안고 살아간다면, 정신적인 질병뿐만 아니라 육체적으로도 암과 같은 부정적인 질병으로 발전할 수가 있는 것입니다. 육체적인 형상을 하고 있는 하나의 천사로서 여러분은 다른 사람을 용서할 수가 있습니다. 그래야 여러분도 새 삶을 시작할 수 있으며, 오래된 죄의식과 두려움, 그리고 증오심을 털어낼 수가 있을 것입니다.

이것이 바로 여러분이 정체해있지 않고 성장하기 위하여 인간으로 육화한 이유입니다. 그리고 만일 그러한 상황을 내려놓지 않는다면, 당신들은 미래의 생(生)에 가해자와 함께 풀어야 할 부정적인 카르마의 고리(악연:惡緣)을 만들어내게 될 것입니다. 그러니 이제 그만 고통과 분노를 내려놓으세요!

좀 더 너그러워 지세요. 그러나 자신에게는 확고해지세요! 여러분이 과거를 바꿀 수는 없지만, 과거의 일이 여러분을 위축시키게 하는 것이 아니라 도움이 되게 할 수는 있습니다. 이것은 바로 관점의 문제입니다. 여러분은 한 낱 나약한 인간이 아니라 천사들인 것입니다. 당신들은 이 지구에 체험하기 위하여 온 것이지, 삶을 안전하게만 살기 위해서 온 것이 아닙니다. 여러분은 각자가 달성해야 하는 신성한 사명을 가지고 있습니다. 성적인 문제로 인해 사명을 달성하는데 지장을 초래하지는 마세요! 자기 자신부터 사랑하는 법을 배우고, 그런 다음에 남들도 사랑하는 법을 배우십시오.

6.죽음

사랑하는 사람이나 가족 또는 친구가 뜻하지 않게 죽음을 당하게 되면, 사람들은 크나큰 슬픔에 빠지게 됩니다. 이런 슬픔을 느끼는 것이 당연한 일이기는 하지만, 무한정으로 슬픔을 느껴서 우울증에 빠지거나 무감정하게 되어 자살을 생각하는 것은 옳은 일이 아닙니다!

대다수의 사람들은 죽음을 두려워합니다. 이러한 사람들은 죽음을 곧 의사소통의 단절이며 육체가 종말을 고하고 공(空)으로 돌아간 것으로 보고 있습니다. 그러나 그것은 잘못된 견해입니다! 사람이 죽으면, 인간의 육체적인 부분에 속하는 고통과 괴로움으로부터 해방되며, 자신들의 본질적인 존재인 장대한 천사로 되돌아가게 되는 것입니다. 그리고 여러분은 구름위에 앉아 있지도 않으며, 하프를 연주하거나 신을 숭배하지도 않습니다. 우리들이 알고 있는 것과는 달리, 천사들은 아주 바쁘게 지내며, 초자연적인 존재로서의 역할을 다하고 있는 것입니다.

그들은 죽은 후에는 자신들이 관심을 가지는 분야를 배우게 됩니다. - 쇼팽이나 엘비스 프레슬리로부터 음악을 배우며, 또는 미켈란젤로에게서 그림을 배우는 것을 상상해 보세요. 그들은 다른 행성들에 사는 생명체들을 관찰하며, 3차원에 사는 많은 사람들을 돕고, 조언을 해주기도 합니다. 지구에서 일정한 기간을 살면서 자신들이 설정한 목표를 달성하고 나면, 그들은 즐거운 마음으로 자신들의 영적고향으로 돌아가게 됩니다. 지구는 영들을 위한 훈련소와 같으며, 때로는 힘이 들 때도 있지만, 잠시 들렸다가 가는 방문소라 할 수 있습니다.

모든 사람들은 여기 지구에 있는 기간이 하루든, 3년이든, 20년이든, 또는 100년이든 그 기간이 정해져있습니다 여러분들은 인간으로 육화하기 이전에 스스로 지구에 머물 기간을 정하게 됩니다! 인간들은 사고나 전쟁, 질병, 또는 고령(高齡)을 통해 지구를 떠나 저 세상으로 가지만, 떠나는 시간은 여러분 자신이 이 지구에 오기 전에 미리 정해놓은 것입니다! 그리고 더 놀라운 것은 당신들의 부모나 친구들도 모두 여기에 동의했다는 사실입니다. 즉 여러분들 모두는 단지 그 계획을 잊어버렸을 뿐입니다!

사랑했던 사람이 육체적인 몸으로 더 이상 존재하지 않으므로 여러분이 슬픔에 잠기는 것은 당연합니다. 하지만 그들이 이 땅에 올 때에 이미 떠날 시기를 정했으며, 행복하고 장엄한 삶을 살기 위해 다시 고향으로 돌아갔다는 사실을 기억하기 바랍니다. 여러분들은 애통해하지만 떠나는 그들은 기쁨으로 가득 차있습니다! 그렇다면 여러분의 슬픔과 애도가 좀 부적절하다고 생각하지 않나요?

옛말에 지구에 어린아이가 태어나면, 인간들은 기뻐하지만 천사들은 운다고 합니다. 반대로 영혼이 천상으로 돌아갈 때는 인간들은 울지만, 천사들은 기뻐한다고 합니다! 누가 옳을까요?

몇 년 전에 죽은 어린 소년으로부터 받은 채널링 메시지를 여기에 소개합니다.

"나는 이곳에서 아주 행복하게 잘 지내고 있다는 것을 나의 아버지와 어머니에게 전해주고 싶습니다. 나는 놀이 친구들도 많이 있으며,

374

나를 돌보아 주는 가족들도 있습니다. 할머니도 여기에 계시며, 내가 병원에서 육체를 떠날 때에 할머니가 나를 안내해주었습니다. 나는 전혀 두렵지 않았으며, 정말 좋았어요. 정말로 여기가 너무 좋고, 할 것들도 많아요! 생각만 하면 무엇이든 가질 수가 있어요! 비행기나 자동차를 타지 않고도 어디든지 여행할 수 있고요! 이따금씩 아버지와 어머니를 보러 지구로 내려가지만 그분들이 너무 슬퍼하고 계셔서, 그것 때문에 너무 속상해요. 그분들에게 제발 행복하라고 전해주세요. 나는 행복해요. 언젠가 두 분들을 보게 될 것이고, 함께 하게 되겠지만, 그분들은 지금 할 일들이 아주 많이 있습니다. 두 부모님들에게 나를 기억해달라고 말씀은 전해주되, 슬픈 내가 아닌 행복한 나를 기억하게 해주세요!"

우리의 곁을 떠난 사랑했던 사람들로부터 많은 것을 배울 수가 있습니다. 그들의 삶과 인품을 통해 감명을 받을 수도 있고, 아니면 우울증에 빠져 계속 슬픔에 젖어 그들과 함께 했던 멋있는 추억들을 송두리째 지워버릴 수도 있습니다. 여러분의 곁을 떠나간 사랑했던 사람들은 여러분이 행복해지기를 원하며, 우울증을 극복하고 특별한 목적을 가지고 살기를 바랍니다. 그들과 함께 했던 세월을 그리워하지 말고, 비록 함께 한 기간이 며칠, 몇 주 또는 몇 년이라 하더라도 이것들을 소중하게 생각하세요. 여러분이 흘리는 눈물로 그들이 고향으로 돌아가는 영광스러운 여정을 망치게 하지는 마세요. 그들은 지금 천사이고, 여러분들은 인간의 형상을 하고 있는 천사인 것입니다, 다른 것이 무엇인가요?

그들의 존재를 주위에서 느껴보세요. 그들이 지금 여기에 있는 것처럼, 말도 걸어보고 웃고 농담도 해보세요. 여러분의 삶을 보다 나은 방식으로 살아감으로써 그들에게 경의를 표하세요. 자신들의 신성한 사명에 따라 살면서 삶의 계획과 세계적인 계획을 활성화시키고 그들을 기리면서 살아가세요.

7. 질병

몹시 아플 때 우리는 종종 우울해지고 무감각해지며, 어떤 사람들은 고통스런 삶을 벗어나려고 자살을 생각하기도 합니다. 회복할 가능성이 없거나 견딜 수 없을 정도로 고통스러울 때에는 안락사(安樂死)가 허용됩니다. 하지만 많은 사람들의 경우, 우울증은 일종의 어떤 질병으로 해서 나타나는 증상입니다. 그러므로 질병에서 회복되면 우울증도 줄어들고 다시 좀 더 낙천적이 되며, 자신들의 삶을 원만하게 성공적으로 살아가게 되는 것입니다.

대부분의 사람들은 질병의 이면에 영적인 이유가 숨겨져 있다는 것을 이해하지 못합니다. 대다수의 의사들은 정신적 및 감정적인 상태가 육체적인 질병으로 발전된다는 것에 대해 공감하고 있습니다. 슬픔은 암(癌)을 불러올 수 있으며, 근심은 위궤양과 같은 질병의 원인이 되기도 합니다.

그러나 대부분의 사람들은 때로는 병이 지난 과거의 생(生)에서 형성된 카르마적인 장애가 현재의 생에 나타난 것이라는 것을 모르고 있습니다. 그러므로 질병의 형태로 나타난 이러한 카르마적인 장애를 살펴보고 자신의 육신을 통하여 이러한 장애를 영원히 제거해야 합니다. 이러한 장애를 우리가 스스로 고찰하지 않으면, 결국 육체적 질병으로 나타나게 되는 것입니다.

실례로 친구인 주디(Judy)는 발목이 심하게 붓거나 작은 사고에도 자주 접질렸습니다. 그녀는 제도권의 의학에는 환멸을 느끼고 있었으므로 나를 찾아와 최면을 이용한 전생퇴행을 의뢰해왔습니다. 그녀는 최면상태에서 곧 몇몇 과거 생을 기억해냈는데, 그녀는 전생에서 노예였으며, 주인에 의해 발목에 족쇄가 채워졌었습니다. 그러므로 그 당시

다리 아랫부분에 채워졌던 족쇄로 인해 큰 고통을 겪었으며, 피부에는 염증이 생기고 자유도 상실하게 되었던 것입니다. 그녀는 이번 생에서 지루한 행사에 억지로 참석해있는 것과 같이 심하게 억압된 상태에 놓이게 되면, 발목이 뒤틀리거나 발목이 저절로 붓게 됩니다.

결국 발목의 통증으로 인해 그녀는 하고 있던 일을 중단하게 되었는데, 이 때문에 구속감을 느끼고 자유를 잃었으며, 할 수 있는 일이라고는 단지 앉아서 아무 일도 하지 않는 것뿐이었습니다. 나는 그녀에게 자신의 삶을 구속하는 상황에 부딪치게 되면, 주로 '안돼!'라고 말함으로써 그 상황에 대처하라고 조언을 해주었습니다!

그녀는 조언대로 과거 생에서 생긴 오래된 장애들을 의식적으로 내려놓았으며, 과거의 주인들과 가해자들을 마음으로 용서하였습니다. 그러자 발목에 생겼던 문제들도 때가 되자 영원히 사라지게 되었습니다.

질병은 대개 영적으로 여러분을 일깨우기 위하여 생기게 됩니다. 여러분들 스스로가 이러한 질병을 자신의 삶의 계획에 넣었으며, 만일 자신이 잠에 빠지거나 인간으로 육화한 이유(신성한 사명을 수행하는 것)를 잊는다 할지라도 병이 생겨서 하던 일을 멈추고 쉬면서 자신의 삶을 곰곰이 되짚어보게 하는 것입니다.

삶을 위협하는 질병은 종종 삶을 바라보는 관점을 변화시키기도 합니다. 즉 병에 걸렸을 때는 예전에 우선시 했던 것들이 갑자기 뒤로 밀려나기도 하는 것이죠. 직장과 성공, 돈이 이제 와서는 아무 의미도 없는 것 같아 보입니다. 이제는 건강과 정신적인 안정, 영적인 삶, 친구와 자연과 같은 것들이 새로운 주요 우선순위를 차지하게 됩니다. 질병은 이처럼 참 자신이 누구인지를 깨닫도록 해주는 두 번째 기회를 제공해주고 있는 것입니다!

8.외로움

사람들은 대개 극도의 고독감을 느끼게 될 때 몹시 우울해하거나 자살을 시도하게 됩니다. 게다가 이와 같은 우울한 분위기에 젖어있으면, 주위의 사람들이 그들의 곁을 떠나가게 됩니다. 슬퍼하거나 시무룩해있는 사람들 주위에 있는 것은 그리 유쾌한 일이 아니며, 이런 사람들은 어디에도 가려 하지 않고 재미있는 일도 하려고 들지 않습니다. 우울증에 걸려 있는 사람들은 보살핌과 관심이 필요하지만, 그들이 이러한 보살핌과 관심을 자신들의 삭막한 삶 속으로 끌어들이는 것은 쉽지 않습니다.

어떻게 하면 외로움을 달랠 수 있을까요? 먼저 삶에서 고독감을 느끼는 데에는 목적이 있다는 것을 알아야 합니다. 이러한 고독감은 여러분이 이 지구에 인간으로 육화하기 전에 여러분 스스로가 계획한 것이며, 교훈을 배우기 위해 스스로 요청한 것입니다. 모든 일은 그 목적이 있기 때문에 생기는 것입니다! 아마도 과거 생에 너무 많은 친구와 활동, 그리고 스트레스로 인해 고통을 받았는지도 모릅니다. 지금은 혼자 있으면서 휴식을 취하고 영적인 성장을 이루기 위해서 시간을 건설적으로 사용해야 할 때입니다.

영(靈)과 안전하게 접촉하고, 오라(Aura)를 보고, 차크라(Chakra)를 정화하며, 스스로를 치유하고, 장애와 문제점들을 풀어나가며 (윗글 참조), 흥미를 느끼는 주제들을 배워보고, 책도 읽고, 관찰도 하고, 그리고 실험도 해보세요! 이 시기는 참 자신, 즉 자신이 인간의 형상을 한 천사라는 사실을 발견해야 하는 때입니다. 자기 자신을 사랑하세요.

여러분이 덜 외롭고 싶다면 - 여기에 몇 가지 제안을 소개하며, 이것을 시도해 보세요.

- 폰팅
- 인터넷 채팅 사이트
- 펜팔

그밖에
- 강좌, 세미나와 교육
- 자원봉사

그리고 아래 단체에 가입해보세요
- 만찬 모임
- 봉사 단체
- 토론 그룹
- 도서 단체
- 원예 단체
- 영화 단체

단체 여행을 시작하세요
- 봉사 단체 가입
- 가족 활동

목록은 끝이 없습니다.

그러나 이러한 것들을 하기 위해서는 전화나 로그인 혹은 누군가와 접촉하는 것이 필요합니다. 이것을 하기 위해서는 스스로 준비도 해야 합니다. 스스로에게 이렇게 말하세요!

"이번 생에서 나는 현재의 육체를 사용하고 있는 장대한 천사이며, 지금은 내면에 있는 참나(본질의 나)를 활성화시켜야 할 때이다."

여러분들이 늘 하고 싶어 했던 일들을 해보세요. 그러면 그것이 여러분을 행복하고 만족하게 해줄 것입니다. 여러분이 되고 싶어 하는 사람이 될 수 있도록 천사들에게 도움을 요청하세요. 매일 아침, 저녁으로 자신이 되고 싶어 했던 강력하고도 충만 되고 기쁨에 찬 존재가 된 것처럼 마음속으로 생각하세요. 이제는 확신에 찬 사람처럼 행동하세요. 사람들이 모두 여러분의 친구인 것처럼 생각하고, 그들도 또한 그럴 것이라는 믿음을 가지세요. 흥미 있는 삶을 설계하고, 거기에 따라 살아가세요!

사실은 그렇지 않다하더라도, 자신이 행복하며 다른 사람들에게도 관심이 있는 척하세요! 말하자면 연극을 하세요. 그러면 그것이 곧 일상적인 행동이 될 것입니다. 마음을 터놓고 이야기할 수 있도록 다른 사람들에게도 도움을 요청하세요. 대부분의 사람들은 친절하며, 기꺼이 행사에 여러분을 초대해서 다른 사람들에게 소개해줄 것입니다.

이것은 단지 여러분들의 삶에 있어 한 단계에 불과하다는 것을 잊지 마세요. 나머지의 삶은 여러분이 원하는 방식으로 만들어갈 수 있습니다. 여러분들의 삶의 계획과 세계적인 계획을 활성화시키고, 신념을 가지고 신성한 사명을 시작하세요. 그러면 틀림없이 우주가 여러분을 도와줄 것입니다.

필요하다면 이사도 하고, 직장도 바꿔보고, 이미지도 바꾸어 보십시오. 또 새로운 클럽에도 가입해보고, 새로운 지식도 배우며, 좋은 사람들도 만나보고, 알면서도 위험을 무릅써보세요. 우울증 말고는 잃을 것이 또 무엇이 있겠습니까? 그리고 천사들이 수없이 우리에게 들려준 다음과 같은 말을 기억해 주세요.

"여러분은 절대로 혼자가 아닙니다. 우리 천사들은 항상 여기에 있습니다. 여러분들은 단지 우리를 보고 듣는 것을 잊었을 뿐입니다. 조금만 더 열심히 해보세요!"

9.문학과 음악을 통하여 자살을 선동하는 사람들

우울증에 걸린 사람들은 우울한 느낌과 슬픔을 더욱 심화시키는 음악이나 영화, 그리고 문학에 빠지게 되는 경우가 많이 있습니다. 똑같은 슬픈 음악을 계속적으로 반복해서 들음으로 해서 축적되는 효과는 매우 파괴적입니다. 1930년대 헝가리에서 처음 발매된 후, 미국과 영국에서 잇따라 발매된 '우울한 일요일(gloomy Sunday)'라는 곡은 많은 자살자들을 죽음으로 내몰았다고 알려졌으며, 마침내 라디오 방송이 금지되기에 이르렀습니다.

영적이지 못한 견해와 폭력과 반사회적인 행동을 조장하는 작가(作家)가 쓴 부정적인 글을 지속적으로 읽게 되면, 이러한 것이 우울증에 걸린 사람을 자살의 벼랑 끝으로 몰아넣게 됩니다. 또한 폭력적이고 부정적인 비디오나 영화를 보아도 우울증에 걸린 사람에게는 죽음에 대한 갈망과 절망감이 스며들게 됩니다.

그러니 가능한 한 기분을 좋게 해주는 주제를 다룬 책이나 소설, 영화나 음악을 선택하세요. 우울증에 걸려있을 때에 그 사람이 가진 정신적인 이미지(심상:心像)는 엄청난 힘을 가지고 있습니다. 부정적으로 생각하게 되면 슬퍼지게 될 것이며, 긍정적으로 생각하게 되면 행복해지고 고무적이 될 것입니다.

심리학자들에 의하면 유머는 암 환자를 치료하는데 긍정적 효과를 가지고 있다고 합니다. 코미디 영화는 우울한 기분을 다른 곳으로 돌리게 할 뿐만 아니라 웃음은 몸에 좋은 화학성분을 혈액 속으로 내보냅니다. 감동을 주는 책은 정신적으로 여러분을 고양시키고, 즐거운 음악은 감정적인 균형과 행복감(웰빙)을 되찾게 해줍니다. 읽고, 보고, 듣는 것들을 잘 선택하세요. 이러한 것들은 오랫동안 여러분의 마음에 커다란 영향을 미치게 됩니다.

◇역자(譯者) 약력:

1954년 경상북도 김천 출생, 한국외국어대학교 졸업, 연세대 경영대학원 수료, 해외건설협회 및 한국가스공사 근무, 〈숲속나라〉 대표 역임. 오랫동안 정신세계에 깊은 관심을 가져왔으며, 또 다양한 영성분야를 편력하고 체험한 바 있다. 현재는 생업에 종사하며 이 분야 관계 도서의 번역 작업을 하고 있다.

초인 대사들이 답해주는 삶의 의문에 관한 100문 100답

초판 1쇄 발행 / 2010년 2월 8일

저자 / 로빈 & 토니 애버츠
옮긴이 / 목현(睦呟)
발행인 / 朴仁鎬
발행처 / 도서출판 은하문명
등록 / 2002년 12월 05일 (제2020-000063호)
주소 / 서울특별시 서초구 서운로 160, 305호
전화 / (02)737-8436
팩스 / (02)6209-7238
인터넷 홈페이지 (www.ufogalaxy.co.kr)

파본은 서점에서 교환해 드립니다
가격 28,000원

ISBN 978-89-94287-00-3 (03840)